세기아의 고백

이 도서의 국립중앙도서관 출판예정도서목록(CIP)은 서지정보유통지원시스템 홈페이지(http://seoji.nl.go.kr)와
국가자료공동목록시스템(http://www.nl.go.kr/kolisnet)에서 이용하실 수 있습니다.
(CIP제어번호: CIP2016014057)

이 저서의 번역은 옮긴이가 2010년도 정부재원(교육과학기술부 학술연구조성사업비)으로 한국연구재단의
지원을 받아 이루어졌음(NRF-2010-361-A00018).

세계문학전집
1 3 9

Alfred de Musset : La Confession d'un enfant du siècle

세기아世紀兒의 고백

알프레드 드 뮈세 장편소설

김미성 옮김

문학동네

일러두기

1. 번역 대본으로는 Alfred de Musset, *La Confession d'un enfant du siècle*, *Oeuvres complètes en prose* (Alfred de Musset, Gallimard, Bibliothèque de la Pléiade, 1960)를 사용했다.
2. 주석은 모두 옮긴이주이다.
3. 본문 중 고딕체는 원서에서 이탤릭체로 강조한 부분이다.
4. 해설은 『유럽사회문화』 제3호(연세대학교 인문학연구원, 2009)에 발표한 옮긴이의 논문을 수정·보완한 것이다.

차례

제1부

1

자신의 인생 이야기를 쓰려면 그전에 먼저 삶을 살아야 한다. 그러니까 내가 쓰는 것은 내 삶의 이야기가 아니다.

젊음이 꽃필 무렵 고약한 마음의 병에 걸렸던 나는 그 삼 년 동안 내게 일어난 일을 이야기하고자 한다. 상처 입은 것이 나 혼자뿐이라면 굳이 이야기하지 않을 것이다. 하지만 같은 병으로 고통받는 사람들이 많으니, 그들을 위해 쓰련다. 그들이 관심을 기울일지는 모르겠지만. 아무도 주목하지 않더라도 나는 내 말에서 나 자신의 상처가 한결 아무는 결실을 얻을 수 있을 것이기 때문이다. 덫에 걸린 여우처럼, 사로잡힌 내 발을 스스로 물어뜯는 일이 될 테지만.

2

나폴레옹 제정기의 전쟁 동안 남편들과 형제들이 독일에 있는 사이, 어머니들은 마음 졸여가며 열정적이고 창백하고 신경질적인 세대를 낳았다. 두 전쟁 사이에 수태되어 둥둥 울리는 북소리 속에서 중학교 교육을 받은 수많은 아이들은 자신들의 빈약한 근육을 처음으로 써보며 침울한 눈으로 서로를 바라보았다. 이따금 피투성이가 된 아버지들이 나타나 금빛으로 현란하게 장식된 가슴 위로 아이들을 번쩍 들어올렸다가는 땅에 내려놓고 다시 말에 올랐다.

그때 유럽에는 단 한 사람만이 살아 있었다. 나머지 사람들은 그가 숨쉬었던 공기를 가득 들이마시고자 했다. 매년 프랑스는 그 사람에게 삼십만 명의 젊은이를 선물했다. 그것은 카이사르에게 치르는 세금이었다. 만일 그의 뒤에 이들 무리가 없었다면 그는 자신의 운명을 따를 수 없었을 것이다. 그들은 그가 세상을 가로지르는 데 필요한 호위대였다. 그리고 그는 황량한 섬의 작은 계곡 능수버들 아래에서 죽었다.

그 사람의 시대만큼 사람들이 숱한 밤을 뜬눈으로 지새운 적이 없고, 그토록 많은 어머니들이 비통한 마음으로 도시 성벽 위에서 굽어보며 자식을 기다렸던 적이 결코 없었다. 죽음을 말하는 자들 주위에 그처럼 깊은 정적이 감돈 적도 결코 없었다. 하지만 모든 이들의 가슴이 그토록 많은 기쁨과 활기와 전쟁의 팡파르 소리로 넘쳤던 적도, 그 모든 피를 그토록 순수한 태양이 말려주었던 적도 결코 없었다. 신이 그 사람을 위해 태양빛을 만들었다고들 했고, 사람들은 그 빛을 아우스터리츠의 빛*이라고 불렀다. 하지만 그는 끊임없이 터지는 자신의 대포로 스스로 빛을 만들었다. 대포는 전투 이튿날에야 암운을 남겼다.

그때 아이들이 들이마셨던 것은 그토록 많은 영광이 빛나던, 그토록 많은 검이 번쩍이던, 흠잡을 데 없는 하늘의 공기였다. 그들은 자신들이 제물로 바쳐질 것을 잘 알고 있었다. 하지만 그들은 뮈라**가 불사의 존재라고 믿었고, 수많은 탄환이 획획 날아가는 다리 위를 지나는 황제를 보고도 그가 죽을 수 있다는 사실을 의식하지 못했다. 설사 죽었다 한들, 대체 죽음이 무엇인가? 그때는 연기 자욱한 피 속에서 죽어간다는 것 자체가 너무도 아름답고, 너무도 위대하고, 너무도 장엄한 일이었다! 죽음이 희망과 너무도 닮았고, 죽음이 너무도 설익은 이삭들을

---

* 1805년 12월 2일의 아우스터리츠 전투는 나폴레옹이 거둔 가장 빛나는 승리로 기록되었다. 이날은 겨울답지 않게 뜨거운 태양빛이 내리쬐었다고 한다.
** 제1제정기의 원수였던 조아생 뮈라는 베르그와 클레브 대공(1806~1808), 나폴리 왕(1808~1815)을 지냈다. 이 직위는 부분적으로는 나폴레옹의 막내 여동생인 카롤린 보나파르트와의 결혼 덕이다.

쓰러뜨려버렸기에, 그로 인해 죽음이 젊어진 것 같았고 사람들은 더 이상 노쇠를 믿지 않았다. 프랑스의 모든 요람이 방패였고, 모든 관棺 역시 그러했다. 진정 더이상 노인은 없었고, 시체나 반신半神만이 존재했다.

그러던 어느 날 불사의 황제는 일곱 민족이 서로를 죽이는 것을 보며 언덕 위에 있었다. 자신이 온 세상의 주인인지 아니면 단지 세상 절반의 주인인지 아직 몰랐을 때, 아즈라엘*이 길을 지나다가 날개 끝으로 그를 툭 쳐서 대양에 빠뜨렸다. 그가 추락하는 소리에 빈사 상태의 권력자들이 고통의 침대에서 다시 몸을 일으켰고, 거미 같은 모든 왕족들은 갈고리 모양으로 굽은 발을 내밀며 유럽을 나눠 가졌고, 카이사르의 자줏빛 외투로 자신들의 광대 옷을 만들었다.

길에 있는 한은 밤낮으로, 비가 오나 맑으나, 밤이 새는 줄도 위험도 깨닫지 못하고 달리는 여행자와 같다. 하지만 막상 가족의 품에 도착해 불 앞에 앉으면 이내 한없는 피로를 느끼며 자신의 침대까지 간신히 기어갈 수 있을 뿐이다. 그렇게 카이사르의 미망인인 프랑스는 불현듯 자신의 상처를 느꼈다. 프랑스가 실신해 깊디깊은 잠에 빠져버리자, 프랑스의 늙은 왕들은 프랑스가 죽었다고 여기고 그녀를 흰 수의로 덮었다. 머리가 희끗희끗한 노쇠한 군대는 피로에 지쳐 돌아왔고, 쓸쓸한 성의 벽난로에는 서글프게 다시 불이 타올랐다.

그때 그토록 달리고 그렇게나 많은 사람을 죽인 제국의 남자들은 여위어버린 자신들의 여인을 포옹하고 자신들의 첫사랑에 대해 이야기

---

* 죽음의 천사.

했다. 그들은 고향 들판의 샘물에 비친 자신들의 모습을 바라보았고, 너무 늙고 상처 입은 자신을 발견하고는 눈을 감겨줄 아들을 떠올렸다. 그들은 아들이 어디 있는지 물었다. 중학교를 졸업한 아이들 역시 더이상 검도 갑옷도 보병도 기병도 보이지 않자 아버지가 어디 있는지 물었다. 하지만 전쟁은 끝났고 카이사르는 죽었으며, 집정정부와 대사관 대기실에는 그 밑에 'Salvatoribus mundi'*라는 문구가 적힌 웰링턴과 블뤼허의 초상화가 걸려 있다는 대답만 돌아왔다.

그때 폐허가 된 세상에는 불안한 청춘들이 자리하고 있었다. 이 모든 아이들은 대지를 흠뻑 적셨던 불타는 핏방울들이었다. 그들은 전장 한복판에서 전쟁을 위해 태어났다. 그들은 십오 년 동안 모스크바의 눈과 피라미드의 태양을 꿈꾸었다. 그들 자신이 사는 도시 밖으로 나간 일이 없지만, 사람들 말로는 그들이 도시의 문을 통해 유럽의 수도로 가게 될 거라고 말했다. 그들 머릿속에는 온 세상이 있었다. 그들은 대지, 하늘, 거리와 도로를 바라보았다. 그 모든 것이 텅 비어 있었고, 멀리 교회 종만이 울리고 있었다.

검은 옷으로 감싼 창백한 망령들이 천천히 들판을 가로질렀다. 또다른 망령들은 집 문을 두드리다 문이 열리자마자 주머니에서 낡아빠진 커다란 양피지를 꺼내들고 주민들을 쫓아냈다. 이십 년 전 떠날 때 사로잡혔던 공포에 여전히 떨고 있는 남자들이 사방에서 도착했다. 모두가 비난하고 다투고 소리질렀다. 단 하나의 죽음이 그토록 많은 까마귀를 불러올 수 있음에 사람들은 놀랐다.

---

* '세상의 구원자들에게'라는 의미.

그때 프랑스 왕은 왕좌에 올라 자신의 장식 융단에 벌*이 없는지 이리저리 살펴보았다. 어떤 사람들이 모자를 내밀자, 그는 돈을 주었다. 또 어떤 사람들이 십자가를 내보이자, 그는 거기에 입을 맞췄다. 또다른 이들이 위대한 이름들을 그의 귓가에 외치기만 했는데, 그는 소리가 잘 울리는 대연회장으로 가라고 일렀다. 또 어떤 이들이 자기네 낡은 외투의 벌이 얼마나 지워졌는지를 보여주자, 그는 새 옷을 주었다.

아이들은 카이사르의 망령이 칸에 상륙해 이 유충들에게 입김을 불어 날려버리리라 여전히 생각하면서 그 모든 것을 바라보았다. 하지만 침묵은 계속되었고, 하늘에는 떠다니는 백합의 창백함만 보였다. 아이들이 영광을 이야기할 때 사람들은 말했다. "성직자가 되어라." 야망을 이야기할 때도, "성직자가 되어라." 희망을, 사랑을, 힘을, 삶을 이야기할 때도, "성직자가 되어라."

그동안 왕과 국민 사이의 계약서를 한 손에 들고 한 사람이 연단으로 올라갔다. 그는 영광은 훌륭한 것이고 전쟁의 야심 또한 그렇지만 더 훌륭한 것이 있으니 그것은 자유라 불리는 것이라고 말하기 시작했다.

아이들은 고개를 들고서, 똑같은 말을 들려주었던 조부祖父들을 떠올렸다. 아버지의 집 어두운 구석에서 로만체로 비문이 새겨진, 긴 머리카락의 신비로운 대리석 흉상과 마주친 일을 떠올렸다. 야회에서 자기네 조모들이 머리를 흔들면서 황제의 시대에 흘렀던 것보다 훨씬 더 끔찍한, 강물처럼 흐르는 피에 대해 이야기하던 모습을 떠올렸다. 아이들에게, 이 자유라는 단어에는 멀고 끔찍한 기억이자 그보다 한층

---

* 황제권의 상징.

더 먼 소중한 희망과도 같이 가슴을 뛰게 하는 무언가가 있었다.

아이들은 그 이야기를 들으면서 몸을 떨었다. 그런데 숙소로 돌아오는 길에 클라마르 묘지로 운반되는 세 개의 쓰레기 바구니를 보았다. 그것은 자유라는 단어를 너무 소리 높여 말했던 세 명의 젊은이였다.

이 슬픈 광경을 본 아이들의 입술에 묘한 미소가 스쳤다. 그런데 다른 연설가들은 연단에 올라가 야망이 얼마만큼의 값을 치러야 하는지, 영광이 얼마나 값비싼 것인지를 공개적으로 계산하기 시작했다. 그들은 전쟁의 공포를 보여주었고 도살을 대량학살이라 불렀다. 그들이 너무 많이, 너무 오래 이야기했기에 사람들의 모든 환상은 가을 낙엽처럼 그들 주위로 한 잎 한 잎 떨어졌고, 그들의 이야기를 듣는 사람들은 잠이 깬 열병 환자처럼 이마에 손을 가져갔다.

어떤 사람들이 말했다. "황제가 추락한 것은 국민이 더는 그를 원치 않았기 때문이야." 다른 사람들은 말했다. "민중은 왕을 원했어. 아니, 자유를 원했어. 아니, 이성을 원했어. 아니, 종교를 원했어. 아니, 영국과 같은 정치체제를 원했어. 아니, 절대주의를 원했어." 마지막 사람이 덧붙였다. "아니야! 그것들 전부 다 아니야. 민중이 원한 것은 휴식이야."

당시 젊은이들의 삶은 세 가지 요소를 공유했다. 그들 뒤에는 절대주의 시대의 모든 화석을 껴안고 폐허 위에서 아직도 요동치는, 영원히 파괴된 과거가 있었다. 그들 앞에는 광대한 지평을 밝히는 여명, 미래를 비추는 최초의 빛이 있었다. 그리고 이 두 세계 사이에는…… 늙은 대륙과 젊은 아메리카를 분리하는 대양과 같은 어떤 것, 막연하고도 유동적인 무언가가 있었다. 난파선들로 가득한 물결 거친 바다가,

이따금 저멀리 흰 돛을 단 범선이나 짙은 증기를 내뿜는 배가 지나가는 바다가 있었다. 한마디로 과거도 아니고 미래도 아니면서 그 모두와 닮은, 그러나 과거와 미래를 분리하는 현시대가 있었다. 발걸음을 옮길 때마다 씨앗 위를 걷는 것인지 폐허 위를 걷는 것인지 알 수 없는 현시대가 있었다.

그때 어떤 혼란 속에서 선택할 수밖에 없었는지 알 수 있을 것이다. 힘과 용기로 충만한, 제국의 아들이며 혁명의 손자인 아이들에게 일어난 일이었다.

그런데 그들은 더이상 과거를 필요로 하지 않았다. 과거의 그 어떤 것도 신뢰하지 않았기 때문이다. 미래, 그들은 미래를 사랑했다. 그렇지만 뭐라고? 피그말리온의 갈라테이아와 같았다. 그들에게 미래는 대리석으로 만들어진 연인이었다. 그들은 연인이 살아 움직이고 혈관에 핏빛이 돌기를 기다렸다.

그러니까 그들에게는 현재가 남아 있었다. 시대정신이, 밤도 아니고 낮도 아닌 황혼의 천사가 남아 있었다. 그들은 이기주의자의 외투를 꽉 여며 입고 지독한 추위에 떨며 해골이 가득 들어찬 석회 부대 위에 앉아 있는 현재를 발견했다. 반은 미라요 반은 태아인 이 망령을 보자, 죽음의 불안이 그들 영혼으로 스며들었다. 그들은 스트라스부르에서 신부 복장을 한 채 방부 처리된 사르베르덴 노백작의 딸을 본 여행자처럼 그것에 다가갔다. 그 어린 해골은 오싹했는데, 가늘고 창백한 손에는 결혼반지가 끼워져 있고 머리는 오렌지 꽃 가운데 떨어져 가루가 되었기 때문이다.

폭풍우가 다가오면 숲의 모든 나무를 전율케 하는 세찬 바람이 지나가고 깊은 적막이 뒤를 잇는 것처럼, 나폴레옹은 세상을 지나면서 모든 것을 뒤흔들었다. 왕들은 왕관이 흔들리는 것을 느꼈고, 머리에 손을 가져갔을 때는 공포로 곤두선 머리카락뿐이었다. 교황은 300킬로미터를 달려가 신의 이름으로 그를 축복하고 왕관을 씌워주었다. 하지만 나폴레옹은 그 손을 잡지 않았다. 구대륙 유럽이라는 이 음산한 숲에서는 모든 것이 동요했다. 그리고 적막이 뒤를 이었다.

맹견을 만났을 때 돌아보지 않고 용기를 내 규칙적인 발걸음으로 침착하게 걷는다면, 개는 잠시 이빨을 드러내고 으르렁거리다 당신을 뒤따르는 데 만족한다고들 한다. 하지만 불안의 몸짓을 들키면, 한 걸음이라도 너무 빨리 내디디면, 개는 달려들어 당신을 먹어치운다. 일단 한입 물어뜯기고 나면 더이상 벗어날 방법이 없다.

유럽 역사에서는 군주가 이 공포의 몸짓을 했다가 민중에게 물어뜯기는 일이 종종 일어났다. 하지만 한 명이 그렇게 한 것이지 동시에 모두가 그런 것은 아니었다. 즉 왕이 한 명 사라진 것이지 왕권이 사라진 것은 아니었다. 나폴레옹 앞에서 왕권은 모든 것을 잃게 되는 이 몸짓을 했다. 왕권뿐 아니라 종교도 귀족도, 신과 인간의 모든 권력도.

나폴레옹은 죽었고, 신과 인간의 권력이 사실상 훌륭하게 복원되었지만 그것들에 대한 신뢰는 더이상 존재하지 않았다. 무엇이 가능한지 알아야 하는 끔찍한 위험이 있었다. 왜냐하면 정신은 언제나 더 멀리까지 가기 때문이다. "그럴 수 있어"라고 말하는 것과 "그랬어"라고 말하는 것은 다른 문제다. 그것이 개에게 물린 첫번째 상처다.

독재자 나폴레옹은 전제군주제라는 등불의 마지막 미광이었다. 볼테르가 성서를 가지고 그렇게 했듯이, 나폴레옹은 왕들을 허물어뜨리고 우스꽝스럽게 흉내냈다. 그리고 그가 떠난 뒤로 떠들썩한 소문이 들렸다. 방금 구세계에 떨어진 것은 세인트헬레나의 돌이라는 것이었다.* 곧 하늘에는 이성이라는 차가운 천체가 나타났고, 밤의 여신의 것과 유사한 그 천체의 광선이 열기 없는 빛을 뿌리며 창백한 수의壽衣로 세상을 덮었다.

그때까지 많은 사람들이 귀족을 증오하고 사제를 맹렬히 비난하고 왕을 전복시키려 했다. 많은 사람들이 악습과 편견에 대항해 외쳤다. 하지만 민중이 그들을 조소하는 것은 아주 새로운 일이었다. 귀족이나 사제나 군주가 지나가면 전쟁을 겪은 농부들은 머리를 설레설레 흔들며 말하기 시작했다. "아! 저 사람, 우리가 저자를 언제 어디선가 본 적이 있지. 그땐 다른 얼굴을 하고 있었는데." 사람들이 왕좌와 제단에 대해 이야기할 때 그들은 대답했다. "그건 넉 장의 널빤지에 불과해. 우리가 그곳에 못질을 했고 또 빼냈지." 사람들이 "민중이여, 당신들은 방황을 자초하는 오류를 다시 범했소. 당신들이 왕과 사제들을 불러낸 거요" 하고 말하면 그들은 대답했다. "그건 우리가 아닙니다. 그건 저 말 많은 사람들이에요." "민중이여, 과거를 잊어버리시오. 부지런히 일하고 따르시오." 사람들이 이렇게 말하자 그들은 의자에서 다시 몸을 일으켰고, 둔탁한 울림이 들렸다. 그것은 초가집 한구석에서

---

* 나폴레옹이 유배되었다가 생을 마감한 곳으로 유명한 세인트헬레나 섬의 이름은 콘스탄티누스 1세의 어머니인 성녀 헬레나에게서 유래한다. 콘스탄티누스 1세는 기독교 신앙을 공인한 황제이며, 로마의 성 베드로 성당을 창건한 것으로도 유명하다. 성 베드로 성당에는 성녀 헬레나가 예루살렘에서 직접 가져온 것으로 전해지는, 예수님이 못박혔던 십자가가 보관되어 있다. 이 문장은 나폴레옹의 죽음과 종교적 권위의 붕괴를 동시에 의미한다.

휘두르곤 했던 녹슬고 이 빠진 검이었다. 그때 사람들이 곧바로 덧붙였다. "어쨌든 가만히 계시오. 사람들이 당신들을 해치지 않는다면 해치려 들지 마시오." 아아! 그들은 그것으로 그만이었다.

하지만 젊은이들은 그것에 만족하지 않았다. 인간에게는 죽을 때까지 서로 맞서는 두 가지 은밀한 힘이 존재하는 것이 분명하다. 통찰력 있고 냉철한 힘은 현실에 집착해 현실을 고려하고 평가하고 과거를 판단한다. 미래에 목마른 또다른 힘은 미지를 향해 돌진한다. 인간이 열정에 사로잡혔을 때 이성은 열정을 뒤따르며 눈물을 흘리고 위험을 경고한다. 하지만 인간은 이성의 목소리에 멈춰 서면 곧바로 생각한다. '맞아, 내가 정신이 나갔지. 어디로 가고 있었던 거지?' 열정이 인간에게 소리친다. "나는, 나는 그럼 사라지는 것인가?"

그리하여 모든 젊은이들의 가슴속에 표현할 수 없는 불안감이 술렁이기 시작했다. 세상의 군주들에게 휴식을 강요당하고 온갖 부류의 현학자들에게, 무위와 권태에 내맡겨진 젊은이들은 거품 이는 파도가 자신들에게서 물러가는 것을 보았다. 그것에 맞서기 위해 힘을 갖추었거늘. 기름칠을 한 이 모든 검투사들은 영혼 깊이 참을 수 없는 비참함을 느꼈다. 가장 부유한 자들은 탕아가 되었다. 보잘것없는 재산을 가진 자들은 직업을 택해 법복이나 검에 몸을 맡겼다. 가장 가난한 자들은 냉정하게 열정 속으로, 과장된 단어들 속으로, 목표 없는 행동의 끔찍한 바닷속으로 뛰어들었다. 인간의 나약함은 서로 모일 궁리를 하고, 인간은 본디 무리를 짓기에 정치가 끼어들었다. 사람들은 입법부 계단으로 가서 경호원들과 싸웠고, 가발을 쓰면 카이사르와 비슷해 보이는 탈마*가 출연하는 연극 무대로 달려갔다. 사람들이 한 자유당 의원의 장례식에 몰려들었다. 하지만 대립하는 두 정당의 당원들 가운데 집으로 귀가하면서 존재의 허무함과 초라한 두 손을 뼈아프게 느끼지 않은 사람은 한 명도 없었다.

사회의 외적인 삶이 너무도 활기 없고 보잘것없었던 것과 동시에 내적인 삶 또한 우울함과 침묵에 싸여 있었다. 극도의 위선이 풍속에 만연해 있었다. 영국의 사상이 신앙심에 더해졌고, 쾌활함마저 사라졌다. 아마도 신은 벌써 자신의 새로운 길을 준비했을 것이다. 아마도 미래 사회를 예고하는 천사는 벌써 여인들의 가슴속에 언젠가는 그녀들이 요구하게 될 인간의 독립이라는 씨앗을 뿌려놓았을 것이다. 그런데 파리의 모든 살롱에서 믿어지지 않는 일이 갑작스레 일어난 것이 분명하다. 한편으로는 남자들이 지나가고, 다른 한편으로는 여자들이 지나다니게 된 것이다. 이렇게 해서 약혼녀처럼 흰 옷을 입은 여인들과 고아처럼 검은 옷을 입은 남자들이 눈빛을 겨루기 시작했다.

오해하지 말기를. 우리 시대 남자들이 입는 이 검은 옷은 가차없는 상징이다. 그렇게 되기까지 갑옷은 조각조각 떨어지고 자수 꽃잎은 하나하나 떨어져야 했다. 모든 환상을 파괴해버린 것은 인간의 이성이다. 하지만 환상의 파괴에 이성은 애도의 상복을 입었고, 사람들은 이성을 위로했다.

대학생들과 예술가들의 풍속, 너무도 자유롭고 멋지고 젊음이 충만한 이 풍속은 광범위한 변화를 겪었다. 여자들과 갈라선 남자들은 경멸이라는 모진 단어를 속삭였다. 그들은 술과 화류계 여인들에게 몸을

---

* 프랑스 배우 프랑수아 조제프 탈마(1763~1826).

던졌다. 대학생들과 예술가들 역시 거기에 몸을 던졌다. 사랑은 영광이나 종교 취급을 받았다. 그것은 먼 옛날의 환영이었다. 그리하여 사람들은 유곽에 출입했다. 여공, 더없이 몽상적이고 비현실적이며 너무도 다정하고 감미로운 사랑을 하는 이 계급은 가게 계산대에 버려진 자신을 발견했다. 여공은 가난했고, 사람들은 더이상 여공을 사랑하지 않았다. 여공은 드레스와 모자를 갖고 싶어 몸을 팔았다. 오, 비참하여라! 그녀를 사랑했고, 그녀가 사랑했을 젊은 남자. 예전에는 그녀를 데리고 베리에르나 로맹빌 숲에, 잔디밭에 마련된 무도장이나 나무 그늘 아래의 저녁식사에 갔을 남자. 저녁이면 찾아와 긴 겨울밤 동안 가게 깊숙한 곳 등불 아래서 이야기를 나누었을 남자. 이마에서 흐르는 땀에 흠뻑 젖은 빵 한 조각과 가난하지만 숭고한 사랑을 그녀와 나누었을 남자. 그 남자, 바로 그 남자는 그녀를 버린 후 요란한 연회의 어느 저녁 사창가 깊숙한 곳에서 창백하고 검푸른 얼굴을 한, 영원히 구원받을 길 없는, 입술에는 배고픔을, 가슴속에는 타락을 간직한 그녀를 다시 발견한다!

그런데 그 무렵 두 명의 시인이, 나폴레옹 이후 시대의 가장 뛰어난 두 명의 천재가 나타나 자신들의 삶을 바쳐 세계에 흩어져 있던 모든 불안과 고통의 요소들을 한데 모았다. 새로운 문학의 원로인 괴테는 『젊은 베르테르의 슬픔』에서 자살에 이끌리는 정열을 묘사한 후, 『파우스트』에서는 이제껏 묘사되었던 것 중 가장 우울한 악과 불행의 인간상을 그려냈다. 당시 그의 작품들이 독일에서 프랑스로 옮겨왔다. 서재 안쪽의 그림과 조각상에 둘러싸인 채, 부유하고 행복하고 평온한 그는 자신이 만들어낸 어둠의 저작이 우리에게 다가오는 것을 온정 넘치는 미소를 띠고 바라보았다. 바이런은 고통의 외침으로 그에게 답해 그리스를 소스라치게 만들었고, 마치 자신을 둘러싼 끔찍한 수수께끼의 단어가 무無였던 듯 맨프레드를 심연 위에 매달아놓았다.*

용서해주십시오, 오, 지금은 한줌의 재가 되어 대지 아래 휴식을 취하고 있는 위대한 시인들이여! 용서해주십시오! 당신들은 반신半神과도 같고, 나는 고통받는 어린아이일 뿐입니다. 하지만 이 모든 것을 쓰면서 당신들을 원망하지 않고는 배길 수가 없습니다. 당신들은 어째서 꽃향기와 자연의 목소리를, 희망과 사랑을, 포도나무와 태양을, 창공과 아름다움을 노래하지 않았나요? 아마도 당신들은 삶을 알았고, 아마도 고통받았을 테지요. 당신들 주위로 세상이 무너져 그 폐허 위에서 눈물 흘리고, 절망했을 테지요. 연인에게 배신당하고, 친구에게 중상모략당하고, 동포들에게 과소평가받았을 테지요. 가슴에는 공허감, 눈앞에는 죽음과 함께한 당신들은 고통의 거물이었습니다. 하지만 말해주십시오, 당신, 고귀한 괴테여! 당신네 독일의 오래된 숲에서 들리는 경건한 속삭임에는 더이상 위안을 주는 목소리가 없었나요? 당신에게는 아름다운 시가 과학의 자매였거늘, 시와 과학이 불멸의 자연 속에서 그들 우상의 가슴에 유익한 탄식을 발견할 수는 없었나요? 범신론자요 고대 그리스 시인이었고, 신성한 형식의 연인이었던 당신은 당신이 빚을 줄 알았던 그 아름다운 항아리 안에 약간의 꿀이나마 담을 수는 없었나요? 미소 지은 채 꿀벌들이 그저 당신 입가로 날아들도록

---

* 맨프레드 백작은 1817년 간행된 바이런의 극시 「맨프레드」의 주인공이다. 그는 사랑했던 여인을 죽게 했다는 죄책감으로 알프스 산중으로 들어가 홀로 살아가던 중, 절벽에서 몸을 던지려 하나 뜻을 이루지 못한다. 「맨프레드」 1막 2장 참조.

내버려둬야만 했을 당신은? 그리고 당신, 당신, 바이런이여! 당신은 라벤나 근처에서, 이탈리아의 오렌지나무 아래서, 베네치아의 아름다운 하늘 아래서, 아드리아 해 근처에서 연인과 함께하지 않았나요? 오, 신이여, 당신께 이야기하는 나는, 힘없는 어린아이에 지나지 않는 나는 아마도 당신은 겪지 않았을 불행을 맛보았지만 그래도 희망을 믿고, 그래도 신께 감사드립니다.

이처럼 영국과 독일의 사상이 우리 머리 위를 스쳐지나갔을 때, 그 것은 무서운 혼란에 뒤따르는 음울하고 소리 없는 환멸과도 같았다. 보편적인 사상을 표명한다는 것은 습기 찬 벽에 생기는 초석을 가루로 변화시키는 것이고, 위대한 괴테의 호메로스와도 같은 지성은 증류기처럼 금지된 열매의 즙을 모두 빨아들였다. 당시 그의 작품을 읽지 않은 사람들은 아무것도 알지 못한다고 믿었다. 가련한 피조물들이여! 폭발이 일어나 먼지 알갱이처럼 우주적인 의심의 심연 속으로 그들을 쓸어갔으니.

그것은 환멸 혹은 원한다면 절망이라 이름 붙일 수 있는, 하늘과 땅의 모든 사물들에 대한 부인과도 같았다. 맥을 짚어보고는 혼수상태에 빠진 인간을 죽었다고 여긴 것과도 같았다. 오래전 이런 질문을 받은 군인과 같다. "자네는 무엇을 믿는가?" 첫번째 군인이 대답했다. "제 자신을 믿습니다." 마찬가지로 프랑스 젊은이들도 이 질문을 들었고 첫번째 젊은이가 대답했다. "아무것도요."

그때부터 양편으로 나뉘기 시작했다. 한편에서는 열광적이고 번민하는 자들, 무한을 필요로 하는 외향적인 성향의 모든 영혼이 눈물 흘리며 고개를 숙였다. 그들은 병적인 몽상으로 에워싸여 있었고, 고통의 대양에는 가냘픈 갈대만 보일 뿐이었다. 다른 한편에서는 현실적인 쾌락 한가운데 육체의 인간들이 결연하게 서 있었다. 그들의 근심거리라고는 가진 돈을 세는 것뿐이었다. 그것은 한낱 오열과 웃음소리였는데, 하나는 영혼의 소산이요 다른 하나는 육체의 소산이었다.

이것은 영혼의 이야기다.

"슬프다! 슬프다! 종교가 사라지는구나. 하늘의 구름은 비로 내리고, 우리에게는 희망도 기대도, 그 앞에 손을 내뻗을 십자가 모양의 검은 나뭇조각 두 개조차 없구나. 미래의 천체가 이제 막 떠올라 지평선에 걸려 있다. 구름에 뒤덮여 있고, 겨울의 태양처럼 그 둥근 표면이 93년*이 남긴 핏빛으로 붉게 보이는구나. 더이상 사랑도 영광도 없다. 대지에는 얼마나 짙은 어둠이 깔려 있는가! 날이 밝으면 우리는 죽을 것이다."

이것은 육체의 이야기다.

"인간은 자신의 감각을 사용하기 위해 이 세상에 존재한다. 인간은 많든 적든 간에 희거나 노란 체질의 일부를 가졌고, 그것으로 많든 적든 간에 존중받아야 한다. 먹고, 마시고, 잠자는 것, 그것이 사는 것이다. 인간들 사이에 존재하는 관계로 말하자면, 우정은 돈을 빌리는 데 있다. 하지만 그럴 만큼 사랑이 충분한 친구를 갖는다는 것은 드문 일이다. 혈족관계는 유산 상속에 소용된다. 사랑은 육체의 단련이다. 유일하게 지적인 즐거움은 허영이다."

갠지스 강의 수증기에서 뿜어져나오는 아시아의 페스트와도 같은

---

* 1793년 1월, 루이 16세가 처형되었다.

끔찍한 절망이 성큼성큼 대지 위를 걸어갔다. 시의 왕자인 샤토브리앙이 이미 순례자의 외투로 끔찍한 우상을 감싸 신성한 향로의 향 가운데, 대리석 제단 위에 놓았다. 이제는 쓸모없는 힘으로 이미 충만한 세기아世紀兒들은 할 일 없는 손에 힘을 주고, 불모의 잔으로 독이 든 음료를 마셨다. 대지에서 자칼들이 나왔을 때는 이미 모든 것이 파괴되었다. 형식, 그것도 추한 형식만을 갖춘, 죽음의 빛을 띤 고약한 문학이 악취를 풍기는 피로 자연의 모든 괴물들을 적시기 시작했다.

그때 학교에서 일어난 일을 누가 감히 이야기하겠는가? 사람들은 모든 것을 의심했고, 젊은이들은 모든 것을 부인했다. 시인들은 절망을 노래했고, 젊은이들은 차분한 표정으로, 싱그러운 진홍빛 얼굴로 신성모독을 입에 담은 채 학교를 떠났다. 게다가 본디 쾌활하고 개방적인 프랑스인의 기질이 여전히 우세했지만 머릿속은 쉽게 영국과 독일의 사상으로 가득찼다. 하지만 맞붙어 싸우고 고통을 겪기에는 너무도 섬세한 가슴들은 시든 꽃처럼 말라죽었다. 이렇게 죽음의 원칙이 머리에서 마음속 깊은 곳까지 차갑게 조용히 내려왔다. 악에 대한 열정 대신 우리는 선에 대한 거부감만을 가졌다. 절망 대신 무관심을 보였다. 열다섯 살 아이들은 꽃이 만발한 관목 아래 한가로이 앉아 미동도 하지 않는 베르사유 숲을 공포로 전율케 했을 말들을 기분 전환 삼아 입에 담곤 했다. 그리스도의 영성체, 성체의 빵, 신의 사랑의 이 영원한 상징은 편지의 봉인에나 사용되었다. 아이들은 신의 빵에 침을 뱉었다.

이 시대에서 벗어난 사람들에게 복이 있기를! 하늘을 바라보며 심연위를 지나쳐간 사람들에게 복이 있기를! 아마도 그런 사람들이 있었을 테고, 그 사람들은 우리를 불쌍히 여길 것이다.

불행하게도 사실 신성모독의 말은 많은 힘을 소모시키기에 지나치게 충만한 가슴을 진정시켜준다. 한 무신론자가 손목을 들어 시계를 보며 십오 분 동안 신을 무섭게 공격할 때 그는 그 십오 분 동안 분노와 함께 잔인한 쾌락을 손에 넣게 되는 것이 분명하다. 그것은 절망의 절정, 모든 신적인 힘에 대한 이름 없는 호소였다. 그것은 자신을 짓누르는 발 밑에서 몸을 비트는 가련하고 비참한 피조물이었다. 그것은 커다란 고통의 외침이었다. 누가 알겠는가? 모든 것을 보는 이의 눈에는 그것이 어쩌면 기도였을지.

이렇게 젊은이들은 쓸 곳 없는 힘을 사용해 절망을 가장했다. 영광, 종교, 사랑, 세상 모든 것을 조롱하는 것은 무엇을 해야 할지 알지 못하는 사람들에게는 커다란 위안이었다. 그렇게 함으로써 그들은 자신을 비웃었고, 교훈을 얻으면서도 자신을 정당화했다. 공허하고 지루할 때 자신이 불행하다고 믿는 것은 감미로운 일이다. 죽음의 원칙의 첫번째 결론인 방탕은 흥분할 때는 무시무시한 압착기와도 같다.

그 결과, 부유한 자들은 생각한다. "진실한 것은 재산뿐이다. 나머지는 모두 꿈이다. 즐기고 죽자." 보잘것없는 재산을 가진 자들은 생각한다. "진실한 것은 망각뿐이다. 나머지는 모두 꿈이다. 잊고 죽자." 가난한 자들은 말한다. "진실한 것은 불행뿐이다. 나머지는 모두 꿈이다. 신을 모독하고 죽자."

이것이 너무 우울한가? 과장인가? 당신들은 어떻게 생각하는가? 내가 염세주의자인가? 더 생각해봐야겠다.

로마제국의 몰락사를 읽노라면, 사막에서는 그토록 훌륭했던 기독교 신자들이 권력을 잡고 나서 행한 악을 깨닫지 않을 수 없다. 몽테스키외는 말한다. "그리스의 성직자들이 신도들을 극도의 무지에 빠뜨린 것을 생각하면, 그들을 헤로도토스가 이야기하는 스키타이인들과 비교하지 않을 수 없다. 그 무엇에도 노예들의 주의가 산만해지지 않고 먹을 것을 가지고 다투지 않도록 노예들의 눈을 도려내버린 스키타이인들 말이다. 국사國事, 평화, 전쟁, 휴전, 협상, 연합 모두 수도자 내각을 통해서만 다뤄졌다. 그 결과 어떤 해악이 생겨났는지 믿을 수 없을 것이다."

몽테스키외는 이렇게 덧붙일 수도 있었을 것이다. "기독교는 황제들을 타락시켰지만 민중을 구했다. 기독교는 이방인들에게 콘스탄티노플의 궁전을 열어주었다. 하지만 예수님이 보낸 위안의 천사들에게는 오두막집의 문을 열어주었다." 물론 지상의 제후들과 관련된 이야기다! 그것은 골수까지 타락한 제국의 마지막 헐떡거림보다, 헬리오가발루스와 카라칼라의 무덤 위에서 아직도 전제정치의 해골이 요동치게 하는 고약한 전기요법보다 더 흥미롭다! 티베리우스의 수의로 감싸고, 네로 황제의 향료로 방부 처리한 로마의 미라는 보존해야 할 뛰어난 것이거늘! 친애하는 정치인들은 가난한 사람들을 찾아가 평화롭게 지내라고 이야기해야 했다. 벌레들과 두더지들이 치욕의 기념비들을 갉아먹도록 방치하고, 미라의 태내에서 구세주의 어머니만큼이나 아름다운 동정녀를, 억눌린 자들의 친구인 희망을 꺼내야 했다.

기독교는 그런 일들을 했다. 그런데 지금, 오랜 세월 기독교를 전복시킨 자들은 무엇을 했는가? 그들은 가난한 자가 부자에게, 약자가 강자에게 억압당하는 것을 보았고, 그런 이유로 이렇게 생각했다. '부자와 강자는 지상에서 나를 억압할 것이다. 하지만 그들이 천국에 들어가려 할 때는 내가 문에 서서 그들을 신의 법정에 고발할 것이다.' 그러니 슬프도다! 그들은 인내했거늘.

그리하여 예수님에게 적대적인 자들이 가난한 자에게 말했다. "당신은 정의의 날까지 인내하지만 정의는 결코 없소. 당신은 복수를 위해 영원한 삶을 기다리지만 영원한 삶은 결코 없소. 당신은 죽음의 순간에 신의 발치로 가져가기 위해 당신과 당신 가족의 눈물과 당신 아이들의 울음소리와 당신 아내의 흐느낌을 모으지만 신은 결코 없소."

그러자 가난한 자가 눈물을 닦고 아내에게 조용히 하라고, 아이들에게 자기와 같이 가자고 말하고는 황소와 같은 힘으로 의연히 경작지에서 어깨를 펴고 일어섰던 게 분명하다. 그는 부자에게 말했다. "나를 억압하는 당신은 한낱 인간일 뿐이오." 그리고 사제에게 말했다. "우리를 위로해준답시고 당신은 거짓을 말했소." 예수님의 적대자들이 원한 것이 바로 그것이었다. 아마도 그들은 가난한 자들이 자유를 쟁취하도록 부추기면서 인간들을 행복하게 했다고 믿었으리라.

그런데 만일 가난한 자가 성직자들이 자신을 속이고, 부자들이 자신의 것을 가로채고, 모든 인간이 동일한 권리를 가졌으며, 모든 행복은 이 세상의 것이고, 자신의 비참함이 부도덕한 것이라는 사실을 깨달았다면, 만일 가난한 자가 믿을 것이라고는 자기 자신과 자신의 두 팔밖에는 없는데 어느 아름다운 날 '부자와 투쟁을! 다른 쾌락이란 없으니 내게도 이 세상의 쾌락을! 하늘은 비었으니 내게 현세를! 나에게, 모두에게, 모든 사람은 평등하거늘!'이라고 생각했다면, 오, 그를 거기까지 이끌어간 탁월한 이론가여, 만일 그가 패배한다면 무슨 말을 할 것인가?

아마도 당신들은 박애주의자이고, 아마도 미래에는 당신들이 옳을 것이고, 당신들이 축복받는 날이 올 것이다. 하지만 아직은 아니다. 사실 우리는 당신들을 축복할 수 없다. 예전에는 압제자들이 "나에게 현세를!"이라고 말하면, 압제받는 사람들은 "나에게 하늘을!"이라고 대답했다. 지금 그들은 무어라 대답할 것인가?

세기병世紀病은 모두 두 가지 요인에서 비롯된다. 1793년과 1814년을 거친 민중은 가슴 두 군데에 상처가 있다. 존재했던 모든 것이 더는 존재하지 않고, 앞으로 존재할 모든 것은 아직 존재하지 않는다. 우리가 앓는 병의 원인을 다른 곳에서 찾지 마라.

파손되어 무너진 집을 가진 한 남자가 있다. 그는 새집을 짓기 위해 집을 아예 무너뜨려버렸다. 밭에는 파편들이 뒹굴고, 그는 새 건물을 지을 새 돌들을 기다린다. 손에 곡괭이를 들고 소매를 걷어올리고는 석재를 다듬고 시멘트를 만들려는 순간 누군가 와서 돌이 모자란다고 말하더니 예전 것을 다시 희게 만들어 사용하라고 충고한다. 가족들을 위한 둥지를 만드는 데 잔해를 사용할 마음이 전혀 없었던 남자는 어떻게 하면 좋겠는가? 채석장은 너무 깊고 거기서 돌을 캐내기에는 도구가 너무 빈약한데. 사람들이 그에게 말한다. "기다리시오, 조금씩 돌을 캐내게 될 테니. 희망을 갖고, 일하고, 전진하고, 물러서시오." 그에게 하지 못할 말이 무엇이겠는가? 이전에 살던 집도 더는 없고 아직 새집도 갖지 못한 남자는 그 시간 동안 어떻게 비를 막고, 저녁식사를 준비하고, 어디서 일을 하고, 어디서 쉬고, 어디서 살고, 어디서 죽어야 할지 알지 못한다. 아이들은 갓 태어났는데.

내가 놀랄 만큼 잘못 생각한 게 아니라면 우리는 이 남자를 닮았다.

오, 미래의 민중들이여! 더운 여름날, 당신들은 고향의 푸른 들판에서 허리 굽혀 쟁기질을 하고 있을 테지요. 그때 당신들은 한 점의 얼룩도 없는 순수한 태양 아래 당신네 어머니인 비옥한 대지가 모닝드레스 차림으로 사랑하는 대지의 아이인 농부에게 미소 짓는 것을 보게 될 겁니다. 평온한 이마에서 신성한 세례처럼 쏟아지는 땀을 닦을 때 당신은 광대한 지평선을 두루 훑어볼 것입니다. 그곳 인간의 수확물에는 다른 것보다 더 크게 자란 이삭은 하나도 없이, 황금빛으로 물드는 밀밭 가운데 수레국화와 데이지꽃만 피어 있을 것입니다. 오, 자유로운 인간들이여! 이러한 수확을 위해 당신들이 태어난 것을 신께 감사드릴 그때 더이상 그곳에 있지 않을 우리를 생각해주십시오. 당신들이 누릴 안정은 우리가 비싼 값을 치르고 얻은 것임을 이야기해주십시오. 당신들의 모든 조상들보다 우리를 더 불쌍히 여기기를. 조상들을 연민하게 만든 악을 숱하게 겪고 있는 우리는 그들을 위로해준 존재를 상실했기 때문입니다.

3

어떤 상황에서 내가 처음으로 세기병에 걸렸는지 이야기해야겠다.

가면무도회 후 나는 멋진 저녁식사 자리에 앉아 있었다. 내 주위에
는 호화롭게 가장假裝한 친구들이 있었다. 사방에 젊은 남녀들이 있고
모두가 아름다움과 기쁨으로 빛났다. 좌우에는 진미 요리, 술병, 샹들
리에, 꽃 들이 있었다. 내 머리 위에서는 오케스트라의 연주가 요란하
고, 내 앞에는 눈부시게 아름다운 여인, 사랑하는 내 연인이 있었다.

그때 내 나이 열아홉이었다. 어떤 불행을 겪은 적도 없고 어떤 병을
앓은 적도 없었다. 내 성격은 고결하면서 개방적이었고, 가슴은 희망
으로 가득차 벅찼다. 포도주 향이 내 혈관 속에서 술렁였다. 보이는 모
든 것, 들리는 모든 것이 연인에 대해 이야기해주는 도취의 한때였다.
그때는 온 세상이 수많은 면에 저마다의 비밀스러운 이름이 새겨진 보

석처럼 보였다. 미소 짓는 모두를 기꺼이 껴안을 수 있고, 모든 존재에 호감을 느낄 수 있을 것 같았다. 나는 연인과의 밤 약속을 앞두고, 그녀를 바라보며 천천히 잔을 입술로 가져갔다.

접시에 담긴 요리를 먹으려고 돌아앉다가 포크를 떨어뜨렸다. 포크를 집기 위해 몸을 굽혔는데, 포크가 바로 눈에 띄지 않아 어디로 굴러 갔는지 보려고 식탁보를 들췄다. 그때 식탁 아래에서 내 연인 옆에 앉은 젊은 남자의 발 위에 얹힌 그녀의 발을 발견했다. 그들의 다리가 포개져 서로 얽혀 있었다. 그들은 이따금 다리를 부드럽게 죄었다.

나는 아주 태연하게 다시 몸을 일으켜 새 포크를 달라고 청하고는 저녁식사를 계속했다. 내 연인과 그녀의 옆자리 남자 역시 침착했는데, 서로 거의 이야기를 나누지 않았으며 서로 쳐다보지도 않았다. 젊은 남자는 식탁 위에 팔꿈치를 대고서, 자신의 목걸이와 팔찌를 보여주는 다른 여인과 농담을 주고받고 있었다. 내 연인은 움직이지 않았으며, 우수에 잠긴 눈은 고정되어 있었다. 나는 식사를 하는 내내 그 둘을 관찰했다. 그들의 행동에서도 얼굴에서도 아무런 티가 나지 않았다. 나는 마지막 후식을 먹다가 냅킨을 바닥에 미끄러뜨렸고, 다시 몸을 굽혔을 때 그들 둘이 같은 자세로 서로 단단히 연결되어 있는 것을 발견했다.

그날 저녁 나는 집에 바래다주기로 연인과 약속한 터였다. 그녀는 미망인이어서 자유로운 몸이었다. 샤프롱으로 그녀와 동행한 나이든 친척의 시중을 받고 있었다. 회랑을 지날 때 그녀가 나를 불러 말했다. "자, 옥타브, 우리 가요. 나 여기 있어요." 나는 웃기 시작했고 대답 없이 나왔다. 몇 걸음을 떼다가 어느 경계석 위에 앉았다. 무슨 생각을 했는지 모르겠다. 결코 집착하지도 의심하지도 않았던 여인의 부정不貞에 일시적으로 멍해지고 바보가 된 것 같았다. 방금 전 보았던 것은 의심의 여지가 없었다. 몽둥이에 맞아 멍해진 것 같았고, 경계석에 앉아 있는 동안 내 안에서 무슨 일이 일어났는지 아무런 기억도 나지 않는다. 무의식적으로 하늘을 바라보았고, 시인들이 무너진 세계를 발견했던 유성을 보면서 내가 그 덧없는 희미한 빛에 인사한 것을 제외하면 말이다. 나는 유성을 향해 엄숙하게 모자를 벗었다.

나는 조용히 집으로 돌아왔다. 아무것도 지각하지도 느끼지도 못했다. 아예 생각이 없어진 것 같았다. 나는 옷을 벗기 시작했고, 침대에 들었다. 하지만 베개에 머리를 대자마자 너무도 강렬한 복수심에 사로잡혀 다시 몸을 벌떡 일으켜 벽에 기댔다. 내 몸의 모든 근육이 나무로 변한 것 같았다. 나는 울부짖으며 침대에서 내려왔다. 두 팔을 뻗은 채 발뒤꿈치로밖에 걸을 수 없었다. 그럴 수밖에 없을 정도로 내 발가락 신경들이 경련을 일으키고 있었다. 나는 그렇게 한 시간가량을 보냈다. 완전히 정신을 잃고 해골처럼 뻣뻣해진 채. 그것이 내가 처음으로 경험한 분노의 폭발이었다.

내 연인과의 불륜을 들킨 남자는 나의 절친한 친구 중 하나였다. 다음날 나는 데주네라는 젊은 변호사와 함께 그의 집으로 갔다. 우리는 각자 권총을 들고, 또다른 한 명의 증인과 함께 뱅센 숲으로 갔다. 길을 가는 내내 나는 적수와 말하는 것도, 심지어 그에게 다가가는 것도 피했다. 그를 후려치고 싶고 욕설을 내뱉고 싶은 욕망에 그렇게 저항했다. 규정에 맞는 결투를 법으로 허용하는 만큼 그런 종류의 폭력은 언제나 추하고 무익했다. 하지만 나는 그를 뚫어지게 응시하지 않을 수 없었다. 그는 내 어린 시절 친구였고, 몇 해 전부터 우리는 빈번하게 서로 도움을 주고받아왔다. 그는 연인을 향한 내 사랑에 대해 전부 알고 있었고, 친구에게 이런 종류의 관계는 신성한 것이며 한 여인을 나와 동시에 사랑하게 된다 하더라도 내 자리를 빼앗으려 할 수는 없을 거라고 여러 번 분명히 말하기까지 했다. 요컨대 나는 그를 완전히 신뢰했다. 아마도 내가 그의 손을 잡았던 것보다 더 다정하게 다른 사람의 손을 잡은 일은 한 번도 없었을 것이다.

나는 고대 영웅처럼 우정에 대해 말하던, 방금 전 내 연인과의 애무를 들킨 그 친구를 주의깊게, 빨아들일 듯 바라보았다. 내 인생에서 괴물을 본 것은 그때가 처음이었다. 그가 어떻게 생겼는지 관찰하기 위해 나는 험상궂은 눈으로 그를 아래위로 훑어보았다. 열 살 무렵부터 알고 지냈던 그, 날마다 가장 완벽하고 긴밀한 우정을 나누며 지내왔던 그가 생판 모르는 남처럼 느껴졌다. 비유를 하나 해보겠다.

세상 사람들이 모두 알고 있는 스페인 희곡*이 있는데, 거기서 신의 사자使者인 석상이 저녁식사를 하러 탕아의 집으로 온다. 탕아는 침착함을 잃지 않고 무심한 듯 보이려 애쓴다. 하지만 석상이 악수를 청해 손을 잡자 탕아는 극심한 냉기를 느끼고 경련을 일으키며 쓰러진다.

살아오면서 오랫동안 확신을 가지고 친구 혹은 연인을 믿었다가 갑자기 속았다는 것을 깨달을 때마다, 이런 깨달음이 내게 가져온 결과를 표현할 때 석상과의 악수에 비할 수밖에 없다. 그것은 정말로 대리석 같은 느낌인데, 견디기 힘든 차가운 입맞춤으로 현실이 나를 얼어

---

* 『돈 후안』.

붉게 만드는 것 같았다. 그것은 돌로 만들어진 사람의 감촉이었다. 슬프구나! 끔찍한 손님이 내 문을 두드린 것이 한 번이 아니었으니. 우리가 같이 저녁식사를 한 것이 한 번이 아니었으니.

그동안 우리는 자리를 잡았고, 적수와 나는 천천히 서로에게 다가가면서 결투 태세를 갖췄다. 그가 먼저 방아쇠를 당겨 내 오른팔에 부상을 입혔다. 나는 곧 다른 손으로 권총을 쥐었다. 하지만 일어설 수가 없었다. 힘이 빠져 무릎을 꿇고 쓰러졌다.

그때 나는 적수가 불안한 표정으로 얼굴이 있는 대로 창백해져 황급히 다가오는 것을 보았다. 내가 상처 입은 것을 보고 내 쪽 증인들도 동시에 달려왔다. 그런데 그가 그들을 비켜나게 하더니 상처 입은 팔의 손을 잡았다. 그는 이를 악물고 있어 말을 할 수 없었다. 나는 그의 고뇌를 보았다. 그는 인간이 경험할 수 있는 가장 끔찍한 죄악으로 고통받고 있었다. "꺼져버려." 내가 그에게 소리쳤다. "가서 의 수건으로 몸이나 닦아!" 그는 숨을 헐떡였고 나 역시 그랬다.

사람들이 나를 삯마차에 태웠는데 거기에 의사가 있었다. 상처는 심하지 않았다. 총알이 뼈까지 이르지는 않았다. 하지만 내가 극도로 흥분한 상태여서 당장 붕대를 감는 것은 불가능했다. 삯마차가 출발하려할 때 휘장 사이로 떨리는 손이 보였다. 되돌아온 내 적수였다. 내 대답은 머리를 가로젓는 것이었다. 나는 격심한 분노에 빠져 있었기 때문에, 그의 뉘우침이 진실하다는 것을 잘 알면서도, 그를 용서하려는 내 노력은 헛된 일이었다.

집에 도착했을 때는 팔에서 흐른 다량의 출혈로 인해 많이 차분해져 있었다. 무기력함이 상처보다 더 고통스러웠던 분노로부터 나를 해방시켜준 것이다. 나는 희열을 느끼며 침대에 누웠고, 그때 사람들이 건네준 첫잔의 물보다 더 기분좋게 뭔가를 마셔본 적은 없는 것 같다.

　침대에 누우니 열이 났다. 내가 눈물을 쏟기 시작한 것은 그때였다. 납득할 수 없는 것은 내 연인이 이제 나를 사랑하지 않는다는 사실이 아니라 그녀가 나를 속였다는 것이었다. 의무 때문에도 이익 때문에도 사랑을 강요받은 바 없는 여인이 다른 남자를 사랑하면서도 한 남자에게 거짓을 말하는 이유를 이해할 수 없었다. 어떻게 그럴 수 있는지 나는 하루에도 스무 번이고 데주네에게 물었다. "만일 내가 남편이거나 그녀에게 생활비를 대주고 있는 남자라면 그녀가 나를 배신한 것을 이해할 거예요. 도대체 왜, 그녀가 더이상 나를 사랑하지 않는다면, 왜 내게 그렇다고 말하지 않는 거죠? 왜 나를 속이는 걸까요?" 나는 사랑할 때 거짓을 말할 수 있다는 것을 납득하지 못했다. 그때 나는 어린애였고, 고백하건대 지금도 여전히 그 사실을 이해하지 못한다. 한 여인을 사랑하게 되면 나는 매번 그 사실을 고백했고, 더이상 사랑하지 않게 되었을 때도 똑같은 진실함으로 어김없이 그 사실을 털어놓았다. 그런 종류의 일은 우리 의지대로 되는 일이 아니며 거짓만한 죄악도 없다고 늘 생각했기 때문이다.

　나의 모든 말에 데주네는 대답했다. "불쌍한 여자야. 더이상 그녀를 만나지 않겠다고 내게 약속해." 나는 엄숙하게 맹세했다. 덧붙여 그는 비난하기 위해서라도 결코 그녀에게 편지를 쓰지 말고, 그녀가 편지를 보낸다 해도 답하지 말라고 조언했다. 그가 그렇게 요구하는 것이 놀랍기도 하고 내가 설마 그러리라고 생각한다는 데 분개해 나는 그 모든 것을 약속했다.

하지만 일어나 외출할 수 있게 되자마자 내가 제일 먼저 한 일은 연인의 집으로 뛰어간 것이었다. 그녀는 홀로 방 한구석에 놓인 의자에 앉아 있었다. 의기소침한 표정에, 매무새도 엉망이었다. 나는 그녀에게 더없이 거친 비난을 퍼부었다. 절망에 빠져 제정신이 아니었다. 온 집안이 울리도록 소리치는데 격한 눈물에 말이 뚝뚝 끊겨, 나는 침대에 털썩 쓰러져 마음껏 눈물을 흘렸다.

"아! 부정한 여인이여! 아! 불쌍한 여인이여!" 나는 울면서 말했다. "내가 그 일로 죽도록 괴로워할 거라는 걸 모르나요. 그게 기뻐요? 내가 당신에게 무슨 잘못을 했길래?"

그녀는 달려와 내 목을 껴안더니, 자신은 유혹당하고 꾐에 빠졌다고 말했다. 그날의 숙명적인 저녁식사에서 내 연적 때문에 취하긴 했지만 그와는 결코 아무 일도 없었다고 했다. 한순간 망각에 빠져 과오를 범했지만 죄를 짓지는 않았다고 했다. 요컨대 그녀가 내게 저지른 잘못을 자신도 잘 알지만, 용서받지 못한다면 그녀 역시 죽도록 괴로울 것이라고 했다. 모든 진지한 뉘우침에는 눈물이 있고, 모든 고통에는 감동시키는 힘이 있는 법이다. 그녀는 나를 위로하기 위해 모든 것을 동원했다. 창백하고, 이성을 잃은 듯하며, 드레스 자락은 반쯤 벌어지고, 머리카락은 어깨 위로 헝클어진 채, 방 한가운데 무릎 꿇고 있는 그녀는 전에 없이 아름다웠다. 증오로 전율하면서도 그 광경에 내 모든 감각은 자극되었다.

나는 기진맥진해 밖으로 나왔다. 더는 앞이 보이지 않아 겨우 서 있었다. 다시는 그녀를 보고 싶지 않았다. 하지만 십오 분 뒤 그곳으로 되돌아갔다. 뭔지 모를 절망적인 힘이 나를 그곳으로 끌어당겼다. 다시 한번 그녀를 갖고, 그녀의 멋진 육체 위에서 이 모든 쓰라린 눈물을 마셔버린 다음 우리 둘 다 죽었으면 하는 은밀한 욕망을 느꼈다. 요컨대 나는 그녀를 혐오하면서도 열렬히 사랑했다. 그녀를 향한 사랑은 곧 나의 파멸이지만 그녀 없이 사는 것은 불가능하다고 느꼈다. 나는 섬광처럼 그녀의 집으로 올라갔다. 집을 알고 있었기에 어떤 하인에게도 알리지 않고 곧장 들어가 그녀의 방문을 열었다.

보석을 휘감고서 화장대 앞에 꼼짝 않고 앉아 있는 그녀를 발견했다. 하녀가 머리 손질을 해주고 있었다. 그녀는 붉은 크레이프 천조각을 들어 얼굴에 살짝 갖다댔다. 꿈을 꾸고 있는 것 같았다. 십오 분 전까지만 해도 고통에 휩싸여 타일 바닥에 누워 있던 바로 그 여인이라는 것이 믿어지지 않았다. 나는 조각상처럼 굳어 있었다. 그녀는 문이 열리는 소리를 듣더니 미소 띤 얼굴로 돌아보며 말했다. "당신이에요?" 무도회에 가려고 내 연적을 기다리고 있었던 것이다. 그녀가 나를 알아보더니 입술을 깨물고 눈살을 찌푸렸다.

나는 나가려고 한 걸음을 뗐다. 그녀의 윤기 도는 향기로운 목덜미를 바라보았다. 목덜미께에 머리가 묶여 있고 그 위에서 다이아몬드 빗이 반짝였다. 생명력의 중심인 그 목덜미는 지옥보다 어두웠다. 반드르르한 두 갈래 머리채를 목덜미에서 묶어 올렸고, 섬세한 이삭 모양의 은장식이 그 위에서 흔들거렸다. 우윳빛보다 흰 어깨와 목에 거칠고 빽빽한 잔털이 두드러져 보였다. 그 탐스러운 올림머리에는 조금 전에 내가 보았던 흐트러짐으로 나를 비웃는 것 같은 뭔지 모를, 뻔뻔한 아름다움이 있었다. 나는 단숨에 다가가 주먹 쥔 단단한 손등으로 그 목덜미를 후려쳤다. 내 연인은 소리지르지 않았다. 그녀는 바닥에 손을 짚으며 쓰러졌다. 나는 서둘러 그곳을 나왔다.

집에 돌아왔을 때는 다시 고열이 나서 침대에 누워 있어야만 했다. 상처가 다시 벌어져 고통이 극심했다. 데주네가 나를 만나러 왔다. 나는 그사이 일어난 일을 모두 그에게 이야기했다. 그는 입을 꾹 다물고 내 이야기를 들었다. 그러고는 주저하는 사람처럼 잠시 방안을 왔다갔다했다. 마침내 그가 내 앞에 멈춰 서더니 먼저 폭소를 터뜨렸다.

"그 여자가 첫 연인이야?" 그가 물었다.

"아니요! 마지막 연인요."

한밤중에 선잠이 들었을 때, 잠결에 깊은 한숨 소리를 들은 것 같았다. 눈을 뜨니 침대 옆에 내 연인이 서 있는 것이 보였다. 팔짱을 낀 그녀의 모습이 유령 같았다. 내 혼란한 머리에서 나온 환영이라는 생각에 비명을 억누를 수가 없었다. 나는 침대 밖으로 튀어나가 방 저편 구석으로 도망갔다. 그녀가 내게로 왔다. "나예요." 그녀가 말했다. 그러더니 두 팔로 내 허리를 부축해 갔다. "내게 뭘 원하는 거지?" 나는 소리쳤다. "나를 놓아줘. 당장이라도 당신을 죽일 수 있어!"

"그래요! 날 죽여요." 그녀가 소리쳤다. "난 당신을 배신했고, 당신에게 거짓말을 했어요. 난 파렴치하고 역겨운 여자예요. 하지만 당신을 사랑하고, 당신 없이는 살 수 없어요."

나는 그녀를 바라보았다. 그녀는 얼마나 아름다운가! 그녀의 온몸이 떨리고 있었다. 사랑으로 길을 잃은 그녀의 두 눈은 맹렬히 관능을 내뿜고 있었다. 목덜미가 드러나고, 입술은 불탔다. 나는 그녀를 두 팔로 안아 일으켰다. "좋아." 내가 말했다. "그렇지만 우리를 굽어보고 계시는 신 앞에 맹세코, 아버지의 영혼에 맹세코 곧 당신을 죽이고 스스로 목숨을 끊을 거야." 나는 벽난로 위에 있던 식탁용 칼을 집어들어 베개에 올려놓았다.

"자, 옥타브," 그녀는 미소와 함께 나를 껴안으며 말했다. "분별없는 짓은 하지 마요. 자, 나의 철부지여, 이 모든 증오는 당신을 해친답니다. 당신 열이 있군요. 그 칼을 내게 줘요."

나는 그녀가 칼을 집으려 한다는 걸 알아차렸다. "내 말 잘 들어요." 그때 내가 말했다. "당신이 누군지, 당신이 무슨 연극을 하는 건지 난 몰라. 하지만 나로 말하자면, 연극을 하는 게 아니야. 나는 지상에서 한 남자가 사랑할 수 있는 만큼 당신을 사랑했어. 그리고 불행히도 아직도 당신을 미친듯이 사랑한다는 사실을 알았으면 해. 방금 당신 역시 나를 사랑한다고 했지. 나도 그러길 바라. 하지만 신에게 맹세코 만일 오늘 저녁 내가 당신의 연인이 된다면, 내일 당신의 연인이 되는 사람은 없을 거야. 신 앞에 맹세코, 신 앞에 맹세코," 나는 되풀이해 말했다. "당신이 다시 내 연인이 되는 일은 없을 거야. 당신을 사랑하는 만큼 당신을 증오하기 때문이지. 신 앞에 맹세코, 만일 당신이 나를 갖고 싶다면, 내일 아침 난 당신을 죽일 거야." 이렇게 말하면서 나는 완전히 흥분해 쓰러졌다.

그녀는 어깨에 외투를 걸치고 뛰어나갔다.

데주네는 이 이야기를 듣고 내게 말했다. "왜 그녀를 갖지 않았지? 참 까다로운 사람이로군. 그녀는 아름다워."

"농담해요?" 내가 말했다. "그런 여인이 내 연인이 될 수 있다고 믿는 거예요? 언젠가 다른 사람과 그녀를 나눠 갖는 것에 내가 동의할 거라 믿어요? 다른 사람의 것이 되었다는 걸 그녀 자신이 고백하리라고 생각해요? 형님은 그녀를 다시 차지하기 위해 내가 그녀를 사랑한다는 사실을 잊어버리길 원해요? 만일 형님의 사랑이 그런 것이라면 가엾은 사람이군요."

데주네는 자신은 매춘부들만을 사랑하며, 그렇게 복잡하게 생각하지 않는다고 대답했다. "친애하는 옥타브," 그가 덧붙였다. "자네는 아주 젊어. 자네는 많은 것을, 아름답긴 하지만 존재하지 않는 것들을 가지려 하는군. 자네는 특별한 종류의 사랑을 믿고 있어. 아마 자네한텐 그게 가능할 거야. 내 생각에는 그래. 하지만 자네를 위해 하는 말인데 그런 사랑을 실제로 이루려고 하지는 말게. 친구여, 자네에겐 다른 연인이 생길 거야. 그리고 미래의 어느 날, 그날 밤 자네에게 일어난 일을 후회하게 될 거야. 그 여인이 자네를 찾아왔을 때는 자네를 사랑한 것이 분명해. 아마 이제는 자네를 사랑하지 않을 거야. 아마도 다른 남자의 품안에 있겠지. 그렇지만 그날 밤, 그 방안에서는 자네를 사랑했어. 그렇다면 나머지가 뭐가 중요하지? 자네는 그곳에서 아름다운 밤을 보냈고, 그 밤을 그리워하게 될 거야. 확신하는데, 그녀는 되돌아오지 않을 테니까. 여인은 모든 것을 용서한다네. 누군가 자신을 받아들이지 않았다는 사실을 제외하고는 말이야. 틀림없이 자네에 대한 사랑이 엄청났을 거야. 자신이 잘못을 저질렀다는 걸 깨닫고는 그 사실을 고백했다가 거부당할지 모른다고 생각하고도 자네를 만나러 왔던 걸 보면 말이야. 날 믿게. 자네는 그런 밤을 그리워하게 될 거야. 내가 말하는데, 자네는 더는 그런 밤을 갖지 못할 테니까."

데주네가 하는 모든 말에는 간결하면서도 깊은 확신의 분위기와 경험에서 우러나온 절망적인 평온함이 있었기에 그 말을 들으면서 나는 전율했다. 그가 말하는 동안 나는 다시 한번 연인의 집에 찾아가거나 편지를 써서 그녀를 불러들이고 싶은 강렬한 욕망을 느꼈다. 나는 몸을 일으킬 수 없었다. 그 때문에 또다시 연적을 기다리거나 연적과 함께 방에 있는 그녀를 발견할 수도 있는 수치를 모면하게 되었다. 하지만 그녀에게 편지를 쓰는 것은 여전히 어렵지 않았다. 내 뜻과 달리 그녀에게 편지를 썼을 경우 그녀가 과연 올 것인지 자문해보았다.

데주네가 떠나자 나는 지독한 마음의 동요를 느꼈다. 그래서 어떤 식으로든 끝을 내야겠다고 결심했다. 끔찍한 갈등 끝에 결국 증오가 사랑을 이겼다. 나는 연인에게 다시는 만나지 않을 것이니 문전박대당하고 싶지 않다면 부디 찾아오지 말라고 편지를 썼다. 나는 세차게 종을 쳤고, 되도록 빨리 편지를 전달하라고 지시했다. 하인이 문을 닫자마자 다시 불렀다. 하지만 하인은 듣지 못했다. 도저히 그를 두 번 부를 수는 없었다. 나는 두 손에 얼굴을 묻고 깊디깊은 절망에 파묻혔다.

4

다음날 해가 떴을 때 처음으로 떠오른 생각은 이것이었다. '이제 어쩌지?'

나는 지위도 직업도 없었다. 의학과 법학을 공부했지만, 이 두 행로 중 하나를 택할 수 없었다. 은행에서 육 개월간 일했지만 실수투성이여서 해고당하지 않기 위해 때맞춰 사직할 수밖에 없었다. 나는 유용한 공부들을 했지만 피상적이었고, 쉽게 배우고 쉽게 잊어버리는 내 기억력에는 훈련이 필요했다.

사랑이 지나간 후 내게 소중한 것은 오직 독립뿐이었다. 사춘기 무렵부터 독립을 절실히 예찬했던 나는 말하자면 마음속으로 독립을 신성시했다. 어느 날 아버지는 벌써 내 미래를 생각해 여러 직업에 대해 말하고는 그것들 가운데 선택하게 했다. 나는 창턱에 팔꿈치를 괴고서

앙상한 미루나무가 정원에 홀로 서서 흔들리는 것을 바라보았다. 나는 온갖 다양한 직업에 대해 숙고하고 나서 그중 하나를 결정할 생각이었다. 그 모든 것들을 하나씩 끝까지 머릿속으로 검토했다. 그러다 아무 것에도 흥미가 없음을 깨닫고는 상상의 날개를 펼쳤다. 갑자기 땅이 움직이고, 우주 공간 속으로 땅을 끌고 가는 보이지 않는 은밀한 힘이 내 감각에 감지되는 것 같았다. 땅이 하늘로 올라가는 것이 보였다. 내가 마치 배에 타고 있는 것 같았다. 눈앞의 미루나무가 배의 돛대처럼 보였다. 나는 두 팔을 벌리고 일어나 외쳤다. "창공에 떠다니는 배 위의 여행자가 되는 것도 정말 대수롭지 않은 일이구나. 저 배 위의 검은 점, 인간이 되는 것도 정말 대수롭지 않은 일이구나. 나는 인간이 될 테다. 하지만 특별한 종류의 인간이 되지는 않겠어!"

이것이 열네 살 나이에 내가 자연 앞에서 한 첫번째 맹세였고, 그때 이후로는 아버지에 대한 복종심에서만 뭔가를 시도해봤을 뿐이다. 하지만 내 혐오감은 결코 떨쳐낼 수 없었다.

그러니까 나는 나태함이 아니라 의지로 인해 자유로웠다. 게다가 신의 창조물이라면 뭐든 사랑하면서도, 인간이 만든 것은 거의 좋아하지 않았다. 나는 삶에서 사랑만 알고, 세상에서 내 연인만 알았을 뿐, 다른 것은 더 알려고 하지 않았다. 그러니까 학교를 졸업할 무렵 사랑에 빠진 나는 그것이 내 평생의 사랑이라고 진심으로 믿었고, 다른 모든 생각은 사라졌다.

나는 집안에 틀어박혀 지내다시피 했다. 낮시간은 연인의 집에서 보냈다. 아름다운 여름에는 연인을 데리고 들로 나가 숲속에서 그녀 곁의 풀이나 이끼 위에 몸을 눕히는 것이 커다란 즐거움이었다. 그 찬란한 자연 풍경은 언제나 내게 가장 강력한 최음제였다. 그녀가 사교계를 좋아했기에, 겨울에는 함께 가면무도회를 분주히 찾아다녔고, 그 때문에 그런 무위도식의 삶이 결코 멈추지 않았다. 그녀가 충실했던 한은 그녀만 생각했기에 그녀가 날 배신했을 때는 아무런 생각도 할 수 없었다.

그때의 내 정신 상태에 대해 설명하자면, 온갖 시대와 온갖 지방의 가구들이 한데 뒤섞여 있는, 오늘날 많이 보이는 아파트 중 하나와 비교하는 것이 제일 나을 것이다. 우리의 세기는 형식이란 게 전혀 없다. 우리는 집에도, 정원에도, 그 무엇에도 우리 시대의 인장을 새기지 않았다. 앙리 3세 시대처럼 턱수염을 다듬은 사람들, 면도한 사람들, 라파엘로의 초상화에 등장하는 이들처럼 머리를 매만진 사람들, 예수그리스도 시대처럼 머리를 정돈한 사람들과 길에서 마주친다. 부자들의 아파트도 골동품 진열장 같다. 고대풍, 고딕풍, 르네상스풍, 루이 13세풍 할 것 없이 모든 것이 뒤섞여 있다. 요컨대 우리 시대의 것만 제외하고 모든 시대의 양식이 있었는데, 그것은 다른 시대에는 결코 볼 수 없었던 일이다. 절충주의가 우리의 취향이었다. 우리는 발견하는 족족 모든 것을 취했다. 이건 아름다워서, 이건 편리해서, 다른 것은 오래된 것이라서, 다른 것은 바로 그 추함 때문에. 그 결과, 마치 세상의 종말이 다가온 것처럼 우리는 남은 부스러기로만 살아가고 있다.

내 정신 상태가 그랬다. 독서를 많이 한데다 그림도 배웠다. 내 지식의 양은 엄청났지만 무질서했기 때문에 내 머리는 스펀지처럼 텅 빈 동시에 부풀어 있었다. 나는 모든 시인들 한 명 한 명과 사랑에 빠졌다. 하지만 천성적으로 감수성이 예민한 탓에 언제나 가장 최근에

접한 시인 때문에 다른 시인들이 싫어지곤 했다. 나 자신이 폐허들의 백화점이 되었는데, 더이상 갈증을 느끼지 않을 만큼 알지 못했던 새로운 것을 받아들인 나머지, 결국 나 자신이 폐허가 된 듯 느껴질 정도였다.

하지만 그 폐허 위에는 아직도 젊디젊은 무언가가 있었다. 그것은 아직 어린아이에 불과했던 내 가슴의 희망이었다.

어떤 것에 의해서도 순수함을 잃거나 타락하지 않은, 사랑으로 고조된 그런 희망이 갑자기 치명적인 상처를 입은 것이다. 희망이 가장 높이 날아올랐을 때 연인의 배신이 엄습했고, 그 생각을 할 때면 나는 빈사 상태에 빠진 상처 입은 새처럼 영혼에서 무언가가 경련을 일으키며 쇠약해지는 것을 느꼈다.

수많은 죄를 범한 사회는 뱀에 물린 상처를 낫게 하는 풀잎이 보금자리인 인도의 뱀과 비슷하다. 상처가 야기한 고통의 곁에는 거의 언제나 치유약이 있기 마련이다. 예를 들어 새벽같이 업무를 보고, 방문은 몇시에 하고, 일은 다른 시간에 하고, 사랑은 또다른 시간에 하는 식의 규칙적인 생활 방식을 가진 사람은 연인을 잃어도 위험하지 않다. 그의 활동과 사고는 전쟁터에서 일렬로 정렬한 냉정한 군인들과 같다. 별안간의 포화로 그중 한 명이 쓰러지면 옆에 있던 군인들이 서로의 간격을 좁혀, 누군가 쓰러진 것이 보이지 않게 된다.

혼자가 된 뒤로 나는 그런 기댈 곳이 없었다. 반대로 경애하는 어머니인 자연은 그 어느 때보다 광대하고 비어 있는 듯 보였다. 내 연인을 완전히 잊을 수 있었다면, 나는 구원받았을 것이다. 사람이 치유되는데는 그렇게 많은 것이 필요하지 않은 법이니! 부정한 여인을 사랑하는 것은 불가능하며, 그런 경우 사람들의 행동은 감탄할 만큼 단호하다. 하지만 열아홉 살에는 그렇게 사랑하지 않는가? 세상 그 무엇도 알지 못한 채 모든 것을 원하면서 청년은 모든 정열의 싹을 동시에 느끼지 않는가? 그 나이에 무엇을 의심하겠는가? 오른쪽, 왼쪽, 저기, 지평선에서, 사방에서 그를 부르는 목소리가 들린다. 모든 것이 욕망이고, 모든 것이 몽상이다. 심장이 젊을 때는 현실에 구속받지 않는다. 아무리 마디지고 아무리 단단한 떡갈나무에서도 숲의 요정이 나오는 법이다. 백 개의 팔이 있다면 두려움 없이 허공에다 백 개의 팔을 뻗을 것이다. 자신의 연인을 꼭 안기만 하면, 허공은 가득찬다.

나로 말하자면, 사랑하는 것 말고는 다른 것을 생각해본 적이 없다. 다른 일에 대해 들었을 때 나는 대답하지 않았다. 연인에 대한 내 열정은 자연 그대로의 것이었고, 내 온 생명은 거기서 뭔지 모르게 수도사 같고 길들여지지 않은 것을 느꼈다. 하나의 예만 들겠다. 그녀가 자신의 초상을 작게 새겨넣은 메달을 내게 준 일이 있다. 나는 그것을 가슴에 지녔다. 남자들이 으레 하는 일이다. 그런데 어느 날 골동품상에서 끝에 뾰족한 못이 빽빽이 솟은 판이 달린 쇠 채찍을 발견하고는 그 판에 메달을 붙여 가슴에 지녔다. 움직일 때마다 가슴을 찌르는 못이 내게 묘한 쾌감을 주었고, 이따금 더 깊이 느끼기 위해 손을 갖다대곤 했다. 그것이 정신 나간 짓이었다는 것은 알고 있다. 사랑은 다른 터무니없는 짓도 많이 하게 하니까.

그 여인에게 배신당한 후 나는 그 잔인한 메달을 치워버렸다. 쇠로 된 띠를 풀면서 나는 이루 말할 수 없는 슬픔을 느꼈고, 그것에서 해방된 나 자신을 발견하고 가슴에서는 깊은 탄식이 흘러나왔다! '아! 가엾은 상처여, 너는 이제 지워질 것이냐?' 나는 생각했다. '아! 내 상처여, 소중한 내 상처여, 너에게 어떤 향유를 발라야 할까?'

그 여인을 증오해도 소용없었다. 말하자면 그녀는 내 혈관을 타고 흐르는 피 속에 있었다. 나는 그녀를 저주하면서도 그녀를 꿈꾸었다. 그것을 어떻게 하겠는가? 꿈을 어떻게 하겠는가? 피와 살의 기억에 어떤 이유를 부여하겠는가? 던컨을 죽이고 난 후 맥베스는 대서양 물에도 자신의 손이 씻기지 않을 것이라 말한다. 내 상처도 그것으로 씻기지 않을 것이다. 나는 데주네에게 그 이야기를 했다. "형님은 내가 어떻게 하면 좋겠어요? 잠들자마자 저기 베개 위에 그녀의 얼굴이 보이는데."

나는 그 여인을 통해서만 살았다. 그녀를 의심하는 것은 모든 것을 의심하는 것이었다. 그녀를 저주하는 것은 모든 것을 부인하는 것이었다. 그녀를 잃는 것은 모든 것을 허물어뜨리는 것이었다. 나는 더이상 외출하지 않았다. 세상이 괴물과 맹수와 악어로 가득차 있는 것 같았다. 내 기분을 풀어주려고 사람들이 들려주는 모든 말에 나는 이렇게 대답했다. "그래요, 좋은 말입니다. 하지만 분명 나는 아무것도 하지 않을 겁니다."

나는 창가에 서서 생각했다. '그녀가 올 거야, 확실해. 그녀가 온다, 그녀가 길을 돌고 있어. 그녀가 다가오는 게 느껴져. 내가 그녀 없이 살 수 없는 것처럼 그녀도 나 없이는 살 수 없어. 무슨 이야기를 할까? 어떤 표정을 지어야 할까?' 그러다 그녀의 배신이 다시 머리에 떠올랐다. "아! 그녀가 오지 않았으면!" 나는 외쳤다. "그녀가 다가오지 않았으면! 내가 그녀를 죽일 수도 있어!"

내가 마지막 편지를 보낸 뒤로 그녀에 대한 이야기는 들려오지 않았다. '아니, 그녀는 뭘 하는 걸까?' 나는 생각했다. '다른 남자를 사랑하는 걸까? 그럼 나도 다른 여자를 사랑하자. 누굴 사랑하지?' 다른 여자를 찾으면서도 나는 나를 향해 외치는 희미한 목소리 같은 것을 들었다. '당신이, 나 아닌 다른 여자를! 서로 사랑하고 서로 입맞추는 두 사람이 당신과 내가 아니라니! 그게 가능해요? 당신 제정신이에요?'

"겁쟁이로군!" 데주네가 내게 말했다. "언제 그 여자를 잊을 텐가? 대체 그게 그렇게 대단한 손실인가, 그녀에게 사랑받는 기분좋은 쾌락이? 아무 여인이나 붙잡아."

"아니요." 나는 대답했다. "그건 그렇게 대단한 손실은 아니죠. 해야만 할 일을 한 것 아닌가요? 내가 그녀를 이곳에서 내쫓았잖아요? 대체 무슨 말을 하려는 거죠? 나머지는 내 문제예요. 투우장에서 상처 입은 황소는 자유로이 한구석으로 가서 쓰러지죠. 그러고는 어깨에 투우사의 검이 박힌 채로 평화롭게 죽음을 맞아요. 내가 뭘 할까요, 말해봐요, 여기 혹은 저기서? 형님이 말하는 아무 여인이란 대체 뭐죠? 형님은 내게 맑은 하늘, 나무들과 집들, 이야기하고 술 마시고 노래하는 남자들과 춤추는 여자들, 질주하는 말을 보여주겠죠. 그 모든 것은 삶이 아니에요. 그건 삶의 소란이죠. 자, 날 쉬게 내버려둬요."

5

내 절망에는 치유법이 없고, 내가 누구의 이야기도 들으려 하지 않고 방에서 나가려 하지도 않는다는 것을 알고 데주네는 상황을 진지하게 받아들였다. 어느 날 저녁 그가 심각한 얼굴로 찾아왔다. 그는 내 연인에 대해 말했다. 그러고는 빈정대는 투로 자신이 생각하는 여인들의 온갖 죄악에 대해 늘어놓았다. 그가 말하는 동안 나는 침대에서 몸을 일으켜 팔꿈치를 괴고서 그의 이야기를 주의깊게 들었다.

쌩쌩 부는 바람 소리가 죽어가는 사람의 신음과도 비슷한, 그런 우울한 밤이었다. 날카로운 빗줄기가 유리창을 때리고, 그 사이사이로 견디기 힘든 침묵이 흘렀다. 온 자연이 이런 날씨로 고통받고 있었다. 나무들은 고통스럽게 흔들리거나 처량하게 머리를 숙였다. 들판의 새들은 덤불 속에서 서로 바짝 붙어 있었다. 도시의 길들은 비어 있었다.

나는 상처로 고통받고 있었다. 전날까지만 해도 연인과 친구가 있었는데 연인은 나를 배신했고, 친구는 나를 고통의 침상에 눕게 했다. 나는 내 머릿속에서 무슨 일이 일어나고 있는지 여전히 분명하게 풀지 못하고 있었다. 어떤 때는 공포로 가득찬 꿈을 꾼 것 같았고, 눈을 감기만 하면 다음날 행복하게 잠을 깰 수 있을 것 같은 생각이 들었다. 어떤 때는 내 삶 전체가 우스꽝스럽고 유치한 꿈처럼 보였고, 이제 막 그 위선이 밝혀진 것 같았다. 데주네는 등불 옆, 내 앞에 앉아 있었다. 변함없는 미소를 띤 그는 단호하고 진지했다. 그는 열의로 충만하지만 뜬돌처럼 냉정한 사람이었다. 때 이른 경험으로 인해 그는 나이보다 일찍 머리가 벗어졌다. 그는 삶을 알았고 젊었을 적에는 눈물을 흘렸다. 하지만 그의 고통은 갑옷을 입고 있었다. 그는 유물론자였고 죽음을 기다리고 있었다.

"옥타브," 그가 말했다. "자네 내면에서 벌어지는 일을 보면 자네는 소설가들과 시인들이 그려낸 사랑을 믿는 것 같아. 한마디로 이 세상에서 통상적으로 행해지는 사랑이 아니라 말로 일컬어지는 사랑을 믿는단 얘기지. 그건 자네가 올바르게 따져보지 않아서인데, 그러다간 크나큰 불행에 빠질 수 있어.

조각가들이 아름다움을 묘사하듯, 음악가들이 선율을 만들어내듯, 시인들은 사랑을 그려낸다네. 말하자면 신경질적이고 섬세한 기질을 타고난 그들이 분별력과 열의를 가지고 삶의 가장 순수한 요소들, 육체의 가장 아름다운 선이며, 자연의 가장 조화로운 소리를 한데 모으는 거지. 아테네에는 아름다운 소녀들이 아주 많았다고들 하더군. 프락시텔레스*는 소녀들 모두를 한 명씩 묘사했다네. 그런 다음, 각각의 소녀들의 아름다움에는 결점이 있었기에 그 모든 각양각색의 아름다움으로 결점을 지니지 않은 유일한 아름다움인 비너스를 창조했지. 최초로 악기를 만들고 곡조에 기본 원칙과 기준을 부여한 사람은 그 이전에 오랫동안 갈대의 속삭임과 꾀꼬리의 노랫소리를 들은 것이라네. 그처럼 시인들은 삶을 알고, 조금 오래 혹은 조금 짧게 지속되는 많은 덧없는 사랑을 본 후에야, 이따금이나마 숭고한 열광의 어느 단계까지 사랑의 정열이 고양될 수 있는지 깊이 느낀 후에야, 인간성을 타락시키는 모든 요소들을 삭제하고서, 세대에서 세대로 인구에 회자되는 다프니스와 클로에, 헤로와 레안드로스, 피라모스와 티스베 같은 신비로운 이름들을 창조한 거지.

현실의 삶에서 그들과 유사한, 영원하고 절대적인 사랑을 찾는 것은 광장에서 비너스만큼 아름다운 여인들을 찾는 것, 혹은 나이팅게일이 베토벤의 교향곡을 노래하기를 바라는 것과 같은 일이야.

완벽함은 존재하지 않아. 완벽함을 이해하는 건 인간 지성의 승리라 할 수 있지. 그걸 탐내고 소유하려는 건 인간의 어리석음 중에서도 가장 위험한 거야. 창문을 열어봐, 옥타브. 무한이 보이지 않나? 한없는 하늘이 느껴지지 않나? 자네의 이성이 그 사실을 이야기하지 않나? 그래도 무한을 품으려 하나? 어제 태어나 내일이면 죽을 자네가 무한을 이해한다고? 이 광대한 광경은 세상 모든 고장에서 극도의 광기를 만들어냈지. 종교는 그로부터 기원했어. 카토가 자신의 목을 벤 것은, 기독교인들이 사자에게, 신교도들이 가톨릭교도들에게 제 몸을 던진 것

---

* 고대 그리스 조각가. 대표작으로 〈크니도스의 아프로디테〉가 있다.

은 무한을 소유하려고 했기 때문이야. 지상의 모든 민중이 이 무한한 공간을 향해 팔을 뻗었고, 그것을 꼭 안으려 했네. 미치광이는 하늘을 소유하려 하지. 현자賢者는 하늘을 욕망하는 대신 찬미하고, 무릎을 꿇는다네.

친구여, 완벽함이란 우리를 위한 것이 아니라 무한을 위한 것일세. 어디서도 그걸 찾으려 애쓰지 말고, 어디서도 그걸 요구하지 말게나. 사랑에서도, 아름다움에서도, 행복에서도, 덕에서도 말이야. 하지만 인간이 될 수 있는 한 고결하고, 아름답고, 행복해지기 위해서는 완벽함을 사랑해야만 하지.

가령 자네의 서재에 라파엘로의 그림이 있는데, 자네는 그걸 완벽한 그림으로 생각한다고 가정해보자고. 그런데 어제저녁 그것을 가까이서 관찰해보니 그림의 인물들에서 데생의 서투른 실수, 어긋난 팔다리나 자연스럽지 않은 근육이 보인 거야. 고대 검투사의 한 팔에 그런 결점이 있다고들 하잖아. 분명 자네는 영 불만스러울 테지만 그림을 불에 던져넣지는 않을 거야. 그저 그것이 완벽하지는 않지만 찬미의 대상이 될 만한 부분들이 있다고 말하겠지.

본성이 선량하고 마음이 진실해 동시에 두 연인을 두지 않는 여인들이 있지. 자네는 자네의 연인이 그렇다고 믿었어. 실제로 그랬다면 좋았을 테지. 자네는 그녀의 배신을 알았어. 그래서 그녀를 경멸하고, 학대하고, 결국 그녀가 자네의 혐오를 받아 마땅하다고 생각하게 되었나?

설사 자네의 연인이 결코 자네를 배신하지 않고 지금 자네만 사랑한다 할지라도, 생각해보게나, 옥타브, 자네의 사랑이 아직도 얼마나 완벽하지 않고, 얼마나 인간적이고 대수롭지 않고 세상의 위선이라는 법칙에 제한을 받는지를 말이야. 자네 이전에 다른 남자가 그녀를 소유했다는 걸, 심지어 한 명 이상의 남자들이 그녀를 소유했을 거라는 걸 생각해보게나. 그리고 자네 다음에도 다른 남자들이 계속 그녀를 소유할 거라는 걸.

이렇게 생각해봐. 지금 자네를 절망으로 밀어내는 것은 자네가 연인에 대해 이런 완벽함이란 관념을 품고 있다가 그녀의 실추를 보았기 때문이야. 하지만 그런 기본 관념 자체가 인간적이고, 대수롭지 않으며, 제한적이라는 사실을 분명히 이해하게 되면 자네는 인간의 불완전함이라는 썩어빠진 거대한 사다리에서 한 칸 위거나 아래거나 하는 정도는 아무것도 아니라는 사실을 알게 될 거야.

자네 연인에게 다른 남자들이 있었고 앞으로도 다른 남자들이 있을 거란 사실은 인정하지? 그렇지 않나? 아마 자네는 그녀가 자네를 사랑하고 자네를 사랑하는 동안 그녀에게 자네뿐이라면 그건 거의 중요하지 않다고 말할 거야. 하지만 나는 이렇게 말하려네. 그녀에게 자네 말고 다른 남자들이 있었다면, 그것이 어제건 이 년 전이건 무슨 상관인가? 그녀에게 어차피 다른 남자들이 있을 거라면, 그것이 내일이건 이 년 후이건 무슨 상관이냐고? 그녀가 자네를 일정 기간 동안만 사랑할 것이 분명하다면, 그녀가 자네를 사랑하는 것이 분명하다면, 그것이 이 년 동안이건 하룻밤 동안이건 대체 무슨 상관이지? 자네는 남자가 아닌가, 옥타브? 나뭇잎이 떨어지고 해가 뜨고 지는 것이 보이나? 자네 심장이 고동칠 때마다 삶이라는 괘종시계가 흔들리는 소리가 들리나? 일 년 동안의 사랑과 한 시간 동안의 사랑 사이에 그렇게나 커다란 차이가 있는 건가, 손바닥만한 이 창문을 통해 무한을 볼 수 있는 이 정신 나간 친구야?

자네는 이 년 동안 자네를 충실하게 사랑한 여인을 성실하다고 말하는군. 분명 자네한텐 여인의 입술에서 남자의 입맞춤이 말라버리는 데 얼마의 시간이 필요한지 알아보기 위해 특별히 만든 달력이 있을 거야. 자네는 돈을 위해 몸을 맡기는 여자와 쾌락을 위해 몸을 맡기는 여자 사이에, 뽐내기 위해 몸을 맡기는 여자와 애정으로 몸을 맡기는 여자 사이에 커다란 차이를 두고 있어. 돈을 주고 사는 어떤 여자들에겐 다른 여자들보다 더 비싼 값을 치르지. 감각의 쾌락을 위해 찾는 어떤 여자들에겐 다른 여자들보다 더 많은 신뢰를 품은 채 빠져들고. 허영심에 취한 어떤 여자들은 다른 여자들보다 더 자랑스러워하고 말이야. 자네가 열중하는 어떤 여자들에겐 삼분의 일의 진심을 주고, 다른 여자에겐 사분의 일, 또다른 여자에겐 절반의 진심을 주지. 그녀의 교육, 품행, 명성, 가문, 아름다움, 기질에 따라, 상황에 따라, 사람들 평판에 따라, 시간에 따라, 저녁식사에서 무엇을 마셨는가에 따라 말이야.

옥타브, 자네 곁에는 여인들이 있을 거야. 자네는 젊고 정열적이고 반듯하고 갸름한 얼굴에 머리는 세심하게 빗질했으니까. 하지만 친구여, 바로 그런 까닭에 자네는 여자가 뭔지 모르는 거라네.

자연은 무엇보다도 존재의 번식을 원해. 산꼭대기에서부터 대서양 밑바닥에 이르기까지 도처의 생명은 죽음을 두려워한다네. 신은 그분의 피조물을 존속시키기 위해 살아 있는 모든 존재에게 가장 커다란 쾌락은 생식 행위라는 법칙을 만들었네. 종려나무는 암나무에 꽃가루를 보내면서 불타오르듯 뜨거운 바람 속에 사랑으로 전율하지. 발정기에 수사슴은 저항하는 암사슴의 몸속으로 파고들지. 비둘기는 사랑에 빠진 미모사처럼 수컷의 날개 아래서 파닥거리고, 남자는 전능한 자연의 품속에서 연인을 두 팔에 안았을 때 그녀를 창조한 번득이는 신의 지성이 가슴속에서 약동하는 것을 느낀다네.

오 친구여! 벗은 두 팔에 아름답고 활기찬 여인을 꽉 껴안고 있을 때 관능으로 눈물이 흐른다면, 입술에서 영원한 사랑의 맹세가 오열하는 것을 느낀다면, 자네 가슴으로 내려오는 무한을 느낀다면, 자신을 내맡기는 것을 두려워하지 말게, 화류계 여인과 함께라도 말이야.

그렇다고 포도주와 취기를 혼동하지는 말게. 신의 음료를 마신 잔을 신의 잔이라고 생각하지는 말게. 저녁이 되어 잔이 비고 깨져 있는 것을 발견해도 놀라지 말게. 그것이 도공이 흙으로 빚은 깨지기 쉬운 항아리, 바로 여인일세.

자네에게 하늘을 드러내 보여준 신께 감사드리고, 날갯짓을 했다고 해서 새가 된 거라 생각하지는 말게. 새들도 구름을 뛰어넘을 수는 없다네. 공기가 희박해지는 지점이 있어, 아침 안개 속에 노래하며 위로 올라간 종달새가 이따금 죽은 채 밭고랑으로 떨어지기도 하지.

절도 있는 사람이 술을 마시듯 사랑을 마시게, 주정뱅이가 되지는 말게. 연인이 진실하고 충실하다면 그 이유로 사랑하게. 충실하진 않지만 젊고 아름답다면, 젊고 아름답기 때문에 사랑하게. 상냥하고 재기발랄하다면, 더 사랑하게. 만일 그녀가 그 어떤 것도 갖지 못했지만 오직 자네만 사랑한다면, 그녀를 더 사랑하게. 사람이 밤마다 사랑받는 것은 아니라네.

연적이 있다고 해서 자네 머리털을 쥐어뜯거나, 자네 몸을 칼로 찌르겠다고 말하지는 말게. 자네는 연인이 다른 남자 때문에 자네를 배신했다고 말하는데, 고통을 느끼는 것은 자네의 자존심이야. 몇 마디 말만 바꿔보게. 그녀가 그를 배신한 것은 자네 때문이었다고 말이야. 그럼 자네는 명예로워진다네.

행동 원칙을 정하지 말고, 다른 모든 사람을 배제한 배타적인 사랑을 받고 싶다고 말하지도 말게. 자네 자신이 남자이고 바람기가 있으니 그런 말을 할 때 슬쩍 덧붙여야 하잖나, '되도록'이라고 말이지.

되는대로 살고, 바람 부는 대로 돛을 올리고, 있는 그대로 여인을 받아들이게. 여인들 중에서도 으뜸가는 스페인 여인들은 진실한 사랑을 한다네. 그녀들의 가슴은 솔직하고 강렬하지만 비수를 지니고 있지. 이탈리아 여인들은 관능적이지만 넓은 어깨를 찾고 재단사의 자로 연인의 능력을 재지. 영국 여인들은 열광적이면서도 우울하고 냉정하며 태도가 부자연스럽다네. 독일 여인들은 상냥하고 부드럽지만 무미건조하고 지루해. 프랑스 여인들은 재치 있고 우아하고 육감적이지만 악마처럼 거짓을 말하지.

무엇보다 그녀들이 어떻다고 비난하지 말게나. 기회가 닿을 때마다 자연의 작품을 손상시켜 그녀들을 그렇게 만든 것은 우리이기 때문이지.

모든 것을 고려하는 자연은 처녀를 만들어 연인이 되게 하네. 하지만 첫아이를 낳고 머리털은 빠지고, 가슴은 처지고, 몸에는 흉터가 남지. 여인은 어머니가 되게 만들어졌어. 아마도 그때 남자는 사라진 아름다움에 진저리치며 여인에게서 멀어지겠지만, 아이가 울면서 그에게 매달릴 거야. 그것이 가족이고 인간의 법칙이야. 거기서 벗어나는 모든 것은 끔찍하지. 시골 사람들의 미덕은 그들이 일하는 기계인 것처럼 부인은 아이를 낳고 젖을 먹이는 기계라는 점이야. 그들에겐 가

발도 화장수도 없네. 하지만 그들의 사랑은 나병에 걸리지 않지. 그들은 자신들이 자연스레 결합하는 동안 다른 사람들은 아메리카를 발견했다는 사실을 깨닫지 못해. 그들의 부인은 육감적이진 않지만 건강하다네. 그녀들 손에는 못이 박였지만, 그녀들의 가슴도 그런 건 아닐세.

문명은 자연과 반대되는 일을 하고 있어. 백주대낮에 분주히 돌아다니고, 스파르타에서 그랬듯이 벌거벗은 격투사를 찬미하고, 선택하고, 사랑하기 위한 존재인 숫처녀를 우리 도시에서 우리네 풍습에 따라 가두고 감금하지. 그렇지만 그녀는 십자가 아래 소설책을 숨겨놓는다네. 창백한 얼굴로 무위도식하는 그녀의 거울에 비친 모습은 상해 있지. 그녀를 숨막히게 하는 그 아름다움, 바깥 공기가 필요한 그 아름다움은 밤의 침묵 속에 시들어가지. 그러다 갑자기 사람들은 아무것도 모르고 아무것도 사랑하지 않으면서 모든 것을 원하는 그녀를 그곳에서 끌어낸다네. 나이든 여자에게 교육받게 하고, 귀에 외설적인 단어를 속삭인 후 그녀를 낯선 남자의 침대로 던져넣어 강간당하게 하지. 그게 바로 결혼, 다시 말해 문명화된 가족이야. 그리고 이제 그 가련한 소녀는 아이를 낳게 되지. 그녀의 머리카락, 아름다운 가슴, 육체는 생기를 잃게 된다네. 여인의 아름다움을 잃게 된 거지, 사랑이라고는 한 번도 해본 적 없는 그녀가 말이야! 임신해 아이를 낳은 그녀는 왜냐고 자문하지. 사람들은 그런 그녀에게 갓난아이를 안고 와 말한다네. "당신은 어머니예요." 그녀는 대답해. "나는 어머니가 아니에요. 젖이 나오는 여인에게 이 아이를 주세요. 내 젖은 말라버렸어요." 이렇게 해서는 여인에게서 젖이 나오질 않아. 그녀의 남편은 그녀 말이 옳고 아이로 인해 아내에게 흥미를 잃게 될 거라 대답하지. 사람들이 와서 그녀를 치장시키고, 피로 물든 침대 위에 메헬런산産 흰 레이스를 깔아. 사람들은 그녀를 돌보고 출산의 상처를 치유하지. 한 달 후 그녀는 튀일리 공원에, 무도회에, 오페라에 나타나지. 아이는 샤요에, 옥세르에 있고. 남편은 창녀들과 함께야. 열 명의 젊은이가 그녀에게 사랑에 대해, 헌신에 대해, 호의에 대해, 영원한 포옹에 대해, 그녀가 가슴속에 품고 있는 모든 것에 대해 이야기한다네. 그녀는 한 명을 받아들여 자신의 가슴 위로 끌어당기지. 그는 그녀를 능욕하고는 돌아서서 증권거래소로 가버리지. 이제 사교계에서 유명해진 그녀는 하룻밤 동안 눈물을 흘리고는 눈물 때문에 눈이 붉어진 것을 발견하게 되네. 위로해줄 이가 나타나고, 한 사람을 잃고 나면 다른 사람이 그녀를 위로해주지. 그렇게 서른 살이 넘도록 계속된다네. 그때 무감각해지고 타락한, 더이상 인간적인 것은 아무것도, 환멸조차 지니지 않은 그녀가 어느 저녁 머리털은 검고 눈빛은 불타고 희망으로 가슴이 설레는 청년을 만나게 되는 거야. 그의 젊음을 알아본 그녀는 자신의 고통을 기억해내고는 삶의 교훈들을 그에게 되돌려줌으로써 절대 사랑하지 못하도록 가르치지.

그게 바로 우리가 그렇게 만든 여인이야. 그게 바로 우리의 연인들이지. 요컨대 그게 여인들이야! 그리고 그녀들과 함께하는 좋은 순간들이 있단 말이지!

만일 자네가 단호한 성격이고 자기 자신을 믿는 진정한 남자라면 이렇게 충고하겠네. 두려움 없이 세상의 급류 속으로 몸을 던지게. 화류계 여인들, 무희들, 부르주아와 후작 부인을 취하게. 변함없으면서도 불충실하고, 우울하면서도 쾌활하게, 배신당하거나 존경받게. 자네가 사랑받는다는 사실을 알아두게. 사랑받는 이상 나머지야 뭐가 중요하겠나?

만일 자네가 보잘것없고 평범한 사람이라면, 내 생각에는 시간을 갖고 결정해야 할 것 같군. 그리고 자네 연인에게서 발견했다고 여길 어떤 것도 믿어서는 안 된다고 생각해.

만일 자네가 지배를 받는 성향, 약간의 땅을 발견하면 그곳에 뿌리 내리려는 성향이 있는 유약한 사람이라면 모든 것에 맞설 수 있는 갑옷처럼 되어야 해. 자네의 나약한 본성을 이겨내지 못한다면 뿌리내린 곳에서 싹을 틔우지 못할 테니까. 자네는 무위의 초목처럼 시들어갈 테고, 꽃도 과실도 맺지 못할 거야. 자네 삶의 모든 수액은 이질적인 껍질 아래로 흐르고, 자네의 모든 행동은 버드나무 잎처럼 창백할 거야. 자네를 적실 물이라곤 자네가 흘릴 눈물뿐일 테고, 영양분이라곤 자네의 심장뿐일 거야.

하지만 만일 자네의 기질이 열광적이고, 자네가 꿈을 믿고 실현하고자 하는 사람이라면, 그렇다면 나는 아주 분명하게 대답할 거야. 사랑은 존재하지 않는다고.

자네와 전적으로 같은 의견인데, 사랑한다는 것, 그것은 서로의 육체와 영혼을 바치는 것, 더 잘 표현해보자면 둘이 하나의 존재가 되는 것이지. 그것은 네 개의 팔과 두 개의 머리와 두 개의 가슴을 가진 하나의 육체로, 태양 아래서, 바깥 바람 속에서, 밀밭과 초원 한가운데를 산책하는 거라고 할 수 있어. 사랑은 믿음이고, 지상의 행복을 믿는 종교야. 그것은 세상이라 부르는 이 신전의 궁륭에 놓인 빛나는 삼각형이지. 사랑한다는 것, 그것은 이 신전을 자유롭게 걷는 것이고, 왜 하나의 관념에, 한마디 말에, 한 송이 꽃에 걸음을 멈추고 숭고한 삼각형을 향해 머리를 들게 되는지 이해하게 해주는 존재를 옆에 두는 거야.

인간의 숭고한 능력을 행사하는 것은 아주 소중한 일이고, 천재성이 훌륭한 이유가 바로 그거야. 하지만 자신의 능력을 배가하고, 자신의 심장 위에 심장을 껴안고, 자신의 지성 위에 지성을 껴안는 것, 그거야말로 최상의 행복이야. 신은 인간을 위해 그보다 더한 행복을 만들지 않았다네. 그게 바로 사랑이 천재적인 재능보다 가치 있는 이유지. 그런데 말해보게, 우리 여인들의 사랑이 그런가? 아니네, 아니야, 인정해야 해. 그녀들에게 사랑한다는 것은 다른 의미야. 그녀들에게 사랑한다는 건 베일을 쓴 채 외출하고, 수수께끼 같은 글을 쓰고, 불안에 떨면서 발끝으로 걷고, 은밀하게 모의를 하고 농담을 나누며, 사랑에 번민하는 눈으로, 풀 먹인 답답한 드레스 속에서 순결한 탄식을 내쉬고는 빗장을 당겨 열고, 머리 위로 드레스를 던져버리고, 연적을 모욕하고, 남편을 속이고, 연인들을 비탄에 잠기게 하는 것이지. 우리의 여인들에게 사랑한다는 건 마치 어린아이들이 숨바꼭질 놀이를 하듯 거짓말 놀이를 하는 거야. 그건 프리아포스 신을 기리는 사투르누스 축제에서 행하는 로마의 모든 음란함보다 더 나쁜, 끔찍스러운 사랑의 남용이야. 미덕과 악 자체의 조악한 패러디인 거지. 모든 것이 서로 쑥덕이고 열심히 곁눈질하는, 중국 도자기 속의 기형적인 인물들처럼 모든 것이 왜소하고 우아하면서도 비정상적인, 은밀하고 저속한 연극이야. 세상에 있는 아름답고 추한 것, 숭고하고 사악한 것의 애처로운 조롱이라 할 수 있지. 육체가 없는 그림자이고, 신이 창조한 모든 것의 해골이라네."

밤의 침묵 한가운데서 통렬한 목소리로 데주네는 이렇게 말했다.

6

다음날 저녁 전에 나는 불로뉴 숲에 있었다. 날씨가 어두컴컴했다. 포르트 마요에 도착하자 나는 말이 마음 내키는 대로 가도록 내버려둔 채 깊은 몽상에 빠져들었다. 데주네가 말한 모든 것을 조금씩 머릿속에 떠올렸다.

오솔길을 건너고 있을 때 내 이름을 부르는 소리가 들렸다. 뒤를 돌아보니, 덮개가 열린 마차에 내 연인의 절친한 친구 한 명이 타고 있는 것이 보였다. 그녀는 멈추라고 소리쳤고, 우호적인 표정으로 내게 손을 내밀면서 바쁘지 않으면 함께 저녁식사를 하러 가자고 했다.

르바쇠르 부인이라 불리는 그 여인은 작고, 통통하고, 짙은 금발이었다. 왠지 모르겠지만 항상 나는 그녀가 마음에 들지 않았고, 우리의 관계는 한 번도 유쾌한 적이 없었다. 하지만 그녀의 초대를 받아들이고 싶은 욕망에 저항할 수 없었다. 나는 감사를 표하며 그녀의 손을 꼭 쥐었다. 우리가 내 연인에 대해 이야기하게 되리라는 것을 느꼈다.

　그녀는 사람을 시켜 내 말을 끌고 오게 했다. 나는 그녀의 마차에 올랐다. 그녀는 혼자였고, 우리는 곧 파리로 돌아가는 길로 들어섰다. 비가 떨어지기 시작해 마차의 덮개를 닫았다. 그렇게 마차에 들어앉아 얼굴을 마주한 채로 처음에는 아무런 말도 나누지 않았다. 나는 표현할 수 없는 슬픔을 안고 그녀를 바라보았다. 그녀가 나를 배신한 연인의 단순한 친구가 아니라 서로 속내를 털어놓는 사이였기 때문이다. 행복한 시절 내내 그녀는 자주 우리와 저녁 시간을 보냈다. 그때 그녀를 견뎌내며 얼마나 안달했던지! 그녀가 우리와 함께 보내는 순간들을 셈한 적이 얼마나 많았던지! 아마도 그녀에 대한 내 반감은 그 때문이었을 것이다. 그녀가 우리 사랑을 인정하고, 불화의 순간에는 내 연인 곁에서 이따금 나를 변호하기까지 했다는 걸 알아도 소용없는 일이었다. 그녀가 보여준 모든 우정을 고려해도 그녀의 성가심을 용서할 수는 없었다. 우리에게 선의를 보여주고 도움을 주었음에도 그녀는 추해 보였고 짜증스러웠다. 아! 이제는 그녀가 아름다워 보이다니! 나는 그녀의 손과 옷을 보았다. 그녀의 몸짓 하나하나가 나를 깊이 감동시켰다. 거기에는 모든 과거가 새겨져 있었다. 그녀는 나를 보며, 자기 곁에서 내가 느끼는 감정을 직감하고, 기억들로 고통받고 있음을 느끼고 있었다. 그렇게 길을 지나갔다, 나는 그녀를 바라보고, 그녀는 내게 미소 지으며. 마침내 파리에 들어섰을 때 그녀가 내 손을 잡았다. "그래요?" 그녀가 물었다. "그래요!" 흐느껴 울며 내가 대답했다. "부인, 그녀에게 말하세요, 원한다면." 나는 비 오듯 눈물을 흘렸다.

그런데 저녁식사 후 우리가 불가에 앉아 있을 때였다. "결국 이 모든 일을 되돌릴 수는 없는 건가요? 더이상 아무런 방법이 없어요?" 그녀가 물었다. "아! 부인," 나는 대답했다. "죽일 듯 나를 괴롭히는 고통 말고는 되돌릴 수 있는 건 아무것도 없어요. 내 이야기를 하는 데는 오랜 시간이 걸리지 않아요. 나는 그녀를 사랑할 수도, 다른 여자를 사랑할 수도 없고, 그렇다고 사랑하지 않고 살 수도 없어요."

이 말에 그녀는 앉아 있던 의자에서 몸을 뒤로 젖혔고, 나는 그녀의 얼굴에서 연민의 표시를 보았다. 한참 동안 그녀는 가슴속에 울리는 메아리를 느끼는 듯, 깊은 생각에 잠겨 자신의 과거로 거슬러올라가는 듯 보였다. 그녀의 시선이 흐릿해진 것이 마치 기억 속에 갇혀 있는 것 같았다. 그녀가 내게 손을 내밀자 나는 그녀에게 다가갔다. "나 역시," 그녀가 속삭였다. "나 역시 그래요! 젊은 시절 내가 겪은 게 바로 그거예요." 강렬한 감정이 그녀의 말을 가로막았다.

사랑의 모든 자매들 중 가장 아름다운 하나는 연민이다. 나는 르바쇠르 부인의 손을 잡고 있었고, 그녀는 내 품에 안겨 있다시피 했다. 그녀는 내 연인에게 유리하게 그녀가 지어낼 수 있는 모든 말을 하기 시작했다. 내 연인을 두둔하기 위해서만큼이나 나를 위로하기 위해서였다. 내 슬픔은 더 커졌다. 뭐라 대답할 것인가? 그녀는 자기 자신에 대해 이야기하기에 이르렀다.

그녀가 말하기를 사랑하는 남자가 자신을 떠난 지 오래되지 않았다고 했다. 그녀는 커다란 희생을 치렀다. 가문의 명예도 재산도 위태로워졌다. 복수심 강한 남편의 위협이 있었다. 그것은 눈물 섞인 이야기였고, 나는 그녀의 이야기를 들으면서 나의 고통을 잊을 정도로 관심이 끌렸다. 그녀는 오랫동안 저항하다 마지못해 결혼했다. 하지만 이제는 사랑받지 못한다는 사실을 제외한다면 아무런 후회도 없었다. 나는 어떤 의미로는 그녀가 연인의 사랑을 지켜내지 못한 것을, 그를 무심하게 대한 것을 자책하는 것이라고 생각하기까지 했다.

마음을 진정시킨 후, 그녀는 조금씩 말수가 줄고 불안정해졌다. "아니에요, 부인." 나는 그녀에게 말했다. "오늘 내가 불로뉴 숲에 오게 된 것은 결코 우연이 아니에요. 인간의 고통은 길 잃은 자매들이지만 어딘가에 수호천사가 있어, 신을 향해 내뻗은 힘없이 떨리는 그 손들을 일부러 이따금 모으게 한다고 믿고 싶군요. 내가 당신을 다시 만났기에, 당신이 날 불렀기에, 내게 털어놓게 된 이야기를 절대 후회하지 마세요. 당신의 이야기를 들은 사람이 누가 되었건, 흘린 눈물을 결코 후회하지 마세요. 당신이 내게 털어놓은 비밀은 그저 당신 눈에서 떨어진 눈물일 뿐이지만, 그것은 내 가슴에 남아 있습니다. 같이 고통을 나눌 수 있게 이따금 다시 찾아와도 될까요?"

이렇게 말하며 강한 공감을 느낀 나는 깊이 생각하지도 않고 그녀에게 입을 맞추었다. 그녀가 모욕감을 느꼈을 수도 있겠다는 생각은 들지 않았고 그녀는 입맞춤을 깨닫지도 못한 듯했다.

르바쇠르 부인의 거처에는 깊은 적막이 감돌았다. 그곳의 한 세입자가 아파서 마차 소리를 줄이려고 사람들이 길에 짚을 뿌려놓았기 때문에 마차들이 지날 때 아무 소리도 나지 않았다. 나는 그녀를 품에 안고서 가슴이 느끼는 가장 감미로운 감정 중 하나인 고통을 서로 나눈다는 느낌에 빠져 있었다.

우리의 대화는 더없이 풍부한 우정의 어조로 계속되었다. 그녀는 자신의 고통을 내게 말했고, 나는 내 고통을 그녀에게 이야기했다. 서로 닮은 이 두 고통 가운데, 신음하는 두 목소리의 합창으로부터 이 세상 것이 아닌 듯한 뭔지 모를 순수한 조화, 뭔지 모를 부드러움, 뭔지 모를 위안의 목소리가 높아지는 것을 느꼈다. 그런데 그 모든 눈물이 흐르는 내내 르바쇠르 부인에게 몸을 기울이고 있었기에 내게는 그녀의 얼굴만 보였다. 침묵의 순간 다시 일어나 조금 거리를 두었을 때, 나는 이야기를 나누는 동안 그녀가 꽤 높은 벽난로 틀에 다리를 올려놓고 있어 드레스가 미끄러져 다리가 완전히 드러나 있는 것을 알아차렸다. 내가 당황하는 것을 보고도 그녀가 조금도 몸을 움직이지 않는 것이 이상하게 여겨졌다. 그녀에게 옷매무새를 가다듬을 시간을 주기 위해 고개를 돌리고 몇 걸음을 떼었다. 그녀는 그대로 있었다. 벽난로로 되돌아와 너무도 불쾌한 몸가짐과 용인하기 어려운 그 난잡함을 보면서 나는 벽난로에 기대 아무 말도 하지 않았다. 마침내 그녀와 눈이 마주쳤는데, 그녀 자신도 상황을 제대로 깨닫고 있다는 사실을 확실히 알아차리고는 벼락을 맞은 것만 같았다. 내가 그토록 끔찍한 뻔뻔함의 노리개였고 그녀에게 고통은 감각의 유혹에 지나지 않았음을 분명히 이해한 것이다. 나는 한마디도 하지 않고 모자를 집었다. 그녀는 천천히 드레스 자락을 내렸고, 나는 그녀에게 정중히 인사한 후 방에서 나왔다.

7

집으로 돌아와보니 방 한가운데 커다란 나무상자가 있었다. 숙모 한 분이 돌아가셨는데, 그리 많지 않은 유산의 일부를 내가 상속받게 된 것이다. 그 상자에는 대단치 않은 다른 물건들 사이에 먼지투성이의 오래된 책들이 적잖이 들어 있었다. 무엇을 해야 할지 몰라 권태로움에 지쳐 있던 나는 책이나 몇 권 읽어야겠다고 생각했다. 대부분 루이 15세 시대의 소설이었다. 믿음이 깊었던 내 숙모는 아마도 그 책들을 물려받아놓고는 읽지 않고 간직해온 것 같았다. 말하자면 그것들이 죄다 방탕의 입문서였기 때문이다.

나는 아무리 사소한 사건이라도 내게 일어나는 모든 일을 곰곰이 생각하고, 일종의 일관성 있고 심적인 이유를 부여하는 이상한 정신적인 성향이 있다. 나도 모르게 그것들을, 말하자면 묵주 알로 취급해 한 줄의 실에 꿰려고 하는 것이다.

유치해 보이겠지만, 내가 처해 있던 상황에서 이 책들의 등장은 나를 강하게 사로잡았다. 나는 한없는 쓰라림과 슬픔에 싸여, 상처 입은 가슴으로 입가에는 미소를 띤 채 그 책들을 탐독했다. "그래, 당신들이 옳아." 나는 말했다. "당신들만이 삶의 비밀을 알지. 당신들만이 방탕, 위선과 부패만이 진실하다고 감히 이야기하지. 친구가 되어 내 영혼의 상처에 당신들의 부식성 독을 뿌려줘요. 당신들을 믿도록 가르쳐줘요."

이렇게 어둠에 파묻혀 있는 동안 내가 좋아하는 시인들과 연구서들은 먼지 속에 흩어져 있었다. 분노가 엄습하면 나는 그것들을 두 발로 짓밟았다. "당신들은," 나는 이야기했다. "괴로워하는 것밖에는 가르쳐주지 않는 무분별한 몽상가들이고, 파렴치한 말을 늘어놓는 자들이야. 만일 당신들이 진실을 안다면 협잡꾼이고 진심이라면 멍청이인 건데, 두 경우 모두 인간사를 동화로 만드는 거짓말쟁이들인 거지. 마지막 한 권까지 당신들 모두를 불태워버릴 거야!"

이 모든 일을 하는 도중에 흘린 눈물이 내게 도움이 되었고, 나는 고통밖에는 진실한 것이 없음을 깨달았다. "그래!" 그때 나는 흥분해 소리쳤다. "내게 말해줘요, 선한 정령과 악한 정령이여, 선과 악의 조언자여, 내게 말해줘요, 대체 어떻게 해야 하는지! 당신들 가운데 심판관을 정해줘요."

나는 탁자 위에 있던 오래된 성경책을 집어 되는대로 펼쳤다. "내게 말해줘요, 신의 책이여." 나는 성경에 대고 말했다. "당신 의견이 어떤 것인지 좀 알아봅시다." 나는 「전도서」 9장의 이 말씀을 보게 되었다.

"이 모든 것을 내가 마음에 두고 살펴본즉, 의인이나 현자나 그들의 행위나 모두 하느님의 손안에 있으니 사랑을 받을지 미움을 받을지 사람은 알지 못한다.

모든 것이 미래의 일들이고 불확실하다. 의로운 자와 의롭지 않은 자, 선한 자와 악한 자, 깨끗한 자와 깨끗하지 않은 자, 제사를 드리는 자와 제사를 드리지 않는 자에게 일어나는 일들이 모두 일반이로다. 죄 없는 자가 죄인 취급을 받고, 거짓을 맹세하는 자가 진실을 맹세하는 자 취급을 받는도다.

모든 사람이 결국은 일반이라 이것은 해 아래서 행해지는 모든 일 중 악한 것이니 곧 인생의 마음에는 악이 가득하여 그들 평생에 미친 마음을 품고 있다가 후에는 죽을 자들에게로 돌아가는 것이라."

이 구절을 읽은 후 나는 어안이 벙벙해졌다. 성경 속에 그런 견해가 존재한다는 사실을 믿을 수 없었다. '그러니까 이렇게 당신도 의심을 하는군요, 희망의 책이여!' 나는 생각했다.

천공의 가장 불규칙한 산책자인 혜성이 거명된 지점을 정해진 시간에 통과할 것을 예언할 때 천문학자들은 대체 무슨 생각을 하는 걸까? 소량의 물속에 들어 있는 생물들을 현미경을 통해 우리에게 보여줄 때 자연과학자들은 대체 무슨 생각을 하는 걸까? 그러니까 그들은 자신들이 발견한 것을 창조했다고, 자신들의 현미경과 망원경이 자연을 지배한다고 믿는 걸까? 인간들 중 최초의 입법자는 사회조직의 초석은 어때야 하는 것인지 궁리하던 차에 아마도 어떤 성가신 연설가에게 화가 나 자신의 청동 탁자를 내리쳤어. 그때 눈에는 눈, 이에는 이로 되갚아야 한다는 동태복수법同態復讐法의 외침을 심부에서 느끼고서 그는 대체 무슨 생각을 한 걸까? 그래서 그는 정의를 고안해냈을까? 그리고 치욕은 이웃이 심은 과실을 최초로 대지에서 따내 외투 속에 감추고 이곳 저곳 살피며 달아난 사람이 고안해낸 걸까? 자기 노동의 결과물을 빼앗아간 바로 그 도둑을 찾아내 최초로 그의 잘못을 용서하고 그를 향해 손을 쳐드는 대신 "저기 앉아서 이것도 받아라"라고 말한 사람이 있다. 이렇게 악을 선으로 갚아준 후 하늘을 향해 고개를 들었을 때 가슴이 떨리고, 두 눈 가득 눈물이 고이고, 무릎이 땅까지 굽혀지는 것을 느꼈을 때, 그러니까 그는 덕을 고안해낸 걸까? 오 신이시여! 오 신이시여! 여기 사랑을 말하면서 나를 배신하는 여인이 있습니다. 여기 우정을 말하면서 방탕함으로 기분을 전환하라고 충고하는 남자가 있습니다. 여기 눈물 흘리고, 탄탄한 다리로 나를 위안하고 싶어하는 또다른 여인이 있습니다. 여기 신을 말하면서 "아마도. 뭐든 아무래도 좋아"라고 대답하는 성경책이 있습니다.

나는 서둘러 열려 있는 창가로 갔다. "그러니까 당신이 비어 있다는 게 사실입니까?" 나는 머리 위에 펼쳐진 창백하고 거대한 하늘을 바라보며 소리쳤다. "대답해주십시오, 대답해주십시오! 죽기 전에 바로 이 두 팔에 꿈이 아닌 다른 것을 놓아주시겠습니까?"

창문에서 내려다보이는 곳에는 깊은 적막이 감돌았다. 양팔을 뻗고 두 눈은 멍하니 하늘을 향해 있을 때 종달새 한 마리가 구슬프게 울었다. 나도 모르게 시선이 종달새를 좇았다. 종달새가 화살처럼 까마득히 사라지는 동안 여자아이 하나가 노래를 부르며 지나갔다.

8

　나는 굴복하고 싶지 않았다. 내겐 삶의 위험한 면으로 여겨지던 삶의 쾌락적인 측면을 진정으로 이해하게 되기 전에 모든 것을 시도해보기로 결심했다. 나는 그렇게 오랫동안 한없는 슬픔에 사로잡혀 끔찍한 꿈으로 고통받았다.

　내가 치유되지 못하는 커다란 원인은 내 젊음이었다. 어디선가 내가 해야 할 일을 하면서도 여자들 생각뿐이었다. 여자를 보면 전율했다. 한밤중에 땀범벅이 되어 깨어나 숨이 막힐 것 같은 기분으로 입술을 벽에 붙이고 있는 날이 부지기수였다!

　나는 사랑하는 사람에게 동정을 바치는, 가장 커다랗고 아마도 가장 드문 행복 한 가지를 누렸다. 하지만 그 때문에 내게 있어 감각의 쾌락에 대한 모든 관념은 사랑의 관념과 결합되어 있었다. 나를 방황하게 한 것이 그것이었다. 왜냐하면 계속 여자 생각을 하지 않고는 배기지 못하면서도 동시에 밤낮으로 머릿속을 가득 채우는 방탕, 거짓 사랑, 여자들의 배신에 대한 생각을 되새김질했기 때문이다. 내게 한 여인을 소유한다는 것은 사랑한다는 것이었다. 그런데 나는 온통 여자 생각뿐이면서도 더이상 진실한 사랑의 가능성을 믿을 수 없었다.

이 모든 고통이 내게 일종의 집착을 불러일으켰다. 어떤 때는 감각을 이겨내기 위해 스스로 몸에 상처를 내는 수도승들처럼 행동하고 싶었다. 또 어떤 때는 길거리로, 들판으로, 내가 어딘지 모르는 곳으로 가 처음으로 마주치는 여인의 발치에 몸을 던져 영원한 사랑을 맹세하고 싶었다.

그때 내가 관심을 다른 곳으로 돌리기 위해, 치유되기 위해 모든 것을 했다는 것은 신이 알고 계신다. 우선 인간 사회는 그 안의 모든 사람이 내 연인과 흡사한, 악과 위선의 소굴이라는 무의식적인 생각에 계속 사로잡혀, 나는 거기서 떨어져나와 완전히 고립되기로 결심했다. 이전에 했던 공부를 다시 했다. 역사와 고대 시인들과 해부학에 몸을 던졌다. 내가 살던 집 오층에는 학식이 깊은 나이든 독일인이 은퇴해 홀로 살고 있었다. 내게 독일어를 가르쳐달라고 그를 설득하는 데는 어려움이 따랐다. 일단 공부를 시작하자 그는 그 일에 큰 관심을 쏟았다. 나의 계속되는 방심에 그 불쌍한 사람은 매우 난처해했다. 연기에 그을린 등불 아래 나와 머리를 마주대고 앉아 깍지 낀 손을 책에 올려놓고 몹시 놀란 와중에도 그가 얼마나 여러 번 인내심을 갖고 나를 바라보았던가! 그동안에도 몽상에 빠져 있던 나는 그의 존재도 그의 민망스러움도 깨닫지 못했으니! 마침내 나는 말했다. "선생님, 이건 쓸데 없는 짓입니다. 그래도 선생님은 인간들 중에서 가장 훌륭한 분입니다. 선생님이 어떤 과업을 시도했던가요! 제 생활로 돌아가겠습니다. 선생님도 저도 어쩔 수 없어요." 그가 이 말을 이해했는지는 모르겠다. 그는 아무 말 없이 내 손을 잡았고, 독일어는 더이상 문제가 아니었다.

곧 나는 고독이 나를 치유하기는커녕 방황하게 만든다는 사실을 깨닫고 완전히 방식을 바꾸었다. 나는 교외 숲에서 전속력으로 말을 달리거나 사냥을 했다. 숨이 끊어지게 가쁠 정도로 검술을 했다. 몸이 부서질 것 같은 피로감을 느꼈다. 땀과 경마로 하루를 보낸 저녁이면 나는 마구간 냄새와 먼지를 풍기며 침대로 돌아와 베개에 머리를 파묻고 이불로 몸을 감싸면서 외쳤다. "망령이여, 망령이여! 너도 지쳤느냐? 어느 밤에야 나를 떠나려느냐?"

하지만 이러한 노력이 무슨 소용이었던가? 고독은 나를 자연으로 돌려보냈고, 자연은 사랑으로 돌려보냈다. 당시 나는 의대가 있던 옵세르방스 거리에서 피 묻은 덧옷에 손을 닦으며 사자死者들 가운데서 창백해진 채, 시체 썩는 냄새에 숨이 막힐 지경이 되어 시체들에 둘러싸여 있었다.* 나도 모르게 돌아섰다. 푸른 수확물, 향기로운 초원, 생각에 잠긴 듯한 조화로운 밤이 눈앞에 떠다니는 게 보였다. 나는 생각했다. '아니, 과학은 내게 위안이 되지 못할 거야. 이런 죽은 자연에 몰두해도 소용없을 거야. 어린양의 벗겨낸 가죽에서 헤어나지 못하는 창백한 익사자처럼 나도 거기서 죽고 말 거야. 내 젊음에서 치유되지 못할 거야. 삶이 존재하는 곳에 가서 살자. 아니면 적어도 햇빛 속에서

---

* 실제로 해부학 시간을 견디지 못해 의과대학을 그만둔 바 있는 뮈세는 의과대학에 대해 좋지 않은 기억을 갖고 있었다.

죽자.' 나는 말을 타고 출발해 세브르와 샤빌의 산책로로 접어들었다. 어느 외딴 골짜기의 꽃이 만발한 풀밭에 드러누웠다. 아! 온 숲이, 온 초원이 내게 소리치고 있었다. "뭘 찾으러 왔느냐? 우리는 푸르다, 가련한 아이야, 우리는 희망의 색을 지녔지."

나는 도시로 되돌아왔다. 어두운 길에서 길을 잃고는 그 모든 창문에서 새어나오는 빛, 가정이라는 그 모든 신비로운 둥지, 지나가는 마차들, 서로 부딪치는 사람들을 바라보았다. 아! 얼마나 큰 고독인가! 지붕들 위로 피어오르는 연기는 얼마나 슬픈가! 모두가 쿵쿵거리며 걷고, 일하고, 땀흘리는, 수많은 타인들이 서로 팔꿈치를 스치는 이 구불구불한 길에는 얼마나 큰 고통이 있는가! 영혼을 고독하게 버려둔 채 육체만 모여 있는, 샛길에서 당신에게 손을 내미는 창녀들만 존재하는 시궁창이여! "타락하라, 타락하라! 너는 더이상 고통받지 않을 것이다!" 도시가 인간에게 외치는 말, 석탄으로 벽에 쓰인 말, 진흙으로 포석에 쓰인 말, 배어나온 피로 얼굴에 쓰인 말이 바로 이것이다.

이따금 화려한 축제에 참가해 살롱에서 사람들과 떨어져 앉은 채로 장밋빛과 푸른빛, 흰빛의 그 모든 여인들이 조화와 아름다움의 천공에서 빛에 취한 천사들처럼 팔과 묶어 올린 머리채를 드러내놓고 팔짝거리는 것을 바라보기도 했다. '아! 얼마나 아름다운 정원인가!' 나는 생각했다. '따 모으고 향기를 들이마시기에 얼마나 멋진 꽃들인가! 아! 데이지여, 데이지여, 꽃잎을 따는 사람에게 그대의 마지막 꽃잎은 무슨 말을 할까? 조금만, 조금만요, 전부는 안 돼요. 이것이 세상의 도덕이고 그대 미소의 결말이지. 그대는 이 슬픈 심연 위에 놓인, 꽃이 수놓인 얇은 천 위를 너무나 경쾌한 걸음으로 산책하는군. 이 추악한 진

실 위를 그대의 작은 발끝으로 암사슴처럼 달리는군!'

"이런, 맙소사!" 데주네가 말했다. "왜 모든 걸 심각하게 받아들이지? 이런 모습은 한 번도 본 적 없어. 술병들이 빈 것을 한탄하나? 지하저장고에 술통들이 있고, 포도 경작지에 지하 저장고가 있는데. 내게 꿀벌에다 달콤한 말로 금박을 입힌 미끼가 있는 멋진 낚싯바늘을 만들어줘. 그리고 정신 차려! 생기발랄하고 뱀장어처럼 미끌미끌한 귀여운 위안자를 망각의 강에서 낚아줘. 그녀가 자네 손가락 사이로 빠져나간다 해도 낚싯바늘은 계속 우리에게 남아 있을 거야. 사랑해, 사랑하라고, 사랑하고 싶어 못 견딜 테니. 젊음이 지나가야 해. 내가 자네라면 해부학을 하느니 포르투갈 여왕을 납치하겠어."

내가 내내 들어야만 했던 충고는 그런 것이었다. 그러다 시간이 되면 가슴이 터질 지경이 되어 얼굴에는 망토를 뒤집어쓰고 집으로 가는 길로 접어들었다. 침댓가에 무릎을 꿇고서야 가엾은 가슴은 진정되었다. 얼마나 많은 눈물을 흘렸던가! 얼마나 많은 맹세를 했던가! 얼마나 많은 기도를 했던가! 갈릴레이는 땅을 치며 외쳤다. "그래도 지구는 돈다!" 그렇게 나는 내 가슴을 쳤다.

9

가장 비참한 고통 한가운데서 갑자기 절망과 젊음과 우연에 이끌려 한 행동이 내 운명을 결정했다.

나는 연인에게 다시는 보고 싶지 않다는 편지를 썼다. 사실 나는 약속을 지켰다. 그녀의 창 아래, 문 앞 벤치에 앉아 밤을 보내곤 했지만. 그녀 방의 창문에 불이 밝혀진 것을 보았고, 그녀가 피아노 치는 소리를 들었다. 이따금 반쯤 열린 커튼 뒤로 그림자처럼 머물러 있는 그녀를 얼핏 보았다.

지독한 슬픔에 잠겨 벤치에 앉아 있던 어느 늦은 밤에 노동자 한 명이 비틀거리며 지나가는 것을 보았다. 그는 기쁨의 탄성과 뒤섞인 두서없는 말들을 떠듬거렸다. 그러더니 말을 중단하고 노래를 했다. 그는 술에 취해 힘이 빠진 다리로 어떤 때는 한쪽 배수구로, 또 어떤 때는 다른 쪽 배수구로 걸어갔다. 그러다가 맞은편에 있는 다른 집의 벤치 위에 쓰러졌다. 거기서 그는 한동안 팔꿈치를 베고 몸을 흔들다가 깊이 잠들었다.

길에는 아무도 없었다. 메마른 바람이 먼지를 쓸어갔다. 구름 한 점 없는 하늘 한가운데에서 달빛이 그 남자가 잠들어 있는 곳을 비추었다. 그러니까 나는 그 촌뜨기와 얼굴을 마주하고 있었는데, 그는 내 존재를 알아채지 못하고 그 돌 벤치 위에서 아마도 자기 침대에서보다 더 기분좋게 쉬고 있었다.

나도 모르게, 그 남자로 인해 내 고통을 잠시 잊었다. 나는 일어나 그에게 자리를 양보했다가 돌아와 다시 앉았다. 그 문 앞을 떠날 수가 없었지만 제국을 준다 해도 그 문을 두드리지는 못했을 것이다. 사방을 돌아다닌 후에야 결국 잠들어 있는 남자 앞에 무의식적으로 멈춰 섰다.

'얼마나 달콤한 잠인가!' 나는 생각했다. '분명 이 남자는 아무런 꿈도 꾸지 않을 거야. 남자의 아내는 지금쯤 그의 침실인 다락의 문을 이웃 사람에게 열어주겠지. 옷은 누더기에다 뺨은 움푹하고 손은 주름투성이로군. 일용할 빵이 없는 가난한 사람인 거야. 잠이 깨면 그를 괴롭히는 수많은 근심과 견디기 힘든 수많은 불안이 기다리고 있겠지. 그래도 오늘 저녁엔 주머니에 돈 몇 푼이 생겨 선술집에 들어갔고, 그곳 사람들이 불행을 잊게 하는 망각을 팔았던 거야. 일주일 동안 하룻밤 유숙할 만큼의 돈을 벌었는데, 그건 아마도 아이들의 저녁식사 값이었을 테지. 지금 그의 연인이 그를 배신할 수도 있고, 친구가 도둑처럼 그의 누옥 안으로 슬그머니 숨어들 수도 있어. 바로 내가 그의 어깨를 두드려, 누군가 그를 살해하려 한다고, 그의 집에 불이 났다고 외칠 수도 있어. 그래도 그는 다른 쪽으로 돌아누워 다시 잠들 거야.'

'그런데 나는, 나는!' 큰 걸음으로 길을 가로지르면서 계속 생각했다. '그를 일 년 동안 잠들게 할 수 있을 만큼의 돈이 내 주머니에 있는데도 나는 잠을 이루지 못하는구나. 너무도 자존심 강하고 어리석은 나는 감히 선술집에 들어가지도 못하고, 모든 불행한 사람들이 그곳에 들어가는 것은 그곳에서 나올 땐 행복하기 때문이라는 사실을 깨닫지도 못했어. 오 신이시여! 가장 절망적인 걱정을 떨쳐내고, 악의 정령들이 우리가 가는 길 위에 쳐놓은 모든 보이지 않는 실을 끊는 데는 발바닥 아래 짓이겨진 한 송이 포도로도 충분해. 우리는 여자들처럼 눈물 흘리고, 순교자들처럼 고통받아. 절망 속에서는 세상이 머리 위로 무너진 것 같고, 에덴의 문밖으로 쫓겨난 아담처럼 우리는 눈물 속에 앉아 있어. 세상보다 더 큰 상처를 치유하기 위해서는 작은 손짓을 해 보이고 가슴을 축축이 적시는 것으로 충분해. 이렇게 위안받는 것이라면 우리 고통은 대체 얼마나 비참한 걸까? 우리의 고통을 보고 계신 신께서 우리 기도를 들어줄 천사를 보내지 않는 것에 우리는 놀라지. 신은 그렇게 많은 걱정을 할 필요가 없어. 신은 우리의 모든 고통과 모든 욕망, 모든 타락한 정신의 오만함, 우리를 둘러싼 죄악의 대양을 보고도, 우리가 가는 길가에 작고 검은 과일 하나를 매달아놓는 걸로 만족했어. 이 남자는 이 벤치 위에 이렇게 곤하게 잠들어 있거늘, 왜 나는 내가 앉았던 벤치에서 이렇게 잠들지 못하는 걸까? 아마도 연적은 내 연인의 집에서 밤을 보내겠지. 동틀 무렵이 되어서야 거기서 나올 거야. 옷을 반쯤 걸친 그녀가 문까지 그를 배웅할 테고, 그러다 그들은 잠들어 있는 나를 발견할 거야. 그들은 입맞춤으로도 나를 깨우지 못해 내 어깨를 두드릴 거야. 나는 반대편으로 돌아누워 다시 잠들겠지.'

이렇게 격한 기쁨으로 가득차 나는 선술집을 찾기 시작했다. 자정이 지난 시간이라 거의 모든 가게의 문이 닫혀 있었다. 나는 분노했다. '아니!' 나는 생각했다. '내겐 그런 위안조차 허락되지 않는 것인가?' 나는 사방을 뛰어다니며 가게문을 두드리고 외쳤다. "술을 줘요! 술을!"

마침내 문이 열려 있는 선술집을 발견했다. 나는 좋은 것인지 나쁜 것인지도 보지 않고 술을 한 병 주문해 연달아 마셨다. 두번째 병이 뒤따랐고, 이어 세번째 병이 나왔다. 나 자신을 병자 취급하며, 마치 마시지 않으면 목숨이 위태로운 의사의 처방약인 것처럼 억지로 술을 마셨다.

분명 이물질이 섞인 진한 알코올 냄새의 구름이 곧 나를 에워쌌다. 서둘러 마신 탓에 갑자기 취기가 엄습해왔다. 나는 생각이 흐려졌다가 잔잔해지고 다시 흐려지는 것을 느꼈다. 마침내 사고력이 없어진 나는 마치 나 자신에게 안녕을 고하려는 듯 눈을 들어 하늘을 보다가 테이블 위에 팔꿈치를 대고 엎드렸다.

그제야 가게 안에 나 혼자만 있는 것이 아님을 깨달았다. 선술집의 다른 쪽 구석에 얼굴은 야위고 목소리는 쉰 한 무리의 보기 흉한 사람들이 있었다. 복장으로 보아 서민도 부르주아도 아니었다. 한마디로 그들은 모든 계급 중에서도 가장 비루한 계급, 지위도 재산도 없고, 비천한 것이 아니고는 생업조차 없는, 부유하지도 가난하지도 않은, 부자들의 교활함과 가난한 자들의 비참함을 지닌 모호한 계급의 사람들이었다.

그들은 분명하지 않은 목소리로 카드 속임수에 관해 언쟁하고 있었다. 그들 가운데 어리디어린 예쁜 소녀가 있었다. 깨끗한 옷차림에 장밋빛 얼굴인 소녀는 육십 년 가까이 포고 사항을 소리쳐 공고하는 관원이었던 양 쉬고 갈라진 목소리 말고는 그들과 닮은 점이 하나도 없어 보였다. 그녀는 선술집에서 나를 보고 놀라더니 주의깊게 나를 살폈다. 내가 우아한 옷차림에 멋부리다시피 치장을 했기 때문이다. 그녀가 조금씩 내게 다가왔다. 그녀는 내 테이블 앞을 지나다가 거기에 놓인 술병들을 치웠는데, 세 병 모두 빈 것을 보고 미소 지었다. 나는 그녀의 이가 멋지고 눈부시게 희다고 생각했다. 나는 그녀의 손을 잡고 내 옆에 앉아달라고 부탁했다. 그녀는 기꺼이 그렇게 했고, 자기 몫으로 야식을 주문했다.

아무 말 없이 그녀를 바라보는데, 내 두 눈 가득 눈물이 차올랐다. 그것을 알아챈 그녀가 이유를 물었다. 하지만 나는 대답할 수가 없었다. 나는 눈물이 더 많이 흘러내리게 하려는 듯 머리를 흔들었다. 두 뺨 위로 넘쳐흐르는 눈물을 느꼈기 때문이다. 그녀는 내게 비밀스러운 마음의 고통이 있다는 것을 이해하고는 그 이유를 짐작해보려고 하지 않았다. 한껏 즐겁게 식사를 하면서도 그녀는 손수건을 꺼내 이따금 내 얼굴을 닦아주었다.

그 소녀에게는 내가 모르는 소름 끼치면서도 달콤한 것, 연민과 기묘하게 뒤섞인 뻔뻔함이 있었기에 그녀에 대해 어떻게 생각해야 할지 판단이 서지 않았다. 만일 그녀가 길에서 내 손을 잡았다면 혐오감을 느꼈을 것이다. 그녀가 누구이건 간에, 한 번도 본 적 없는 여자가 다가와 한마디도 하지 않고 앞에 앉아 식사를 하면서 손수건으로 내 눈물을 닦아주는 것이 퍽 이상해 보였다. 그 때문에 나는 분개하는 동시에 매혹되어 어안이 벙벙했다. 술집 주인이 그녀에게 나를 아느냐고 묻는 소리가 들렸다. 그녀는 그렇다고 대답했고, 사람들은 나를 잠자코 내버려두었다. 곧 노름꾼들이 자리를 떴고, 술집 주인이 가게문과 밖의 덧문을 닫은 후 가게 뒷방으로 가버렸기 때문에 나는 그녀와 단둘이 있게 되었다.

방금 전 나의 모든 행동이 너무도 신속했던데다 하도 기이한 절망의 움직임에 따른 탓에, 나는 꿈을 꾸는 것만 같았고 내 생각은 미궁 속에서 몸부림쳤다. 내가 미쳤거나 초자연적인 힘에 따르는 것 같았다.

"너는 누구지?" 나는 갑자기 외쳤다. "원하는 게 뭐야? 날 어디서 알았지? 누가 내 눈물을 닦아주라고 시킨 거야? 그러는 게 네 직업인가, 내가 너를 필요로 한다고 생각해? 나는 네게 손가락 하나 대지 않을 거야. 여기서 뭘 하는 거지? 대답해. 네게 필요한 게 돈이야? 네가 가진 이 연민을 얼마에 팔 건데?"

나는 일어나 밖으로 나가고 싶었다. 하지만 비틀거리는 나 자신을 느꼈다. 동시에 두 눈이 흐려지고 극도의 무력감이 엄습했다. 나는 나무의자 위로 쓰러졌다.

"당신은 고통을 겪고 있군요." 소녀가 내 팔을 잡으며 말했다. "자신이 뭘 하는지도 모르는 채 어린아이처럼 술을 마셨군요. 이 의자에 앉아 길에 삯마차가 지나가길 기다리세요. 당신 어머니가 사는 곳을 내게 일러주세요. 마차에 태워 집으로 보내드릴게요." 그녀는 미소 지으며 덧붙였다. "왜냐하면 당신은 정말로, 정말로 나를 추하다고 여기니까요."

그녀가 말할 때 나는 눈을 들었다. 아마도 취기로 인한 착각이었을 것이다. 그때까지 잘못 본 것인지, 아니면 그 순간 내가 잘못 본 것인지는 모르겠다. 하지만 불쌍한 소녀의 얼굴이 내 연인과 숙명적으로 닮았음을 불현듯 깨달았다. 그 모습에 나는 얼어붙는 것 같았다. 모골이 송연한 전율이 느껴졌다. 민중은 우리들 머리 위로 지나가는 건 죽음이라고 말하지만, 내 머리 위로 지나간 것은 죽음이 아니었다.

그것은 세기병이었다. 아니, 그 소녀가 세기병 그 자체였다. 창백하고 빈정거리는 듯한 얼굴과 쉬어빠진 목소리로, 선술집 깊숙이 내 앞에 와 앉은 것은 바로 세기병이었다.

10

소녀가 내 연인과 닮았다는 사실을 깨달은 순간 저항할 수 없는 끔찍한 생각이 혼란스러운 내 머리를 사로잡았고, 나는 곧 생각대로 행동했다.

우리 사랑의 초기에 이따금 내 연인은 나를 몰래 만나러 왔다. 그런 날은 내 작은 방의 축제일이었다. 꽃이 도착하고, 불이 환하게 밝혀지고, 나는 맛있는 저녁식사를 준비하곤 했다. 사랑하는 사람을 맞이하기 위해 침대 역시 혼례 장식으로 꾸며졌다. 나는 자주 유리창 아래 소파에 앉아 우리 심장이 서로 이야기를 나누는 고요한 시간 동안 그녀를 응시했다. 나는 그녀가 요정 맵*처럼 내가 숱한 눈물을 흘렸던 그 고

---

* 영국 전설에 등장하는 꿈의 요정들의 여왕.

독한 작은 공간을 천국으로 변화시키는 것을 바라보았다. 그 모든 책들 한가운데, 그 모든 흩어진 옷가지들 한가운데, 그 모든 부서진 가구들 한가운데, 너무도 음산한 사방 벽들 사이에 그녀가 있었다. 그 모든 초라함 속에서 그녀는 얼마나 빛났던가!

그녀를 잃고 난 후로 그 기억은 내내 나를 떠나지 않았다. 그 기억 때문에 잠을 이룰 수가 없었다. 내 책들, 벽들이 내게 그녀에 대해 이야기했다. 견딜 수가 없었다. 내 침대는 나를 길거리로 쫓아냈다. 침대에서 눈물 흘리지 않을 때는 내 침대가 혐오스러웠다.

그리하여 나는 소녀를 거기로 데려갔다. 내게 등을 돌리고 앉으라고 그녀에게 말했다. 나는 그녀를 반라로 만들었다. 그리고 예전에 내 연인을 위해 그랬던 것처럼 그녀 주위로 내 방을 정리했다. 내가 기억하는 어느 저녁 그것들이 있던 자리 그대로 안락의자들을 놓았다. 행복에 관한 우리의 모든 생각 속에는 지배적인 기억이 있기 마련이다. 다른 것들을 능가하는 어느 날, 어느 시간, 혹은 잊을 수 없는 유형이나 모델 같은 것이 있다. 그 모든 것들 가운데 로페 데 베가의 연극에 등장하는 테오도르처럼 외치는 순간이 온다. "행운이여! 너의 바퀴에 황금 못을 박아라."*

이렇게 모든 것을 정돈한 뒤 나는 불을 환하게 밝히고는 무릎을 꿇고 앉아 한없는 절망에 취하기 시작했다. 가슴 밑바닥까지 내려가, 가슴이 비틀리고 조이는 것을 느꼈다. 하지만 머릿속으로는 내 연인이 줄곧 부르던 티롤 지방의 연애시를 중얼거렸다.

---

* 로페 데 베가의 희곡 『정원사의 개』의 한 장면.

예전에 나는 아름다웠고,

꽃처럼 희고 꽃처럼 장밋빛이었지.

하지만 지금은 아니라네. 이제 더이상 아름답지 않아,

사랑으로 초췌해진 나는.*

　나는 그 가련한 연애시가 내 가슴의 사막에서 울리는 메아리를 듣고 있었다. 나는 말했다. "이것이 남자의 행복, 이것이 내 작은 천국, 이것이 내 맵 요정이야, 거리의 여자지. 내 연인이 더 가치 있는 것은 아니야. 이것이 사람들이 신의 술을 마시고 난 뒤 잔의 밑바닥에서 발견하는 것이지. 이것이 사랑의 잔해야."

　불쌍한 소녀는 내 노랫소리를 듣고 자신도 노래하기 시작했다. 그 노랫소리에 나는 죽음처럼 창백해졌다. 내 연인과 닮은 그 존재에게서 나오는 불쾌하고 쉰 목소리가 내가 느낀 것의 상징처럼 여겨졌기 때문이다. 그녀는 한창 만개한 젊음의 한가운데서, 목구멍에서 쉰 목소리를 내는 방탕의 화신이었다. 배신 이후로 내 연인의 목소리가 그렇게 된 것이 틀림없다는 생각이 들었다. 나체의 젊은 마녀와 브로켄에서 춤을 추다가 그녀의 입에서 붉은 생쥐가 튀어나오는 것을 본 파우스트가 생각났다.

　"입 다물어!" 나는 소녀에게 외치고는 일어나 그녀에게 다가갔다. 그녀는 미소 지으며 내 침대에 앉아 있었고, 나는 마치 내 무덤 위에 놓인 나 자신의 조각상처럼 그녀 곁에 누웠다.

---

* 원서에는 이탈리아어로 적혀 있다. "*Altra volta gieri biele,/ Blanch'e rossa com' un' fiore;/ Ma ora no. Non son più biele/ Consumatis dal' amore.*"

부탁하건대, 당신들, 세기의 인간들, 이 시간에 향락을 찾아 무도회나 오페라로 달려가는 이들, 그리고 오늘 저녁 잠자리에 누워 잠을 청하기 위해 늙은 볼테르의 어느 진부한 신성모독의 글을, 폴루이 쿠리에의 어느 분별 있는 농담을, 의회 위원회의 경제에 관한 어느 연설문을 읽는, 한마디로 모공 하나를 통해 이성이 우리 도시 심장부에 심어놓은 이 흉측한 수련의 차가운 실체를 들이마시는 이들이여, 당신들에게 부탁하건대, 만일 이 하찮은 책이 우연히 당신들 두 손 안에 들어가는 일이 생긴다면, 고상한 경멸의 미소를 짓지 말고 어깨를 너무 으쓱하지도 마오. 과도한 안전장치를 갖추고서 내가 가상의 병으로 신음한다고, 요컨대 우리 능력 가운데 인간의 이성이 가장 훌륭하고, 이 세상에서 진실한 것은 증권거래소의 주식 매매와 도박에서의 좋은 패와 식탁의 보르도산 포도주와 육체의 건강과 타인에 대한 무관심과 밤에 침대에서 느낄 향기로운 피부로 뒤덮인 관능적인 근육밖에는 없다고 생각하지 마오.

　왜냐하면 어느 날 흐르지 않고 고여 있는 당신의 삶 가운데 한줄기 바람이 불어올 수도 있기 때문이라오. 망각의 강에서 길어온 물을 뿌린 이 아름다운 나무들 위로 신이 숨을 불어넣을 수도 있다오. 당신들도 절망에 빠질 수 있다오, 냉담한 사람들이여! 당신들 두 눈에 눈물이 고일 것이오. 연인들이 배신할 수도 있다는 이야기를 하는 게 아니라오. 한 마리 말이 죽는대도, 당신들에게 그리 큰 손실은 아니라오. 주식거래에서 손해를 볼 수도 있고, 킹 석 장을 들고 도박할 때 우연히 다른 사람도 한 패를 가지고 있을 수도 있다는 이야기를 하는 거라오. 도박이 아니라도 당신들의 재산, 주조된 당신들의 평안, 금과 은으로 만들어진 당신들의 행복이 실패할 수도 있는 은행가의 수중에, 지불받지 못할 수도 있는 공채에 있다는 이야기를 하는 것이라오. 마지막으로 아무리 냉정한 당신들이라 하더라도 무언가를 사랑할 수 있다는 이야기를 하는 거라오. 당신들 마음속 깊은 곳에서 마음의 금선琴線 하나가 풀려 고통과도 흡사한 비명을 지를 수도 있는 거라오. 쓸 곳 없는 당신들의 힘을 소모시킬 물질적인 쾌락이 더이상 존재하지 않고 현실과 일상이 몹시 간절해질 어느 날 진창길을 방황하다가, 볼이 푹 꺼진 채로 우연히 주변을 둘러보다가 자정에 텅 빈 벤치에 앉게 될 수도 있는 거라오.

한 번의 절망의 몸짓도, 한 번의 계산 실수도 한 적 없는, 오, 대리석 같은 인간들, 숭고한 이기주의자들, 흉내낼 수 없는 이론가들이여! 언젠가 당신들에게 이런 일이 일어난다면, 파산한 순간, 엘로이즈를 잃었던 때의 아벨라르를 기억하시오. 아벨라르는 당신들이 말을, 금화나 연인을 사랑하는 것보다 엘로이즈를 더 많이 사랑했기 때문이라오. 그녀와 헤어지면서 그는 당신들이 일찍이 잃어버린 것보다 더 많은 것을, 당신들의 우두머리인 사탄이 하늘에서 두번째로 추락하면서 잃어버린 것보다 더 많은 것을 잃었기 때문이라오. 그는 신문에는 실리지 않는, 당신네 부인들과 딸들이 우리 연극이나 책 속에서 그 그림자도 알아차리지 못할 어떤 사랑으로 그녀를 사랑했기 때문이라오. 그는 남은 반생을 그녀에게 다윗의 시편과 사울의 찬송가를 노래하도록 가르치며 그녀의 천진한 이마에 입맞추었기 때문이라오. 그는 지상에서 오직 그녀만을 가졌기 때문이라오. 그럼에도 신은 그를 위로했소.

나를 믿으시오, 비탄에 빠진 당신들이 아벨라르를 생각할 때 당신들은 늙은 볼테르의 달콤한 신성모독과 쿠리에의 익살을 동일한 시선으로 보지 않게 될 것이오. 인간의 이성이 헛된 기대는 치유할 수 있지만 고통은 치유할 수 없다는 걸, 신이 이성을 살림 잘하는 주부로 만들었지만 자선수녀로 만들지는 않았다는 걸 당신들도 느끼게 될 것이오. "아무것도 보지 못했기에 나는 아무것도 믿지 않아"라고 말할 때 인간의 심장이 최후의 결정적인 발언을 한 것은 아니라는 사실을 알게 될 것이오. 당신들은 주변에서 희망 비슷한 것을 찾으려 애쓸 것이오. 그것들이 아직 움직이는지 보기 위해 교회로 가 문을 흔들 테지만 교회가 벽으로 둘러싸여 있음을 발견하게 될 것이오. 트라피스트회 수도사가 될 생각을 할 테지만 당신들을 비웃는 운명은 한 병의 싸구려 술과 창녀로 답할 것이오.

그리고 만일 당신들이 그 병에 담긴 술을 마시고 창녀를 받아들여 침대로 데려간다면, 무슨 일이 일어날지 알아야 할 것이오.

제2부

1

다음날 잠에서 깨어나면서 나 자신에게 깊은 혐오감을 느꼈고, 나 스스로 보기에 내가 너무도 타락하고 전락한 것 같았다. 몸을 처음 움직이자 끔찍한 욕망이 나를 사로잡았다. 나는 침대 밖으로 튀어나가 소녀에게 옷을 입고 되도록 빨리 떠나라고 명령했다. 그러고는 앉아서 절망적인 시선으로 사방의 벽을 훑어보고 있을 때 내 시선이 무의식적으로 권총이 걸려 있는 방 한구석에 가 멈췄다.

비록 번민하는 생각이 경솔해질지라도, 말하자면 내뻗은 두 손이 극도의 절망을 향해 있을지라도, 우리 영혼이 난폭한 편을 지지할 때 무기를 들고 사격 자세를 취하는 육체적인 행동에는, 쇠의 차가움 바로 그 속에는 의지와 무관한 물질적인 공포가 존재하는 것 같다. 손가락들은 불안스럽게 준비되고, 팔은 뻣뻣해진다. 누가 되었건 죽음을 향해 걸어가는 자의 내면에서는 본성 전체가 뒷걸음친다. 마치 권총이 "네가 할 일을 생각해"라고 말하는 듯 느껴졌던 것 말고는 소녀가 옷을 입던 동안의 느낌을 표현할 수가 없다.

사실 그때부터, 정말 내가 원한 대로 여자가 서둘러 옷을 입고 곧바로 떠났다면 무슨 일이 일어났을까 자주 생각했다. 아마도 수치심이라는 첫번째 영향은 진정되었을 것이다. 슬픔은 절망이 아니지만 신은 그 둘을 형제처럼 결합해놓았기에 우리가 그중 하나만 겪게 되는 일은 결코 없다. 일단 방에서 여자가 나간 다음에는 내 가슴이 진정되었을 것이다. 내 곁에는 회한만이, 천상에 있는 용서의 천사가 아무도 죽이지 못하게 금지한 회한만이 남았을 것이다. 분명 적어도 내 삶은 치유되었을 것이다. 방탕은 내 방 문턱에서 영원히 쫓겨났을 테고, 최초로 내가 그것을 접했을 때 느꼈던 공포의 감정으로는 결코 되돌아가지 않았을 것이다.

하지만 전혀 다른 일이 일어났다. 내 안에서 일고 있던 갈등, 나를 짓누르고 있던 비통한 생각, 혐오감, 두려움, 분노까지(나는 수많은 것들을 동시에 느꼈다) 그 모든 치명적인 힘 때문에 나는 안락의자에서 꼼짝도 하지 못했다. 내가 그렇게 가장 위험한 망상에 사로잡혀 있는 동안 여자는 거울 가까이 몸을 숙이고 최선을 다해 옷매무새를 가다듬을 생각밖에 하지 않았고, 세상에서 가장 평온한 미소를 지으면서 머리 손질을 하고 있었다. 치장은 십오 분 동안이나 계속되었고, 그사이 나는 거의 그녀를 잊고 있었다. 그녀가 낸 소리를 듣고야 획 돌아앉아 눈에 띄게 화난 어투로 혼자 있게 해달라고 부탁했고, 그녀는 순식간에 준비를 마치고는 내게 키스를 보내며 문손잡이를 돌렸다.

바로 그때 누군가 바깥 문에서 벨을 울렸다. 나는 재빨리 일어났고, 서재 문을 열어 그녀를 들여보낼 시간밖에 없었다. 바로 뒤이어 이웃 청년 둘과 함께 데주네가 들어왔다.

바다 한가운데서 마주치는 거대한 물의 흐름은 삶의 몇몇 사건과 유사하다. 운명, 우연, 신, 이름이 뭐가 중요한가? 다른 단어를 내세워 어떤 단어를 부인했다고 믿는 사람들은 말을 남용하는 것일 뿐이다. 그럼에도 카이사르나 나폴레옹에 대해 말하면서 자연스럽게 "그는 신이 보낸 사람이었어"라고 말하는 사람들이 있다. 분명 그들은 영웅들만이 하늘의 관심을 받을 자격이 있고, 황제나 추기경의 자줏빛 외투는 황소를 사로잡듯 신을 사로잡는다고 믿는다.

내 의견으로는 이 세상에서 가장 하찮은 것들이 초래하는 것, 겉보기에는 전혀 중요치 않은 물건과 상황이 야기하는 우리 운명의 변화보다 더 깊은 생각의 심연은 없다. 우리의 일상적인 행동이나, 우리가 익숙하게 과녁을 향해 발사하는 무뎌진 작은 화살이나 마찬가지다. 그리하여 우리는 거의 모든 그 사소한 결과들을, 우리의 용의주도함이나 우리의 의지라고 부르는 추상적이고 합법적인 존재로 만들기에 이른다. 그리하여 한줄기 바람이 지나가고, 가장 가볍고 하찮은, 화살들 중에서도 가장 작은 화살이 지평선 넘어 신의 거대한 품속으로 까마득히 올라간다.

그때 우리는 얼마나 커다란 강렬함에 사로잡히는가! 흔들리지 않는 오만함, 의지와 용의주도함이라는 허울은 어떻게 되는가? 이 힘 자체, 세상의 이 지배자, 삶이라는 전투 속 인간의 이 검을, 우리는 분노에 가득차 헛되이 휘두르고, 우리를 위협하는 공격을 피하기 위해 그것으로 헛되이 몸을 막는다. 보이지 않는 손이 검의 끝을 빗나가게 하고, 허공으로 목적지가 바뀐 모든 격정적인 노력은 우리를 더 멀리 추락시키는 데 사용될 뿐이다.

이처럼 내가 범한 과오에서 몸을 씻기만을 열망한 순간, 아마도 그 때문에 스스로를 벌하고자 열망하기까지 한 순간, 극도의 공포에 사로잡힌 바로 그 순간, 나는 위험한 시련을 견뎌내야 한다는 것을 알았다. 그리고 그 시련에 굴복하게 될 터였다.

데주네는 흡족해 보였다. 그는 소파에서 몸을 뻗으며 내 얼굴에 대한 몇 마디 농으로 말을 시작했다. 그는 내가 잠을 잘 자지 못한 것 같다고 했다. 그의 농담을 참고 들어줄 마음이 아니었기 때문에 나는 그만하라고 무뚝뚝하게 말했다.

그는 그 말에 신경쓰는 것 같지 않았다. 그는 같은 말투로, 자신이 이곳까지 오게 된 화젯거리에 다가갔다. 그는 내 연인에게 동시에 두 명이 아니라 세 명의 애인이 있었음을, 즉 그녀가 나만큼이나 내 연적도 부당하게 대했음을 알려주려고 온 것이었다. 그 가련한 젊은이가 자신이 알게 된 사실을 엄청나게 떠들어댄 통에 파리 전체가 알아버렸다. 데주네의 말을 주의깊게 듣지 않았기 때문에 처음에는 그가 하는 이야기를 잘 이해하지 못했다. 하지만 가장 세세한 부분을 세 번까지 반복시킨 후에야 그 끔찍한 이야기를 정확히 알게 되었다. 나는 당황하고 몹시 놀라 대답할 수 없었다. 내 첫번째 행동은 큰 소리로 웃는 것이었는데, 내가 최악의 여자를 사랑했음을 분명히 알았기 때문이다. 그럼에도 불구하고 내가 그녀를 사랑한 것은 사실이었고, 더 정확히 표현하자면 나는 여전히 그녀를 사랑하고 있었다. "그게 가능한가요?"

이것이 내가 생각해낼 수 있는 전부였다.

그때 데주네의 친구들이 그가 말한 모든 것을 확인시켜주었다. 두 명의 애인과 한꺼번에 맞닥뜨린 내 연인이 두 사람에게 그 사건을 겪은 것은 바로 그녀 자신의 집에서였다. 모든 사람들이 익히 아는 사건이었다. 그녀는 수치를 당했고, 가장 곤란한 추문에 노출되고 싶지 않으면 파리를 떠나야만 했다.

그 모든 우스운 일에, 바로 그 여인이 동기가 되었던 결투, 그녀에 대한 저항할 수 없는 열정, 그러니까 그녀를 향한 내 모든 행동에 대해 퍼진 조롱의 상당 부분이 포함되어 있다는 것은 쉽게 알 수 있었다. 그녀는 가장 추악한 이름을 얻을 만하고, 요컨대 사람들이 그녀에 대해 알고 있는 것보다 백배나 더 나쁜 짓을 행했을 파렴치한 인간일 뿐이라고 말하려니, 다른 많은 사람들처럼 나 역시 그녀에게 속아넘어간 것에 지나지 않는다는 사실이 신랄하게 느껴졌다.

그 모든 것이 언짢았다. 내 기분을 알아차린 젊은 친구들은 신중하게 이야기했다. 그런데 데주네에게는 나름의 계획이 있었다. 그는 내 사랑으로부터 나를 치유하고자 했고, 비정하게도 사랑을 병처럼 취급했다. 상호간의 도움에 기반을 둔 오랜 우정이 그에게 그런 권리를 주었고, 자신의 의도를 선의로 여겼기에 그는 주저하지 않고 그 권리를 이용했다.

그러니까 그는 나를 너그럽게 대하지 않았을 뿐만 아니라 내 혼란과 수치심을 본 순간 나를 그 길에서 되도록 멀리 밀어내려고 무슨 일이건 했다. 내 조바심이 곧 너무 노골적으로 드러나버려, 그는 말을 계속할 수 없었다. 그래서 그는 말을 멈추고 침묵했는데, 그것이 나를 더 자극했다.

이번에는 내 쪽에서 질문을 던졌다. 나는 방안을 왔다갔다했다. 그 이야기를 듣고 있을 수가 없었다. 내가 겪은 일을 한번 더 되풀이하는 편이 오히려 나을 성싶었다. 나는 어떤 때는 웃음 띤 얼굴을 하고, 어떤 때는 평온한 얼굴을 하려고 애썼다. 하지만 소용없었다. 가장 고약스레 말이 많았던 데주네가 갑자기 말이 없어졌다. 내가 성큼성큼 거니는 동안 그는 나를 무심하게 바라보았고, 동물원에 갇힌 여우처럼 내가 방안에서 날뛰도록 내버려두었다.

내가 느꼈던 것을 말할 수는 없다. 그렇게 오랫동안 내 마음의 우상이었고 그녀를 잃은 후 내게 그토록 강렬한 고통을 안겨준 여인, 내가 사랑한 유일한 여인, 죽을 때까지 눈물 흘리고자 한 여인이 갑자기 수치심 없는 파렴치한 인간이 되고, 젊은이들의 비웃음거리가 되고, 비난과 모두가 아는 추문의 대상이 된 것이다! 내 어깨에 붉게 달궈진 쇠의 자국이 느껴지는 것 같고, 타는 듯 뜨거운 낙인이 찍힌 것 같았다.

곰곰이 생각할수록 내 주위의 어둠이 짙어지는 것이 더 여실히 느껴졌다. 이따금 나는 고개를 돌렸다가, 차가운 미소로 나를 지켜보고 있는 호기심 어린 눈길을 어렴풋이 느꼈다. 데주네는 나를 떠나지 않았다. 그는 자신이 무슨 일을 하고 있는지 제대로 이해했다. 우리는 오래전부터 서로를 알고 있었다. 그는 내가 그 어떤 정신 나간 행동이든 할 수 있고, 내 성격은 흥분하면 하나의 길만 제외하고는 어떤 길이 되었건 모든 한계 너머로 나를 이끌 수 있음을 잘 알았다. 바로 그것이 그가 나의 고통에 수치심을 안겨주고 내 머리부터 심장에까지 호소한 이유다.

마침내 그가 이끌어가고자 한 지점에 내가 다다른 것을 보았을 때, 그는 지체하지 않고 내게 마지막 타격을 가했다. "이야기가 마음에 들지 않아?" 그가 말했다. "가장 놀라운 얘기는 이거야, 이야기의 마지막이지. 그건, 친애하는 옥타브, ×××집에서의 그 일은 달빛이 아름다웠던 어느 밤에 일어났어. 그런데 두 명의 애인이 그 부인의 집에서 사력을 다해 싸우고 따스한 불가에서 서로의 목을 베겠다고 떠드는 동안 사람들이 길에서 평온하게 산책하는 그림자를 본 것 같은데 그림자가 자네와 꼭 닮아서 사람들이 그걸 자네라고 결론 내렸다는 거야."

　"누가 그런 말을 하던가요?" 내가 물었다. "누가 길에서 나를 봤다는 거죠?"

　"바로 자네 연인이야. 그녀는 귀를 기울이는 누구에게나 그 이야기를 해. 우리가 자네에게 그녀 이야기를 하는 것만큼이나 가볍게 말이야. 그녀는 자네가 아직도 자기를 사랑하고, 자기 집 문 앞을 지키고 있다고 주장하고 있어. 그러니까…… 자네가 생각하는 모든 걸 주장하는 거지. 그녀가 공공연하게 그 이야기를 하고 다닌다는 걸 자네도 충분히 알 거야."

　나는 결코 거짓말을 할 줄 모르고, 진실을 숨기고 싶을 때도 어김없이 얼굴에 드러났다. 하지만 자존심 때문에, 그리고 증인들 앞에서 내 약점을 고백해야 하는 수치심 때문에 나는 노력했다. 게다가 이렇게 생각했다. '내가 길에 있었던 것은 분명해. 하지만 내가 생각한 것보다 그녀가 훨씬 더 저질이었다는 걸 알았다면 아마 거기 있지 않았을 거야.' 이윽고 나는 사람들이 나를 똑똑히 볼 수는 없었을 거라고 확신했다. 나는 부인하려 했다. 얼굴이 너무 붉어져서 나 스스로도 거짓의 무용함을 느꼈다. 데주네가 미소 지었다. "조심해요." 내가 말했다. "조심, 조심하라고요! 도를 넘지 말라고!"

나는 미친 사람처럼 계속 거닐었고, 누구를 비난해야 할지 몰랐다. 소리 내 웃어야 했을 테지만 도저히 불가능했다. 동시에 분명한 징후들이 내 잘못을 알려주었다. 나는 내 잘못을 인정했다. "내가 그걸 알았나?" 나는 외쳤다. "그렇게 파렴치한 여자인 줄 내가 알았냐고?……"

데주네는 "자네는 충분히 알고 있었어"라고 말하려는 듯 입술을 오므렸다.

나는 어찌할 바를 모른 채 끊임없이 어리석은 말들을 중얼거렸다. 십오 분 전부터 격앙된 내 피는 더이상 내가 대응할 수 없는 힘으로 관자놀이를 때리기 시작했다.

"나는 길에 있었어! 눈물과 절망에 빠져서 말이야! 그런데 그동안 그녀의 집에서는 그런 충돌이 있었다고! 뭐라고! 그날 밤조차 그녀에게 조롱당한 거라니! 그녀가 조롱했다고! 사실이에요, 데주네? 형님이 꿈꾸고 있는 건 아니죠? 사실이라고요? 그게 가능해요? 형님이 그 일에 대해 뭘 안다고?"

나는 이렇게 되는대로 말하다가 분별력을 잃었다. 그동안 억제할 수 없는 분노가 점점 더 나를 지배했다. 마침내 기진맥진해 자리에 주저앉았는데 손이 떨렸다.

"이봐," 데주네가 말했다. "심각하게 생각하지 마. 두 달 전부터 자네가 보내고 있는 이 고독한 삶에 얼마나 고통스러웠나. 나는 알 수 있어. 자네는 기분 전환이 필요해. 오늘 저녁 우리와 함께 저녁을 먹고, 내일 점심은 야외에서 먹도록 하지."

이 말을 내뱉는 그의 어투가 다른 그 모든 것보다 나를 더 고통스럽게 했다. 그가 나를 동정하고 어린애 취급한다는 것을 느꼈다.

다른 사람들과 떨어져 꼼짝 않고 앉아서는 자제력을 갖기 위해 애썼지만 헛일이었다. '뭐라고!' 나는 생각했다. '그 여자에게 배신당하고 지독한 충고에 중독되어, 일을 해도 피로에 지쳐도 그건 아무런 은신처가 되지 못하는구나. 스무 살의 내가 절망과 타락에 맞서는 호위병으로 삼을 것이 성스럽고 끔찍한 고통밖에 없다니, 오 신이시여! 방금 사람들이 손안에서 산산조각낸 것은 내 번민의 신성한 기념물, 바로 이 고통이로구나! 사람들이 모욕하는 것은 더이상 내 사랑이 아니라 내 절망이로구나. 비웃다니! 내가 눈물 흘릴 때 그녀가 조롱을 하다니!' 믿을 수 없는 일로 느껴졌다. 그 생각을 하니 과거의 모든 기억이 가슴에서 역류했다. 우리 사랑의 밤들의 망령들이 하나씩 일어서는 것이 보이는 것 같았다. 그것들은 한없이 깊고, 영원하며, 무無처럼 검은 심연 위로 몸을 숙이고 있었다. 심연 깊숙한 곳에서 빈정거리는 가벼운 웃음소리가 떠다녔다. "이게 네가 받을 벌이야!"

모두가 나를 조롱한다고만 알려주었다면 나는 이렇게 대답했을 것이다. "그에게는 안된 일이야." 그러고는 달리 화를 내지는 않았을 것이다. 하지만 나는 내 연인이 파렴치한에 지나지 않았음을 동시에 알게 되었다. 그렇게 한편으로 조롱은 공공연했고, 사실임이 증명되었고, 그들이 나를 보았다고 말해주기도 전에 상황이 어땠는지 잊지 않고 말해준 두 명의 증인에 의해 확인되었다. 세상 사람들이 나보다 옳았다. 다른 한편으로는 내가 그들에게 무슨 대답을 할 수 있었겠는가? 어디에 기댈 것인가? 어디에 틀어박힐 것인가? 내 삶의 중심이, 내 심장이 크게 상처받고 기진맥진해 절망에 빠져 있는데 무엇을 할 것인가? 무엇을 말할 것인가? 그녀를 위해서라면 내가 모든 것을, 비난도 조롱도 무릅썼을 그 여인! 그녀를 위해서라면 산더미 같은 고통이 내게로 몰려오도록 내버려두었을 그 여인! 내가 사랑했으나 다른 남자를 사랑했던, 사랑해달라고 내가 요구하지 않았던 여인, 그녀의 문가에서 눈물 흘리도록 허락받는 것밖에는, 그녀에게서 멀리 떨어져 그녀의 기억에 내 젊음을 바치도록, 내 희망의 무덤 위에 그녀의 이름을, 그녀의 이름만을 쓰도록 허락받는 것밖에는 다른 것을 원하지 않았거늘!……아! 그녀를 생각하면 죽을 것 같았다. 나를 조롱한 것이 바로 그 여인이었다. 한가로운 군중에게, 자신들을 경멸하고 무시하는 그 모든 것 주위에 냉소를 보내며 가버리는 멍하고 심심한 민중에게 처음으로 나를 지목해 알린 것이 바로 그 여인이었다. 나를 모욕한 것이 바로 그 여인이었고, 수도 없이 내 입술에 입맞췄던 바로 그녀의 입술이었고, 바로 그 육체, 내 삶과 내 살과 내 피의 그 영혼이었다. 그렇다, 모든 여자들 중 최악이고, 가장 비열하고 가혹한 그 여인이 무자비한 웃음으로 고통에 찬 얼굴에 침을 뱉는다!

생각에 빠져들수록 분노가 커졌다. 분노라고 해야 하나? 나를 뒤흔든 감정을 뭐라 부르는지 알지 못하기 때문이다. 분명한 것은 마침내 혼란스러운 복수의 욕망이 우세해지고야 말았다는 것이다. 그런데 여자에게는 어떻게 복수해야 할까? 그녀에게 상처를 입힐 수 있는 무기를 마음대로 할 수만 있다면 원하는 만큼의 돈을 지불했을 것이다. 하지만 어떤 무기를? 내게는 아무런 무기도 없었다. 그녀가 사용한 무기조차도. 그녀의 언어로 그녀에게 답할 수는 없었다.

나는 유리가 끼워진 문의 커튼 뒤에서 그림자를 언뜻 발견했다. 그 것은 서재에서 기다리던 소녀였다.

그녀를 잊고 있었던 것이다. "내 말 잘 들어!" 나는 흥분해 일어서며 외쳤다. "나는 사랑했어, 미치광이처럼, 바보처럼 사랑했어. 나는 당신 들이 원하는 모든 비웃음을 받아 마땅했지. 하지만 신에게 맹세코! 내 가 아직 당신들이 생각하는 것만큼 바보는 아니라는 사실을 증명할 뭔 가를 보여주겠어."

이렇게 말하면서 나는 유리가 끼워진 문을 발로 차서 열고 구석에 웅크리고 있던 소녀를 그들에게 보여주었다.

"그러니까 저리로 들어가요." 나는 데주네에게 말했다. "한 여인을 사랑하는 나를 미쳤다고 생각하고 매춘부들밖에는 사랑하지 않는 형 님, 형님은 형님의 최고 지혜가 저기 저 안락의자 위에 늘어져 있는 게 보이지 않나요? 내가 온 밤을 ×××의 창문 밑에서 보냈는지 어떤지 그녀에게 물어봐요. 그에 대해 그녀가 뭔가 이야기해줄 테니까. 하지 만 그게 다가 아닙니다." 나는 덧붙였다. "내가 형님에게 할 말은 그게 다가 아니라고요. 오늘 형님 집에서 저녁식사를 하고, 내일은 들로 소 풍을 가요. 나도 가겠습니다. 나를 믿어요, 지금부터 그때까지 형님 을 떠나지 않을 테니. 우리는 떨어지지 않고 온종일 같이 보낼 겁니다. 검술, 카드, 주사위, 펀치, 원하는 건 뭐든 해도 좋아요. 하지만 떠나지 는 마세요. 형님은 내 편인가요? 나는 형님 편이에요. 좋아요! 나는 내 심장으로 내 사랑의 무덤을 만들고 싶었어요. 하지만 내 사랑을 다른 무덤 속에 던지려 해요, 오 정의로운 신이시여! 언제 내 심장 속에서 그 무덤을 파내야 할까요."

이렇게 말한 뒤 나는 다시 앉았고, 그사이 그들은 서재로 들어갔다. 나는 가벼워진 분노가 우리에게 얼마나 기쁨을 줄 수 있는지를 느꼈다. 그날부로 내 생활이 얼마나 딴판으로 변했는지를 보고 놀라는 사람은 인간의 마음을 알지 못하는 것이고, 한 걸음을 내디디기까지는 이십 년을 망설일 수 있지만 한 걸음을 내디디고 나면 뒷걸음치지 않는다는 사실을 모르는 것이다.

2

방탕을 배우는 데서는 현기증 같은 것이 느껴진다. 거기서는 우선 높은 탑에 있는 것과 같은, 관능과 뒤섞인 뭔지 모를 공포를 느낀다. 수치스럽고 은밀한 방탕은 가장 고결한 사람마저 타락시키는 반면, 솔직하고 과감한 방탕, 야외의 방탕이라고 이름 붙일 수 있는 것에는 가장 타락한 자에게조차 어떤 장엄함이 존재한다. 어둠이 내리면 코까지 망토를 올려 걸치고서 남몰래 자신의 삶을 더럽히고 낮 동안의 위선을 은밀히 털어내러 가는 사람은 감히 적에게 결투를 신청하지 못하고 뒤에서 찌르는 이탈리아인과 닮았다. 경계석 모퉁이와 밤의 기다림 속에는 살인이 있다. 반면 떠들썩하고 요란한 연회의 난봉꾼을 사람들은 전사戰士나 다름없다고 믿는다. 그것은 전쟁의 냄새를 풍기는 것으로, 당당한 대결이라는 외관을 지녔다. "모든 사람이 그렇게 하고 몰래 숨는다. 그렇게 하되, 숨지 마라." 자존심이 이렇게 말하고, 일단 그 갑옷을 걸치면 거기서 태양이 빛난다.

사람들 이야기로는 다모클레스가 자신의 머리 위에서 검 한 자루를 보았다고 한다. 이렇게 탕아들의 머리 위에서는 무엇인지 모를 것이 끊임없이 소리치는 것 같다. "가라, 계속 가라, 내가 실을 한 가닥 늘어뜨려놓았으니." 사육제 기간에 보게 되는 가면 쓴 사람들의 마차는 그들 삶의 충실한 이미지다. 파손된 호화로운 사륜마차가 바람이 불 때마다 열리고, 타오르는 횃불이 분을 짙게 바른 얼굴들을 비춘다. 이 사람들은 웃고, 저 사람들은 노래한다. 가운데서는 여자 같은 존재들이 소란스럽다. 정말 인간의 겉모습과 흡사한 여자들의 잔해 같다. 사람들이 그녀들을 애무하고, 그녀들을 모욕한다. 그녀들의 이름도, 누구인지도 알지 못하면서. 그 모든 것이 불타는 수지樹脂 아래, 아무것도 생각하지 않는 취기 속에 동요하고 흔들린다. 사람들은 신이 그들을 보살핀다고들 한다. 이따금 사람들이 몸을 숙여 서로 입맞추는 것처럼 보인다. 마차가 덜컹거릴 때 누군가 떨어진다. 무슨 상관인가! 사람들은 저기서 오고 저기로 가며, 말들은 질주한다.

그런데 감정의 첫번째 동요가 놀라움이라면, 두번째는 공포이고, 세번째는 연민이다. 사실 거기에는 너무 많은 힘이, 보다 정확히 말해 너무 기이한 힘의 남용이 있어, 가장 고귀한 기질과 가장 훌륭한 체질의 사람이 흔히 사로잡힌다. 그것이 무모하고 위험해 보이면서도 그들은 그렇게 자신들을 낭비한다. 사나운 말 위에 묶여 있던 마제파*처럼 그들은 방탕에 묶여 있다. 그들은 거기에 단단히 매여 반인반마의 켄타우로스가 된다. 그들은 떨어져나간 살점이 나무들에 그려놓은 피의 길

104

도, 그들을 뒤쫓느라 붉게 충혈된 늑대들의 눈도, 사막도, 까마귀들도 보지 못한다.

앞서 이야기한 상황에 의해 이런 삶에 내던져졌고, 이제는 내가 본 것을 이야기해야겠다.

사람들이 극장의 가장무도회라고 부르는 그 유명한 모임들을 맨 처음 가까이서 보았을 때 나는 오를레앙 공 섭정 시대의 방탕에 대해, 제비꽃장수로 가장한 프랑스 왕비에 대해 이미 들은 바 있었다. 나는 거기서 종군 상인으로 가장한 제비꽃장수를 발견했다. 자유분방함을 보게 되기를 기대했지만 사실 그런 것은 전혀 없었다. 거무죽죽한 얼굴과 싸움질과 깨진 술병 위에서 인사불성인 소녀들의 방탕뿐이었다.

식탁의 방탕을 맨 처음 보았을 때 나는 헬리오가발루스의 저녁식사**에 대해, 감각의 쾌락을 일종의 자연 종교로 삼은 그리스 철학자***에 대해 이미 들은 바 있었다. 나는 관능이 아니면 망각 같은 것을 기대했다. 하지만 거기서 나는 세상에 존재하는 최악의 것, 살아남고자 하는

---

* 폴란드 궁정의 시동이었던 미소년 마제파(1652~1709)는 어느 귀족 부인과 사랑에 빠졌다가 귀족 부인의 남편에게 벌을 받아 사나운 말에 묶여 광야로 추방당한다. 말은 우크라이나에 도착해 쓰러진다. 마제파는 그곳에서 우크라이나인들의 지도자가 되어 우크라이나 독립의 쟁취를 위해 노력하지만 결국 실패하고 폴타바 전투에서 죽음을 맞는다. 마제파의 이야기는 푸시킨, 바이런, 빅토르 위고 등에 의해 작품화되었다. 사나운 말에 태워진 채로 추방되는 전혀 역사적이지 않은 이 장면은 바이런의 아름다운 시에 나온다.
** 뮈세의 아버지 뮈세 파테는 골드스미스의 『로마사』를 요약해 발간한 바 있는데, 그 책에는 다음과 같은 문장이 실려 있다. "그(헬리오가발루스)는 비싸지 않은 요리는 먹을 가치가 없다고 습관적으로 말하곤 했다."
*** 여기서 뮈세가 암시하는 것은 그리스 철학자인 아리스티포스다. 소크라테스의 제자이며 키레네학파를 창시한 그는 '인식은 감각에 기초하고, 삶의 목적은 감각의 향유'라고 정의했다.

권태와 다음과 같은 이야기를 나누는 영국인들을 발견했다. "이거나 저걸 하면 재미있을 거야. 엄청난 금화를 지불했으니 엄청난 쾌락을 느끼게 될 거야." 그리고 그들은 그런 맷돌 위에서 삶을 소모한다.

화류계 여인들을 맨 처음 보았을 때 나는 소크라테스와 토론하면서 알키비아데스 장군의 무릎에 앉아 있던 아스파지에 대해 이미 들은 바 있었다. 나는 약삭빠르고 건방지지만 쾌활하고 용감하고 강인한 어떤 것, 샴페인 거품과 같은 것을 기대했다. 나는 벌린 입과 움직이지 않는 눈과 굽은 손을 발견했다.

고급 화류계 여인들을 맨 처음 보았을 때 나는 이미 보카치오와 반델로를 읽은 바 있었다. 무엇보다도 셰익스피어를 읽었더랬다. 나는 아름답고 씩씩한 여인들과 지옥의 천사들, 『데카메론』의 기사들이 미사에서 나오면서 성수를 권했던, 무례함으로 충만한 탕녀들을 꿈꾸었더랬다. 나는 그토록 시적으로 광적이고 창의적인 대담함을 가진 얼굴들을, 은밀한 눈길로 한 권의 장편소설 같은 이야기를 당신에게 던지는, 머리가 정상이 아니고, 유연한 세이렌들처럼 물결치듯 흔들리면서 삶을 걸어가는 애인들을 수없이 스케치했더랬다. 나는 제정신을 잃을 만큼 사랑에 취해 있는 것은 아니어도 언제나 얼근히 취해 있는 『새로운 이야기들』*의 요정들을 떠올렸다. 낯선 이에게 거짓말밖에 할 줄 모르고, 자신들의 천박함을 위선 속에 감출 줄밖에 모르며, 그 모든 것 속에서 자신을 내주고 잊어버리려고밖에 하지 않는, 편지 쓰기를 좋아하는 여자들, 정확한 시간의 조정자들만을 발견했을 뿐이다.

---

* 15세기 중엽 부르고뉴 공의 지시로 만들어진 설화집 『백 편의 새로운 이야기들』. 몇 사람이 돌아가며 이야기하는 형식을 띠고 있다.

맨 처음 도박장에 들어갔을 때 나는 물결처럼 쏟아지는 황금에 대해, 십오 분 만에 거둬들인 재산에 대해, 카드놀이 한 판으로 10만 에퀴를 벌어 옷값으로 탕진한 앙리 4세 궁정의 귀족에 대해 들은 바 있었다. 나는 셔츠 한 벌밖에 없는 노동자들이 저녁이 되면 20수에 옷을 빌리는 의류보관소를 발견했는데, 저녁이 되면 헌병들이 문가에 앉아 있고 굶주린 사람들이 빵 한 조각과 권총 한 방을 맞바꾸는 도박을 한다.

공개적이든 아니든, 파리에서 몸을 팔 허가를 받은 삼만 명의 여인들 중 누군가에게 공개된 어느 모임을 맨 처음 보았을 때, 나는 언제 어느 시대에나, 바빌로니아에서 로마까지, 프리아포스 신전에서 파르코세르*까지 항상 있어온 방탕의 축제에 대해, 있을 수 있는 모든 난잡한 연회에 대해 이미 들은 바 있었다. 그리고 나는 문간에 '쾌락'이라는 단어가 쓰여 있는 것을 보았더랬다. 그 시절에는 '매춘'이라는 오직 한 단어가 쓰여 있는 것을 보았다. 하지만 그것은 지워지지 않고 언제나 그대로였는데, 태양빛을 지닌 자존심 강한 금속이 아니라 밤의 차가운 빛이 생기 없는 제 빛으로 물들인 것 같은, 모든 것들 중에도 가장 창백한 돈이라는 금속에 새겨져 있었다.

내가 맨 처음 민중을 본 것은…… 궂은 날씨의 '재의 수요일' 아침, 쿠르티유**의 내리막길에서였다. 전날 저녁부터 얼음처럼 차가운 가랑비가 내려 거리는 온통 진창이었다. 가면을 쓴 사람들의 마차가 몰골

---

* 정부인 퐁파두르 부인의 도움으로, 루이 15세가 젊은 처녀들과 비밀스러운 일회성 사랑을 나누는 장소로 이용했던 베르사유의 작은 집.
** 수많은 카바레가 열렸던 산책 장소. 그곳 카바레들 중 가장 유명한 것은 플라장 랑포노의 것이었다. 루이 필리프 통치기에 그곳에서는 '재의 수요일' 하루 전인 '마르디그라'의 밤에 성대한 주연을 베풀었다. 해가 뜰 무렵이면 가면을 쓴 행렬이 그곳에서 내려왔다.

이 흉한 남녀들이 인도에 길게 열지어 서 있는 사이를 부딪치고 긁히면서 뒤죽박죽으로 연이어 지나갔다. 벽을 이루다시피 한 그 음산한 구경꾼들은 포도주로 붉어진 눈 속에 호랑이의 증오를 품고 있었다. 한 10리쯤 되는 거리에 그 모든 것이 으르렁거리는 동안 사륜마차들의 바퀴는 그들의 가슴을 스쳐가고 있었다. 그들은 한 걸음도 물러서지 않았다. 나는 덮개 없는 마차의 긴 좌석에 서 있었다. 때때로 누더기를 걸친 남자가 열에서 빠져나와 우리 얼굴에 욕설을 퍼붓고는 구름 같은 밀가루를 던지곤 했다. 오래지 않아 우리는 진흙을 맞았다. 하지만 우리는 계속 올라갔고, 예전에 사람들이 풀밭에서 숱하게 감미로운 입맞춤을 나누었던 일다무르와 로맹빌의 아름다운 숲에 다다랐다. 마차 좌석에 앉아 있던 우리 친구 하나가 도로에 떨어져 죽을 뻔했다. 민중들이 그의 목을 조르기 위해 달려들었다. 그곳으로 뛰어가 그를 에워싸야 했다. 말을 타고 우리를 앞서가던 나팔수 하나가 어깨에 포석鋪石을 맞았다. 밀가루가 바닥났던 것이다. 나는 이와 비슷한 일에 대해서는 전혀 들은 바가 없었다.

나는 이 세기를 이해하면서 우리가 어떤 시간을 살아가고 있는지 알아가기 시작했다.

3

데주네는 자신의 별장에서 젊은 사람들을 위한 모임을 마련했다. 최
고급 포도주, 진수성찬, 도박, 춤, 승마 경주, 부족한 것이 전혀 없었다.
데주네는 부유하고 인심이 후한 사람이었다. 그는 요즘의 생활 방식과
함께 고대의 환대 방식도 두루 꿰고 있었다. 게다가 그의 집에는 더없
이 훌륭한 책들이 있었다. 그의 대화는 교양 있고 고상한 사람의 것이
었다. 그는 알 수 없는 사람이었다.

그의 집에 갈 때는 아무 말도 하고 싶지 않았는데, 어떤 것으로도 그
기분을 떨쳐낼 수 없었다. 그는 그런 내 기분을 세심하게 존중해주었
다. 나는 그의 질문에 대답하지 않았고, 그도 더이상 묻지 않았다. 그
에게 중요한 것은 내가 내 연인을 잊었다는 거였다. 그래도 나는 사냥
을 갔고, 식탁에서는 다른 사람들처럼 훌륭한 손님의 태도를 보였다.

그는 내게 더이상의 것을 요구하지 않았다.

세상에는 진심으로 당신을 도와주려는 사람들, 당신을 성가시게 하는 파리를 짓눌러버리기 위해 가차없이 당신에게 한없이 무거운 포석을 던지는 그런 사람들이 있다. 그들은 당신이 잘못을 저지르지 않도록 막는 것만 걱정할 뿐이다. 말하자면 당신이 그들과 비슷해질 때까지 절대 멈추지 않는다. 어떤 수단을 통해서든 그 목표에 도달하면 그들은 두 손을 비비며 만족해하고, 당신이 더 나쁜 상태에 빠질 수도 있다는 생각은 하지 못할 것이다. 그 모든 것이 진심 어린 우정 때문이다.

자신들을 후려친 최초의 대상들에 비추어 세상을 상상하는 것은 경험 없는 젊은이들의 가장 커다란 불행 중 하나다. 그런데 매우 불행한 인간 부류도 있다는 걸 고백해야겠다. 비슷한 경우에 언제나 젊은이들에게 이렇게 말하는 사람들이 바로 그들이다. "네가 악을 믿는 것은 옳아. 그리고 우리는 그게 뭔지를 알지." 예를 들어 나는 기이한 어떤 것에 대해 말하는 걸 들었다. 그것은 선과 악의 중간, 냉혹한 여자들과 그녀들에게 어울리는 남자들 사이의 어떤 타협 같은 것이었다. 그들은 그것을 일시적인 감정이라고 불렀다. 그들은 마치 사륜마차 제작공이나 건설업자가 발명한 증기기관차에 대해 말하듯 그것에 대해 이야기했다. 그들은 내게 말했다. "사람들은 이런저런 것에 합의하지. 이런 말에는 어떤 말로 답하고, 어떤 방식으로 편지를 쓰고, 어떤 태도로 무릎 꿇는지에 관해 말이야." 그 모든 것에는 마치 퍼레이드처럼 규칙이 있다. 일례로 그 선량한 사람들의 머리털은 회색이었다.

그것에 웃음이 났다. 나로서는 불행하게도 경멸하는 여인에게 사랑한다고 말할 수는 없다. 그것이 관례이고, 그녀가 오해하지 않을 거라는 걸 알면서도 말이다. 나는 마음에도 없이 땅에 무릎을 꿇은 적이 단한 번도 없다. 이처럼 나는 사람들이 쉽다고 하는 여자들의 부류를 잘몰랐고, 만일 내가 그녀들의 유혹에 걸려든다면 그것은 알지 못해서이고 순박해서다.

나는 영혼을 한쪽에 제쳐놓을 수 있다는 것을 이해하지만, 영혼에손을 대는 것은 이해하지 못한다. 이 점에서 내가 약간의 자부심을 느낀다고 말할 수는 있다. 내 자랑을 하거나 나 스스로를 낮추려는 것이아니다. 나는 무엇보다 사랑을 조롱하는 여자들을 증오하고, 조롱할사랑이라면 내게 되돌려주는 것을 허락한다. 우리 사이에 결코 언쟁은없을 것이다.

그 여자들은 화류계 여자들보다 훨씬 바닥이다. 화류계 여자들은 거짓말을 할 수 있다. 그 여자들도 그렇다. 하지만 화류계 여자들은 사랑을 할 수 있어도, 그 여자들에게 사랑은 불가능하다. 나를 사랑했고, 나보다 세 배는 부유한 남자에게 다음과 같이 이야기한 여자를 기억한다. 그녀는 그 사람이 주는 돈으로 생활하고 있었다. "당신에게 싫증났어요. 새 애인을 찾아볼래요." 그 여인은 대가를 지불하지 않아도 되는다른 많은 여인들보다 가치 있다.

나는 그 시기 내내 데주네의 집에서 지냈고, 내 연인이 프랑스를 떠났다는 사실도 그곳에서 들었다. 그 소식은 내 가슴에 지워지지 않는우울함을 남겨놓았다.

내게는 더없이 새로웠던, 그 시골에서 나를 둘러싸고 있던 세상을보고 우선은 기이하고 슬프면서도 깊은 호기심에 사로잡혔는데, 그로인해 내 눈은 겁먹은 말처럼 불신으로 가득찼다. 이것이 그 계기가 된 최초의 일이다.

그때 데주네에게는 매우 아름다운 연인이 있었는데, 그녀는 그를 무척 사랑했다. 그와 함께 산책을 하던 어느 저녁, 내가 그녀를 어떻게 생각하는지 그에게 말했다. 말하자면 그녀의 아름다움도, 그를 향한 애정도 훌륭하다고 했다. 한마디로 그녀를 열렬히 칭찬하고, 그가 행복해해야 한다는 것을 넌지시 알려준 것이다.

그는 아무런 대답도 하지 않았다. 그것이 그의 방식이었고, 내가 알기로 그는 가장 무뚝뚝한 사람이었다. 밤이 되어 각자 자기 방으로 갔는데, 자리에 누운 지 십오 분쯤 지나 방문을 두드리는 소리가 들렸다. 나는 불면증에 걸린 손님인 줄 알고 누구든 들어오라고 소리쳤다.

죽음보다 창백한 한 여자가 반라의 차림으로 손에는 꽃다발을 들고 들어오는 것이 보였다. 그녀는 내게 다가와 꽃다발을 내밀었다. 거기 매달린 쪽지에는 다음과 같은 짧은 글귀가 적혀 있었다. "옥타브에게, 친구 데주네, 교환 조건으로."

그 글귀를 읽자 곧 섬광 같은 것이 내 머리를 후려쳤다. 내가 던진 몇 마디 말에 의거해 일종의 터키식 선물로 이렇게 자신의 연인을 내게 보내는 데주네의 행동에 담긴 모든 것을 알아차렸다. 내가 아는 그의 성격으로 보자면, 거기에는 관대함의 과시도 교활함의 표현도 없었다. 교훈이 있었을 뿐이다. 그 여인은 그를 사랑했다. 내가 그녀를 칭찬하자, 내가 그녀를 취하든 거부하든 간에 그녀를 사랑하지 말라고 나에게 가르쳐주려 한 것이다.

나는 생각에 잠겼다. 가련한 소녀는 울면서도, 내가 알아챌까봐 감히 눈물을 닦지 못했다. 그녀가 여기 오도록 결심하게 하려고 그가 무슨 협박을 했을까? 나로선 알 수 없었다. "아가씨," 내가 말했다. "슬퍼할 것 없습니다. 아무것도 두려워 말고 당신 방으로 가세요." 그녀는 내일 아침이 되기 전에 내 방에서 나간다면 데주네가 자신을 파리로 돌려보낼 거라고 대답했다. 가난한 어머니 때문에 그런 각오를 할 수 없다고 했다. "좋아요," 나는 말했다. "당신 어머니는 가난하고, 아마도 당신 역시 그렇겠죠. 그래서 만일 내가 원한다면 데주네의 말을 따를 테지요. 당신은 아름답고 그 아름다움으로 나를 유혹할 수도 있을 겁니다. 하지만 당신이 흘리는 그 눈물은 나를 위한 게 아니잖아요. 다른 건 필요 없습니다. 가세요, 당신을 파리로 돌려보내지 않도록 내가 책임지지요."

내게는 특이점이 하나 있는데, 대다수 사람들에게는 정신의 확고부동하고 흔들리지 않는 특성인 사색이 내게는 의지와는 관계없는 본능에 불과해 강렬한 정열처럼 발작적으로 나를 사로잡는다는 것이다. 사색은 이따금, 때가 되면, 나도 모르는 사이에 어디서나 다가왔다. 그것이 다가올 때는 전혀 저항할 수 없었다. 그것은 원하는 길을 통해 좋아 보이는 곳으로 나를 이끌었다.

여자가 떠난 뒤 나는 앉아 있었다.

'이봐,' 나는 생각했다. '신이 네게 보낸 게 이거야. 데주네가 자기 연인을 네게 주고 싶지 않아 이런 행동을 한 거라면, 아마 네가 그녀를 사랑하게 될 거라 생각한 그가 틀리지 않았던 거야.

그녀를 잘 봤나? 그녀를 품었던 모태 속에서 고귀하고 숭고한 신비가 완성된 거지. 자연은 그런 존재를 가장 세심한 어머니의 눈길로 보살펴야 해. 하지만 너를 치유시키고자 하는 사람은 그녀의 입술로 널

떼미는 것보다 더 나은 일을 발견하지 못했던 거야. 그것으로 네가 사랑하는 법을 잊게 하려 한 거지.

어떻게 그런 일이 생길 수 있지? 아마 너 말고 다른 사람들도 그녀를 칭찬했을 테지만 그들은 아무런 위험도 무릅쓰지 않았을 거야. 그녀라면 그들을 상대로 원하는 온갖 유혹을 시도해볼 수 있었겠지. 위태로웠던 건 너뿐이야.

하지만 데주네의 삶이 어떻든 간에 그에게는 심장이 있어야 해. 그는 살아 있으니까. 그가 너와 뭐가 다르지? 그는 아무것도 믿지 않고, 아무것도 두려워하지 않고, 아마 걱정도 근심도 없는 사람이고, 발뒤꿈치의 가벼운 상처에도 겁에 잔뜩 질릴 사람이 분명해. 만일 그의 육체가 그를 저버린다면, 그는 어떻게 될까? 그에게서 살아 있는 것은 육체뿐이야. 고행자들이 자신의 육체를 다루듯 제 영혼을 다루는 이 인간은 대체 뭐지? 사람이 사고하지 않고도 살 수 있을까?

이걸 생각해. 세상에서 가장 아름다운 여인을 제 품에 안고 있는 남자가 있어. 젊고 정열적이야. 그는 그녀가 아름답다고 생각하고 그녀에게도 그렇게 이야기해. 그녀는 그를 사랑한다고 대답하지. 그런데 그뒤 누군가 그의 어깨를 두드리며 말해주는 거야. "그 여자는 매춘부야." 그것으로 그만이야. 그는 자신을 믿지. 만일 누군가 그에게 "그 여자는 독살자야"라고 말했더라도, 아마도 그는 그녀를 사랑했을 것이고, 그녀에게 한 번의 입맞춤을 덜 하는 일도 없었을 거야. 그녀가 매춘부라도, 토성이 문제되지 않는 것만큼이나 사랑도 문제되지 않을 거야.

그렇다면 대체 그 단어는 뭐지? 적절하고, 마땅하고, 명백하고, 치욕스러운 단어, 맞아. 결국 뭐지? 하나의 단어인 거야. 그럼에도 불구하고 하나의 단어로 사람을 죽일 수 있나?

만일 네가 그 육체를 사랑한다면, 네가? 사람들은 네게 포도주 한 잔을 따라주며 말해. "그 사람을 사랑하지 마, 6프랑이면 네 명을 가질 수 있어." 그리고 만일 네가 술에 취한다면?

하지만 그런 데주네가 자신의 연인을 사랑해. 그녀에게 돈을 대주고 있기 때문이지. 그러니까 그는 특별한 사랑의 방식을 가진 건가? 아니, 그렇지 않아. 그의 사랑 방식은 사랑에서 비롯된 게 아니야. 그가 사랑받을 자격이 없는 여인보다 그럴 만한 가치가 있는 여인에게 더 많은 사랑을 느끼는 것은 아니야. 한마디로 그는 아무도 사랑하지 않는 거야.

대체 무엇이 그를 그렇게 만들었지? 그렇게 타고났나, 아니면 그렇게 되었나? 사랑하는 것은 먹고 마시는 것만큼이나 자연스러운 일인데. 그는 인간이 아니야. 난쟁이인가 아니면 거인인가? 뭐! 여전히 육체가 무감동하다고 확신하나? 정말이지 자신을 사랑하는 여인의 품안에 걱정 없이 몸을 던질 정도로? 뭐라고! 겁나지 않는다고? 육체는 결코 금화 이외의 다른 것과는 교환되지 않는 걸까? 대체 그의 삶은 어떤 향연이고, 그의 잔으로는 어떤 음료를 마시는 걸까? 그는 서른 살에, 늙은 미트리다테스 왕처럼 되어버렸어. 독사의 독이 그에게는 친구이고 익숙해.

거기에 커다란 비밀이, 붙잡아야 할 열쇠가 있는 거야, 철부지여. 방탕을 뒷받침해줄 몇몇 논리가 있다면 어느 날, 어느 시간, 어느 저녁엔가 그것이 당연한 것임을 증명할 거야. 하지만 내일도 그렇고 날마다 당연함을 증명하지는 못해. 지상의 모든 민족이 여인을 남자의 동반자요 위안으로, 혹은 삶의 신성한 도구로 간주해, 이 두 형태 아래 여성을 숭배해왔어. 하지만 여기 신의 손이 인간과 동물 사이에 파놓은 심연 속에서 힘차게 요동치는 무장한 전사가 있어. 그러니 그 말을 부인하는 편이 더 나을 거야. 육체의 입맞춤으로 감히 정신에 대한 사랑을 억제하려 하고, 입술에 거친 짐승의 낙인을, 영원한 침묵의 봉인을 찍으려는 그는 대체 어떤 말없는 타이탄인가?

알아야 할 단어가 하나 있어. 그 밑으로 사람들이 비밀스러운 동업자라고 부르는 음산한 숲의 바람이 불고 땅에 어둠이 내릴 때 파괴의 천사들이 서로의 귀에 속삭이는 비밀 중 하나지. 그 남자는 신이 만드신 것보다 더 못하거나 더 훌륭해. 그의 뱃속은 아이를 갖지 못하는 여자의 뱃속과 같아. 자연이 그저 대충 만든 것이거나 아니면 그곳 어둠 속에서는 어떤 독초가 증류되는 거야.

아니! 노동으로도 학습으로도 너를 치유할 수는 없었어, 친구여. 잊고 배워, 그게 너의 좌우명이야. 넌 죽어버린 책들을 넘기지. 폐허가 되기에 너는 너무 젊어. 주위를 봐. 창백한 인간들의 무리가 너를 둘러싸고 있어. 스핑크스의 두 눈은 신성한 상형문자들 사이에서 빛나지. 생명의 책을 해독해! 풋내기여, 용기를 갖고 굴하지 않는 스틱스 강 속으로 몸을 던져. 저승의 물결이 너를 죽음에게로 아니면 신에게로 인도할 테니.'

4

"누군가 거기서 얻을 만한 게 있다면, 거기서 득이 되는 거라고는 그 거짓 쾌락들이 나를 견딜 수 없도록 힘들게 한 고통과 괴로움의 씨앗 이었다는 사실이다." 이제껏 존재했던 이들 중 가장 완벽한 인간인 성 아우구스티누스는 자신의 젊음에 대해 이렇게 간결하게 말했다. 그와 똑같이 행동한 많은 사람들 중에서 이런 말을 할 사람은 거의 없을 것 이다. 모든 사람이 이 말을 가슴에 새긴다. 내 가슴속에서 다른 말은 발견할 수 없다고.

그 시기가 지나고, 12월에 파리로 돌아온 나는 오락과 가장무도회와 늦은 저녁식사로 겨울을 보냈다. 나는 데주네와 거의 붙어 있다시피 했 고, 그는 무척 기뻐했다. 나는 그다지 기쁘지 않았다. 근심은 나날이 더 깊어졌다. 얼마 지나지 않아, 처음 보았을 때는 심연 같았던 그토록 이상한 그 세상이 말하자면 한 걸음씩 죄어들었다. 그곳에 다가갈수록, 유령을 보았다고 믿었던 곳에서 나는 그림자밖에 볼 수 없었다.

데주네는 무슨 일이 있느냐고 물었다. "형님은요," 나는 말했다. "무슨 일이죠? 어떤 죽은 친척이 생각나나요? 물기에 다시 벌어질 어떤 상처를 갖고 있지는 않아요?"

그때 그는 이따금 내 말을 듣고 있는 것 같았지만 대답은 하지 않았다. 우리는 정신을 잃을 정도로 술을 마셔 테이블 위로 엎어지곤 했다. 그러다 한밤중에 역마를 잡아타고 40, 50킬로미터나 떨어진 야외에 가서 아침식사를 했다. 돌아와서는 목욕물에 몸을 담그고, 거기서 식탁으로, 도박장으로, 침대로 갔다. 그리고 내 침대로 갔을 때…… 나는 빗장을 걸고는 무릎을 꿇고 울었다. 그것이 나의 저녁기도였다.

이상한 일이었다! 내가 사실은 전혀 나답지 않은 모습을 뽐내고 있었던 것이다. 내가 한 것보다 더 나쁜 일을 했다고 떠벌리고, 그런 허세 속에서 슬픔과 뒤섞인 묘한 기쁨을 발견했다. 말로 한 것을 실제 행동으로 옮겼을 때는 권태만을 느꼈다. 하지만 내가 끼어들지 않은 방탕한 놀이나 요란한 연회 이야기 같은 터무니없는 말을 지어낼 때면 왠지는 모르겠지만 내 가슴이 더 충족되는 것 같았다.

가장 고통스러웠던 것은, 쾌락을 좇던 생활의 일부로 파리의 어느 근교에 나갔을 때 그곳이 예전에 연인과 함께 갔던 곳일 때였다. 나는 어안이 벙벙해져서는 다른 사람들과 외따로 떨어져 한없는 쓰라림에 겨워 수풀과 나무줄기를 보다가, 그것들을 먼지처럼 으스러뜨려버릴 것같이 발로 차기까지 했다. 그러고는 이 말을 입속으로 백번이나 되뇌다 돌아왔다. "신은 나를 그다지 사랑하지 않아, 신은 나를 그다지 사랑하지 않아!" 그때 나는 몇 시간이고 입을 다물곤 했다.

진실이란 치부를 드러내는 것이라는 음울한 생각이 툭하면 들었다. '세상은,' 나는 생각했다. '겉치레를 미덕이라고, 묵주를 종교라고, 질질 끌리는 외투를 예법이라고 부르지. 영광과 도덕은 가정부이고. 세상 사람들은 자신을 믿는, 마음이 가난한 자들의 눈물을 술에 섞어 마셔. 태양이 하늘에 있는 한 사람들은 눈길을 내리깔고 걷지. 사람들은 교회, 무도회, 모임에 가고 저녁이 되면 드레스를 벗고, 사람들은 염소의 두 발을 가진 바쿠스 신의 여사제를 발견하는 거야.'

이렇게 생각하니 나 스스로가 무서워졌다. 육체가 옷 속에 있다면, 육체 속에 있는 것은 해골이라고 느꼈기 때문이다. '거기에 모든 게 있다는 게 가능한가?' 나는 무의식적으로 자문했다. 그뒤 도시로 되돌아갔고, 가는 길에 어머니와 팔짱을 낀 예쁜 여자아이를 만났다. 한숨지으며 눈으로 그 아이를 좇다보니 나는 다시 어린아이가 되어버렸다.

친구들과 매일 습관적으로 방탕한 생활을 반복했지만 사교계에 출입하지 않고 못 배겼다. 여인들을 보면 나는 참을 수 없는 혼란을 느꼈다. 전율하지 않고는 여인들에게 손을 댈 수 없었다. 나는 더이상 사랑하지 않기로 결심했다.

하지만 어느 날 저녁 무도회에서 돌아오면서 마음이 너무 아팠고, 그것이 사랑 때문이라는 것을 느꼈다. 저녁식사 자리에서 어떤 여자 옆에 앉았는데, 그녀에 대한 기억이 더없이 매력적이고 우아한 것으로 남았다. 잠들기 위해 눈을 감았을 때 내 앞에 있는 그녀가 보였다. 내가 제정신이 아닌 것 같았다. 곧 더이상 그녀를 만나지 않기로 결심하고, 내가 아는 한 그녀가 드나드는 모든 장소를 피했다. 이런 종류의 열병이 보름 동안 지속되었고 나는 내내 소파에 누워 지내다시피 했다. 그러면서도 그녀와 나눴던 가장 사소한 대화까지 무의식적으로 계속 떠올렸다.

하늘 아래 파리만큼 사람들이 이웃에 관심을 갖는 곳도 없기에, 얼마 지나지 않아 데주네와 함께 나를 만난 지인들은 나를 최고의 탕아로 선언했다. 나는 그 점에서 세상의 정신을 찬미했다. 연인과 결별할 즈음에 어리석고 미숙한 자로 여겨졌던 것만큼이나 이제 나는 냉담하고 냉혹한 자로 통했다. 사람들은 내가 그 여자를 결코 사랑한 적이 없고 아마 사랑놀음을 한 것이 분명하다고 말하기에 이르렀다. 그것은 사람들이 생각하기에 내게 건넬 수 있는 대단한 찬사였다. 최악은, 스스로 너무나 역겨운 자만심으로 가득차 있었기에 그런 찬사에 내가 매혹됐다는 사실이다.

나는 모든 것에 무감각해진 사람으로 여겨지기를 바랐다. 동시에 나는 욕망으로 가득차 있었고 내 고양된 상상력은 모든 경계 밖으로 나를 실어갔다. 나는 여자들은 안중에도 없다고 말하기 시작했다. 내가 현실보다 낫다고 말하곤 했던 망상 속에 내 머리는 고갈되었다. 끝내는 스스로를 왜곡하는 일이 내 유일한 즐거움이 되어버렸다. 챔피언이 되기 위해서는, 가장 비난받을 만한 감정들을 드러내 보일 위험이 있지만 극히 이례적인 어떤 생각이 상식과 충돌하는 것으로도 충분했다.

나의 가장 큰 결점은 아름다움이 아니라 기묘함으로 내게 강한 인상을 남긴 모든 것을 모방하는 것이었고, 모방자라는 것을 고백하고 싶지 않았기에 괴짜로 보이기 위해 갈피 없이 과장을 해댔다. 내 생각에는 아무것도 멋지지 않고 웬만하지조차 않았다. 그 무엇에도 고개를 돌릴 만한 가치가 없었다. 하지만 내가 이야기하는 도중 흥분하면, 프랑스어에는 내가 지지하는 것을 찬탄하기에 충분한 과장된 표현이 존재하지 않는 것 같았다. 내 모든 흥분을 가라앉히는 데는 내 의견을 받아들여주는 것으로 충분했다.

그것은 내 행동의 자연스러운 결과였다. 내가 살아가는 삶이 혐오스러웠지만 그렇다고 바꾸고 싶지도 않았다.

너는 저 불구자와 닮았음을 알 것이다.
잠자리에서 휴식을 찾지 못하고
뒤돌아보며 자신의 불행을 덜고자 하는 너는.

—단테

이렇게 나는 정신을 변화시키기 위해 정신을 학대했고, 나 자신에게서 벗어나기 위해 온갖 기벽에 빠져들었다.

하지만 허영심이 이렇게 나를 사로잡고 있는 동안 가슴은 고통받았고, 그 결과 내 안에는 웃음 짓는 한 사람과 눈물 흘리는 다른 한 사람이 거의 끊임없이 자리했다. 그것은 마치 머리와 가슴 사이에서 일어나는 영원한 반작용과도 같았다. 이따금 내가 뱉은 빈정거리는 말에 내가 극도로 고통스러웠고, 나의 가장 깊은 고통 때문에 웃음을 터뜨리고 싶어졌다.

어느 날 한 남자가 자신은 미신적인 두려움에 동요되지 않으며 아무것도 무섭지 않다고 자랑했다. 그러자 친구들이 그의 침대에 해골을 넣어두고는 그가 방안에 들어갈 때 그의 동정을 살피기 위해 옆방에 자리잡았다. 그들은 아무 소리도 듣지 못했다. 그런데 다음날 아침 그들이 그의 방에 들어갔을 때 그가 앉아서 해골을 가지고 놀고 있는 것을 발견했다. 그가 이성을 잃은 것이었다.

내가 좋아하는 뼈는 사랑하는 여인의 해골이라는 것을 제외하면 내게는 그 남자와 비슷한 뭔가가 있었다. 그것은 과거로부터 남겨진 모든 것, 내 사랑의 파편들이었다.

하지만 이 모든 혼란 속에 좋은 순간이 없었다고 말할 수는 없다. 데주네의 동료들은 세련된 젊은이들이었고, 상당수가 예술가였다. 우리는 탕아의 생활을 한다는 구실로 이따금 감미로운 저녁을 같이 보냈다. 그때 그들 중 한 명이 싱그럽고 우수 어린 목소리로 우리를 매혹한 아름다운 여가수에게 빠져 있었다. 우리가 식탁이 차려지는 동안 둥글게 둘러앉아 얼마나 여러 번 그녀의 노래를 들었던가! 우리 중 하나가, 병마개가 열리는 순간, 얼마나 여러 번 손에 라마르틴의 책을 들고 감동에 젖은 목소리로 읽었던가! 그때 다른 모든 생각이 얼마나 말끔히 사라지는지 경험해야 했다! 그동안 시간은 흘러갔다. 식탁에 앉았을 때 우리는 얼마나 기이한 탕아들이었던가! 한마디 말도 없이, 우리 눈에는 눈물이 고여 있었다.

평소 가장 차갑고 무뚝뚝한 인간인 데주네는 특히 그런 날에는 굉장했다. 그는 이례적인 감정에 빠져들었는데, 그를 열광 상태의 시인이라고 말할 수도 있었을 것이다. 하지만 이런 감정의 표출 다음에 그는 스스로 극도의 쾌락에 사로잡히는 것을 느꼈다. 취기가 오르면 그는 모든 것을 산산조각냈다. 완전무장한 파괴의 정령이 그의 머리에서 솟아나왔다. 그가 격정에 휩싸였을 때 사람들을 도망치게 할 만한 요란한 소리와 함께 닫힌 창문으로 의자를 내던지는 것을 내가 본 것만 해도 여러 번이었다.

나는 그 기이한 인간을 연구 대상으로 삼지 않을 수 없었다. 그는 어딘가에 분명 존재하지만 내가 알지 못했던 부류의 명백한 전형처럼 보였다. 그가 어떤 행동을 할 때 사람들은 그것이 병자의 절망인지 응석받이 아이의 갑작스러운 떼인지 알지 못했다.

그는 특히 축제 날에 진짜 풋내기처럼 구는 신경의 흥분 상태를 보였다. 그때의 냉정함은 죽도록 우스꽝스러운 지경이 되었다. 어느 해질 무렵 그는 기괴한 의상을 입고, 가면을 쓰고, 악기를 든 채 둘이서만 걸어서 외출하자고 나를 설득했다. 우리는 그렇게 밤새도록 끔찍하기 짝이 없는 소란의 한가운데를 엄숙하게 산책했다. 우리는 앉은 채로 잠이 든 삯마차 마부를 발견했다. 우리는 마차에서 말을 풀었다. 그러고는 무도회에서 나온 척하면서 큰 소리로 그를 불렀다. 마부가 잠이 깨어 말에게 채찍질을 하자, 말은 그렇게 자기 자리에 앉아 있는 마부를 남겨두고서 빠른 걸음으로 가버렸다. 같은 날 밤 우리는 샹젤리제 거리로 갔다. 다른 마차가 지나가는 것을 보고 데주네는 더도 덜도 아니고 강도처럼 마차를 가로막았다. 그는 마부에게 마차에서 내려 땅에 납작 엎드리라고 협박했다. 그것은 목숨을 건 놀이였다. 그런데 그가 마차를 열었을 때 그 안에 젊은 남녀가 공포로 굳어 있는 것을 보자 그는 내게 자기를 따라 하라고 말했고, 두 개의 문을 열어둔 채 우리는 한쪽 문으로 들어가 다른 쪽 문으로 나오기를 반복했다. 어둠 속 마차 안의 불쌍한 사람들은 그걸 보고 떼강도라고 믿었다.

내가 생각하기에, 세상이 경험을 준다고 말하는 사람들은 자신들이 생각하는 것보다 훨씬 놀랄 것 같다. 세상은 소용돌이에 지나지 않고, 이런 소용돌이들 사이에는 아무런 관련이 없다. 날아가는 새떼처럼 모든 것은 무리 지어 사라진다. 한 도시의 구역들이라도 그것들끼리조차 닮은 점이 없고, 쇼세당탱 지구에 사는 사람들은 리스본만큼이나 마레 지구에서도 배워야 할 것이 있는 법이다. 세상이 존재한 이래 이렇게 서로 다른 소용돌이들을 건넌 것은 언제나 동일한 일곱 등장인물이라는 것만이 사실이다. 첫번째는 희망이라고 불린다. 두번째는 의식이고, 세번째는 의견, 네번째는 욕망, 다섯번째는 슬픔이요, 여섯번째는 자존심이며, 일곱번째는 인간이라 불린다.

그러니까 우리, 나와 내 동료들은 날아가는 새떼였고, 봄까지 우리는 같이 지냈다. 때로는 놀면서, 때로는 분주히 뛰어다니면서……

하지만 독자들은 말할 것이다. 그 와중에 당신은 어떤 여자들을 가졌는가? 나는 여자들이 방탕의 화신이라고 여기지는 않는다.

오, 여자라는 이름을 지닌, 그 자체로 꿈에 불과한 삶을 꿈처럼 스쳐 간 피조물들이여! 그대들에 대해 뭐라 말할 것인가? 결단코 일말의 희망도 존재하지 않았던 곳에 어떤 추억이 존재할 것인가? 추억을 위해 나는 그대들을 어디서 찾을 것인가? 인간의 기억 속에서 더 말없는 것이 무엇인가? 그대들보다 더 잊힌 것이 무엇인가?

여자들에 대해 이야기해야 한다면, 두 가지 예를 들겠다. 이것이 첫번째다.

당신에게 묻건대, 열여덟 살이 되어 욕망을 품게 된 젊고 예쁘지만 가난한 재봉공이 어떻게 하기를 바라는가? 그녀의 계산대 위에는 사랑만이 문제인 소설책이 놓여 있다. 아무것도 알지 못하고, 도덕에 대한 아무런 관념도 없다. 창가에 앉아 언제나 바느질을 하는데, 경찰의 명령으로 그 창문 앞으로는 더이상 사람들이 지나다니지 않고, 매일 밤 바로 그 경찰이 눈감아준, 허가받은 십여 명의 창녀가 어슬렁거린다. 하루종일 드레스나 모자를 만드느라 손과 눈이 지쳐, 해질 무렵 한순간 그 창턱에 팔꿈치를 괴게 되었을 때 그녀가 어떻게 하기를 바라는가? 집에 저녁거리를 가져다주기 위해 가난하지만 정직한 제 손으로 바느질한 그 드레스가 창녀의 몸에 걸쳐져 있고 자기가 재단한 그 모자가 창녀의 머리에 씌워져 있는 것을 본다. 하루에도 서른 번이나 그녀의 문 앞에 임대 마차가 멈추고, 그 임대 마차처럼 번호가 붙은 매춘부가 거기서 내린다. 매춘부는 거만한 태도로 거울 앞에서 가장된 웃음을 짓고, 그녀가 며칠 밤에 걸쳐 인내심을 갖고 만든 처량한 드레스를 열 번이나 입어보고, 벗고, 다시 입어본다. 그녀는 일주일에 금화 한 닢을 버는 창녀가 주머니에서 금화 여섯 닢을 꺼내는 것을 본다. 그녀는 창녀의 머리부터 발끝까지 훑어보며 몸치장을 살펴보다 호화로운 사륜마차까지 창녀를 따라간다. 그뒤에 당신이 원하는 것은 무엇인가! 깊은 밤, 일감은 떨어지고 어머니는 병들어 있는 어느 밤, 그녀는 문을 반쯤 열고, 팔을 뻗어 지나가는 행인을 막아선다.

이것은 내가 알던 어느 창녀의 이야기다. 그녀는 피아노 연주를 조금 할 줄 알고, 셈도 조금 할 줄 알며, 그림도 조금 그릴 줄 알고, 역사와 문법까지도 조금 알았다. 그렇게 모든 것을 조금씩 알았다. 얼마나 여러 번 가슴을 에는 연민을 품고 사회에 의해 한층 파괴된, 자연의 이 슬픈 미완성품을 바라보았던가! 얼마나 여러 번 깊은 밤 고통받는, 낙태된 불씨의 창백하고 흔들거리는 희미한 빛들을 뒤따랐던가! 얼마나 여러 번 이 빈약한 재에 묻힌 몇 개의 숯에 다시 불을 붙이려고 시도했던가! 아! 그녀의 긴 머리카락은 그야말로 잿빛이어서 우리는 그녀를 신데렐라라고 부르곤 했다.

나는 그녀에게 선생을 붙여줄 만큼 부자가 아니었다. 데주네는 내 충고대로 그녀에게 관심을 보였다. 그는 그녀가 기본만 알고 있던 모든 것을 다시 배우게 했다. 하지만 그녀는 어느 것에서도 결코 괄목할 만한 진전을 보이지 못했다. 선생이 떠나기만 하면 그녀는 팔짱을 낀 채 내내 포석만 보며 앉아 있었다. 얼마나 끔찍한 나날들인가! 얼마나 참담한가! 어느 날 나는 공부하지 않는다면 빈털터리로 만들어버리겠다고 그녀를 위협했다. 그녀는 조용히 공부를 시작했지만 얼마 지나지 않아 그녀가 몰래 도망간 것을 알게 되었다. 그녀는 어디로 갔을까? 신만이 아실 것이다. 그녀가 떠나기 전, 나는 그녀에게 지갑에 수를 놓아줄 것을 부탁했다. 나는 그 슬픈 기념품을 오랫동안 간직했다. 그것은 이 세상 모든 폐허의 가장 우울한 기념비 중 하나처럼 내 방에 걸려 있었다.

이제 두번째 이야기다.

온종일 떠들썩하고 피곤했던 하루를 보내고 난 밤 열시쯤 우리는 데주네의 집으로 갔다. 그는 이런저런 준비를 위해 몇 시간 먼저 집에 도착해 있었다. 벌써 오케스트라가 연주되고 있었고, 우리가 도착하자 살롱이 가득찼다.

대부분의 무희들은 연극배우였다. 왜 그녀들이 다른 여자들보다 나은지 사람들이 내게 설명해주었다. 그 이유인즉 너 나 할 것 없이 그녀들을 차지하려 하기 때문이라고 했다.

살롱에 들어서자마자 나는 왈츠의 소용돌이에 몸을 던졌다. 진정으로 감미로운 그 춤은 언제나 내게 소중한 것이었다. 나는 그보다 더 고상한 것, 아름다운 여인들과 젊은 청년들에게 모두 어울리는 것을 알지 못한다. 왈츠에 비하면 다른 춤들은 따분한 관습이나 무의미하기 짝이 없는 대화를 위한 구실에 불과하다. 어찌 보면 상대가 자기 때문에 가슴이 뛰는 줄도 모르는 여인을 반시간이나 품에 안고 이끄는 것이야말로 얼마간의 위험을 안고 진정으로 여성을 소유하는 것이다. 따라서 여성을 보호하거나 지배하는 것이라고 말할 수 있을 것이다. 어떤 여성들은 그때 너무도 관능적인 조심성과 너무도 감미롭고 순수한 자연스러움으로 몸을 맡기기 때문에, 그녀들 곁에서 느껴지는 것이 욕망인지 두려움인지 알 수가 없다. 만일 꽉 죄어 안으면, 그녀들은 기절하거나 갈대처럼 부서져버릴 것이다. 이 춤을 만들어낸 독일은 틀림없이 사랑의 고장이리라.

내 두 팔에는 사육제를 위해 파리에 온 이탈리아 극단의 멋진 무희가 안겨 있었다. 표범 가죽 드레스를 입은 그녀는 바쿠스 신의 여사제 차림이었다. 그보다 생기 없는 여인은 한 번도 본 적이 없었다. 그녀는 키가 크고 마른 체구였고, 매우 빠른 박자로 왈츠를 추면서도 미끄러지는 듯 보였다. 사람들이 그녀를 보고 파트너를 힘들게 할 게 뻔하다고들 했을 테지만 그런 느낌은 들지 않았고, 그녀는 홀린 듯 빠르게 몸을 놀렸다.

그녀의 가슴에 커다란 부케가 달려 있었는데, 나도 모르게 그 향기에 도취되었다. 내 팔의 미세한 움직임에도 나는 그녀가 너무도 감미롭고 기분좋은 유연함으로 가득한 인도의 칡처럼 휘어지는 것을 느꼈고,. 그녀는 향기로운 비단 베일과도 같은 것으로 나를 감쌌다. 회전할 때마다 목걸이가 금속 허리띠에 가볍게 스치는 소리가 희미하게 들렸다. 그녀가 너무도 훌륭하게 몸을 놀려주었기에 아름다운 별을 보는 것만 같았다. 그녀는 날아오르는 요정처럼 내내 미소 짓고 있었다. 부드럽고 관능적인 왈츠곡은 그녀의 입술에서 나오는 것 같았던 반면, 숱 많은 검은 머리카락을 땋아내린 머리채는 마치 목이 너무 연약해서 지탱해주지 못하는 양 뒤로 쏠려 있었다.

왈츠가 끝나자 나는 방 안쪽 의자에 몸을 던졌다. 나는 흥분해 심장이 들뛰었다. "오, 신이시여!" 나는 외쳤다. "어떻게 이것이 가능할 수 있습니까? 오, 찬란한 괴물이여! 오, 아름다운 파충류여! 부드러운 뱀이여, 너는 어찌 그렇게 포옹하고, 어찌 그리 탄력 있고 반점 있는 살갗으로 물결치듯 움직이는가! 네 사촌인 뱀이 입술에 사과를 문 채 생명의 나무 주변에서 똬리 트는 법을 그리도 잘 가르쳐주었는지! 오, 멜루진*! 오, 멜루진이여! 남자들의 심장은 네 것이다. 너는 그걸 잘 알고 있구나, 매혹적인 여인이여, 감미로운 우수에 싸여 그걸 의심하는 것 같지 않구나! 너는 네가 파멸시키리라는 걸, 익사시키리라는 걸, 네게 손을 댈 때 남자들이 고통받으리라는 걸 잘 알고 있구나. 네 미소, 네 꽃향기, 네 관능과의 접촉을 죽도록 원한다는 걸 잘 알고 있구나. 네가 그토록 부드럽게 몸을 맡기고, 네 미소가 그토록 부드럽고, 네 꽃들이 그토록 싱그러운 것은 그 때문이다. 그토록 부드럽게 네 손을 우리 어깨에 내려놓는 것은 그 때문이다. 오, 신이시여! 오, 신이시여! 우리에

---

* 켈트신화에 나오는 요정으로 상반신은 아름다운 여인의 모습, 하반신은 뱀의 형상을 하고 있다고 한다.

게 무엇을 원하시나요?"

알레 교수는 "여자는 인류의 신경부요, 남자는 근육부다"라는 끔찍한 말을 했다. 진지한 학자인 훔볼트도 인간의 신경 주위에는 눈에 보이지 않는 공기층이 있다고 말했다. 선회하며 날아가는 스팔란차니 박쥐들을 추적하는, 자연에서 여섯번째 감각을 발견했다고 믿는 몽상가들에 대해 이야기하는 것이 아니다. 우리를 둘러싼 어둠을 더 짙게 만들지 않고도 우리를 창조하고, 우리를 비웃고, 우리를 죽이는 이 자연, 존재하는 상태 그대로 자연의 신비는 너무도 가공할 만하고, 자연의 힘은 너무도 깊다. 만일 여성의 힘을 부인한다면, 어떤 남자가 인생을 살았다고 확신할 수 있겠는가? 아름다운 무희와 헤어질 때 결코 손이 떨린 적이 없다면? 나도 모르는 정의할 수 없는 것, 무도회장 한가운데에서 악기들 소리 속에, 샹들리에를 창백하게 만드는 열기 속에, 젊은 여인에게서 점차로 흘러나와 그녀를 흥분시키고 바람에 흔들리는 향로 위의 알로에 향처럼 그녀 주변을 떠다니는, 이 초조하게 만드는 자성磁性을 결코 느낀 적이 없다면?

극도의 마비 상태가 나를 엄습했다. 사랑할 때 존재하는 것과 비슷한 도취는 내게 새로울 것도 없었다. 연인을 환히 빛나게 하는 그 후광이 무엇인지 나는 알고 있었다. 하지만 자신의 아름다움과 꽃과 얼룩덜룩한 맹수 가죽만으로, 어떤 몸놀림만으로, 어느 무용수에게 배운 원을 도는 방식만으로, 아름다운 곡선의 팔만으로 심장을 그렇게 고동치게 하고 그런 환영을 떠올리게 하다니! 한마디 말도 없고, 일말의 생각도 없고, 그 사실을 아는 것처럼 보이지도 않다니! 만일 칠 일간의 과업이 그것이라면 대체 카오스는 무엇이었는가?

하지만 내가 느낀 것은 사랑이 아니었고, 갈증이라는 말로밖에는 달리 표현할 수가 없다. 생애 처음으로 내 존재 안에서 불가사의한 심장의 현이 떨리는 것을 느꼈다. 그 아름다운 동물을 보고 내 뱃속의 다른 동물이 포효했다. 나는 그 여인에게 사랑한다고도, 그녀가 마음에 든다고도, 아름답다고조차 말하지 않으리라는 걸 여실히 느꼈다. 내 입술에는 그녀의 입술에 입맞추고 이렇게 말하고 싶은 욕망밖에 없었다. 그 나른해 보이는 손으로 내 허리에 허리띠를 만들어주오. 그 기울어진 머리를 내게 기대주오. 그 부드러운 미소가 내 입술에 닿게 해주오. 내 육체는 그녀의 육체를 사랑하고 있었다. 포도주에 사로잡히듯 나는 아름다움에 사로잡혔다.

데주네가 지나가다가 뭘 하느냐고 물었다. "저 여자는 누군가요?" 내가 묻자 그가 대꾸했다. "어떤 여자? 누구 말이지?"

나는 그의 팔을 잡고 홀로 끌고 갔다. 그 이탈리아 무희가 우리가 오는 것을 보았다. 그녀가 미소 지었다. 나는 뒤로 한 걸음 물러섰다.

"아! 아!" 데주네가 말했다. "자네, 마르코와 왈츠를 쳤어?"

"마르코가 누구죠?" 내가 물었다.

"오! 저기서 웃고 있는 게으름뱅이 말이야. 그녀가 마음에 들어?"

"아니요." 나는 반박했다. "그녀와 왈츠를 쳤고, 이름을 알고 싶었을 뿐입니다. 그녀가 달리 내 마음을 끈 것은 아니고요."

그렇게 말한 것은 수치심 때문이었다. 하지만 데주네가 자리를 떠나자 나는 서둘러 그의 뒤를 따랐다.

"자네 정말 재빠르군!" 그가 웃으며 말했다. "마르코는 보통 매춘부가 아니야. 남자의 보살핌을 받고 있는데, 밀라노 대사인 ××× 씨와 결혼한 거나 다름없지. 나도 그 남자의 소개로 알게 됐고. 그렇지만," 그는 덧붙였다. "내가 그녀에게 이야기해볼게. 방법이 있다면야 자네를 죽게 내버려둘 순 없지. 여기서 식사를 하고 가게 할 수 있을 거야."

그는 이렇게 말하고 멀어졌다. 그가 그녀에게 다가가는 것을 보면서 느낀 불안감을 어떻게 표현해야 할지 모르겠다. 그렇다고 그들을 뒤쫓아갈 수는 없었다. 그들은 군중 속으로 모습을 감췄다.

'그러니까 그게 사실일까?' 나는 생각했다. '내가 어쩌자는 거지? 뭐라고? 한순간에? 오, 신이시여! 내가 그녀를 사랑하게 될까? 결국 감각 때문인 거야. 심장은 전혀 책임이 없다고.'

나는 이렇게 평정심을 찾으려 했다. 하지만 얼마 안 있어 데주네가 내 어깨를 치며 말했다. "잠시 후에 우리가 식사를 할 거야, 마르코를 에스코트해줘. 자네가 자기를 마음에 들어한다는 걸 그녀도 알더군. 그야 으레 있는 일이지만."

"들어봐요," 나는 그에게 말했다. "내가 느끼는 감정이 뭔지 모르겠어요. 자기 대장간에서 수염이 연기에 그을린 채 베누스에게 키스를 퍼붓는 절름발이 불카누스를 보는 것 같아요. 그는 놀란 눈으로 먹잇감의 살찐 피부를 바라보죠. 자신의 유일한 재산인 그 여인을 뚫어져라 쳐다봐요. 쾌락으로 웃음 지으려 애쓰고, 마치 행복으로 전율하는 듯 행동하죠. 하지만 그동안 그는 하늘 높은 곳에 앉아 있는 아버지 유피테르를 생각하는 거예요."

데주네는 대꾸 없이 나를 바라보았다. 그러더니 내 팔을 잡아끌었다. "나 피곤해," 그가 말했다. "우울하다고. 이 소음 때문에 죽을 것 같아. 식사나 하러 가자고. 다시 기운이 날 거야."

식사는 화려했다. 하지만 나는 그저 그곳에 있을 뿐이었다. 아무것에도 손을 댈 수 없었다. 입술이 움직이지 않았다. "대체 무슨 일이에요?" 마르코가 내게 물었다. 하지만 나는 여전히 조각상 같았고, 격심한 동요 속에 아무 말 없이 머리부터 발끝까지 그녀를 바라보았다.

그녀는 소리 내어 웃기 시작했다. 멀리서 우리를 관찰하고 있던 데주네도 마찬가지였다. 그녀 앞에 반구형의 커다란 크리스털 잔이 있었는데 반짝이는 수많은 결정면에 샹들리에 빛이 반사되어 무지개의 일곱 빛깔 프리즘처럼 빛났다. 그녀는 팔을 맥없이 뻗어서 키프로스산 포도주, 동양의 달콤한 포도주의 황금빛 물결로 잔을 가득 채웠다. 나중에 내가 리도의 황량한 모래사장에서 너무도 씁쓸하다고 느끼게 될 포도주였다.*

"자," 그녀가 내게 포도주를 권하며 말했다. "페르 보이, 밤비노 미오."**

"당신과 나를 위하여." 이번에는 내가 그녀에게 잔을 권하며 말했다. 그녀는 포도주에 입술을 적셨다. 나는 슬픔을 안고 잔을 비웠는데, 그녀가 내 슬픔을 눈치챈 것 같았다.

"술이 입에 안 맞나요?" 그녀가 물었다.

"아니요." 내가 대답했다. "혹시 머리가 아프세요?" "아니요." "아니면 피곤하신가요?" "아니요." "아 그러면! 사랑의 권태로군요!" 정

---

* 리도는 베네치아의 섬들 중 하나로, 뮈세는 조르주 상드와 함께한 베네치아 여행중 이곳을 방문했는데 이곳에 대해 좋지 않은 기억을 갖고 있었다. 「12월의 밤」에서 뮈세는 "베네치아에서, 끔찍한 리도에서"라고 노래하기도 한다.
** per voi, bambino mio. '내 아이, 당신을 위하여'라는 뜻의 이탈리아어.

확하지 않은 프랑스어로 이렇게 말하는 그녀의 눈이 진지해졌다. 나는 그녀가 나폴리 출신이라는 것을 알고 있었는데, 사랑에 대해 말하면서, 무의식적으로, 그녀의 이탈리아가 그녀의 가슴속에서 고동치고 있었다.

또다른 광증이 일었다. 어느새 머리는 뜨거워지고, 잔이 서로 부딪쳤다. 마치 수줍음을 들키지 않으려는 것처럼 벌써 더없이 창백한 뺨들이 포도주가 물들이는 연주홍빛으로 달아올랐다. 밀려오는 밀물 소리와도 비슷한 확실치 않은 중얼거림이 불규칙적으로 일었다. 여기저기서 시선들이 불타오르다가 갑자기 고정되더니 공허해졌다. 내가 모르는 어떤 바람에 이 모든 불명확한 취기가 서로를 향해 떠돌았다. 아직 잔잔한 바다에서 폭풍우를 예감하게 하는 첫 물결과도 같이 한 여자가 자리에서 똑바로 일어서더니 이를 알렸다. 그녀는 조용히 하라고 손짓하더니, 단숨에 술잔을 비우고 머리를 풀어헤쳤다. 풍성한 금발이 어깨로 흘러내렸다. 그녀는 입을 벌려 술자리에서 부르는 노래를 시작하려 했다. 한쪽 눈이 반쯤 감겨 있었다. 그녀는 힘겹게 숨을 쉬고 있었다. 압박된 가슴에서 거친 소리가 두 번 새어나왔다. 그녀가 갑자기 극도의 창백함에 뒤덮이더니 다시 의자에 앉았다.

그때 소란이 시작되었고, 그 소란은 아직도 한 시간 넘게 지속될 식사가 끝날 때까지 계속되었다. 거기서는 아무것도 분간되지 않았다. 웃음소리도, 노랫소리도, 고함소리마저도.

"무슨 생각 해?" 데주네가 묻기에 내가 대답했다. "아무것도요. 귀를 막고 보고 있어요."

이 야단법석의 와중에도 아름다운 마르코는 술을 마시지 않았고, 조용히 맨살이 드러난 팔을 괸 채 자신의 무기력이 몽상에 잠기도록 내버려두었다. 그녀는 놀란 것 같지도, 감동한 것 같지도 않았다. "저들처럼 하고 싶지 않아요?" 내가 그녀에게 물었다. "당신이 좀전에 내게 키프로스산 포도주를 권했죠. 맛보고 싶지 않아요?" 이렇게 말하면서 나는 커다란 잔 가득 술을 따랐다. 그녀는 천천히 잔을 들어 단숨에 마시고 테이블에 내려놓더니 다시 예의 방심한 듯한 태도를 취했다.

관찰하면 할수록 마르코란 여인은 기이해 보였다. 그녀는 그 무엇에도 기쁨을 느끼지 않았지만, 그렇다고 지겨워하지도 않았다. 그녀를 기쁘게 하는 것만큼이나 화나게 하는 것도 쉽지 않아 보였다. 그녀는 요구받은 대로만 따를 뿐, 아무것도 자발적으로 하지는 않았다. 나는 영원한 휴식의 정령*을 떠올렸고, 만일 그 창백한 조각상이 최면술에 걸린다면 마르코와 비슷할 거라고 생각했다.

"당신은 선량한가요, 심술궂은가요?" 나는 그녀에게 물었다. "우울한가요, 즐거운가요? 당신은 사랑을 해본 적이 있나요? 누군가에게 사랑받기를 원하나요? 돈을 원하나요, 쾌락을 원하나요, 무엇을 원하죠? 말, 들판, 무도회? 무엇이 마음에 들어요? 무엇을 꿈꾸나요?" 이 모든 질문에 그녀는 똑같은 미소로, 기쁨도 고통도 없이 '뭐가 중요하죠?' 하고 묻는 듯한 미소로 대답했고, 그것으로 그만이었다.

나는 내 입술을 그녀의 입술에 가져갔다. 그녀는 자기 자신처럼 방심한 듯한 열정 없는 입맞춤을 하고는 손수건을 입으로 가져갔다. "마르코," 나는 말했다. "당신을 사랑하는 자에게 불행이 있기를!"

---

* 루브르박물관에 전시된 고대 조각상.

그녀는 검은 눈길을 내게로 떨어뜨렸다가 하늘을 향하더니 한 손가락으로 허공을 가리키며, 모방할 수 없는 이탈리아인의 몸짓을 해 보이며 그 나라 여성의 위대한 단어를 부드럽게 발음했다. 포르세Forse*!

그동안 디저트가 나왔다. 여러 손님이 자리에서 일어섰다. 어떤 사람들은 담배를 피우고, 또 어떤 사람들은 도박을 하기 시작했으며, 몇몇 사람들만 식탁에 남아 있었다. 어떤 여자들은 춤을 추고, 또다른 여자들은 졸고 있었다. 다시 오케스트라의 연주가 시작되었다. 촛불이 약해져 다른 초를 켰다. 선잠이 든 주인들 주변의 램프가 꺼지고, 그 사이 노예들이 까치발로 들어와 은그릇을 훔쳐가는 페트로니우스의 연회**가 떠올랐다. 그 모든 것 한가운데 여전히 노래가 들려오고 있었는데 세 명의 영국인이, 대륙을 치유처로 삼는 음울한 얼굴들 중 세 명이, 누가 뭐라 해도 그들의 늪지대에서 만들어진 가장 침울한 발라드를 계속 노래했다.

"갑시다." 나는 마르코에게 말했다. "그만 일어서죠!" 그녀가 일어서서 내 팔을 잡았다. "내일 봐!" 데주네가 내게 외쳤다. 우리는 홀에서 나왔다.

마르코의 숙소가 가까워지면서 내 심장은 맹렬히 두근거렸다. 말을 할 수가 없었다. 그런 여자에 대해 아무런 생각이 없었다. 그녀는 욕망도 혐오감도 느끼지 않았다. 나는 이 부동의 존재 옆에서 내 손이 떨리

---

* 아마도.

** 페트로니우스(?~66)는 로마의 정치가이자 소설가다. 현존하는 가장 오래된 로마의 소설인 『사티리콘』의 작가이기도 한데, 뮈세가 떠올리는 것은 『사티리콘』 1부 22장의 한 장면이다.

는 것을 어떻게 받아들여야 할지 알지 못했다.

그녀의 방은 그녀처럼 어둡고 관능적이었다. 흰 대리석 램프가 방을 반쯤 밝히고 있었다. 안락의자와 소파는 침대처럼 폭신했고, 거기 있는 모든 것이 솜털과 실크로 만들어진 것 같았다. 방에 들어설 때 터키 사탕과자의 강한 향이 나를 사로잡았는데, 이곳 길거리에서 파는 것이 아니라 극도로 신경을 자극하는 위험한 향이 나는 콘스탄티노플의 것이었다. 그녀가 종을 울리자 하녀 한 명이 들어왔다. 그녀는 내게 한마디 말도 하지 않고 하녀와 함께 내실로 갔다. 잠시 후 그녀가 팔꿈치를 기댄 채 누워 있는 것이 보였는데 그녀에겐 습관적인, 여전히 나른한 자세였다.

나는 서서 그녀를 바라보았다. 기이한 일이었다! 그녀에게 감탄할수록 그녀가 더 아름답게 여겨졌고, 그럴수록 그녀가 내게 불러일으키던 욕망이 사라지는 것을 느꼈다. 그것이 자기磁氣 효과인지는 잘 모르겠다. 그녀의 침묵과 부동 상태가 내 마음을 사로잡았다. 나도 그녀와 마찬가지로 내실 맞은편 소파에 누웠는데, 죽음의 냉기가 내 영혼 속으로 내려왔다.

동맥에서 울리는 피의 고동은 밤에만 진동이 느껴지는 기이한 시계다. 그때 외부의 사물들로부터 버림받은 인간은 자기 자신으로 되돌아온다. 살아 있는 자신의 소리를 듣는다. 피로감과 슬픔에도 불구하고 나는 눈을 감을 수 없었다. 마르코의 눈이 내게 고정되어 있었다. 우리는 조용히 서로를 바라보았다, 천천히, 그렇게 말할 수 있다면.

"거기서 뭐해요?" 마침내 그녀가 물었다. "내 곁으로 오지 않을 건가요?"

"가고말고. 당신은 너무도 아름다운걸!" 나는 대답했다.

탄식과도 같은 약한 한숨 소리가 들렸다. 조금 전 마르코의 하프의 현 하나가 느슨해진 것이다. 나는 그 소리에 고개를 돌렸다가 첫 여명의 창백한 빛이 유리창을 물들이는 것을 보았다.

나는 일어나서 커튼을 열었다. 강렬한 빛이 방으로 스며들었다. 나는 창문으로 다가가 그곳에 잠시 멈춰 섰다. 하늘은 맑고, 태양에는 구름 한 점 끼어 있지 않았다.

"그러니까 이리로 올 거죠?" 마르코가 거듭 물었다.

나는 더 기다리라는 손짓을 했다. 신중함에서 비롯된 몇 가지 이유로 그녀는 도심에서 떨어진 지역을 선택했다. 아마 그녀에겐 다른 곳에 아파트가 또 한 채 있는 듯했다. 이따금 그녀는 접대를 했기 때문이다. 그녀의 연인의 친구들이 그녀의 집에 들르곤 했고, 우리가 있던 방은 일종의 작은집*이었으리라. 방이 뤽상부르공원에 면해 있었는데, 멀리 눈앞에 공원이 펼쳐져 있었다.

쥐인 손 안에서 불안해 보이는, 수면으로 다시 올라가기 위해 손가락 사이로 미끄러져 달아나는 물에 잠긴 찌처럼 물리칠 수도 멀리할 수도 없는 어떤 것이 내 안에서 요동쳤다. 뤽상부르공원의 오솔길 풍경이 내 심장을 뛰게 했고 다른 모든 생각은 사라졌다. 얼마나 여러 번 이 작은 언덕 위 나무 그늘 아래서 덤불숲을 학교 삼아 몇 권의 좋은 책을 들고, 터무니없는 시정詩情에 충만해 누워 있었던가. 아! 내 어린 시절의 탈선이 거기 있었으니. 나는 잎이 떨어진 나무에서, 화단의 시

---

* 연인들의 만남을 위한 집을 일컫는 말로, 사람들의 왕래가 적은 지역에 있었다.

든 풀에서 이 모든 먼 기억을 되살려냈다. 열 살 때 나는 형과 가정교사와 함께 추위로 얼어붙은 몇몇 불쌍한 새들에게 빵을 던져주며 그곳을 산책했다. 그곳 한구석에 앉아 몇 시간이고 어린 소녀들이 원무를 추는 것을 바라보았다. 소녀들이 부르는 동요의 후렴구에 순진한 내 심장이 뛰는 소리를 들었다. 학교에서 집으로 돌아가는 길에, 그곳에서, 베르길리우스의 시구에 몰두해 발로 조약돌을 차면서 나는 수천 번이나 같은 오솔길을 가로질렀다. "오, 나의 어린 시절이여! 네가 여기 있구나!" 나는 외쳤다. "오, 신이시여! 당신이 여기 계시는군요!"

돌아보니, 마르코는 잠들었고, 등불은 꺼졌으며, 태양빛이 방의 전체 모습을 바꿔놓았다. 창공의 푸른빛으로 보이던 벽지는 퇴색한 푸르스름한 빛이었고, 침대에 누워 있는 아름다운 조각상, 마르코는 시체처럼 창백했다.

나도 모르게 전율했다. 나는 내실의 침대를 바라보다가 공원을 보았다. 기진맥진한 내 머리가 무거워졌다. 나는 몇 걸음 떼어 다른 쪽 창가에 놓인 열려 있는 책상 앞에 가 앉았다. 거기에 기댄 채 책상 위에 놓여 있던 펼쳐진 편지 한 장을 무심코 바라보았다. 거기에는 몇 글자 적혀 있지 않았다. 나는 그 의미가 내 머리로 이해될 때까지, 주의를 제대로 기울이지 않은 채 거기 적힌 글자를 몇 번이고 읽었다. 모든 의미를 파악할 순 없었지만 나는 갑자기 충격을 받았다. 종이를 집어들고는 맞춤법이 틀린 다음 구절을 읽었다.

"어제 그분이 돌아가셨습니다. 밤 열한시, 그분은 기력이 약해지는 것을 느꼈지요. 그분이 나를 불러 말했습니다. '루이종, 먼저 간 사람들과 만날 때가 온 것 같아. 옷장으로 가서 못에 걸린 천을 가져와. 다른 관포棺布하고 비슷한 거야.' 나는 울면서 무릎을 꿇었습니다. 하지만 그분은 '울지 마! 울지 마!'라고 외치며 손을 뻗었습니다. 그분은 마지막 숨을 내쉬고는……"

편지의 나머지 부분은 찢어져 있었다. 그 침울한 편지를 읽고 내가 어떤 영향을 받았는지 표현할 길이 없다. 나는 종이를 뒤집어 마르코의 주소와 어제 날짜를 확인했다. "그분이 죽었다고? 대체 누가 죽었다는 거지?" 침대로 다가가며 나도 모르게 외쳤다. "죽다니! 대체 누가? 대체 누가?"

마르코가 눈을 떴다. 그녀는 내가 손에 편지를 들고 그녀의 침대에 앉아 있는 것을 보았다. "내 어머니요." 그녀가 말했다. "어머니가 돌아가셨어요. 그런데 당신은 내 곁으로 오지 않을 건가요?"

그녀는 이렇게 말하면서 팔을 뻗었다. "조용히!" 내가 말했다. "계속 자, 난 내버려두고." 그녀는 몸을 돌리더니 다시 잠들었다. 나는 그녀가 더이상 나의 기척을 듣지 못한다는 확신이 들 때까지 잠시 그녀를 바라보다가 슬며시 그곳을 나왔다.

5

어느 날 저녁 나는 데주네와 함께 불가에 앉아 있었다. 창문이 열려 있었다. 봄의 사자使者인 3월 초의 어느 날이었다. 비가 내리고, 정원에서는 기분좋은 향기가 났다.

"봄이 오면 뭘 할까요, 형님?" 내가 말했다. "나는 여행을 하고 싶어요."

"나는," 데주네가 말했다. "작년에 했던 일을 할 거야, 들에 갈 때가 되면 거기 가겠어."

"뭐라고요!" 내가 말했다. "매년 같은 일을 한다고요? 그럼 올해도 같은 생활을 다시 시작한단 말이에요?"

"내가 뭘 했으면 좋겠는데?" 그가 되물었다.

"바로 그거예요!" 나는 소스라쳐 몸을 일으키며 외쳤다. "바로 그거예요. '내가 뭘 했으면 좋겠는데?' 말 잘했어요. 아! 데주네, 이 모든 일에 '얼마나 지치는지! 형님은 형님 삶이 전혀 지겹지 않아요?"

"아니." 그가 말했다.

나는 사막의 막달라 마리아를 묘사한 부조 앞에 서 있었다. 나도 모르게 손을 모았다.

"대체 뭘 하는 거야?" 데주네가 물었다.

"내가 화가라면," 내가 말했다. "그리고 우울함을 그리고 싶다면 손에 책을 든 꿈꾸는 듯한 소녀를 그리지는 않을 겁니다."

"오늘 저녁에 누구랑 무슨 일이 있나?" 그가 웃으며 말했다.

"아니요, 정말입니다." 나는 계속 말했다. "이 눈물 젖은 막달라 마리아의 가슴은 희망으로 가득차 있어요. 그녀의 머리를 받치고 있는 이 창백하고 병약한 손에서는 아직도 그녀가 그리스도의 발에 부은 향료의 향이 풍기죠. 형님은 이 사막에 기도하는 명상의 백성들이 있는 것이 보이지 않나요? 여기 그려진 것은 우울이 아닙니다."

"이건 책을 읽는 여인이야." 그가 건조한 목소리로 대답했다.

"그것도 복된 책을 읽는 행복한 여인이죠." 내가 말했다.

데주네는 내가 말하려는 바를 이해했다. 그는 내가 깊은 슬픔에 사로잡힌 것을 알았다. 그는 내 슬픔의 이유가 무엇인지 물었다. 나는 대답하기를 망설였고, 심장이 산산조각나는 것을 느꼈다.

"그러니까," 그가 말했다. "친애하는 옥타브, 근심거리가 있으면 망설이지 말고 내게 털어놔. 숨김없이 말하고 나면 내가 자네 친구란 걸 알게 될 거야."

"알고 있어요." 내가 대답했다. "내겐 친구가 있죠. 하지만 내 고통은 친구가 없어요."

그는 말을 해보라고 재촉했다. "글쎄요!" 내가 말했다. "내 생각을 밝힌들 무슨 소용이 있겠어요, 형님도 나도 달리 손쓸 도리가 없는데 말이죠. 형님이 묻는 것은 마음속 깊숙한 곳에 있는 내 진심인가요, 아니면 단지 아무렇게나 떠오른 말과 핑곗거리인가요?"

"솔직히 말해줘." 그가 말했다.

"그래요!" 나는 응수했다. "그래요! 데주네, 형님은 적시적지에 충고를 해주었으니, 그때 내가 형님 말을 들었던 것처럼 부디 내 말을 들어주기를 바라요. 형님이 내 가슴속에 품은 생각을 물었으니, 이제 말해줄게요.

맨 처음 마주치는 사람을 붙들고 이렇게 말해보세요. '술 마시고, 말 타고, 웃고, 노름하고, 온갖 쾌락을 누리면서 삶을 보내는 사람들이 여기 있습니다. 그들을 제지하는 어떤 구속도 없고, 마음에 드는 것이 법칙이고, 노리는 만큼 여자를 가질 수 있어요. 그들은 부자거든요. 다른 근심이 하나도 없죠. 그들에게는 매일이 축제예요.' 어떻게 생각해요? 엄격하고 독실한 신자가 아닌 한 그 사람은 그것이 상상할 수 있는 가장 커다란 행복이라고 꾸밈없이 답하지 않는다면 인간의 유약함이라고 답할 겁니다.

그렇다면 그 사람을 행동하게끔 이끌어주세요. 그를 식탁에 앉히세요. 옆에는 여자를, 손에는 술잔을 들려주고, 매일 아침 한 움큼의 금을 쥐여주는 겁니다. 그리고 말하세요. '여기 당신 삶이 있습니다. 당신이 연인의 곁에서 잠자는 동안 당신의 말은 마구간에서 앞발로 땅을 걷어찰 겁니다. 당신의 말이 산책길 모래 위에서 이리저리 뛰는 동안 지하실에서는 포도주가 익어갈 겁니다. 당신이 술을 마시며 밤을 보내

는 동안 은행가들은 당신의 재산을 불려줄 겁니다. 당신이 원하기만
하면 욕망이 현실이 되는 거죠. 당신은 가장 행복한 인간입니다. 하지
만 과음을 한 어느 날 밤 더이상 즐길 준비가 되어 있지 않은 당신의
육체를 발견하게 되지 않도록 조심하세요. 그것은 커다란 불행일진대,
모든 고통은 가라앉더라도 그것만은 예외이기 때문이죠. 어느 아름다
운 밤에 당신은 유쾌한 동료들과 함께 숲속에서 말을 타고 질주할 겁
니다. 그러다 당신 말이 발을 헛디뎌, 당신은 진창 속으로 떨어질 겁니
다. 술을 마신 당신 동료들은 그들의 유쾌한 팡파르 소리 한가운데 있
어 불안에 싸인 당신의 외침을 듣지 못할 위험이 있어요. 그들이 당신
을 발견하지 못한 채 지나쳐가지 않도록, 당신이 어둠 속에서 부러진
팔다리로 기어가는 동안 그들의 떠들썩한 기쁨의 소리가 숲속 깊숙이
퍼지지 않도록 조심하세요. 어느 날 밤에 당신은 도박에서 잃게 될 겁
니다. 운이 나쁜 날도 있는 법이지요. 집으로 돌아가 불가에 앉았을 때
이마를 치고, 고통으로 눈꺼풀을 적시고, 마치 친구를 찾을 때처럼 씁
쓸한 기분으로 두리번거리지 않도록 조심하세요. 특히 고독에 휩싸여,
어느 초가지붕 아래 평안한 가정을 꾸리고서 서로의 손을 잡고 잠드는
사람들을 불현듯 떠올리지 않도록 조심하세요. 당신 앞, 당신의 화려
한 침대 위에는 당신의 속내를 털어놓을 유일한 존재, 당신의 재산을
사랑하는 창백한 여인만이 앉아 있을 테니까요. 답답한 가슴을 진정시
키기 위해 당신은 그녀에게 몸을 기울이겠죠. 그녀는 깊이 생각하다
가, 당신이 무척 슬퍼하고 있고 상당한 손실을 입은 것이 틀림없다고
생각하게 될 겁니다. 당신 눈에서 흐르는 눈물이 그녀에게는 커다란
근심의 원인이 될 터인데, 그건 낡은 드레스를 입고 손가락의 반지를

빼게 될 수도 있는 일이니까요. 그날 밤 돈을 딴 사람의 이름을 그녀에게 말하지 마세요. 내일 그녀가 그를 만나고, 당신의 파산을 순순히 바라볼 수도 있으니까요. 인간의 유약함이란 바로 이런 것입니다. 당신은 그것에 맞설 힘이 있나요? 당신은 남자인가요? 권태를 조심하세요. 그것은 여전히 불치의 병입니다. 사는 데 싫증난 사람보다는 죽은 자가 차라리 낫지요. 당신에겐 심장이 있습니까? 사랑을 조심하세요. 탕아에게 사랑은 병보다 더 나쁜 것이랍니다. 그것은 조롱거리지요. 탕아는 정부情婦에게 돈을 지불하고, 몸 파는 여자에겐 세상에서 단 한 명의 남자만큼은 경멸할 권리가 있습니다. 바로 사랑에 빠진 남자지요. 당신에겐 열정이 있나요? 당신 얼굴을 조심하세요. 군인은 무기를 내던지는 것이, 그리고 탕아는 무엇에건 집착을 드러내 보이는 것이 수치랍니다. 기름칠한 대리석 손으로만 모든 것을 만지고, 그 손에서 모든 것을 미끄러뜨리는 것이 탕아의 명예랍니다. 당신의 머리는 뜨거운가요? 살고 싶거든 죽이는 법을 배우세요. 이따금 술은 다툼을 불러오지요. 당신은 의식 있는 사람인가요? 잠을 조심하세요. 너무 늦게 회개한 탕아는 물이 새는 선박과 같습니다. 그것은 육지로 돌아올 수도 계속 항해할 수도 없어요. 바람이 밀어줘도 소용없습니다. 대양에 매혹되어 그 자리에서 방향을 바꿔 사라지지요. 육체가 있거든 고통을 조심하세요. 영혼이 있거든 절망을 조심하세요. 오, 불행한 사람이여! 인간들을 조심하세요. 지금 당신이 서 있는 길을 계속 걸어가는 동안은, 사슬의 고리들처럼 서로 밀착해 있는 파랑돌 춤의 무희들이 꽃으로 장식된 화환 모양의 드넓은 평원을 보는 듯 여겨질 겁니다. 하지만 그것은 옅은 신기루에 지나지 않아요. 발밑을 내려다보는 사람들은 자신들이 심연에 걸쳐진 비단실 위에서 공중곡예를 한다는 것을, 심연은 그 표면에 잔물결 하나 남기지 않고 소리 없는 많은 추락을 삼켜버린다는 것을 압니다. 발을 헛디디지 않기를! 자연은 당신 주위에서 자신의 신성한 모태가 뒷걸음치는 것을 느낍니다. 나무와 갈대는 더이상 당신을 알아보지 못합니다. 당신은 당신 어머니의 법칙을 어겼습니다. 당신은 더이상 젖형제가 아니며, 들판의 새들은 당신을 보면서 침묵합니다. 당신은 혼자입니다! 신을 조심하세요! 신 앞의 당신은 차가운 조각상처럼 당신의 의지라는 받침대 위에 홀로 서 있습니다. 하늘에서 내리는 비는 더이상 당신의 갈증을 풀어주지 못합니다. 그것은 당신을 서서히 약화시키고 괴롭히지요. 지나가는 바람은 더이상 당신에게 숨쉬는 모든 것의 신성한 합일이라 할 생명의 입맞춤을 전해주지 않는답니다. 바람은 당신을 흔들고 비틀거리게 하지요. 당신 품에 안기는 여자들은 모두 당신 힘의 불씨를 앗아갑니다. 자신들의 것은 당신에게 하나도 내주지 않고 말입니다. 당신은 망령들 위에서 완전히 지쳐버리지요. 당신의 땀 한 방울이 떨어진 그 자리에서는 묘지에서 자라는 을씨년스러운 풀들 중 하나가 돋아납니다. 죽어요! 당신은 사랑하는 모든 것의 적입니다. 당신의 고독 위에 쓰러져 노년을 기다리지 마세요. 대지 위에 어린아이를 남기지 말고, 부패한 피를 수태시키지 마세요. 연기처럼 사라져, 태양빛에 자라는 밀알을 빼앗지 마세요.'"

이 말을 마친 뒤 나는 안락의자에 털썩 주저앉았고, 눈에서는 눈물이 철철 흘렀다. "아! 데주네," 나는 흐느껴 울며 외쳤다. "형님이 내게 말한 게 이것 아닌가요? 형님은 몰랐다는 건가요? 만일 알았다면, 왜 그 말을 해주지 않았나요?"

데주네는 손을 모으고 있었다. 그는 수의처럼 창백했고, 그의 뺨에는 긴 눈물 줄기가 흘러내리고 있었다.

우리 사이에 잠시 침묵이 흘렀다. 괘종시계가 울렸다. 정확히 일 년 전, 비슷한 날 비슷한 시간에 연인의 배신을 알아차린 일이 갑자기 생각났다.

"괘종시계 소리가 들려요?" 나는 외쳤다. "들려요? 지금 몇시를 울렸는지는 모르겠지만 내 삶에서 중요해질, 소름 끼치는 시간이죠."

나는 흥분한 나머지 내 안에서 무슨 일이 일어나는지 깨닫지 못한 채 이렇게 말했다. 그런데 거의 동시에 하인 한 명이 방으로 급히 들어왔다. 그는 내 손을 잡고 조금 떨어진 곳으로 데려가더니 아주 작은 소리로 말했다. "도련님, 아버님께서 위독하시다는 소식을 전해드리러 왔습니다. 뇌출혈로 쓰러지셨는데, 의사들 진단으로는 가망이 없답니다."

제3부

1

아버지는 파리에서 얼마간 떨어진 시골에 머물렀다. 내가 도착했을 때 문 앞에서 의사를 만났다. 그가 내게 말했다. "너무 늦었습니다. 아버님이 마지막으로 보고 싶어하셨을 텐데요."

나는 들어가 아버지의 시신을 보았다. "선생님," 나는 의사에게 말했다. "부탁인데 사람들을 모두 물려주시고 저 혼자 여기 있게 해주십시오. 아버지는 제게 할 말이 있으실 테고 그 말을 해주실 겁니다."

내 지시에 하인들이 물러났다. 나는 침대로 다가가 벌써 얼굴에 덮인 수의를 조심스럽게 들어올렸다. 하지만 아버지의 얼굴을 보자마자 나는 아버지에게 달려들어 껴안고는 의식을 잃었다.

내가 정신을 차렸을 때, 사람들의 말소리가 들렸다. "그가 요구를 해도, 무슨 변명이든지 대서 거절해." 나는 사람들이 나를 사자死者의 침상에서 멀리 떼어놓고 싶어한다는 사실을 알아차리고는 아무 말도 듣지 못한 척했다. 내가 다시 침착해진 것을 보고 사람들은 나를 내버려두었다. 집안에 있는 사람들 모두가 잠자리에 들기를 기다렸다가, 나는 촛대 하나를 들고 아버지의 방으로 갔다. 그곳에서 한 젊은 성직자가 침대 옆에 홀로 앉아 있는 것을 발견했다. "신부님," 내가 말했다. "고아 한 명이 아버지 곁에서 마지막 밤을 보낼 수 있게 해주십시오. 염치없는 생각이죠. 사람들이 신부님께 뭐라 말씀드렸는지는 모르겠지만 옆방에 계셔주셨으면 합니다. 곤란하신 일이 생긴다면 제가 책임지겠습니다."

그는 자리를 떴다. 탁자 위에 놓인 촛대 하나만이 침대를 비췄다. 나는 신부가 앉았던 자리에 앉아 다시는 볼 수 없을 얼굴을 한번 더 드러냈다. "제게 무슨 말씀을 하고 싶으셨어요, 아버지?" 나는 물었다. "눈으로 아들을 찾으며 마지막으로 무슨 생각을 하셨나요?"

아버지는 매일 한 모든 일을 일기로 기록하는 습관이 있었다. 그 일기가 탁자 위에 펼쳐져 있는 것이 보였다. 나는 거기로 다가가 무릎을 꿇었다. 펼쳐진 페이지에는 이 두 문장만 적혀 있었다. "잘 있거라, 내 아들, 사랑한다. 이제 나는 죽는다."

나는 눈물 한 방울 흘리지 않았고, 내 입술에서는 오열의 소리 하나 흘러나오지 않았다. 목구멍이 죄어들고 입은 봉인된 것 같았다. 나는 미동도 없이 아버지를 바라보았다.

아버지는 내 삶을 알고 있었고, 내 무질서한 삶을 여러 번 탄식하고 질책했다. 나를 만날 때마다 아버지는 거의 언제나 나의 미래, 나의 젊음, 그리고 나의 터무니없는 행동에 대해 말했다. 아버지의 충고는 많은 경우 악운으로부터 나를 끌어내주었고, 내게 큰 힘이 되었다. 아버지의 삶은 덕과 평안과 선의 모델 자체였기 때문이다. 내 짐작에는 아버지가 돌아가시기 전에 내가 접어든 길에서 나를 벗어나게 하려고 한 번 더 나를 만나기를 원했을 것 같았다. 하지만 죽음은 너무 빨리 찾아왔다. 아버지는 이제 할말이 한마디밖에 없음을 문득 느꼈고, 나에게 사랑한다고 말한 것이다.

2

작은 나무 울타리가 아버지의 무덤을 둘러싸고 있었다. 아버지는 오래전부터 표명해온 당신의 단호한 유지대로 마을 묘지에 묻혔다. 나는 매일 그곳에 갔고, 묘지 안쪽에 놓인 작은 의자에서 하루의 한때를 보냈다. 나머지 시간 동안은 아버지가 돌아가신 바로 그 집에서 하인 하나와 단둘이서 지냈다.

정열이 어떤 고통을 야기할 수 있다 해도, 삶의 괴로움을 죽음의 괴로움과 비교해서는 안 된다. 아버지의 침대 곁에 앉아 제일 처음으로 느낀 것은 내가 아무것도 알지도 인식하지도 못하는 분별없는 어린아이였다는 사실이다. 아버지의 죽음에 내 심장은 육체적인 고통을 느꼈다고 말할 수 있고, 나는 때때로 깨달음을 얻은 초심자처럼 두 손을 비틀며 머리를 숙였다.

시골에서 머문 처음 몇 달 동안 나는 과거도 미래도 생각하지 않았다. 그때까지 살아온 것은 내가 아닌 듯한 생각이 들었다. 내가 느낀 것은 절망이 아니었고 나를 괴롭혔던 격렬한 고통과는 아무런 유사점이 없었다. 그것은 단지 피로나 모든 것에 대한 무관심처럼 내 모든 행동에서 나타나는 무기력일 뿐이었다. 하지만 내부에서 나를 좀먹는 날카로운 쓰라림을 동반했다. 나는 하루종일 손에 책을 들고 있었지만 거의 읽지 않았다. 아니, 더 정확히 표현하자면 전혀 읽지 않았고, 무슨 몽상을 했는지도 모르겠다. 생각이란 게 전혀 없었다. 내 안에 있는 모든 것이 조용했다. 너무도 강렬한 동시에 오래 지속되는 충격을 받았기에 완전히 수동적인 존재처럼 줄곧 머물러 있었고, 내 안에 있는 그 무엇도 반응하지 않았다.

라리브라는 이름의 하인은 아버지에게 매우 충실했다. 아마도 그는 일찍이 내가 알았던 사람들 가운데 아버지 다음으로 선량한 사람이다. 그는 아버지와 같은 키에, 하인의 제복이 아니라 아버지가 준 아버지의 옷을 입고 있었다. 나이도 아버지와 거의 비슷했다. 말하자면 그의 머리카락은 반백이었고, 이십 년 전부터 아버지 곁을 지킨 까닭에 태도도 아버지와 비슷한 면이 있었다. 저녁식사 후 방안에서 이리저리 거닐고 있는데, 그가 대기실에서 나처럼 거니는 소리가 들렸다. 문이 열려 있어도 그는 결코 들어오는 법이 없었고, 우리는 서로 한마디도 나누지 않았다. 하지만 이따금 우리는 서로가 눈물 흘리는 것을 바라보았다. 저녁은 이렇게 지나가곤 했고, 해가 지고 한참 후에야 나는 불을 켜달라거나 등불을 가져오라고 말해야겠다는 생각이 들었다.

집안의 모든 것이 예전처럼 정돈되어 있었고, 우리는 종이 한 장 흐트러뜨리지 않았다. 아버지가 앉아 있곤 했던 커다란 가죽 안락의자가 벽난로 옆에 있었다. 아버지의 탁자와 책들도 예전과 같이 놓여 있었다. 나는 아버지 가구들의 먼지까지도 존중했는데, 아버지는 청소 때문에 방해받는 것을 좋아하지 않았던 것이다. 침묵과 더없이 평온한 삶에 길든 이 고독한 집은 아무것도 알아차리지 못했다. 내가 아버지의 실내복을 입고 아버지의 안락의자에 앉아 있으면 벽들만이 이따금 나를 연민의 시선으로 바라보는 것 같았다. 그때 희미한 목소리가 높아져 이렇게 말하는 것 같았다. "아버지는 어디 가셨지? 이자가 고아인가보군."

나는 파리에서 온 여러 통의 편지를 받았고, 아버지가 그랬듯 여름을 혼자 시골에서 보내고 싶다는 답장을 보냈다. 모든 악에는 언제나 다소의 선이 있고, 사람들이 뭐라 하든 커다란 불행은 커다란 휴식이라는 진실을 깨닫기 시작했다. 신의 사자使者들이 가져오는 소식이 어떤 것이건 간에 그들은 우리 어깨를 칠 때 언제나 우리 삶을 각성시키는 선행을 하고, 그들이 말할 때 모든 것은 침묵한다. 일시적인 고통은 신을 모독하고 하늘을 비난한다. 하지만 커다란 고통은 비난도 신성모독도 하지 않고 경청한다.

나는 아침나절을 온통 자연과 마주한 채 명상에 잠겨 보냈다. 내 창은 깊은 골짜기를 향해 나 있고, 그 가운데는 마을 종탑이 서 있었다. 모든 것이 메마르고 조용했다. 봄과 꽃과 돋아나는 나뭇잎의 광경은 시인들이 말하는, 삶과의 대비에서 죽음에 대한 조롱을 발견하는 그 울적한 효과를 내게 만들어내지 않았다. 만일 그것이 제멋대로 만들어진 단순한 반대 명제가 아니라면, 사실 그런 하찮은 생각은 여전히 어중간하게 느끼는 사람들에게 고유한 것이라고 나는 믿는다. 불타는 눈과 빈손으로 새벽이 되어서야 밖으로 나오는 노름꾼은 추악한 밤 모임의 촛대처럼 자신이 자연과 전쟁을 벌이고 있다고 느낄 수도 있다. 하지만 아버지의 죽음을 슬퍼하는 어린아이에게라면 돋아나는 나뭇잎들이 무슨 말을 할 수 있을까? 그 아이의 눈에 고인 눈물은 이슬과 자매간이다. 버드나무 잎은 그 자체로 눈물이다. 나는 하늘과 숲과 초원을 보면서 위로받는다고 생각하는 사람들을 이해하게 되었다.

라리브는 더이상 나를 위로할 생각도, 자기 자신이 위안받으려는 생각도 하지 않았다. 아버지가 돌아가셨을 때 그는 행여 내가 집을 팔고 자신을 파리로 데리고 가지 않을까 두려워했다. 그가 내 지난 삶에 대해 알고 있었는지는 모르겠다. 하지만 그는 먼저 불안감을 표시했고, 내가 그곳에 정착하려는 것을 알았을 때 그가 내게 처음으로 던진 시선은 내 심장까지 관통했다. 파리에서 아버지의 커다란 초상화를 가져오게 한 어느 날이었다. 나는 초상화를 식당에 걸게 했다. 내 식사 시중을 들기 위해 들어왔을 때 그가 초상화를 보았다. 그는 초상화와 나를 번갈아 보면서 머뭇거렸다. 그의 눈에 어린 너무도 서글픈 기쁨에 나는 저항할 수 없었다. 그는 내게 이렇게 말하는 듯했다. "얼마나 행복한지요! 이제 우리는 조용히 고통받을 겁니다!" 나는 그에게 손을 내밀었고, 그는 흐느끼면서 입맞춤으로 내 손을 뒤덮었다.

그는 말하자면 자기 자신도 고통을 느끼면서 내 고통을 보듬어주었다. 아침에 아버지의 묘소에 갔다가 그곳에서 꽃에 물을 주는 그를 발견하곤 했다. 그는 나를 보자마자 멀어져서는 집으로 돌아갔다. 그는 산책길에서 나를 뒤따르곤 했다. 나는 말을 타고 그는 걷고 있어서 그의 도움이 전혀 필요하지 않았다. 그런데 내가 골짜기를 돌아다니고 있을 때 그가 손에는 지팡이를 짚고 이마의 땀을 닦으며 금세 내 뒤에 바짝 다가와 있는 것을 발견했다. 나는 인근의 농부에게 작은 말 한 마리를 사서 그에게 주었고, 우리는 그렇게 숲을 달리기 시작했다.

집에 자주 찾아오는 안면 있는 마을 사람들이 있었다. 내 방문은 그들에게 닫혀 있었다. 유감스러웠지만 누구를 만나도 안절부절못했다. 고독 속에 갇혀 있던 나는 얼마 후 아버지의 문서들을 살펴봐야겠다는 생각이 들었다. 라리브는 경건한 존경심을 갖고 내게 문서들을 가져다 주었다. 그는 떨리는 손으로 문서철을 풀어 내 앞에 펼쳐놓았다.

내가 읽은 앞 페이지들에서, 조용한 호숫가 공기에 생기를 주는 그런 싱그러움을 가슴으로 느꼈다. 문서들을 펼치자 먼지 앉은 종잇장에서 아버지 영혼의 부드러운 평온함이 향기처럼 풍겨나왔다. 아버지의 삶이 담긴 일기가 내 앞에 다시 나타난 것이다. 나는 매일매일의 그 고결한 심장박동 소리를 헤아릴 수 있었다. 나는 감미롭고 깊은 꿈속으로 잠겨들기 시작했고, 어디서나 영향력을 발휘했던 신중하고 단호한 성격의 아버지였지만 그분의 말로 표현할 수 없는 친절을, 어진 성품의 평화로운 꽃을 발견했다. 그것을 읽는 내내 아버지의 죽음의 기억이 당신 삶의 이야기와 뒤섞였다. 얼마나 커다란 슬픔을 안고서 그 맑은 시냇물을 뒤쫓았는지 말할 수가 없다. 망망대해로 떨어지는 것을 내 눈으로 보았던 그 시냇물을.

"오 정의로운 이여!" 나는 외쳤다. "두려움에서도 질책에서도 벗어난 이여! 당신의 경험에는 얼마나 순진함이 배어 있는지요! 친구들을 향한 당신의 헌신, 어머니를 향한 당신의 완벽한 다정함, 자연을 향한 당신의 찬미, 신을 향한 당신의 숭고한 사랑, 그것이 바로 당신의 삶입니다. 당신 가슴에는 다른 것을 위한 자리는 없었습니다. 산 정상에 쌓인, 사람의 손이 닿지 않은 눈도 당신의 노년보다 더 순수하진 않습니다. 당신의 백발은 그 눈을 닮았습니다. 오 아버지! 오 아버지! 당신의 백발을 제게 주십시오. 그 눈은 금발인 제 머리보다 젊습니다. 제가 당신처럼 살고 죽게 해주십시오. 당신이 잠든 대지에 제 새로운 삶의 초록빛 종려나무 가지를 심으려 합니다. 저는 눈물로 가지를 적시고, 고아들의 신은 어린아이의 고통 위에, 그리고 노인의 기억 위에 그 경건한 식물이 자라게 할 것입니다."

나는 소중한 문서들을 읽은 후 정리했다. 그때 나도 일기를 쓰기로 결심했다. 아버지의 것과 비슷하게 제본을 하게 하고, 아버지의 일기에서 당신 삶의 가장 사소한 일들까지 세심하게 조사해 그것에 따르려고 노력했다. 이렇게 하루의 매 순간 괘종시계 소리가 울릴 때마다 내 눈에는 눈물이 맺혔다. 나는 생각했다. '이것이, 아버지가 이 시간에 하셨던 일이야.' 그것이 독서건 산책이건 식사건 나는 결코 게을리하지 않았다. 나는 그런 식으로 한적하고 규칙적인 삶에 익숙해졌다. 이런 어김없는 정확함에는 내 마음을 끄는 무한한 매력이 있었다. 나는 내 슬픔이 더 기분좋게 만든 행복감을 안고 잠들었다. 아버지는 정원 가꾸기에 무척 관심을 쏟았다. 나머지 시간은 연구, 산책, 그리고 육체 훈련과 정신 훈련에 고르게 할애했다. 동시에 나는 아버지의 습관에서 선행을 물려받아 아버지가 불쌍한 사람들을 위해 했던 일을 계속해나갔다. 말을 타고 산책하면서 나를 필요로 하는 사람들을 찾기 시작했다. 골짜기에는 내 도움이 필요한 사람들이 얼마든지 있었다. 곧 나는 가난한 사람들에게 알려졌다. 이렇게 말해도 될까? 그래, 대담하게도 이렇게 말하련다. 가슴이 선량한 곳에서는 고통이 건전하다고. 난생처음으로 나는 행복했다. 신은 내 눈물을 축복했고, 고통은 내게 덕이란 걸 알게 해주었다.

3

어느 날 저녁 보리수나무 가로숫길을 산책하고 있을 때, 마을 어귀의 외딴집에서 한 젊은 여인이 나오는 것을 보았다. 그녀는 소박한 차림에 베일을 썼는데 그 때문에 그녀의 얼굴을 볼 수 없었다. 하지만 그녀의 몸매와 걸음걸이가 너무도 매력적이어서 얼마 동안 그녀를 눈으로 좇았다. 그녀가 부근의 초원을 가로지를 때 들판에서 자유롭게 놓아 기르는 흰 새끼 염소 한 마리가 그녀에게로 뛰어갔다. 그녀는 염소를 몇 번 쓰다듬어주고는 염소가 좋아하는 풀을 찾는 듯 이리저리 둘러보았다. 내 근처에 야생 뽕나무가 있었다. 나는 뽕나무 가지 하나를 꺾어 들고 앞으로 걸어갔다. 염소는 겁먹은 태도로, 조심스러운 걸음으로 내게로 왔다. 그러더니 감히 내 손에 들린 나뭇가지를 물지 못한 채 멈춰 섰다. 여주인은 염소에게 용기를 주기 위해서인 양 신호를 보냈다. 하지만 염소는 불안한 눈길로 그녀를 바라보았다. 그녀는 내가 있는 곳까지 몇 걸음 걸어와 뽕나무 가지에 손을 얹었다. 그러자 염소가 얼른 가지를 물었다. 나는 그녀에게 인사했고, 그녀는 가던 길을 계속 갔다.

집으로 돌아온 나는 마을의 한 곳을 설명하며 그곳에 사는 사람을 모르느냐고 라리브에게 물었다. 그곳은 수수한 외관의 정원 딸린 작은 집이었다. 그는 그 집을 알고 있었다. 그 집에는 믿음이 독실하다고 알려진 나이든 여인과 피에르송 부인이라는 젊은 여인 단둘이서 살고 있었다. 내가 본 이가 바로 그 젊은 여인이었다. 나는 그녀가 누구인지, 내 아버지의 집에 온 적이 있는지 물었다. 그는 그녀가 미망인이며 은둔해 살고 있다고 대답했다. 그녀를 이따금 보았으나 아버지의 집에서 본 일은 드물다고 했다. 그는 더 길게 이야기하지 않고 다시 나갔다. 나는 보리수 가로숫길로 돌아가 벤치에 앉았다.

염소가 내게 다시 오는 것을 보고 나는 갑자기 뭔지 모를 슬픔에 사로잡혔다. 나는 일어서서, 기분 전환 삼아 그러는 양 피에르송 부인이 걸어가고 있는 오솔길을 바라보다가 몽상에 잠긴 채 그녀를 뒤따랐다. 그러다보니 어느새 산속 깊숙이 들어와 있었다.

되돌아가야겠다는 생각을 했을 때는 밤 열한시 무렵이었다. 많이 걸은 탓에 나는 농가를 발견하고는 그쪽으로 향했다. 우유 한 잔과 빵 한 덩이를 청할 생각이었다. 그사이 떨어지기 시작한 굵은 빗방울이 폭풍우를 알렸다. 나는 폭풍우가 지나가길 기다릴 요량이었다. 집안에는 불이 켜져 있고 왔다갔다하는 인기척도 들렸지만, 내가 문을 두드렸을 때는 아무도 대답하지 않았다. 나는 아무도 없는 것인지 보기 위해 창가로 다가갔다.

천장이 낮은 방에 큰 불이 지펴져 있는 것이 보였다. 얼굴이 낯익은 농부가 침대 옆에 앉아 있었다. 나는 그를 부르며 유리창을 두드렸다. 그 순간 문이 열렸고, 나는 밖에 누가 있느냐고 묻는 피에르송 부인을 보고 깜짝 놀랐다.

그녀를 그곳에서 만나리라고는 거의 기대하지 않았는데, 그녀도 내가 놀란 것을 알아차렸다. 쉬어 갈 수 있게 해달라고 청하고서 나는 방으로 들어갔다. 그 시간 들판 한가운데의 외진 농가에 그녀가 무슨 볼일이 있는 건지 짐작이 가지 않았다. 그때 침대에서 흘러나오는 애처로운 목소리에 나는 고개를 돌렸고, 병색이 완연한 얼굴로 누워 있는 농부의 부인을 보았다.

피에르송 부인은 나를 뒤따라와서는 가엾은 남자 앞에 다시 앉았다. 남자는 고통에 짓눌려 있는 듯 보였다. 그녀는 내게 조용히 하라는 몸짓을 했다. 병자는 잠들어 있었다. 나는 폭풍우가 지날 때까지 한구석의 의자에 앉아 있었다.

나는 그곳에 머물러 있는 동안 그녀가 이따금 일어나 침대로 가서 농부에게 낮은 소리로 말하는 것을 보았다. 내 무릎에 앉아 있던 아이들 중 한 명이 자기 엄마가 아프고 난 후 그녀가 매일 저녁 찾아왔고 가끔은 밤을 보내기도 했다고 알려주었다. 그녀는 자선수녀 역할을 하고 있었다. 그 지방에는 그녀와 돌팔이 의사 한 명밖에 없었다.

"장미관冠 브리지트예요." 아이가 작은 소리로 내게 말했다. "그녀를 모르세요?"

"응." 나 역시 작은 소리로 말했다. "왜 그렇게 부르지?" 아이는 아마 그녀가 덕성스럽고 순결한 처녀에게 주는 장미관을 받은 적이 있어 그 이름이 남았다는 사실 말고는 아는 바가 없다고 대답했다.

피에르송 부인은 더이상 베일을 쓰고 있지 않았다. 그녀의 드러난 이목구비가 보였다. 아이가 내 무릎에서 비켜나자 나는 고개를 들었다. 그녀는 손에 든 잔을 잠이 깬 농부의 아내에게 권하며 침대 곁에 있었다. 그녀는 창백하고 조금 마른 듯 보였다. 머리카락은 회색빛이 도는 금발이었다. 그녀는 전형적인 미녀는 아니었다. 뭐라 말할까? 그녀의 커다란 검은 두 눈은 병자의 눈에 고정되어 있었고, 죽어가는 가련한 여인 역시 그녀를 바라보고 있었다. 자선과 감사의 이 단순한 교류에는 말로 전해지지 않는 아름다움이 있었다.

빗줄기가 더 굵어졌다. 깊은 어둠이 텅 빈 들판을 짓눌렀고, 때때로 벼락이 강렬하게 번쩍였다. 폭풍우 소리, 포효하는 바람 소리, 묶어놓은 것이 풀린 초가지붕의 재료들이 지붕 위에서 성내는 소리가 오두막집의 침묵과 대비되어 내가 증인으로 참석한 장면에 더 많은 성스러움과 기이한 고귀함 같은 것을 부여했다. 나는 초라한 침대와 빗물에 젖은 유리창, 폭풍우 때문에 굴뚝을 빠져나가지 못한 짙은 연기, 망연자실한 농부, 미신적인 공포에 사로잡힌 아이들, 위독한 병자를 포위한 외부의 그 모든 격렬함을 바라보았다. 그리고 그 모든 것 가운데서 까치발로 오가는 다정하고 창백한 그 여인을, 누군가 자신을 필요로 한다는 사실 말고는 아무것도, 폭풍우도, 우리의 존재도, 자신의 용기도 의식하지 못하는 듯 보이는, 한순간도 환자를 떠나지 않고 돌보는 그 여인을 보았을 때 이 조용한 일에는 구름 한 점 없는 가장 아름다운 하늘보다 더 맑은 내가 모르는 어떤 것이 있는 듯했고, 강렬한 공포에 둘러싸여서도 한순간도 자신의 신을 의심하지 않는 그 여인은 초인적인 존재 같았다.

'대체 이 여인은 누구지?' 나는 자문했다. '어디서 왔을까? 언제부터 여기 있었나? 오래전부터였겠지, 사람들이 장미관을 쓴 소녀였던 그녀를 기억하니까. 어떻게 그녀에 대한 이야기를 한 번도 듣지 못했을까? 그녀는 이 시간에, 이 초가집에 혼자 왔나? 이곳에서 위험이 더이상 그녀를 부르지 않으면 그녀는 다른 위험을 찾아갈 거야. 그래, 이 모든 폭풍우, 이 모든 숲, 이 모든 산을 뚫고 그녀는 오고가는구나. 소박하게 베일을 쓰고, 생명이 위태로운 곳에서 생명을 지탱하면서, 깨지기 쉬운 작은 잔을 들고, 지나가면서 자신의 염소를 쓰다듬고. 그녀는 이 조용하고 침착한 발걸음으로 사력을 다해 걸어. 내가 도박장을 향해 달려가는 동안 그녀는 이 골짜기에서 그런 일을 했던 거야. 아마도 그녀는 이곳에서 태어났고, 사랑하는 내 아버지 곁, 그곳 묘지 한구석에 묻힐 거야. 아무도 그녀에 대해 이야기하지 않고 아이들이 사람들에게 "그녀를 몰라요?"라고 묻는, 무명의 이 여인은 그렇게 죽겠지.'

내가 느꼈던 바를 표현할 수가 없다. 나는 한구석에서 꼼짝 않고 있었는데 숨을 쉴 때마다 전율이 일었다. 만일 내가 그녀를 도우려 했다면, 그녀가 한 걸음이라도 덜 걷게 하려고 손을 내밀었다면, 신성모독을 범하고 성기聖器에 손을 대는 느낌이었을 것이다.

폭풍우는 두 시간가량 계속되었다. 폭풍우가 잦아들었을 때 환자는 한결 나아져 일어나 앉아서는 마신 것이 효과가 있었다며 입을 열었다. 피에르송 부인의 치마를 붙들고 있던 아이들은 불안과 기쁨이 반씩 어린 커다란 눈으로 엄마를 바라보다가 곧 엄마의 침대로 달려갔다.

"그런 것 같군요." 자리에서 꼼짝도 않던 남편이 말했다. "이 사람을 위해 미사를 올렸는데 돈이 엄청나게 들었어요."

그 상스럽고 어리석은 말에 나는 피에르송 부인을 바라보았다. 쇠약해진 눈, 창백함, 몸의 거동이 피로와 밤샘 간호로 그녀가 기진맥진해 있음을 보여주었다. "아! 불쌍한 사람." 환자가 말했다. "신께서 당신에게 그 돈을 되돌려주시기를!"

나는 더이상 참을 수 없어 벌떡 일어섰다. 천사의 자비를 두고 마을 주임신부의 탐욕에 감사하는 교양 없는 사람들의 어리석음에 흥분한 것처럼. 나는 그들의 하찮은 배은망덕을 비난하고 그들에게 마땅한 대접을 해줄 준비가 되어 있었다. 피에르송 부인은 농부의 아이 하나를 안아올리더니 미소 지으며 말했다. "어머니께 입을 맞춰드리렴. 고비를 넘기셨단다." 이 말을 듣고 나는 멈춰 섰다. 그토록 온화한 얼굴에 행복하고 친절한 영혼의 꾸밈없는 만족감이 그토록 솔직하게 드러난 것을 본 일이 결코 없었다. 갑자기 그녀의 얼굴에서는 더이상 피곤함도 창백함도 찾아볼 수 없었다. 그녀는 모든 순수한 기쁨으로 환하게 빛나고 있었다. 그녀 역시 신에게 감사했다. 환자가 방금 말을 했거늘, 환자가 한 말이 뭐가 중요하단 말인가?

잠시 후 피에르송 부인은 아이들에게 자신을 바래다줄 농가의 하인을 깨워달라고 말했다. 내가 다가가 에스코트를 제안했다. 나도 어차피 같은 길로 되돌아가야 하는데 영광스럽게도 그녀가 내 제안을 받아들여준다면 하인을 깨울 필요가 없다고 말했다. 그녀는 혹시 내가 옥타브 드* ×××가 아니냐고 물었다. 나는 그렇다고 대답했고, 아마도 그녀는 내 아버지를 떠올리는 것 같았다. 이 부탁에 그녀가 미소 짓는 것이 의아했다. 그녀는 기꺼이 내 팔을 잡았고, 우리는 떠났다.

---

* 드(de)는 귀족의 성 앞에 붙이는 표시로, 옥타브가 귀족임을 알려준다.

4

우리는 말없이 걸었다. 바람이 잔잔해졌다. 나무들은 가지 위의 빗물을 털어내면서 가늘게 몸을 떨고 있었다. 아직은 멀리서 몇 개의 불빛이 빛나고 있었다. 미지근한 대기 속으로 물기를 머금은 초목의 향이 올라왔다. 곧 하늘이 다시 맑아졌고, 달이 산을 비췄다.

나는 그렇게 짧은 시간 동안, 한밤중에 인적 없는 들판에서, 그날 해가 뜰 무렵에는 그 존재조차 몰랐던 여인과 이렇게 단둘이서 걷게 만든 묘한 우연을 떠올리지 않을 수 없었다. 그녀는 내 이름을 신뢰하여 동행을 받아들였고, 방심한 태도로 내 팔에 기대어 침착하게 걷고 있었다. 내게는 이 신뢰가 몹시 대담한 것이거나 순진한 것으로 여겨졌다. 사실 그녀는 양쪽 다였던 게 분명한데, 나는 한 걸음을 내디딜 때마다 내 심장이 그녀 곁에서 당당해지고 순수해지는 것을 느꼈다.

우리는 떠나온 병자며 길에서 본 것에 대해 이야기하기 시작했다. 새로 알게 된 사람들처럼 질문을 주고받을 생각은 나지 않았다. 그녀는 나에게 처음 아버지의 기억을 떠올리게 했을 때와 여전히 같은 투로, 말하자면 거의 쾌활하게 내 아버지에 대해 이야기했다. 그녀의 이야기를 듣고 있으려니, 그녀가 죽음만이 아니라 삶에 대해, 고통에 대해, 세상 모든 것에 대해서도 이런 투로 말하는 이유를 이해할 수 있을 것 같았다. 그것은 인간의 고통이 그녀에게 신을 비난할 만한 그 무엇도 가르쳐주지 않았기 때문이고, 나는 그녀의 미소에서 연민을 느꼈다.

나는 내가 보내고 있는 고독한 생활에 대해 이야기했다. 그녀는 자신의 숙모가 자기보다 더 자주 아버지를 만났다고 말했다. 저녁식사 후에는 둘이서 함께 카드놀이를 하곤 했다고도 했다. 그녀는 자기 집에 오라고 권했고 내가 환영받는 손님일 거라고 말했다.

길을 반쯤 왔을 때 피곤함을 느낀 그녀는 무성한 나무가 비를 막아주는 벤치에 잠시 앉았다. 나는 그녀 앞에 서서 그녀의 이마에 어린 창백한 달빛을 바라보았다. 잠깐 침묵이 흐른 후 그녀가 일어서더니, 멍해져 있는 나를 보며 말했다. "무슨 생각 해요? 다시 걸어야 할 시간이에요."

"생각 좀 하고 있었어요." 나는 대답했다. "왜 신께서 당신을 창조하셨을까 하고요. 내 생각엔 고통받는 사람들을 치유하기 위해서인 것 같습니다."

"칭찬 말고는 다른 말을 할 줄 모르는 당신 입에서 나오는 말일 뿐이에요." 그녀가 말했다.

"왜죠?"

"당신은 아직 아주 젊은 것 같으니까요."

"이따금" 나는 말했다. "자기 얼굴보다 늙어버리는 일도 일어나죠."

"그래요," 그녀가 웃으며 말했다. "그리고 자기가 하는 말보다 어린 경우도 있고요."

"당신은 경험을 믿지 않나요?"

"제가 알기로 그건 대부분의 남자들이 자신의 격정과 고통에 붙이는 이름이에요. 당신 나이에 무얼 알 수 있겠어요?"

"부인, 스무 살의 남자가 서른 살의 여자보다 더 많은 경험을 할 수도 있어요. 남자들이 누리는 자유는 순식간에 그들을 모든 것의 바닥으로 이끌죠. 남자들은 자신들을 매혹하는 모든 것을 향해 아무런 방해도 받지 않고 달려가요. 모든 것을 시도해보는 거죠. 원하는 것이 생기면 곧 걷기 시작해 서둘러 그곳으로 가요. 그러다 목표에 도달하면 돌아섭니다. 희망은 도중에 멈췄고, 행복은 말이 없었으니까요."

내가 이 말을 할 때 우리는 골짜기로 내려가는 작은 언덕 꼭대기에 있었다. 피에르송 부인이 가파른 비탈길에 이끌린 것처럼 가볍게 뛰기 시작했다. 이유도 모르고 나도 덩달아 뛰었다. 우리는 달리기 시작했는데 서로의 팔을 놓지 않은 채였다. 미끄러운 풀이 우리를 인도했다. 두 마리의 경솔한 새처럼 팔짝팔짝 뛰고 웃다보니 어느새 산 아래쪽에 도착했다.

"보세요!" 피에르송 부인이 말했다. "조금 전까지만 해도 피곤했는데 지금은 아니에요. 믿을 수 있겠어요?" 그녀는 유쾌한 말투로 덧붙였다. "내가 피곤함을 다루는 것처럼 당신의 경험을 다뤄보세요. 즐거운 산책을 했으니, 우리는 아주 맛있게 식사를 할 수 있을 거예요."

5

다음날 나는 그녀를 만나러 갔다. 그녀는 피아노 앞에 앉아 있었고, 나이 많은 숙모는 창가에서 수를 놓고 있었다. 그녀의 작은 방은 꽃으로 가득차 있고, 창의 블라인드로는 세상에서 가장 아름다운 태양이 비쳐들고, 그녀 옆에는 큰 새장이 있었다.

나는 수녀와 다름없는 그녀를 보게 되리라고, 적어도 사방 10킬로미터 밖에서 무슨 일이 일어나는지 전혀 알지 못하는, 결코 벗어나지 않는 일정한 범위 안에서 살아가는 시골 여인 같은 그녀를 보게 되리라고 예상했다. 도시 이곳저곳, 수많은 이름 없는 지붕 아래 묻혀 있는 이런 외진 삶은 물이 괴어 있는 일종의 저수지처럼 언제나 나를 두렵게 했다고 고백하련다. 그곳의 공기 속에선 내가 생존할 수 없을 것만 같았다. 지상에서 잊힌 모든 것에는 얼마간의 죽음이 깃들어 있다.

피에르송 부인의 탁자 위에는 나뭇잎들과 신간 서적들이 놓여 있었다. 그녀가 거의 손대지 않은 것들이 틀림없었다. 그녀를 둘러싼 가구와 의복은 소박했지만, 거기에서는 유행, 말하자면 새로움, 삶을 발견할 수 있었다. 그녀는 유행에 큰 관심을 갖지도, 거기에 합세하지도 않았지만 모든 것이 명백했다. 인상 깊었던 그녀의 취향 하나는 그곳에 있는 것들 중 이상한 것은 전혀 없고 젊은 취향의 호감 가는 것뿐이었다는 사실이다. 그녀와의 대화에선 그녀가 훌륭한 교육을 받았음이 드러났다. 그녀는 뭐든 쉽게, 이치에 맞게 말했다. 그녀는 꾸밈없으면서 생각이 깊고 풍부했다. 폭넓고 자유로운 지성이 순박한 마음과 외진 삶의 습관 위를 부드럽게 감돌았다. 창공을 빙빙 도는 제비갈매기도 둥지를 튼 풀의 새순 위를 하늘 높은 곳에서 이렇게 난다.

우리는 문학, 음악, 그리고 정치 이야기도 꽤 나눴다. 그녀는 겨울이면 이따금 파리에 가 세상과 가볍게 접하곤 했다. 그녀는 거기서 본 것들을 화제에 올렸고, 그 밖의 것은 짐작이었다.

무엇보다 그녀를 특징짓는 것은 한결같은 쾌활함이었다. 그렇다고 환희까지는 아니었다. 그녀는 꽃으로 태어났고 그녀의 향기는 쾌활함이었다고 말할 수 있었을 것이다.

그녀의 창백함과 검고 커다란 눈이 내게 얼마나 깊은 인상을 심어주었는지 말할 수가 없다. 이따금 몇 마디 말에서, 어떤 눈길에서 그녀가 고통받았고 삶이 고통을 거쳐왔음이 분명히 드러나기는 했지만 말이다. 그녀 얼굴의 부드러운 평온함은 이 세상 것이 아니라 신께 받은 것이고 인간들의 방해에도 불구하고 그녀는 그 평온함을 전혀 잃지 않고 신에게 충실히 되돌려주고 있음을, 그녀 안에 있는 내가 모르는 무언가가 말해주었다. 그리고 바람이 불 때 촛대 앞으로 손을 가져가는 주부가 떠오르는 순간들이 있었다.

그녀의 방에서 반시간만 보낼라치면 내 마음속에 있는 모든 것을 그녀에게 털어놓을 수밖에 없었다. 나는 내 지난 삶을, 고통을, 권태를 생각했다. 나는 꽃을 들여다보고, 공기를 들이마시고, 태양을 바라보면서 왔다갔다했다. 나는 그녀에게 노래를 불러달라고 부탁했고, 그녀는 기꺼이 응했다. 그동안 나는 창에 기대어 새들이 팔짝팔짝 뛰는 것을 바라보았다. 머릿속에 몽테뉴의 글귀가 떠올랐다. "세상은 특별한 호의를 가지고, 마치 슬픔이 일정한 가치를 가진 것처럼 슬픔을 숭배하려 했음에도 불구하고 나는 슬픔을 사랑하지도 존중하지도 않는다. 그들은 그것을 지혜, 덕, 양심으로 포장했다. 어리석고 불쾌한 장식이다."

"얼마나 행복한가!" 나는 나도 모르게 소리쳤다. "얼마나 평안한가! 얼마나 기쁜가! 이렇게 잊히다니!"

선량한 숙모는 고개를 들어 놀란 표정으로 나를 바라보았다. 피에르송 부인이 갑자기 노래를 멈췄다. 내 얼굴이 불타는 것처럼 붉어졌고, 나는 내 행동의 터무니없음을 느끼고는 아무 말 없이 가서 앉았다.

우리는 정원으로 내려갔다. 어제저녁에 본 흰 염소가 그곳 풀밭에 엎드려 있었다. 염소는 그녀를 발견하고 다가오더니 무람없이 우리를 따랐다.

산책로를 처음 한 바퀴 돌았을 때 창백한 얼굴의 키 큰 청년 하나가 일종의 검은 성직자 옷을 입고 철책 문에 불쑥 나타났다. 그는 초인종도 누르지 않고 들어오더니 피에르송 부인에게 다가와 인사했다. 내가 이미 불길한 전조를 느낀 바 있는 그의 표정이 나를 보더니 조금 어두워진 것 같았다. 그는 마을에서 본 적이 있는 메르캉송이라는 사제였다. 그는 생쉴피스회 출신으로, 그 지역의 주임신부와 친척 간이었다.

그는 뚱뚱한데다 창백했는데, 그게 매번 내 마음에 들지 않았고 사실 불쾌하기도 했다. 그것은 병약한 건강 상태와는 반대다. 게다가 그의 말투는 느리고 짧게 뚝뚝 끊겼는데, 그것은 그가 현학자처럼 군다는 표시였다. 젊은이답지도 자유분방하지도 않은 그의 거동조차 거슬렸다. 시선으로 말하자면, 그에게는 시선이라는 게 없다고 할 수 있었다. 눈빛에서 아무것도 읽을 수 없는 사람에 대해 어떻게 생각해야 할지 모르겠다. 그런 특징들로 나는 메르캉송을 판단했고, 불행하게도 내 판단은 틀리지 않았다.

그는 벤치에 앉아 그가 근대의 바빌론이라 부르는 파리에 대해 말하기 시작했다. 그는 파리 출신이었고, 파리 사람이라면 모두 알고 있었다. 그는 천사 같은 ××× 부인의 집을 드나들었다. 그는 그녀의 살롱에서 설교를 했고, 사람들은 무릎을 꿇고 설교를 들었다(최악은 그것이 사실이었다는 것이다). 그가 그곳에 데리고 간 친구들 중 하나가 소녀를 유혹했다가 학교에서 쫓겨난 직후였는데, 그것은 역겹고도 슬픈 일이었다. 그는 그 지역에서 피에르송 부인이 늘 행하는 자선 활동에 관해 그녀에게 갖은 칭찬을 늘어놓았다. 그는 그녀의 선행을, 몸소 밤을 새워서까지 간호하는, 병자들에게 베푸는 그녀의 배려를 알고 있었다. 그것은 매우 훌륭하고 순결한 일이었다. 그는 생쉴피스회에 그것에 대해 전하는 것을 잊지 않았을 것이다. 잊지 않고 신께도 말씀드렸노라고 말할 것 같지 않던가?

나는 이 장광설에 지친 나머지 어깨를 으쓱거리기보다 차라리 잔디
밭에 누워 염소와 놀았다. 메르캉송이 흐릿하고 생기 없는 눈으로 나
를 내려다보았다.

　"그 유명한 베르니오는," 그가 말했다. "그 유명한 베르니오는 땅바
닥에 앉아 동물들과 노는 괴벽이 있었지요."

　"그건요," 나는 대답했다. "신부님, 아주 순진무구한 괴벽입니다. 사
람들이 그런 괴벽만 갖고 있다면 거기에 끼어들려는 그 많은 사람들
없이도 세상은 저절로 돌아갈 겁니다."

　내 대답이 그의 마음에 들지 않았던 모양이다. 그가 눈썹을 찡그리
더니 다른 이야기를 꺼냈다. 그는 전할 말이 있어 찾아온 것이었다. 그
의 친척인 마을 주임신부가 밥벌이를 할 수 없는 불쌍한 사람에 대해
이야기한 것이다. 그가 모처에 살고 있어 그도 그곳에 가보았고, 관심
이 있었다. 그가 바라기를, 피에르송 부인이……

　그동안 나는 그녀를 바라보며, 마치 그녀의 목소리가 사제의 목소리
로부터 틀림없이 나를 치유해줄 것이라는 듯 그녀의 대답을 기다렸다.
그녀는 깊은 경의를 표했을 뿐이고, 그는 물러갔다.

　그가 떠나자 우리는 쾌활함을 되찾았다. 정원 안쪽에 있는 온실에
가기로 한 것이다.

　피에르송 부인은 새들이나 농부들을 대하듯 꽃을 대했다. 수호천사
처럼 그녀 자신이 즐겁고 행복해지려면 그녀 주변의 모든 것이 건강한
상태를 유지하고, 각각의 것들이 제 물방울과 햇볕을 지녀야 했다. 그
녀의 작은 온실보다 더 잘 정돈되고 더 매력적인 것은 없었다. 그곳을
한 바퀴 돌 때 그녀가 내게 말했다. "×××씨, 여기가 내 작은 세상이

에요. 당신은 내가 가진 모든 것을 보았고, 내 영역은 이것으로 끝이랍니다."

"부인," 나는 말했다. "나를 이곳에 받아들여준 내 아버지의 이름으로 내가 다시 이곳에 오게 된다면 행복이 내게서 완전히 잊힌 것은 아니라 생각할 겁니다."

그녀는 내게 손을 내밀었고, 나는 감히 입술로 가져가지 못한 채 경의를 품고 그 손을 잡았다.

밤이 되자, 나는 집으로 되돌아가 문을 닫고 잠자리에 들었다. 눈앞에 작고 하얀 집이 있었다. 저녁식사 후 외출해 마을을 가로질러 산책하다가, 거기로 가서 철책 문을 두드리는 내 모습이 보였다. "오 가련한 내 심장이여!" 나는 외쳤다. "신을 찬양하라! 너는 아직 젊고, 살아갈 수 있고, 사랑할 수 있으니!"

6

어느 날 저녁 나는 피에르송 부인의 집에 있었다. 석 달이 훌쩍 지났
고, 그동안 나는 거의 매일같이 그녀를 만났다. 그녀와의 만남을 빼고
그 시간에 대해 무슨 이야기를 할까? 라 브뤼에르는 말했다. "사랑하
는 사람들과 함께 있는 것, 그것으로 충분하다. 꿈꾸고, 그들에게 이야
기하거나 아무런 이야기도 하지 않고, 그들을 생각하거나 더 대단치
않은 것들을 생각하지만, 그들 옆에서는 모든 것이 아무래도 좋다."

나는 사랑을 하고 있었다. 석 달 전부터 우리는 함께 오랜 산책을 했
다. 나는 그녀의 겸허한 자선의 비밀을 전수받았다. 그녀는 작은 말을
타고 나는 손에 지팡이를 든 채 걸어서 함께 어두컴컴한 오솔길을 가
로지르곤 했다. 이렇게 이야기를 나누기도 하고 몽상에 잠기기도 하다
가 초가집들의 문을 두드렸다. 저녁식사 후에 가서 그녀를 기다리는

숲 어귀에는 작은 벤치가 있었다. 우리는 이런 식으로 우연인 양 규칙적으로 만났다. 아침에는 음악을 듣고 독서를 했다. 저녁에는 예전에 아버지가 그랬던 것처럼 숙모와 함께 불가에서 카드놀이를 했다. 언제 어느 곳에서나, 가까이서 미소 짓는 그녀의 존재는 나를 충만하게 했다. 오 신이시여! 어떤 경로를 통해 당신은 나를 불행으로 인도하셨나요? 대체 나는 어떤 돌이킬 수 없는 운명을 완수할 의무를 짊어진 것인가요? 아니! 그토록 자유로운 삶, 그토록 유쾌한 친밀함, 그토록 많은 휴식, 싹트기 시작한 희망이라니!…… 오 신이시여! 인간들은 무엇을 불평하는 건가요? 사랑하는 것보다 더 감미로운 것이 존재할까요?

사는 것, 그렇다, 존재하고, 신에 의해 창조된 인간임을 강하게, 깊이 느끼는 것, 그것이 사랑의 첫번째 혜택, 가장 커다란 혜택이다. 사랑을 의심해서는 안 된다. 사랑은 설명할 수 없는 신비. 어떤 사슬로, 어떤 불행으로, 그리고 나는 세상이 어떤 혐오감으로까지 사랑을 둘러싸고 있다고 말할 것인데, 사랑은 그것을 변질시키고 타락시키는 편견의 산 아래 푹 파묻혀 있어, 사람들이 모든 추악함 너머로 이끄는데도 불구하고 사랑, 강인하고 운명적인 사랑은 하늘에 태양을 매달아놓는 것만큼이나 강력하고 불가사의한 하늘의 법칙이다. 당신에게 묻나니, 강철보다 더 단단하고 견고한, 사람들이 볼 수도 만질 수도 없는 관계란 무엇인가? 여인을 만나고, 그녀를 바라보고, 그녀에게 말을 건네고, 그녀를 결코 잊지 않는다는 것은 무엇인가? 왜 다른 여인이 아니라 그녀인가? 이성에, 습관에, 감각에, 머리에, 심장에 호소하라. 그리고 할 수만 있다면 설명하라. 하나는 여기서, 다른 하나는 저기서, 두 개의 육체밖에 발견하지 못할 것인데, 그것들 사이에 무엇이 있는가?

대기, 공간, 광대함이다. 인간을 믿고 감히 사랑을 판단하려 하는 당신은 미치광이다! 사랑에 대해 말하려 하지만 그것을 본 적이 있는가? 아니다, 당신은 그것을 느꼈다. 당신은 지나가는 낯선 사람과 눈길을 주고받다가, 갑자기 뭔지 모를 이름 없는 것이 당신에게서 날아오른다. 생명의 자극을 받아 자신이 농작물이 되리라는 것을 느끼는 풀 속에 숨겨진 낟알처럼 당신은 대지에 뿌리박았다.

우리 둘뿐이었고, 유리창은 열려 있었다. 정원 안쪽에 작은 샘이 있었는데 그 물소리가 우리에게까지 들렸다. 오 신이시여! 원컨대 우리가 앉아 그녀는 이야기하고 나는 대답하는 동안 저 샘에서 떨어지는 물을 한 방울 한 방울 모두 헤아리고 싶습니다. 그러다 나는 이성을 잃을 만큼 그녀에게 도취될 겁니다.

적대감보다 더 즉각적인 것은 없다고들 한다. 하지만 내 생각에는 서로 이해하고 서로 사랑하게 될 거라는 사실이야말로 한층 더 빨리 간파할 수 있는 것 같다. 그때는 아무리 사소한 말들이라도 어떤 가치를 갖지 않던가! 심장이 서로 화답하는 소리를 들을 때 입술이 하는 이야기가 뭐가 중요한가? 당신을 매혹하는 여인 곁에서 처음 오가는 눈길에 얼마나 무한한 감미로움이 있는지! 우선 서로의 면전에서 말하는 모든 것이 수줍은 시도, 가벼운 시련 같다. 그러다 곧 기이한 기쁨이 생겨난다. 메아리가 울리는 것을 느낀다. 배가된 생명력으로 격앙되는 것을 느낀다. 그녀에게 손을 댈 때 얼마나 감미로운지! 그녀와 가까워지면 얼마나 떨리는지! 서로 사랑한다는 확신이 들 때, 사랑하는 존재 안에서 그토록 찾으려 애쓰던 유대감을 발견할 때 영혼은 얼마나 평온한지! 말은 저절로 사라진다. 서로가 하려는 이야기를 미리 안다. 영혼은 서로를 이해하고, 입술은 침묵한다. 아! 얼마나 감미로운 침묵인가! 모든 것에 대한 얼마나 감미로운 망각인가!

첫날부터 시작된 내 사랑이 과도하게 커졌음에도 불구하고, 피에르 송 부인에게 품고 있던 존경심이 내 입을 닫았다. 그녀가 좀더 어렵사리 자신의 사생활에 나를 받아들였다면 아마 나는 더욱 대담해졌을 것이다. 그녀가 내게 준 인상이 너무도 강렬해서, 그녀를 떠날 때마다 사랑의 열정에 휩싸였기 때문이다. 하지만 그녀의 솔직함과 그녀가 내게 보여주는 신뢰에는 나를 가로막는 뭔가가 있었다. 게다가 내 아버지의 이름 때문에 그녀가 나를 친구로 대하게 된 터였다. 이런 것을 고려하니, 그녀 옆에서 더욱 정중해질 수밖에 없었다. 나는 그 이름에 어울리는 사람으로 보이고 싶었다.

사람들은 말한다. "사랑을 이야기하는 것은, 사랑을 하는 것이다." 우리는 사랑에 대해 거의 이야기하지 않았다. 이야기 도중 그 주제를 건드리게 될 때마다 피에르송 부인은 얼버무리며 화제를 돌렸다. 나는 그 이유를 알아내려 하지 않았는데, 숙녀인 척하려는 태도가 아니었기 때문이다. 그럴 때면 이따금 그녀의 얼굴에 가벼운 엄격함과 고통의 빛마저 떠올랐다. 그녀의 지난 삶에 대해 한 번도 질문한 적이 없고 원하는 바도 아니었기에 나는 그녀에게 더 자세한 것을 묻지 않았다.

일요일이면 마을 사람들은 춤을 추었다. 그녀는 거의 빠짐없이 그곳에 갔다. 그런 날이면 그녀의 단장이 여전히 소박했음에도 어느 때보다 우아했다. 머리에 꽂은 한 송이 꽃, 더 밝은 색의 리본, 더없이 소소한 물건들이 그녀의 몸단장이었다. 하지만 그녀라는 인물 속에는 더 젊고 자유로운 태도가 있었다. 그녀가 좋아하고 즐기는 춤은 솔직히 말해 유쾌한 체조 같았는데, 그녀에게 쾌활한 즐거움을 불어넣어주었다. 그녀는 그 장소에 와 있는 작은 오케스트라 밑에 자리잡곤 했다. 그녀는 농촌 소녀들과 함께 웃으며 깡충깡충 뛰어 그 자리에 다다르곤 했다. 소녀들 거의가 그녀를 알고 있었다. 한번 시작하면 그녀는 멈추지 않았다. 그럴 때면 그녀가 평소보다 더 자유롭게 내게 이야기하는 것처럼 느껴졌다. 게다가 이례적으로 허물없이 나를 대했다. 나는 아직 상중이어서 춤을 추지 않았다. 하지만 내내 그녀 뒤에 있었고, 그렇게 유쾌한 그녀를 보면서 사랑 고백을 하고 싶은 유혹을 느낀 적이 한두 번이 아니었다.

그런데 이유는 모르겠지만 그런 생각을 하자마자 저항할 수 없는 두려움을 느끼곤 했다. 더없이 즐거운 대화를 나누다가도 사랑 고백을 생각하기만 하면 돌연 심각해졌다. 이따금 그녀에게 편지를 쓸 생각을 했지만 반쯤 쓰다 말고 불태워버렸다.

그날 저녁 나는 그녀의 집에서 식사를 했다. 실내의 그 모든 평온함을 바라보고 있었다. 내가 영위하는 평온한 삶과 그녀를 만난 이후의 행복을 생각했다. 나는 생각했다. '뭐가 더 필요하겠어? 이것으로 충분하지 않나? 누가 알겠어? 아마도 신은 너를 위해 더이상의 것은 마련하지 않으셨을 거야. 그녀에게 사랑한다고 고백하면 무슨 일이 일어날까? 아마 나와 만나지 않으려 할지도 몰라. 그녀에게 고백하면 그녀가 지금보다 더 행복해질까? 나도 더 행복해질까?'

피아노에 기대어 이런 생각을 하자니 슬픔이 엄습했다. 해가 저물어가자 그녀는 촛불을 켰다. 그녀는 되돌아와 앉으려다가 내 눈에 눈물이 고여 있는 것을 보았다.

"무슨 일이에요?" 그녀가 물었다. 나는 고개를 돌렸다.

변명거리를 찾았지만 떠오르지 않았다. 그녀와 눈이 마주칠까 두려 웠다. 나는 일어나 창가로 갔다. 대기는 온화했고, 그녀를 처음 만났던 보리수나무 오솔길 뒤로 달이 떠 있었다. 나는 깊은 몽상에 빠져 그녀 의 존재조차 잊었다. 하늘을 향해 팔을 뻗는데 내 가슴에서 흐느낌이 솟아나왔다.

그녀가 일어나 내 뒤에 섰다. "대체 무슨 일이에요?" 그녀가 한번 더 물었다. 이 고독한 계곡을 보니 아버지의 죽음이 떠올랐다고 대답했 다. 나는 그녀에게 작별인사를 하고 나왔다.

왜 내 사랑에 대해 입을 다물기로 결심했는지 설명할 수가 없었다. 그동안 나는 집으로 돌아가지 않고 미치광이처럼 마을과 숲을 방황하 기 시작했다. 벤치를 발견하면 앉았다가 황급히 일어났다. 자정 무렵 피에르송 부인의 집 근처에 갔다. 그녀가 창가에 있었다. 그녀를 바라 보면서 나는 전율하는 나 자신을 느꼈다. 발걸음을 돌리고 싶었지만 마치 홀린 것 같았다. 나는 천천히 가서 처량하게도 그녀의 창가 아래 앉았다.

그녀가 나를 알아보았는지는 모르겠다. 얼마쯤 시간이 지났을 때 나 는 부드럽고 싱그러운 그녀의 목소리가 어느 로망스의 후렴구를 노래 하는 것을 들었고, 거의 동시에 꽃 한 송이가 내 어깨에 떨어졌다. 그 것은 바로 그날 저녁 그녀의 가슴에서 본 장미였다. 나는 그것을 집어 입술로 가져갔다.

"거기 누구세요," 그녀가 말했다. "이 시간에? 당신이에요?"

그녀가 내 이름을 불렀다.

정원의 철책 문이 반쯤 열려 있었다. 나는 대답 없이 일어나 그곳으로 들어갔다. 잔디밭 한가운데 멈춰 섰다. 내가 뭘 하는지도 모르는 채 몽유병 환자처럼 걷고 있었던 것이다.

갑자기 그녀가 계단 문에 나타났다. 그녀는 불안해 보였고, 달빛을 주의깊게 바라보고 있었다. 그녀가 나를 향해 몇 걸음 뗐고 나도 다가 갔다. 말을 할 수가 없었다. 나는 그녀 앞에 무릎을 꿇고 그녀의 손을 잡았다.

"내 말 좀 들어봐요." 그녀가 말했다. "뭔지 알아요. 하지만 이 정도 라면, 옥타브, 떠나야 해요. 당신은 매일 이곳에 와요. 당신은 환영받는 사람이 아니었나요? 그것으로 충분하지 않았어요? 당신을 위해 내가 무얼 할 수 있을까요? 당신은 내 우정을 얻었어요. 당신이 더 오랫동안 날 향한 당신의 우정을 간직하길 원했어요."

7

"피에르송 부인." 이렇게 말한 후 대답을 기다리는 듯 침묵을 지켰
다. 내가 슬픔에 짓눌려 있었기 때문에, 그녀는 살며시 손을 빼고 몇
걸음 물러서더니 다시 멈춰 섰다가 천천히 집으로 돌아갔다.

나는 잔디 위에 있었다. 그녀가 내게 한 말을 생각하고 있었다. 곧 결
심이 섰고, 나는 떠나기로 결정했다. 비탄에 잠겨 있었지만 결연한 심정
으로 다시 일어나 정원을 한 바퀴 돌았다. 집과 그녀 방의 창문을 바라
보았다. 나오면서 철책 문을 당겨 닫은 후 자물쇠에 입을 맞췄다.

집으로 돌아와서 나는 라리브에게 필요한 것을 준비해달라고 말했
고, 날이 밝는 대로 떠날 생각이었다. 그 가련한 하인은 그 말에 놀랐
지만, 나는 내 말에 따르고 더는 묻지 말라는 몸짓을 했다. 그는 커다
란 여행가방을 가져왔고, 우리는 모든 것을 정돈하기 시작했다.

새벽 다섯시였고, 어디로 갈까 망설일 때는 막 동이 트고 있었다. 그때껏 떠오르지 않던 너무도 단순한 이 생각에 나는 저항할 수 없을 만큼 낙담했다. 나는 지평선을 둘러보다 들판으로 눈길을 던졌다. 엄청난 무력감이 나를 사로잡았다. 나는 피로로 기진맥진해 안락의자에 앉았다. 조금씩 생각이 흐려졌다. 이마에 손을 대보니 땀으로 젖어 있었다. 지독한 열에 내 온 사지가 전율했다. 내겐 라리브의 부축을 받아 간신히 침대까지 갈 힘밖에 없었다. 내 모든 생각이 너무 혼란스러운 탓에 무슨 일이 일어났는지만 겨우 기억났다. 낮이 지났고, 저녁 무렵 나는 악기 소리를 들었다. 일요일의 무도회였다. 나는 라리브에게 그곳에 가서 피에르송 부인이 와 있는지 보라고 말했다. 그녀는 그곳에 없었다. 나는 그를 그녀의 집으로 보냈다. 창문은 닫혀 있었고, 그 집 하녀의 말로는 여주인이 숙모와 함께 떠나 멀찍이 떨어진 작은 마을인 ×××에 있는 친척집에서 며칠을 보낼 예정이라고 했다. 그는 하녀가 전해준 편지 한 통을 가져왔는데, 거기엔 이렇게 적혀 있었다.

당신을 만난 지 석 달이 지났군요. 한 달 전, 당신이 당신 또래의 사람들이 사랑이라고 부르는 감정을 내게 품고 있다는 사실을 깨달았어요. 내게 감정을 감추고 자제하려는 당신의 결심을 내가 눈치챘다고 믿었어요. 나는 당신을 존경했는데, 그 일로 더 존경하게 되었지요. 지난 일에 대해서도, 당신의 의지가 부족했다는 점에 대해서도 당신을 비난할 마음은 전혀 없어요.

당신이 사랑이라 믿는 것은 욕망에 지나지 않아요. 많은 여인들이 사랑을 얻으려 한다는 걸 알아요. 여인들한테는 그것이 자존심을 세울 아주 좋은 방편이 될 수 있어, 접근해 오는 사람들의 환심을 사려고 필요하지도 않은 행동을 하지요. 하지만 그런 허영심 자체는 위험해요. 내가 당신에게 그런 마음을 갖는 것은 잘못된 일이니까요.

나는 당신보다 몇 살이나 많으니, 부탁인데 다시는 나와 만나는 일이 없게 해줘요. 당신이 한순간의 나약함을 잊으려 해봤자 헛된 일일 거예요. 우리 사이에 일어난 일은 두 번 다시 일어나서도 안 되고, 완전히 잊힐 수도 없어요.

당신을 떠나는 일이 가슴 아프군요. 며칠 떠나 있으려고 해요. 내가 돌아왔을 때 당신이 더이상 마을에 없다면, 마지막 우정과 당신이 내게 보여준 존경의 표시라 생각할 거예요.

브리지트 피에르송

8

나는 열이 나서 일주일 동안 침대에 몸져누웠다. 편지를 쓸 수 있는 상태가 되자마자 나는 그녀의 말대로 떠나겠노라고 피에르송 부인에게 답장을 했다. 진심이었고, 그녀를 속일 마음은 없었다. 하지만 약속을 전혀 지키지 못했다. 나는 겨우 8킬로미터쯤 갔을 때 멈추라고 외치고는 마차에서 내렸다. 나는 길을 따라 걷기 시작했다. 아직도 멀리 보이는 마을에서 눈을 뗄 수 없었다. 지독한 망설임 끝에야 길을 계속 가는 것이 불가능하리라는 것을 예감했고, 마차에 다시 오르느니 차라리 그 자리에서 죽는 것을 받아들였을 것이다. 나는 마부에게 방향을 돌리라고 말하고는 피에르송 부인에게 알린 대로 파리로 가는 대신 그녀가 머물고 있는 ××× 마을로 곧장 갔다.

밤 열시에 그곳에 도착했다. 여관에 내리자마자 종업원에게 그녀의 친척집을 묻고는 내가 무얼 하고 있는지 곰곰 생각해보지도 않고 당장 그곳으로 갔다. 하녀가 나와서 문을 열었다. 나는 피에르송 부인이 거기 있느냐고 물었고, 데프레 씨가 그녀에게 전해달라는 말이 있다고 알렸다. 그것은 우리 마을 주임신부의 이름이었다.

하녀가 내 심부름을 하는 동안 나는 꽤 어두컴컴한 작은 안뜰에 있었다. 비가 내리고 있었으므로 나는 불이 밝혀져 있지 않은 계단 아래 회랑까지 다가갔다. 곧 피에르송 부인이 하녀보다 먼저 나타났다. 그녀는 빨리 내려왔고 어둠 속이라 나를 보지 못했다. 나는 그녀 쪽으로 한 걸음 다가서서 그녀의 팔을 잡았다. 그녀가 겁에 질려 흠칫 물러나며 소리쳤다. "내게 뭘 원하는 거죠?"

그녀의 목소리가 너무 떨렸고, 하녀가 등불을 들고 나타났을 때 몹시 창백한 그녀를 보고 나는 어떻게 받아들여야 할지 알지 못했다. 예기치 못한 내 존재가 그 정도로 그녀를 불안하게 할 수 있는 걸까? 이런 생각이 뇌리를 스쳤지만 아마 갑자기 팔을 붙잡힌 여인이 보이는 자연스러운 공포의 반응에 불과한 것이리라고 생각했다.

하지만 그녀는 더 침착한 목소리로 자신의 질문을 반복했다. 나는 그녀에게 말했다. "부디 한번 더 만나주세요. 난 떠날 겁니다. 이 고장을 떠납니다. 맹세컨대 당신 말에 따를 거예요, 당신이 원하는 것 이상으로요. 나머지 것들과 마찬가지로 아버지의 집도 팔고 외국으로 갈 거니까요. 하지만 그것은 내가 당신을 한번 더 만난다는 조건 아래서예요. 그렇지 않고는 떠나지 않겠어요. 나를 두려워하지 마세요. 하지만 내 결심은 단호합니다."

그녀는 눈썹을 찡그리고 이리저리 예사롭지 않은 눈길을 던졌다. 그러더니 관대함에 가까운 태도로 내게 대답했다. "내일 낮에 오면 만나드리죠." 이렇게 말하고 그녀는 자리를 떴다.

다음날 정오에 그곳에 갔다. 나는 오래된 태피스트리와 낡은 가구가 있는 방으로 안내되었다. 그녀는 소파에 혼자 앉아 있었다. 나는 그녀 앞에 앉았다.

"부인," 나는 말했다. "내가 고통받고 있다는 말을 하려고 온 것도 아니고, 당신을 향한 사랑을 부인하려고 온 것도 아닙니다. 우리 사이에 일어난 일은 잊히지 않을 거라고 당신이 편지에 썼던데, 그것은 사실이에요. 그런데 그런 이유로 우리가 더이상 이전처럼 만날 수 없다고 당신은 말했지만, 틀렸어요. 나는 당신을 사랑해요. 하지만 조금도 당신의 명예를 훼손한 적이 없어요. 당신에 관한 한 아무것도 변한 것이 없어요. 당신은 나를 사랑하지 않기 때문이죠. 만일 내가 당신을 다시 만난다면, 나만 당신께 약속을 지키면 됩니다. 아니, 당신에게 약속을 지켜야 하는 것은 정확히 말해 내 사랑이죠."

그녀는 내 말을 가로막으려 했다.

"제발, 말을 끝맺게 해주세요. 당신에게 품고 있는 모든 존경심에도 불구하고, 나를 묶어둘 온갖 맹세에도 불구하고 사랑이 가장 강력하다는 걸 나만큼 잘 아는 사람은 없습니다. 다시 말하는데, 내 가슴에 품고 있는 걸 부인하기 위해 온 것이 아닙니다. 그런데 당신 말대로라면 당신이 내 사랑을 안 것은 오늘 일이 아니군요. 대체 무슨 이유로 지금까지 당신께 사랑 고백을 망설여왔을까요? 당신을 잃어버리지나 않을까 하는 두려움 때문입니다. 당신 집에 더이상 받아들여지지 않을까봐 두려워하다보니 일이 이렇게 된 겁니다. 사랑이란 말을 입에 담기만 해도, 가장 깊은 존경에서 벗어나는 몸짓이나 생각이 새어나오기만 해도 당신의 문이 닫힐 거라는 조건을 다세요. 나는 과거에 침묵했듯이 미래에도 침묵할 겁니다. 당신은 내가 당신을 사랑하게 된 것이 한 달 전부터라 믿고 있지만, 첫날부터입니다. 그것을 눈치챘을 때도 당신은 그걸 이유로 나를 그만 만나지는 않았어요. 당신의 명예를 훼손시키지 않을 것이라 믿을 만큼 나를 존중한다면, 왜 내가 그런 존중을 잃어야 할까요? 당신에게 다시 청하려는 것이 바로 그겁니다. 당신에게 내가 뭘 했나요? 무릎을 꿇었을 뿐 한마디 말도 하지 않았어요. 당신에게 무엇을 알려주었나요? 당신은 이미 알고 있었어요. 난 고통받고 있었기에 무력했습니다. 자! 부인, 스무 살의 나는 삶에 대해 알게 된 것들로 인해 벌써 삶이 너무 역겹고(더 강한 단어를 쓸 수도 있겠죠), 오늘 대지 위에서, 인간 사회에서, 고독 속에서조차 차지하고 싶은 게 아직 없습니다. 아주 작고 보잘것없는 그 어떤 것도요. 당신 정원의 사방 벽 사이에 감춰진 공간이 세상에서 내가 살아 있는 유일한 장소입니다. 당신은 나로 하여금 신을 사랑하게 만드는 유일한 사람입니다. 나는 당신을 알기도 전에 모든 것을 포기했더랬습니다. 왜 신께서 내게 남겨주신 유일한 태양빛을 빼앗나요? 두려움 때문이라면, 나의 어떤 점이 두렵나요? 혐오감 때문이라면, 나의 어떤 점이 비난받아 마땅한가요? 연민 때문이고 내가 괴로워하기 때문이라면, 내가 치유될 수 있다고 믿는 당신이 틀렸습니다. 아마 두 달 전이었다면 그럴 수 있었겠죠. 차라리 당신을 만나고 고통받는 편이 더 나아요. 무슨 일이 일어나도 후회하지 않겠어요. 내게 상처 입힐 수 있는 불행이란 당신을 잃어버리는 것뿐입니다. 나를 시험해보세요. 우리의 계약이 너무 고통스럽다고 느껴지면, 떠나겠어요. 그건 믿으세요. 당신은 오늘 나를 거절했고, 나는 떠날 준비가 되어 있으니까요. 내가 결코 갖지 못할 유일한 행복을 한두 달 더 준다고 해서 당신이 무슨 위험에 처하겠어요?"

나는 대답을 기다렸다. 그녀는 갑자기 일어났다가 다시 앉았다. 그녀는 잠시 침묵을 지켰다. "그걸 확신해요?" 그녀가 말했다. "그건 그렇지가 않아요." 그녀는 너무 심하지 않은 표현을 찾아 부드럽게 답하고 싶은 것 같았다.

"말은" 나는 일어서며 말했다. "말일 뿐! 그 이상이 아닙니다. 나는 당신이 어떤 사람인지 알고, 당신 마음속에 나를 향한 일말의 연민이 있다면, 감사합니다. 한마디만 해주세요! 내 삶을 결정하는 순간이에요."

그녀는 고개를 저었다. 나는 그녀가 주저하는 것을 알았다. "내 사랑이 치유될 수 있을 거라 생각해요?" 나는 외쳤다. "이것만은 꼭 기억하세요. 만일 당신이 나를 이곳에서 쫓아낸다면……"

이 말을 하면서 나는 지평선을 바라보았고, 떠난다는 생각에 영혼 깊이 너무도 끔찍한 고독을 느꼈기에 내 피는 얼어붙었다. 그녀는 서서, 눈을 그녀에게 고정한 채 그녀가 말하기를 기다리며 서 있는 나를 바라보았다. 내 삶의 모든 힘이 그녀의 입술에 매달려 있었다.

"자!" 그녀가 말했다. "내 말을 들어보세요. 이곳에 온 것은 경솔한 행동이었어요. 나 때문에 이곳에 와서는 안 되었어요. 내 가족의 한 친구에게 말을 전하는 일을 맡아줘요. 좀 멀다고 생각된다면, 그건 당신이 원하는 만큼, 하지만 너무 짧지는 않게 자리를 비울 기회가 되었으면 해서예요. 당신이 뭐라든," 그녀는 미소 지으며 덧붙였다. "짧게나마 여행을 하면 감정이 누그러질 거예요. 보주 산맥에 들렀다가 스트라스부르까지 가세요. 한 달 후에, 두 달 후가 낫겠네요. 돌아와 맡은 일에 대해 얘기해주세요. 그땐 당신을 만나 더 나은 대답을 할 수 있겠죠."

9

그날 저녁 나는 피에르송 부인의 부탁대로 스트라스부르의 M. R. D.의 주소로 가져갈 편지 한 통을 건네받았다. 삼 주 뒤, 나는 일을 끝내고 돌아왔다.

여행 도중에 나는 그녀만 생각했고, 언젠가는 그녀를 잊게 될 거라는 모든 희망을 잃었다. 하지만 나는 그녀 앞에서 침묵을 지키겠다고 단호히 결심했다. 내가 범한 경솔함 때문에 겪은 그녀를 잃을 뻔한 위험이 너무도 가혹한 고통을 안겨주었기에 다시는 그런 위험에 몸을 내던지려는 생각을 품을 수 없었다. 그녀에게 품었던 존경심으로 인해 나는 그녀의 진심을 의심하지 않았고, 그 고장을 떠나려 한 그녀의 행동에 위선 같은 것은 전혀 없었다. 한마디로 내가 사랑에 대해 입에 올리기만 해도 그녀의 문이 닫히고 말 것이라는 굳은 확신이 들었다.

그녀는 여위었고 변해 있었다. 늘 입가에 머물던 미소는 창백한 입술에서 생기를 잃은 듯 보였다. 그녀는 몸이 좋지 않았다고 내게 말했다.

지난 일은 전혀 문제가 되지 않았다. 그녀는 그 일을 떠올리고 싶어 하지 않는 것 같았고, 나는 그 일에 대해 말하고 싶지 않았다. 우리는 곧 우리가 처음에 보였던 익숙한 이웃 간의 태도를 되찾았다. 하지만 우리 사이에는 꾸며진 친숙함 같은 거북함이 있었다. 이따금 우리가 이렇게 말하는 것 같았다. '예전에 이랬으니까 계속 똑같이 해야 해요.' 그녀는 명예를 회복시키듯 내게 신뢰를 보여주었는데, 그것도 내가 느끼기에 매력이 없지 않았다. 하지만 우리 대화는 훨씬 냉담했는데, 그것은 우리가 이야기하는 동안 우리의 시선이 무언의 대화를 나누었다는 그 이유에서였다. 우리가 말할 수 있었던 모든 것에는 더이상 추측할 것이 없었다. 우리는 더이상 예전처럼 서로의 마음을 깊이 이해하려 하지 않았다. 단어 하나하나, 감정 하나하나에 대한 관심도, 예전의 호기심 어린 짐작도 더이상 없었다. 그녀는 나를 선의로 대했지만, 나는 그녀의 바로 그 선의를 의심했다. 그녀와 함께 정원을 산책했지만 집밖에서 그녀와 동행하는 일은 없었다. 더이상 우리는 함께 숲과 계곡을 가로지르지 않았다. 단둘이 있을 때면 그녀는 피아노를 열었다. 그녀의 목소리는 더이상 내 가슴속에서 희망으로 충만한 오열과도 같은 젊음의 충동을, 기쁨의 열정을 불러일으키지 못했다. 내가 떠날 때면 그녀가 언제나 내게 손을 내밀었지만, 그 손은 생명이 없는 것처럼 느껴졌다. 우리의 자유로움에는 많은 노력이 따랐고, 아무리 사소한 대화도 많은 것을 고려했으며, 그 모든 것 깊숙이 많은 슬픔이 배어 있었다.

우리 사이에 제삼자가 있는 것처럼 느껴졌다. 그것은 내가 그녀에게 품고 있는 사랑이었다. 행동에서는 전혀 드러나지 않았지만, 사랑은 곧 내 얼굴에 나타났다. 나는 쾌활함과 활력과 볼에 드러나던 건강의 징후를 잃었다. 아직 한 달도 지나지 않았건만 나는 더이상 나답지 않았다.

하지만 대화를 나누면서 나는 여전히 세상에 대한 혐오와 언젠가 그곳으로 되돌아가게 되리라는 것에 대한 반감을 계속 강조했다. 나를 다시 받아들인 것을 피에르송 부인이 후회하지 않도록 노력했다. 때로는 내 지난 삶을 더없이 어두운 색채로 그려 보였고, 그녀와 헤어져야 한다면 죽음보다 더 고통스러운 고독에 빠지게 될 것임을 이해시키려 했다. 나는 사교계를 혐오하며, 그녀에게 들려준 충실한 내 삶의 이야기는 내가 진지하다는 사실을 증명한다고 말했다. 그녀를 만날 수 있게 허락해주어 나를 더 끔찍한 불행에서 구했다는 이야기를 하려고 가끔은 내 기분과 달리 쾌활한 척했다. 그날 저녁이나 그다음날에도 그곳으로 다시 돌아올 수 있도록, 나는 집에 갈 때마다 거의 매번 그녀에게 감사의 말을 했다. "내 모든 행복의 꿈, 내 모든 희망, 내 모든 야망은 당신이 살고 있는 이 작은 대지의 한 모퉁이에 있어요. 당신이 호흡하는 공기 밖에선 내게 삶이란 없어요."

그녀는 내가 고통받는 것을 알고 있었으니 나를 불쌍히 여기지 않을 수 없었다. 그녀는 내 용기를 가엾어했다. 그곳에 있을 때 그녀가 하는 모든 말, 심지어 그녀의 몸짓과 태도에는 일종의 연민이 드러났다. 그녀는 내 안에서 일어나는 갈등을 짐작하고 있었다. 내 순종적인 태도에 그녀의 자존심은 충족되었지만 내 창백함에 자선수녀의 본능이 눈을 떴다. 그녀는 이따금 교태를 부리다시피 화를 냈다. 그녀는 장난기 어린 투로 이렇게 말했다. "내일은 집에 없을 거예요. 그런 날은 오지 마세요." 그래놓고는 내가 슬픈 얼굴로 체념해 자리를 뜨려 하면 갑자기 다정하게 덧붙이곤 했다. "잘 모르겠으니까 또 오세요." 또는 작별 인사가 더 친근해지고, 그녀가 더 슬프고 부드러운 눈길로 철책 문까지 나를 좇기도 했다.

"의심하지 마세요." 나는 말했다. "나를 당신에게로 이끈 것은 신입니다. 만일 당신을 알지 못했더라면, 때가 되면 나는 다시 타락에 빠졌을 거예요. 나를 심연에서 구해내기 위해 신이 빛의 천사로 당신을 보내신 겁니다. 당신에게 맡겨진 것은 신성한 의무예요. 만일 당신을 잃어버리면 나를 괴롭히는 슬픔이, 내 나이에 겪은 치명적인 경험이, 그리고 내 청춘이 권태와 벌이는 무시무시한 싸움이 나를 어디로 이끌지 누가 알겠어요?"

더없이 진지한 이런 생각은 독실한 신앙과 경건하면서도 정열적인 영혼을 가진 여인에게 가장 강력한 힘을 발휘했다. 아마도 그 단 한 가지 이유로 피에르송 부인은 나와 만나는 것을 허락했을 것이다.

하루는 그녀의 집에 막 가려고 할 때 누군가 내 집 문을 두드렸고, 메르캉송이 들어오는 것이 보였다. 그는 내가 그녀의 집을 처음 방문했을 때 정원에서 우연히 마주친 바로 그 사제였다. 그는 나를 알지도 못하면서 이렇게 내 집에 온 것에 대해 자기 자신만큼이나 지루한 변명부터 늘어놓기 시작했다. 그래서 나는 우리 마을 신부의 조카인 그를 아주 잘 알고 있다고 말하고는 찾아온 용건을 물었다.

그는 무슨 말을 해야 좋을지 모르는 사람처럼 미사여구를 찾으려 애썼고, 손가락 끝으로 탁자 위에 놓인 온갖 것을 만지면서 부자연스럽게 이쪽저쪽 왔다갔다했다. 이윽고 그는 피에르송 부인의 부탁으로 그녀가 아파서 오늘은 나를 만날 수 없게 됐다고 알리러 왔다고 말했다.

"그녀가 아프다고요? 하지만 어제 꽤 늦게 그녀와 헤어질 때만 해도 아주 건강했는데요!"

그는 자리를 뜨려고 인사를 했다. "그런데요 신부님, 그녀가 아프다면 왜 그 말을 군이 제삼자 편에 전하는 걸까요? 그렇게 먼 곳에 사는 것도 아니고, 내가 헛걸음한다 해도 아무 상관 없는데요."

메르캉송은 똑같은 대답을 했다. 나는 그녀가 왜 그런 방법을 택했는지 이해할 수 없었다. 그것도 왜 하필 그에게 그런 심부름을 맡겼는지는 더더욱 이해할 수 없었다. "좋아요," 나는 말했다. "내일 만나면 그녀가 모든 걸 설명해주겠죠."

그는 다시 주저하기 시작했다. 피에르송 부인이 그에게 또 말하기를…… 내게 꼭 전할 말이 있는데…… 전할 말은 다름이 아니라……

"그래! 대체 뭡니까?" 나는 참지 못하고 소리쳤다.

"거치시군요. 내 생각엔 피에르송 부인의 병세가 꽤 심각합니다. 이번 주 내내 당신을 만날 수 없을 겁니다."

그는 다시 인사를 하고 나갔다.

그가 이렇게 찾아온 데는 뭔가 비밀이 숨겨져 있는 것이 분명했다. 어쩌면 피에르송 부인이 더이상 나를 만나고 싶어하지 않는지도 몰랐다. 어떻게 생각해야 할지 알 수 없었다. 그게 아니라면 메르캉송이 자발적으로 끼어든 것이었다.

하루를 흘려보냈다. 다음날 일찍 그녀의 집 앞에 갔다가 하녀와 마주쳤다. 그런데 하녀는 정말로 부인이 몹시 아프다고 말했고, 어떻게 해도 내가 주는 돈을 받으려 하지도, 내 질문을 들으려 하지도 않았다.

마을로 돌아왔을 때 산책길에서 때마침 메르캉송을 만났다. 그는 자기 삼촌이 가르치는 학교의 아이들에게 둘러싸여 있었다. 나는 지루한 설교를 늘어놓고 있는 그에게 다가가 몇 마디 나누자고 청했다.

그는 광장까지 나를 따라왔다. 하지만 이번에는 내가 망설였는데, 그에게서 비밀을 알아내려면 어떻게 해야 할지 알 수 없었기 때문이다. "신부님," 나는 말했다. "어제 말씀하신 것이 사실인지, 아니면 다른 이유가 있는지 말씀해주십시오. 이 고장에는 달리 부를 만한 의사 선생님이 없을 뿐만 아니라 내게는 무슨 일인지 여쭤봐야 할 아주 중요한 이유가 있습니다."

그는 피에르송 부인이 아프며, 그녀가 자기한테 사람을 보내서는 내게 말을 전해달라는 부탁을 했고, 자신은 부탁받은 일을 한 것 말고는 다른 것은 모른다고 갖은 방법으로 둘러댔다. 이야기를 나누는 사이 우리는 황량한 곳에 있는 대로에 도착했다. 나는 술수도 간청도 아무 소용이 없다는 것을 알고는 휙 돌아서서 그의 양팔을 잡았다.

"무슨 할 말이 있나요, 선생? 폭력을 쏠 생각인가요?"

"아니요, 하지만 내게 말씀해주셨으면 합니다."

"나는 아무도 두렵지 않습니다. 그리고 나는 전해야 할 말을 전해드린 겁니다."

"당신은 당신이 아는 것이 아니라 해야 할 말씀을 하신 거죠. 피에르송 부인은 전혀 아프지 않습니다. 난 알아요, 확신합니다."

"뭘 알고 있는데요?"

"하녀가 말해주더군요. 왜 그녀가 내게 문을 닫아걸었을까요, 그리고 왜 당신에게 그 일을 맡겼을까요?"

메르캉송은 농부 한 명이 지나가는 것을 보았다. "피에르!" 그가 농부의 이름을 소리쳐 불렀다. "기다리게, 할말이 있어."

농부가 우리에게 다가왔다. 그렇게 농부를 불러놓고는 끝이었다. 제삼자 앞에서는 내가 감히 그에게 함부로 하지는 못할 거라 생각한 것이다. 실제로 나는 그를 놓아주되 아주 거칠게 놓아주었기 때문에 그는 뒷걸음치다가 등을 나무에 부딪혔다. 그는 주먹을 쥐더니 아무 말도 하지 않고 떠났다.

나는 극도의 흥분 상태로 한 주를 보냈다. 하루에 세 번은 피에르송 부인의 집에 갔고, 매번 문 앞에서 거절당했다. 나는 그녀에게 편지 한 통을 받았다. 그녀는 내가 계속 찾아와서 마을 사람들이 수군거린다고 적었고 앞으로는 방문을 자제해줄 것을 부탁했다. 그 밖에 메르캉송이나 자신의 병에 대해서는 한마디도 없었다.

그런 부자연스러운 조심성은 그녀와 조금도 어울리지 않았고, 그런 종류의 모든 대화에 대해 그녀가 드러내 보인 초연한 오만함과 기이한 대조를 이루었기에 당장은 믿기 어려웠다. 하지만 달리 해석할 방법이 없었으므로 그녀의 말을 따르는 것밖에는 다른 생각은 없다고 회답했다. 하지만 본의 아니게 내가 사용한 표현들에서 약간의 신랄함이 느껴졌다.

나는 그녀를 만나러 가도 좋다고 허락받은 날 일부러 늦기까지 했고, 그녀가 아프다는 것을 조금도 믿지 않는다는 사실을 보여주기 위해 누군가를 보내 그녀의 안부를 묻는 일 따위도 전혀 하지 않았다. 무슨 이유로 그녀가 그렇게 나를 멀리하는지 알 수 없었다. 하지만 사실 나는 너무도 불행했기에 이따금 그런 참을 수 없는 생활을 끝낼 것을 심각하게 고민했다. 나는 온종일 숲속에 머물곤 했다. 그러다 하루는 불쌍한 지경의 상태에서 우연히 그녀와 마주쳤다.

나는 겨우 용기를 내어 그녀에게 얼마간의 해명을 요구했다. 그녀는 솔직하게 대답하지 않았고, 나는 더이상 그 화제를 재론하지 않았다. 그녀와 떨어져 지내야 하는 날들을 헤아리고, 그녀를 찾아갈 희망으로 몇 주를 살아갈 수밖에 없었다. 그녀의 무릎에 내 몸을 던지고 내 절망을 표현하고 싶은 욕망을 끊임없이 느꼈다. 나는 그녀가 그것을 느끼지 못할 리 없고 몇 마디 연민 어린 말로나마 보상해주리라고 생각했다. 하지만 거기에 대해 그녀가 내게 돌려주는 것은 갑작스레 자리를 뜨거나 엄격한 태도를 보이는 것이었다. 나는 그녀를 잃지 않을까 하는 불안에 떨었고, 그런 위험을 무릅쓰느니 죽는 편이 나았다.

이렇게 고통의 고백도 허락되지 않았기에 내 건강이 상하고 말았다. 두 다리를 마지못해 움직여 그녀의 집까지 찾아갔다. 나는 그곳에서 눈물의 샘을 긷게 될 것이고 방문할 때마다 새로운 눈물을 흘리게 될 것임을 느꼈다. 그녀를 떠날 때마다 다시는 그녀를 만나지 못할 것같이 고통스러웠다.

그녀 쪽에서는 나와 함께 있을 때 더이상 예전과 같은 말투도 자유로운 태도도 보이지 않았다. 그녀는 여행 계획에 대해 이야기했다. 짐짓 가볍게 털어놓는 척하며 마을을 떠나고 싶은 생각이 든다고 말했고, 그 말을 들었을 때 나는 살아 있다기보다 오히려 죽은 사람 같아졌다. 그녀는 한순간 자연스러운 움직임에 몸을 맡기는가 싶다가도 곧 절망적인 냉정함 속으로 다시 뛰어들었다. 하루는 그녀가 나를 대하는 태도 때문에 그녀 앞에서 고통의 눈물을 흘릴 수밖에 없었다. 나는 그녀 자신도 모르게 그녀의 얼굴이 창백해진 것을 보았다. 집을 나오려 할 때 문간에서 그녀가 내게 말했다. "내일 생트뤼스(인근 마을이었다)에 갈 건데, 걸어가기에는 너무 멀군요. 혹시 할 일이 없다면 내일 아침 일찍 말을 타고 여기로 와줘요. 나와 함께 가요."

예상했겠지만 나는 약속 시간을 정확히 지켰다. 이 말에 기쁨에 휩싸여 잠자리에 들었지만 막상 집을 나설 때는 반대로 물리칠 수 없는 슬픔을 느꼈다. 그녀의 고독한 산책에 따라나서는, 나의 잃었던 특권을 되돌려주면서 그녀는 분명, 나를 사랑하는 게 아니라면, 내가 보기에는 잔인한 변덕에 몸을 맡긴 것이었다. 그녀는 내가 고통받는 것을 알고 있었다. 마음을 바꾼 게 아니라면 왜 내 용기를 악용하는가?

나도 모르게 떠오른 이런 생각이 나를 보통 때와는 전혀 다른 사람으로 만들었다. 그녀가 말에 오를 때 그녀의 발을 잡으니 심장이 뛰었다. 그게 욕망 때문이었는지, 분노 때문이었는지는 모르겠다. '만일 그녀의 마음이 움직인 거라면,' 나는 생각했다. '왜 이토록 신중한 걸까? 만일 그녀가 나를 유혹한 것에 지나지 않는다면, 왜 이토록 자유로운 걸까?'

인간이란 그런 것이다. 내 첫마디에 그녀는 내가 불신의 눈으로 바라보고 있으며 내 표정이 바뀐 것을 알아차렸다. 나는 그녀에게 말을 건네지 않고 반대편 길을 따라갔다. 우리가 평원에 있는 동안 그녀는 평온해 보였고, 내가 뒤따라오는지 보기 위해 이따금 고개를 돌릴 뿐이었다. 그런데 우리가 숲으로 들어가 어두컴컴한 오솔길 아래로 말의 발소리가 울리기 시작하자 인적 없는 바위 사이에서 그녀가 갑자기 동요했다. 그녀는 마치 나를 기다리는 양 멈춰 섰는데, 내가 그녀보다 조금 뒤처져 있었기 때문이다. 내가 그녀를 따라잡자마자 그녀의 말은 전속력으로 질주했다. 곧 우리는 산비탈에 도착했고 거기서부터는 걸어가야만 했다. 그때 나는 그녀 옆으로 다가섰다. 하지만 우리는 둘 다 고개를 숙이고 있었다. 때가 되었고, 나는 그녀의 손을 잡았다.

"브리지트," 내가 말했다. "내 탄식이 지겨운 건 아니죠? 내가 돌아온 뒤로, 내가 당신을 매일 만나고 매일 저녁 집에 돌아가면서 언제 죽어야 할지 망설이게 된 뒤로 내가 당신을 귀찮게 했나요? 내가 휴식과 힘과 희망을 잃은 두 달 전부터 내게 고통을 주고 나를 절망케 하는 이 치명적인 사랑에 대해 한마디라도 했나요? 당신은 몰랐어요? 고개를 드세요. 당신에게 말해야 할까요? 고통받는 것이, 울면서 밤을 지새우는 것이 보이지 않나요? 이 음산한 숲속 어딘가에서 이마에 두 손을 얹은 채 앉아 있는 어떤 불행한 이와 마주친 적이 없나요? 이 무성한 히스 위에서 눈물을 발견한 적이 한 번도 없나요? 나를 보세요, 이 산들을 보세요. 내가 당신을 사랑한다는 사실을 기억해요? 이것들은 그걸 알아요, 이 증인들은요. 이 바위, 이 사막은 그걸 알아요. 왜 이것들 앞으로 날 데려왔나요? 내가 충분히 불쌍하지 않아요? 지금 내게 용기가 부족한가요? 충분히 당신 말을 따르지 않았나요? 내가 어떤 시련을, 어떤 형벌을 받은 건가요, 어떤 잘못으로? 나를 사랑하는 게 아니라면, 당신은 여기서 뭘 하는 거죠?"

"출발하죠." 그녀가 말했다. "나를 다시 데려다주세요, 온 길을 되돌아가자고요." 나는 그녀 말의 고삐를 잡았다.

"아니요," 나는 대답했다. "내가 말을 꺼냈잖아요. 이대로 돌아가면, 나는 당신을 잃게 될 거예요. 나는 알아요. 집으로 돌아가면서 당신이 먼저 내게 무슨 말을 할지 알아요. 당신은 내 인내심이 어디까지인지 궁금했던 것이고, 내 고통을 무시했어요. 아마도 나를 쫓아낼 권리를 갖기 위해서겠죠. 당신은 불평 없이 고통받는, 체념하고 당신의 경멸 이라는 쓰디쓴 잔을 마시는 이 비탄에 잠긴 연인에게 싫증난 거예요! 당신과 단둘이 이 숲을 보고서는, 내 사랑이 시작된 이 고독을 마주하 고서는 내가 침묵을 지킬 수 없으리란 걸 당신은 안 거예요! 당신은 내 가 무례하게 굴기를 원했어요. 좋아요! 부인, 내가 당신을 잃게 되길! 나는 충분히 눈물 흘렸고, 충분히 고통받았고, 내 심장 속에서 나를 갉 아먹는 무분별한 사랑을 충분히 억눌렀어요. 당신의 잔인함은 그걸로 충분했어요."

그녀가 말에서 뛰어내리려는 몸짓을 하자 나는 그녀를 두 팔로 안고 그녀의 입술에 내 입술을 가져갔다. 그 순간 그녀의 얼굴이 창백해지 더니 두 눈을 감았다. 그녀는 쥐고 있던 고삐를 놓고 미끄러지듯 땅에 쓰러졌다.

'신이시여!' 나는 속으로 외쳤다. '그녀는 나를 사랑해!'

그녀는 내게 키스를 되돌려주었다.

나는 말에서 내려 그녀에게로 뛰어갔다. 그녀는 풀밭에 누워 있었 다. 내가 일으켜주자 그녀가 두 눈을 떴다. 갑작스러운 두려움으로 그 녀의 온몸이 전율했다. 그녀는 내 손을 힘껏 밀쳐내고는 눈물을 터뜨 리며 내게서 달아났다.

나는 길가에 서 있었다. 나무에 기대선 채 긴 머리채가 어깨까지 흘러내리고, 흥분되어 두 손은 떨리고, 양볼은 홍조를 띠고, 자줏빛과 진줏빛으로 찬란하게 빛나는 태양처럼 아름다운 그녀를 바라보았다. "다가오지 마요! 한 걸음도 떼지 마요!" 그녀가 외쳤다. 그러자 내가 말했다. "오 내 사랑! 아무것도 두려워하지 마세요. 방금 전 당신한테 무례를 범했다면 나를 벌하세요. 나는 한순간 분노했고 고통스러웠어요. 당신 원하는 대로 날 다뤄도 괜찮아요. 당신은 지금 떠날 수도 있고, 내키는 곳으로 나를 보낼 수도 있어요. 당신이 나를 사랑한다는 걸 알아요. 브리지트, 여기서 당신은 자기 궁전에 있는 온 세상의 왕들보다 더 안전해요."

이 말에 피에르송 부인은 눈물 고인 두 눈으로 나를 뚫어져라 바라보았다. 그녀의 눈빛에서 불현듯 일생일대의 행복이 내게 오는 것을 보았다. 나는 길을 가로질러가 그녀 앞에 무릎을 꿇었다. 어떤 말로 연인에게 사랑을 고백했는지 말할 수 있는 사람은 별로 사랑하지 않는 것이다!

10

만일 내가 보석 세공업자인데 친구에게 선물하기 위해 내 보석 중에서 진주 목걸이를 집어들었다면, 그의 목에 그 목걸이를 내가 직접 걸어주는 것이 큰 기쁨일 것이다. 하지만 만일 내가 그 친구라면, 보석 세공업자의 손에서 목걸이를 얻어내느니 죽음을 택할 것이다.

나는 대부분의 남자들이 사랑하는 여인의 몸을 서둘러 탐하는 것을 보았다. 나는 언제나 반대로 했다. 계산에 의해서가 아니라 자연스러운 감정에 이끌려서 말이다. 조금 사랑하면서 저항하는 여인은 충분히 사랑하지 않는 것이고, 충분히 사랑하면서 저항하는 여인은 자신이 충분히 사랑받지 못한다는 사실을 아는 것이다.

피에르송 부인은 자신의 사랑을 고백한 뒤 전에는 내게 보여준 적이 없는 신뢰를 보여주었다. 그녀에게 내가 품고 있는 존경심이 너무도 감미로운 기쁨을 주었기에 그녀의 아름다운 얼굴이 꽃처럼 활짝 피어났다. 나는 이따금 그녀가 몹시 쾌활해졌다가 다음 순간 갑자기 생각에 잠기고, 어떤 때는 나를 거의 어린아이 취급하는 척하다가 두 눈 가득 눈물이 그렁해져서 나를 바라보는 것을 보았다. 그녀는 보다 친근한 한마디나 순수한 애무를 둘러댈 말을 찾느라 수많은 농담을 생각해 내기도 했고, 내게서 멀찌감치 떨어져 앉아 몽상에 사로잡혀 있기도 했다. 이보다 더 감미로운 광경이 세상에 존재할까? 그녀가 내게로 되돌아올 때 지나는 길, 내가 멀리서 그녀를 바라보고 있던 어느 산책로에서 그녀는 나를 발견하곤 했다. "오 나의 그대여!" 나는 말했다. "당신이 얼마나 사랑받는지를 보고 신께서도 즐거워하실 겁니다."

하지만 내 강렬한 욕망도, 그것과 싸우느라 겪는 고통도 그녀에게 감출 수 없었다. 그녀의 집에 있던 어느 날 저녁, 나는 그날 아침 중요한 소송에서 패했음을 알았고 그로 인해 내 자산에 상당한 변화가 있을 거라고 그녀에게 말했다.

"어떻게 당신은," 그녀가 물었다. "그런 얘길 웃으면서 내게 말할 수가 있어요?"

"한 페르시아 시인이 이런 금언을 남겼어요." 나는 말했다. "'아름다운 여인에게 사랑받는 이는 운명의 일격으로부터 안전하다.'"

피에르송 부인은 대답하지 않았다. 그녀는 저녁 내내 평소보다 훨씬 쾌활해 보였다. 숙모와 카드놀이를 하다가 내가 잃자 그녀가 나를 자극하려고 짓궂은 장난 같은 것을 했는데, 내가 카드놀이에 대해 아무것도 모른다며 계속 나와 반대로 돈을 건 것이다. 그 결과 그녀는 내 지갑에 있던 돈을 모두 가져갔다. 숙모가 자리를 떴을 때 그녀는 발코

니로 갔고, 나는 조용히 그녀의 뒤를 따랐다.

세상에서 가장 아름다운 밤이었다. 달은 잠들고, 짙은 쪽빛 하늘에서는 별들이 더 선명한 빛으로 반짝였다. 나뭇가지를 흔드는 바람 한 점 불지 않았고 대기는 포근하고 향기로웠다.

그녀는 팔꿈치를 기댄 채 두 눈을 들어 하늘을 쳐다보았다. 나는 곁에 몸을 숙이고 서서, 몽상에 잠긴 그녀를 바라보았다. 곧 나도 두 눈을 들었다. 우수 어린 관능이 우리를 둘 다 도취시켰다. 우리는 함께 소사나무에서 뿜어져나오는 훈훈한 향을 들이마셨다. 우리는 먼 하늘의 달이 무성한 마로니에나무 뒤로 지면서 마지막으로 남겨놓은 창백한 빛을 좇았다. 나는 이 아름다운 하늘의 드넓은 창공을 절망적으로 바라보았던 어느 날을 떠올렸다. 그 기억이 나를 전율케 했다. 지금은 모든 것이 너무도 충만했다! 나는 가슴속에서 감사의 찬가가 솟아나고, 우리의 사랑이 신에게 가닿는 것을 느꼈다. 나는 사랑하는 연인의 허리에 팔을 둘렀다. 그녀가 살며시 고개를 돌렸다. 그녀의 눈이 눈물로 흠뻑 젖어 있었다. 그녀의 몸은 갈대처럼 휘었고, 반쯤 열린 그녀의 입술이 내 입술 위로 떨어졌다. 그리고 세상은 잊혔다.

11

　행복한 밤들의 영원한 천사여, 누가 너의 침묵에 대해 이야기할까?
오 키스여! 목마른 잔에 그렇듯 두 입술에 흘러드는 신비한 음료여! 감
각의 취기여, 오 관능이여! 그래, 신처럼, 너는 영원하다! 피조물의 숭
고한 격정이여, 존재들 공통의 일체감이여, 세 배나 신성한 관능이여,
너를 찬양한 사람들이 너에 대해 무슨 말을 했던가? 그들은 너를 덧없
다고 했다, 오 창조자여! 그들은 일순간에 지나지 않는 네 모습이 그들
의 덧없는 삶을 환히 비춰준다고 했다. 위독한 병자의 숨결보다도 불
충분한 말이여! 한 시간을 살 수 있음에 놀라고, 영원한 등불 빛을 조
약돌에서 나오는 불티라고 생각하는, 관능적인 짐승의 진실한 말이여!
사랑, 오 세상의 원칙이여! 신의 신전에서 온 자연이, 베스타 신전의
여사제처럼, 조마조마한 마음으로 계속 지켜보는 소중한 불꽃이여! 그

것으로 인해 모든 것이 존재하는 모든 것의 발원지여! 파괴의 정령은 네 위로 입김을 내불면서 죽어가리라! 사람들이 네 이름을 모욕하는 건 놀라운 일이 아니다. 두 눈을 뜨고 있었기에 너를 정면으로 보았다고 믿는 사람들, 그들은 네가 누군지 알지 못하기 때문이다. 지상에서 키스로 결합된 네 진정한 사도들을 발견했을 때, 너는 사람들이 행복을 보지 못하도록, 베일처럼 덮이도록 그들의 눈꺼풀에 명령한다.

하지만 너희, 환희여! 사랑으로 번민하는 미소, 최초의 가벼운 스침, 수줍은 반말, 연인이 처음 해보는 서투른 시도, 우리가 볼 수 있는 너희, 우리에게 속한 너희여! 그러므로 너희는 나머지 것들보다 신에게 덜 속해 있다, 침실 위를 떠도는, 숭고한 꿈에서 깨어난 사람들을 이 세상으로 다시 데려오는 아름다운 아기 천사들이여! 아! 소중한 관능의 아이들이여, 너희의 어머니가 너희를 얼마나 사랑하는지! 호기심 어린 한담이여, 최초의 신비를, 여전히 순결하고 떨리는 접촉을, 그 정도로 만족할 줄 모르는 눈길을 유발하는 것은 너희다. 불안에 싸인 밑그림과 같은, 사랑하는 여인의 지울 수 없는 이미지를 가슴속에 그리기 시작하는 것은 너희다! 오 왕국이여! 오 정복이여! 연인을 만드는 것은 너희다.

그리고 너, 진정한 권위여, 너, 평온한 행복이여! 삶을 향한 최초의 시선, 행복한 자들은 처음으로 수많은 사소한 것들로 되돌아온다. 행복한 자들은 사소한 것들을 자신들의 기쁨을 통해 바라볼 뿐이다, 사랑하는 여인 곁에서 자연에 처음으로 내디딘 발걸음들! 누가 너희를 묘사할까? 인간의 어떤 언어로 더없이 가벼운 애무를 표현할까?

한 사람이 어느 싱그러운 아침, 젊음의 활력을 안고 느긋한 걸음으로 외출했다. 그동안 사랑하는 여인의 손이 그가 나간 뒤에 비밀의 문을 닫았다. 그는 숲과 평원을 보면서 어딘지도 모르고 걸었다. 자신에게 말하는 소리를 듣지 못한 채 광장을 가로질렀다. 그는 한적한 장소에 앉아 이유도 없이 울고 웃었다. 손에 얼굴을 묻고 남은 향기를 들이마셨다. 그는 지상에서 그때껏 자신이 한 일을 갑작스레 잊어버렸다. 길가의 나무들과 지나가는 새들에게 이야기했다. 그제야 그는 인간들 틈에서 쾌활한 미치광이로 보였다. 그는 땅에 무릎을 꿇고 신께 감사했다. 그는 불평하지 않고 죽어갈 것이다. 사랑하는 여인을 가졌으니.

제4부

1

이제 내 사랑에 무슨 일이 일어났는지, 내 안에서 어떤 변화가 일어났는지 이야기해야겠다. 거기에 무슨 이유를 붙일 수 있을까? 아무것도 없다. 나는 이야기를 하고 있고 그것이 진실이라고 말할 수 있다는 것을 제외하면.

내가 피에르송 부인의 연인이 된 지 더도 덜도 아니고 이틀이 지났다. 나는 밤 열한시에 목욕을 마치고 멋진 밤에 그녀의 집으로 가기 위해 산책로를 가로질렀다. 육신의 행복과 영혼의 만족감을 느꼈기에 나는 걸으면서 기쁨에 겨워 뛰어오르고 하늘을 향해 팔을 뻗었다. 나는 계단 위쪽에 서서 난간에 팔을 기대고 있는 그녀를 발견했다. 그녀 옆의 바닥에는 초 한 자루가 놓여 있었다. 그녀는 나를 기다리고 있었고, 나를 발견하자마자 맞으러 달려왔다. 우리는 곧 그녀의 방으로 갔고,

빗장이 걸렸다.

그녀가 머리 모양을 어떻게 바꾸었는지 보여주었는데, 내 마음에는 들지 않았다. 그녀는 내 마음에 들게 머리를 말면서 하루를 어떻게 보냈는지, 내가 을씨년스럽다고 생각했던 크고 흉한 검은 액자를 침실에서 어떻게 치웠는지, 꽃들과 온갖 곳에 있던 것들을 어떻게 단장했는지 보여주었다. 그녀는 우리가 서로 알게 된 뒤에 그녀가 했던 모든 것을 이야기했다. 내가 고통받는 것을 보았음을, 그녀 자신도 고통받았음을, 수천 번이나 그 고장을 떠나 자신의 사랑을 피해 달아나고자 했음을, 나에 대한 수많은 대비책을 생각해냈음을, 숙모, 메르캉송, 신부님의 조언을 들었음을, 굴하느니 차라리 죽음을 택하기로 스스로 맹세했음을, 그리고 내가 그녀에게 건넨 어떤 말에, 어떤 눈길에, 어떤 상황에서 그 모든 것이 사라졌는지를 이야기했다. 그렇게 비밀을 털어놓을 때마다 나는 그녀에게 입맞춤을 했다. 그녀는 방안에서 내가 마음에 들어했던 것, 탁자 가득 놓여 있던 사소한 물건들 중에서 내 주의를 끌었던 것을 내게 주고 싶어했다. 나는 그날 밤 그것을 가져와 내 벽난로 위에 놓았다. 이후로는 그녀가 아침, 저녁, 매 순간 무슨 일을 할지 내 뜻대로 정했다. 그녀는 아무런 걱정도 하지 않았다. 세상 사람들 말에 그녀는 상처 입지 않았다. 그녀가 사람들의 말을 믿는 척했던 것은 나를 멀리하기 위해서였다. 하지만 그녀는 행복해지고 싶어 자신의 두 귀를 막았다. 이제 막 서른 살이 된 그녀는 내 사랑을 받을 시간이 많지 않았다. "당신, 나를 오래도록 사랑해줄 거죠? 나를 도취시키는 이 멋진 말들, 조금은 사실이죠?" 이렇게 말하고는 내가 늦게 왔고 옷차림에 신경을 썼다며 달콤한 비난을 했다. 내가 목욕할 때 향수를 너무 많이 뿌린다고, 또는 충분히 뿌리지 않는다고, 또는 향이 마음에 들지 않는다고 나무랐다. 그녀는 손만큼이나 흰 그녀 자신의 발을 내가 볼 수 있도록 실내화를 신고 있었노라고 했다. 하지만 자신은 아름답지 않다고, 백배는 더 아름다워지고 싶다고, 열다섯 살 때만 해도 아름다웠다고 했다. 사랑에 빠져 넋을 잃고 기쁨의 홍조를 띤 그녀는 왔다갔다했다. 그녀는 몸과 마음을, 그녀가 가진 모든 것을 주기 위해, 주고 또 주기 위해 무엇을 할지, 무슨 말을 할지 생각할 뿐이었다.

나는 소파에 누워 있었다. 그녀가 하는 말 한마디 한마디에 내 지난 삶의 괴로웠던 시간이 소멸되어 내게서 떨어져나가는 것을 느꼈다. 내 들판에 사랑의 별이 뜨는 것을 바라보았고, 새로운 푸르름으로 감싸이기 위해 바람에 메마른 나뭇잎을 흔들어 떨어뜨리는 수액으로 가득찬 나무가 된 것 같았다.

그녀는 피아노로 가더니 내게 스트라델라*의 곡을 연주해주겠다고 말했다. 나는 무엇보다 종교음악을 좋아했는데, 그녀가 이미 부른 적이 있는 그 곡은 매우 아름다웠다.

"자!" 연주를 마쳤을 때 그녀가 말했다. "당신은 완전히 속았어요. 이 곡은 내가 만든 거예요. 내가 거짓을 참인 것처럼 믿게 했죠."

"이걸 당신이 만들었다고요?"

"그래요, 당신이 무슨 말을 하나 보려고 스트라델라의 곡이라고 한 거예요. 곡을 만드는 일이 생겨도 절대 내 음악을 연주하진 않아요. 하지만 시도해보고 싶었고, 당신도 보다시피 시도가 성공적이었네요. 당

_____

* 17세기 이탈리아 음악가.

신이 속아넘어갔잖아요."

인간이란 얼마나 끔찍한 존재인가! 더 순수한 사람이 있었던가? 꾀바른 아이나 선생님을 깜짝 놀라게 하려고 이런 속임수를 생각해낸다. 내게 그 말을 하며 그녀는 진심으로 웃었다. 하지만 나는 갑자기 먹구름이 몰려오는 것처럼 느껴졌다. 내 얼굴 표정이 바뀌었다.

"무슨 일이에요?" 그녀가 물었다. "왜 그래요?"

"아무것도 아니에요. 그 곡을 다시 한번 연주해줘요."

그녀가 연주하는 동안 나는 이리저리 서성거렸다. 나는 혼란스러움을 떨쳐내려는 듯 이마에 손을 갖다댔다. 발을 구르고, 나만의 광란에 빠져 어깨를 으쓱했다. 마침내 나는 바닥에 떨어져 있던 쿠션 위에 주저앉았다. 그녀가 내게로 왔다. 그 순간 나를 사로잡았던 악령과 싸우려 하면 할수록 머릿속 어둠은 더 짙어졌다.

"정말 당신이 이렇게 감쪽같이 거짓말을 한다고요? 뭐! 이 곡을 당신이 만들었다고? 당신이 이렇게 쉽게 거짓말을 할 줄 안다고요?"

그녀가 놀란 얼굴로 나를 보았다. "대체 무슨 일이에요?" 그녀가 말했다. 형언할 수 없는 두려움이 그녀의 표정에 드러났다. 틀림없이 그녀는 그렇게 단순한 농담에 진심 어린 비난을 할 만큼 내가 정신이 나갔다고는 생각할 수 없었으리라. 그녀는 그 진지함 속에서 나를 사로잡고 있는 슬픔을 보았다. 하지만 그 원인이 사소하면 사소할수록 뜻밖의 무언가가 있는 법이었다. 그녀는 잠시 내 쪽에서도 농담을 하고 있다고 믿고 싶은 것 같았다. 하지만 여전히 창백하고 당장이라도 기절할 것 같은 나를 보고는 입을 벌리고 몸을 숙인 채 조각상처럼 굳어졌다. "신이시여!" 그녀는 소리쳤다. "어떻게 그럴 수가?"

독자여, 이 페이지를 읽으면서 당신은 아마 미소 짓겠지만, 이 글을 쓰는 나는 아직도 몸이 떨린다. 불행은 병처럼 징후를 나타낸다. 바다 위 수평선에 나타난 작고 검은 점만큼 위험한 것은 없는 법이다.

하지만 해가 뜨자 나의 사랑하는 브리지트는 흰 나무로 만든 작고 둥근 탁자를 방 한가운데로 끌어다놓았다. 그녀는 그 위에 밤참을, 아니 더 정확히 말하면 아침식사를 차려놓았다. 새들이 벌써 노래하고 있고 벌들은 화단에서 윙윙거리고 있었으니 말이다. 그녀 자신이 모든 걸 준비했던 것인데, 내가 한 방울도 마시지 않자 그녀도 컵에 입을 대지 않았다. 알록달록한 커튼을 뚫고 들어오는 푸르스름한 아침 빛이 매력적인 그녀의 얼굴과 조금 피로해 보이는 커다란 두 눈을 비췄다. 그녀는 자고 싶어 나를 껴안으며 머리를 내 어깨에 기대고는 따분한 이야기를 수없이 했다.

나는 그렇게 달콤하게 몸을 맡기는 그녀에게 맞설 수 없었고 내 가슴은 기쁨으로 다시 열렸다. 나는 조금 전의 악몽에서 완전히 해방되었다고 생각했고, 나 자신도 이해할 수 없는 한순간의 광기에 대해 그녀에게 용서를 구했다. "연인이여," 나는 가슴 깊숙이 담아두었던 말을 꺼냈다. "단순한 농담에 부당한 비난을 하다니 나는 아주 불쌍한 놈이에요. 그래도 당신이 나를 사랑한다면, 결코 내게 거짓말을 하지 마요. 아무리 사소한 것이라도요. 나는 거짓말을 혐오하고 용인할 수가 없어요."

그녀는 침대에 누웠다. 새벽 세시였고, 나는 그녀가 잠들 때까지 머물겠다고 말했다. 나는 그녀가 아름다운 두 눈을 감는 것을 보았고, 갓 잠이 들어 환한 미소를 지으면서 중얼거리는 소리를 들었다. 나는 침대 머리맡에서 몸을 숙여 그녀에게 작별의 입맞춤을 했다. 마지막으로, 이제부터는 내 행복을 누릴 것이며 아무것도 내 행복을 깨뜨릴 수 없을 것이라 마음에 새기며 평온한 마음으로 나왔다.

그런데 바로 그다음날, 브리지트가 우연인 것처럼 내게 말했다. "내 겐 머릿속에 떠오르는 생각을 모두 적어두는 두꺼운 책이 있어요. 그 걸 당신한테 줄 테니 당신을 만난 초기에 당신에 대해 적은 것들을 읽 어보세요."

우리는 나와 관련된 것들을 함께 읽었고 거기에 많은 우스갯소리를 덧붙였다. 그러고 나서 나는 무심히 책을 훑어보았다. 빨리 넘기던 책 장 가운데서 굵은 글씨로 쓰인 문장이 눈에 띄었다. 나는 평범한 몇 개 의 단어를 똑똑히 읽었다. 브리지트가 "그건 읽지 마요"라고 말할 때 도 계속 읽으려 했다.

나는 가구 위로 책을 던지며 말했다. "맞아, 내가 뭘 하는지 모르겠군."

"아직도 그걸 심각하게 생각하는 거예요?" (아마도 내 병이 도지는 것 을 보며) 그녀는 웃으며 대꾸했다. "책을 집어들어요. 읽어도 좋아요."

"그것에 대해서는 더 이야기하지 말도록 해요. 거기에 내가 알고 싶 은 게 뭐 그리 많겠어요? 당신의 비밀은 당신 거예요, 내 사랑."

책은 가구 위에 그대로 놓여 있었고, 나는 아무리 해도 거기서 눈을 뗄 수 없었다. 갑자기 내 귀에 대고 속삭이는 목소리 같은 것이 들렸 다. 그리고 데주네의 냉담한 얼굴이 차가운 미소를 띤 채 내 앞에서 찌 푸리고 있는 것을 본 것 같았다. '데주네가 여긴 뭘 하러 온 걸까?' 마 치 그를 실제로 본 것처럼 나는 자문했다. 그는 어느 날 저녁 내 방의 등불 아래 머리를 숙인 채 날카로운 목소리로 자유사상가의 설교를 늘어놓던 모습 그대로였다.

내 눈길은 여전히 그 책에 쏠려 있었고, 무슨 말인지 잊었지만 예전에 들으면서 가슴 졸였던, 기억 속에 남아 있던 말이 희미하게 느껴졌다. 내 머리 위에 매달려 있던 의심의 정령이 다가와 내 혈관 속에 한 방울의 독을 흘려넣었다. 독기가 뇌로 올라왔고, 유해한 취기가 시작되는 가운데 나는 반쯤 비틀거렸다. 브리지트가 내게 감추는 비밀이 뭘까? 몸을 굽히고 책을 펼치기만 하면 된다는 사실을 나는 잘 알고 있었다. 하지만 어디를? 우연히 눈길이 멈췄던 페이지를 어떻게 알아보겠는가?

게다가 책을 집어드는 것은 내 자존심이 허락하지 않았다. 대체 그것이 진정 자존심이었을까? '오 신이시여!' 나는 지독한 슬픔에 잠겨 생각했다. '과거는 유령이란 말인가? 그것은 자신의 무덤에서 나오는 것인가? 아! 불쌍한 자여, 나는 사랑할 수 없을 것인가?'

여인들에 대한 내 모든 경멸 어린 생각이, 내가 방탕하게 지내던 시간 동안 교훈인 듯 임무인 듯 반복했던 빈정거리는 자만의 말들이 갑자기 떠올랐다. 이상한 일이었다! 예전에는 여인을 경멸하는 인상을 주려 하면서도 정작 경멸하진 않았는데 이제는 그런 내 생각이 진심이거나 적어도 진심이었던 것 같았다.

피에르송 부인을 안 지 넉 달이 지났지만 나는 그녀의 과거에 대해 아무것도 몰랐고, 그녀의 과거에 대해 물어본 적도 없었다. 나는 신뢰와 무한한 이끌림으로 그녀를 향한 내 사랑에 몸을 맡겼다. 나는 아무에게도, 그녀 자신에게도 그녀에 대해 묻지 않는 것에서 일종의 기쁨을 맛보았다. 게다가 나는 의심과 질투가 많은 성격이 아니었기 때문에 브리지트가 내게서 그런 감정을 발견하고 놀란 것보다 그런 감정을 느끼는 나 자신에게 더 놀랐다. 내 첫사랑에서도, 생활하면서 겪는 통상적인 관계에서도 나는 결코 의심이 많은 편이 아니었다. 많기는커녕 오히려 의심할 줄 몰라 탈이었다. 첫사랑 연인이 나를 배신할 수 있다는 사실을 믿기 위해 내 눈으로 그녀의 배신을 보아야만 했다. 데주네 조차 자기 방식대로 설교해 속여넘기기 쉽다고 항상 나를 놀리곤 했다. 내가 지내온 삶 전체가 내가 의심이 많다기보다는 오히려 쉽게 믿는 편임을 말해주었다. 따라서 그 책이 갑자기 그렇게 나를 사로잡았을 때, 내 안에서 낯선 사람 같은 새로운 존재를 느꼈다. 내 이성은 내가 느끼는 감정에 분노했고, 그 모든 것이 나를 어디로 이끌지 나는 감히 자문하지 못했다.

하지만 내가 견뎌낸 고통, 내가 그 증인이었던 배반의 기억, 내게 강요되었던 끔찍한 치유의 과정, 친구들의 이야기, 내가 겪은 타락한 세상, 거기서 본 슬픈 진실들, 알지 못하면서도 비통한 통찰력으로 이해하고 간파한 그 진실들, 마지막으로 방탕, 사랑에 대한 경멸, 모든 것의 악용, 그것들이 바로 아직 예상하지도 못한 채 내가 가슴속에 지니고 있던 것들이다. 희망과 삶을 되찾았다고 믿은 순간 잠자던 그 모든 분노가 내 목을 죄어왔고 자신들이 여기 있다고 내게 소리치고 있었다.

나는 몸을 굽혀 책을 펼쳤다. 하지만 곧 책을 덮고 탁자 위로 내던졌다. 브리지트가 나를 바라보고 있었다. 그녀의 아름다운 두 눈에는 상처받은 자존심도 분노도 서려 있지 않았다. 마치 내가 어디 아픈 것처럼 부드러운 염려만 내비칠 뿐이었다. "내게 비밀이 있다고 생각해요?" 그녀가 나를 포옹하며 물었다. "아니요." 나는 말했다. "당신이 아름답고, 당신을 사랑하다가 죽고 싶다는 생각뿐이오."

나는 집으로 돌아와 저녁식사를 하면서 라리브에게 물었다. "피에르 송 부인이라는 사람은 대체 누구지?"

그는 깜짝 놀라 돌아다보았다. 내가 말했다. "자네는 이 마을에서 오래전부터 살아왔잖아. 나보다 자네가 부인을 더 잘 알 거야. 여기서는 그녀에 대해 뭐라고들 하지? 마을에서는 그녀에 대해 어떻게들 생각해? 나를 만나기 전에 그녀는 어떻게 살아왔지? 그녀는 어떤 사람들을 만나지?"

"맹세코! 도련님, 저야 그분이 하는 일을 매일 보았을 뿐입니다. 그러니까 골짜기에서 산책하고, 숙모님과 함께 카드놀이를 하고, 불쌍한 사람들에게 자선을 베푸는 것 말입니다. 농부들은 그분을 '장미관 브리지트'라 부르지요. 누가 되었건 그분에 대해 나쁘게 말하는 걸 한 번도 들어본 적이 없습니다. 혼자서, 밤낮을 가리지 않고 들판을 분주히 다닌다는 걸 제외하면 말이죠. 하지만 그것은 너무도 칭찬할 만한 목적에서랍니다! 그분은 마을의 구세주예요. 그분이 만나는 사람들로 말하자면 거의가 신부님들입니다. 여름휴가 때는 달랑스 씨를 만나고요."

"달랑스 씨가 누구지?"

"산 뒤로 저편에 있는 성의 소유주입니다. 그분은 사냥을 할 때만 여기 오시지요."

"젊은가?"

"예, 도련님."

"피에르송 부인의 친척인가?"

"아닙니다. 남편의 친구였습니다."

"남편이 죽은 지 오래되었나?"

"오 년 전 만성절에요. 존경할 만한 분이었습니다."

"달랑스라는 사람이 그녀에게 구애했다고들 얘기하던가?"

"미망인에게요, 도련님? 저런! 사실은……" (그는 당황한 태도로 말을 멈췄다.)

"이야기해줄 텐가?"

"그렇다고 말하기도 하고, 그렇지 않다고 말하기도 합니다…… 저는 아무것도 모릅니다, 저는 아무것도 보지 못했어요."

"방금 전 자네 말로는 마을에서 그녀에 대해 말들이 없다고 했잖아?"

"그게 다예요. 그리고 도련님이 그 사실은 알고 있다고 생각했습니다."

"그러니까 사실이라고들 하는 거야, 아니라고들 하는 거야?"

"사실이라고들 합니다. 적어도 저는 그렇게 생각합니다."

나는 탁자에서 일어나 산책을 하러 내려갔다. 메르캉송이 있었다. 그가 나를 비켜가기를 기다렸다. 그런데 비켜가기는커녕 내게 다가왔다.

"선생," 그가 내게 말했다. "요전날 선생께서 화가 난 기색이었는데, 나 같은 성격의 사람들은 그런 기억을 오래 간직하지 못하는 법이지요. 내가 그런 적절치 않은 심부름을 맡은 점(길게 늘여 말하는 것이 그의 말투였다), 그리고 길을 방해해서 다소나마 성가시게 해드린 점은 유감입니다."

나는 그 말이 끝나면 그가 길에서 비켜나리라 생각하고 의례적인 말을 했다. 그런데 그가 내 곁에서 걷기 시작했다.

"달랑스! 달랑스!" 나는 입안에서 되뇌었다. "누가 내게 달랑스에 대해 이야기해줄까?" 라리브는 하인이 해줌직한 말을 내게 한마디도 하지 않았던 것이다. 그는 누구를 통해 알았을까? 어느 하녀나 농부를 통해서였을 것이다. 피에르송 부인의 집에서 달랑스를 목격한 바 있고 사정을 아는 증인이 필요했다. 달랑스라는 사람이 내 머리에서 떠나지 않고 다른 얘깃거리도 없었기에 나는 곧 메르캉송에게 그에 대해 말했다.

메르캉송이 심술궂은 사람인지 어리석거나 교활한 사람인지 분명히 분별되지는 않았다. 그가 나를 싫어하고 내게 가능한 한 악의적으로 행동한 것은 확실했다. 신부에게 큰 호의를 갖고 있던(그것은 당연했다) 피에르송 부인은 거의 본의 아니게, 신부의 조카에게도 호의를 갖기에 이르렀다. 그는 그것을 자랑스러워하다못해 집착했다. 질투심을 유발하는 것은 오직 사랑밖에 없다. 호의, 친절한 한마디 말, 아름다운 입가에 띤 미소가 몇몇 사람에게는 분노까지 불러일으킬 수도 있다.

메르캉송은 라리브처럼 처음에는 내가 던진 질문에 놀란 듯 보였다. 나 자신은 더 놀랐다. 하지만 이 세상의 그 누가 자기 자신을 안단 말인가?

신부의 첫 대답을 듣고 나는 내가 궁금해하는 것이 무엇인지 그가 이해했고 내게 말하지 않기로 결심했음을 알았다.

"선생, 오래전부터 피에르송 부인을 알아왔고, 꽤나 친밀하게(적어도 나는 그렇게 생각합니다) 그녀의 집을 드나드는 당신이 어떻게 달랑스 씨와 마주친 적이 한 번도 없나요? 아마도 오늘 당신이 그에 대해 알아보는 데는 당신 나름의 이유가 있을 테지만 그 이유야 내 알 바 아니죠. 내가 말씀드릴 수 있는 것은 그분이 성실한 신사이고 선의와 자비심이 충만한 사람이라는 겁니다. 선생, 그분은 당신처럼 피에르송 부인과 아주 친밀한 관계였습니다. 그분에겐 상당수의 사냥개 무리가 있고 극진한 환대를 받지요. 그분도 당신처럼 피에르송 부인 댁에서 훌륭한 음악을 연주하곤 했습니다. 자비의 의무로 말하자면, 그분은 그 의무를 어김없이 다하곤 했지요. 이 마을에 있을 때는 선생, 당신처럼 부인과 함께 산책을 하곤 했습니다. 그분의 가족은 파리에서 평판이 아주 좋답니다. 내가 부인 댁에 갈 때마다 거의 매번 그분과 마주치곤 했지요. 그분은 품행이 바른 사람으로 알려져 있습니다. 선생께서는 아마 내가 들은 이야기가 어느 모로 보나 그런 장점을 가진 이들에게 걸맞은 정직한 친밀함에 대한 것일 뿐이라고 생각하겠지요. 내 생각에 그분은 사냥하러 오는 것일 뿐입니다. 그분은 남편의 친구였습니다. 사람들은 그분이 아주 부유하고 너그럽다고들 합니다. 하기야 내가 그분을 얼마나 알겠어요, 소문으로 들은 것 말고는요……"

얼마나 비비 꼬인 말로 그 성가신 형리가 나를 짓눌렀던지! 그의 말을 듣는 데 수치심을 느끼면서, 감히 더이상의 질문은 한마디도 하지 못하고 그의 수다를 제지하지도 못한 채 나는 그를 바라보고만 있었다. 그는 자신이 원하는 만큼 은밀하게 한참 동안 중상모략을 했다. 그는 흰 칼날을 내 가슴 깊숙이 천천히 찔러넣었다. 그러고 나서 떠나는 그를 나는 붙잡을 수가 없었다. 모든 것을 따져보면, 그는 내게 아무런 말도 하지 않은 것이나 다름없었다.

나는 산책로에 홀로 남아 있었다. 어둠이 내리기 시작했다. 내가 더 많이 느낀 것이 분노였는지 슬픔이었는지 모르겠다. 나의 소중한 브리지트를 향한 사랑에 맹목적으로 빠져들면서 품었던 신뢰감은 내게 너무도 감미롭고 자연스러운 것이었기에 그런 행복이 나를 속였다는 사실을 믿을 수 없었다. 저항이나 의심 없이 나를 그녀에게로 이끈 이 순진하고 어수룩한 감정이 일찍이 내게는 그녀만이 그 행복에 걸맞은 사람이라는 증거로 여겨졌다. 그토록 행복했던 그 사 개월이 어느새 한낱 꿈으로 전락했다는 것이 도대체 가능하기나 했겠는가?

문득 이런 생각이 들었다. '결국, 이 여인은 너무 빨리 몸을 허락했던 거야. 그녀가 먼저 내게 드러내 보였지만 말 한마디에 사라져버린, 나에게서 도망치려는 의도 속에 결코 거짓이 없었을까? 혹시 내가 세상에 흔한 그런 여자를 만난 건 아닐까? 그래, 그런 여자들 모두가 그렇게 행동하지. 그녀들은 구애를 받으려고 물러서는 척해. 암사슴들도 똑같아. 그건 암컷의 본능이야. 그녀가 결코 내 것이 될 수 없으리라 생각한 바로 그 순간 그녀가 사랑을 고백한 것은 자발적인 행동이 아닌가? 우리가 만난 첫날부터 그녀는 나를 알지도 못하면서, 의심을 살 수도 있었을 가벼움으로 나와 팔짱을 끼지 않았던가? 만일 그 달랑스라는 자가 그녀의 연인이었다면, 여전히 그럴 가능성이 있다. 시작도 끝도 없는 사교계의 관계란 게 그렇다. 만나면 재결합하고, 헤어지면 잊어버린다. 만일 여름휴가 때 그자가 돌아온다면 아마 그녀는 나와 헤어지지 않은 채로 그와 다시 만날 것이다. 숙모는, 공공연히 자비를 내세우는 신비에 싸인 삶은, 아무런 말도 염려하지 않는 그 단호한 자유로움은 무언가? 작은 집을 가졌고, 사람들에게 빠른 시간 안에 경외심을 갖게 해놓고 더 빠른 시간 안에 모순을 드러내는 신중함과 지혜를 가진 그 두 여인이 사기꾼일 리는 없는 것일까? 하여튼 나는 두 눈을 감은 채 소설에나 나올 법한 일이라고 생각한 연애 사건 속으로 확실히 굴러떨어졌다. 하지만 지금 어떻게 하겠는가? 여기에는 분명한 말을 꺼리는 사제 혹은 그에 대해 훨씬 더 말을 아낄 사제의 삼촌 말고는 아무도 없는 것을. 오 신이시여! 누가 나를 구해줄까요? 어떻게 해야 진실을 알 수 있을까요?'

질투가 이렇게 말했다. 이렇게, 그 많은 눈물과 내 모든 고통을 잊고서, 이틀이 지나자 나는 브리지트가 내게 몸을 허락한 사실을 가지고 나 자신을 괴롭히기에 이르렀다. 이렇게, 의심에 빠진 모든 사람들처럼 나 역시 벌써 감정과 생각을 따로 떼어놓고는 사실과 다투고, 의미 없는 말에 집착하고, 내 사랑의 대상을 분석했다.

나는 생각에 푹 빠진 채 느린 걸음으로 브리지트의 집에 다다랐다. 철책 문이 열려 있었고, 안뜰을 가로지를 때 부엌 불이 밝혀진 것이 보였다. 하녀에게 물어봐야겠다는 생각에 그쪽으로 향했고, 주머니 속 동전 몇 닢을 만지작거리면서 입구로 다가갔다.

혐오의 감정이 갑자기 나를 사로잡았다. 하녀는 마르고 주름졌으며, 밭일에 매여 있는 사람들처럼 항상 등이 굽어 있는 나이든 여자였다. 나는 더러운 개수대에서 설거지를 하고 있는 그녀를 발견했다. 불결한 양초가 그녀의 한 손에서 떨고 있었다. 그녀의 주위에는 냄비와 식기, 나처럼 주저하며 들어온 떠돌이 개 한 마리가 뒤적거리는 남은 음식들이 있었다. 축축한 벽에서는 미지근하고 구역질나는 냄새가 풍겨나왔다. 늙은 하녀가 나를 알아보고는 은근슬쩍 미소 지으며 나를 바라보았다. 그녀는 내가 아침이면 주인 여자의 방에서 빠져나오는 것을 보았던 것이다. 나는 나 자신에 대한 혐오감에 몸을 떨고, 내가 생각한 비열한 행동과 잘 어울리는 이런 장소에서 무엇을 찾으려 했는지를 깨닫고 전율했다. 마치 식기에서 나는 냄새가 나 자신의 심장에서 풍기는 것인 듯, 나는 내 질투심의 화신과도 같은 그 노파에게서 벗어났다.

브리지트는 창가에서 아끼는 꽃에 물을 주고 있었다. 이웃에 사는 아이 하나가 안락의자 구석에 앉아 쿠션에 파묻힌 채 그녀의 한쪽 소매를 잡고 몸을 흔들면서, 입에는 사탕을 가득 물고, 이해할 수 없는 유쾌한 말로 아직 말할 줄 모르는 어린아이들의 위대한 연설 하나를 그녀에게 들려주고 있었다. 나는 그녀 곁에 앉아, 내 가슴에 약간의 순수함을 돌려주기 위해서인 양 아이의 통통한 볼에 입을 맞췄다. 브리지트는 두려움 섞인 태도로 나를 맞았다. 내 시선에서 자신의 이미지가 이미 흐려진 것을 본 것이다. 내 쪽에서 그녀의 눈을 피했다. 그녀의 아름다움과 순수한 태도에 탄복하게 될수록 나는 그런 여인은 천사가 아니라면 허위의 괴물이리라고 생각했다. 나는 메르캉송의 한마디 한마디를 떠올리려 애썼는데, 말하자면 내 연인의 이목구비, 그녀 얼굴의 매력적인 윤곽과 그자의 비방을 비교한 것이다.

'그녀는 너무 아름다워.' 나는 생각했다. '만일 그녀가 속일 줄 안다면 매우 위험해. 하지만 나는 그녀를 비난할 거고 그녀에게 대항할 거야. 그녀도 내가 누군지 알게 되겠지.'

"내 사랑," 긴 침묵이 흐른 후 내가 말했다. "방금 전 내게 상담을 해온 친구에게 충고를 해주었어요. 아주 솔직한 젊은이죠. 얼마 전 자신에게 몸을 허락한 여인에게 또다른 연인이 있었음을 알게 되었다는 편지를 보내왔더라고요. 자기가 어떻게 해야 하느냐고 묻더군요."

"어떻게 대답해줬나요?"

"두 가지 질문을 했어요. 그녀가 아름다운지, 그리고 그녀를 사랑하는지를요. 그녀를 사랑한다면 그녀를 잊으라 했어요. 그녀가 아름답지만 사랑하지는 않는다면 쾌락을 위해 그녀를 붙잡아두라 했어요. 그녀의 아름다움에만 관심이 있다면 그녀를 떠날 시간은 언제든 있고, 그녀에게 다른 여인만큼의 가치는 있을 테니까요."

내가 이렇게 말하는 것을 듣더니, 브리지트는 안고 있던 아이를 내려놓았다. 그녀는 방 한구석에 앉아 있었다. 우리는 불을 켜지 않았다. 방금 브리지트가 비켜난 자리를 비추던 달이 그녀가 앉아 있는 소파 위에 깊은 어둠을 던졌다. 내가 내뱉은 말은 너무 가혹하고 잔인한 의미를 지닌 것이었기에 그로 인해 가슴 아팠고 내 가슴은 쓰라림으로 가득찼다. 불안해진 아이는 브리지트를 부르더니 우리를 보면서 슬퍼했다. 아이의 쾌활한 외침, 어린애다운 재잘거림이 조금씩 잦아들었다. 아이는 안락의자에서 잠이 들었다. 이렇게 우리 셋 모두 침묵을 지켰고, 구름 한 점이 달 위로 지나갔다.

하녀 하나가 아이를 찾으러 들어왔다. 하녀가 등불을 가져왔다. 나는 일어섰고, 동시에 브리지트도 일어섰다. 그런데 그녀가 가슴에 두 손을 얹더니 침대 발치에 쓰러졌다.

나는 놀라 그녀에게 뛰어갔다. 그녀가 의식을 잃은 것은 아니었는데, 그녀는 아무도 부르지 말아달라고 내게 부탁했다. 젊었을 때부터 자신을 괴롭혀온 지독한 경련이 자주 일어나 이렇게 갑자기 그것에 사로잡히곤 하는데, 이런 발작이 전혀 위험하진 않지만 어떤 치료법도 없다고 말했다. 나는 그녀 옆에 무릎을 꿇었다. 그녀가 가만히 내게 품을 열어주었다. 나는 그녀의 머리를 안고 그녀의 어깨에 몸을 던졌다.

"아! 그대여," 그녀가 말했다. "불쌍한 사람."

"내 말 들어봐요." 나는 그녀의 귀에 대고 말했다. "난 가련한 미치광이예요. 하지만 아무것도 가슴에 담아둘 수가 없어요. 산에 살며 가끔 당신을 만나러 오는 달랑스 씨가 누구죠?"

그녀는 내가 그 이름을 입에 담는 것에 놀란 듯 보였다.

"달랑스요?" 그녀가 말했다. "그 사람은 남편 친구예요." 그녀는 마치 "왜 그런 질문을 하는 거죠?"라고 덧붙이고 싶은 듯 나를 바라보았다. 그녀의 얼굴이 어두워진 듯 보였다. 나는 입술을 깨물었다. '만일 그녀가 나를 속이려 든다면,' 나는 생각했다. '내가 말을 꺼낸 게 잘못이지.'

브리지트는 힘겹게 일어섰다. 그녀는 부채를 집어들고 방안을 성큼성큼 걸었다. 그녀의 숨소리가 거칠어졌다. 내가 그녀에게 상처를 준 것이다. 그녀는 잠시 생각에 잠겼고, 우리는 거의 냉정하고 적대적인 시선을 두세 번 교환했다. 그녀는 책상으로 가서 서랍을 열더니 비단실로 묶어놓은 한 뭉치의 편지를 꺼냈다. 그녀는 한마디도 하지 않고 그것을 내 앞에 던졌다.

하지만 나는 그녀도 그녀의 편지도 쳐다보지 않았다. 나는 방금 심연에다 돌멩이 하나를 던져넣고 그 메아리가 울리는 소리를 듣고 있었다. 처음으로 브리지트의 얼굴에 상처받은 자존심이 드러났다. 그녀의 두 눈에는 더이상 불안도 연민도 없었고, 이전에는 결코 느껴보지 못한 전혀 다른 느낌을 조금 전에 받았듯이 그녀에게서 낯선 여인을 보았다.

"그걸 읽어봐요." 이윽고 그녀가 말했다. 나는 다가가 그녀에게 손을 내밀었다. "그걸 읽어봐요, 읽어보라니까요!" 차가운 어투로 그녀가 되풀이했다.

나는 편지들을 집어들었다. 그 순간 그녀의 결백을 확신하게 되었고, 나 자신이 너무도 부당하다는 생각이 들어 후회가 밀려왔다.

　"당신을 보니, 내 지난 삶에 대해 이야기해야겠군요. 앉아요. 이야기하죠. 저 서랍들을 열어 내가 쓰거나 다른 사람이 쓴 걸 다 읽어봐요."

　그녀는 앉아서 내게 안락의자를 가리켰다. 그녀는 힘들여 말하고 있었다. 죽은 사람처럼 창백했다. 목이 메는지 그녀의 갈라진 목소리가 겨우 새어나왔다.

　"브리지트! 브리지트!" 나는 외쳤다. "하늘의 이름으로, 더이상 말하지 마요. 내가 당신이 생각하는 그런 사람이 아니라는 건 신이 증인이 되어주실 겁니다. 내 평생 결코 의심하거나 불신에 싸인 적이 없었어요. 사람들이 나를 타락시켰고 내 가슴을 비뚤어지게 만들었어요. 고약한 경험이 나를 파멸로 이끌었고, 일 년 전부터 내가 본 거라고는 이 세상에 있는 악뿐이었어요. 오늘까지 내가 모든 역할 중 최악의 것, 바로 질투심에 사로잡힌 사람의 역할을 할 수 있으리라고는 나 자신도 믿지 않았다는 건 신이 증인이 되어주실 거예요. 신께 맹세코 당신을 사랑해요. 그리고 과거로부터 나를 치유해줄 수 있는 건 이 세상에 오직 당신뿐이에요. 이제까지 나는 배신하거나 사랑받을 자격이 없는 여인들만 만났어요. 탕아의 삶을 살아왔죠. 내 가슴속에는 결코 지워지지 않을 기억들이 있어요. 험담 한마디가, 더없이 불분명하고 참기 어려운 비방의 말이 오늘 아직도 고통받고 있는, 고통과 유사한 모든 것을 받아들일 준비가 되어 있는 가슴속 깊은 곳에 와 닿은 것이 내 잘못인가요? 오늘 저녁 내가 알지 못하는, 그 존재조차 몰랐던 남자에 관한 이야기를 들었어요. 당신과 그에 관해 수군거리지만 아무것도 증명해주지 않는 이야기들이 있었다는 걸 전해 들었고, 그것에 관해 당신에게 절대 묻고 싶진 않아요. 당신에게 고백했다시피 나는 그로 인해 고통받았어요. 그건 돌이킬 수 없는 잘못입니다. 하지만 당신의 제안을 받아들이느니 모든 걸 불속에 던져버리겠어요. 아! 그대여, 나를 더이상 타락시키지 마요. 당신의 결백을 증명하려 하지 말고, 내게 고통의 형벌을 내리지 마요. 어찌 내가 가슴속 깊이 당신이 나를 속였다고 의심할 수 있겠어요? 아니, 당신은 아름답고 진실한 사람이에요. 브리지트, 당신이 던지는 한 번의 시선이 당신을 사랑하기 위해 내가 던지는 질문보다 더 많은 이야기를 해주죠. 당신 앞에 있는 어린아이가 어떤 가증스러움을, 어떤 흉측한 배반을 보았는지 알아요? 사람들이 그를 어떻게 대했는지, 그가 가진 모든 선량함을 어떻게 조롱했는지, 의심으로, 질투로, 절망으로 이끌 수 있는 모든 것을 어떻게 가르쳐주었는지 당신이 안다면! 아! 아! 사랑하는 연인이여, 당신을 사랑하는 사람이 어떤 자인지 안다면! 날 비난하지 마요. 용기 내어 날 불쌍히 여겨줘요. 나는 당신 이외에 다른 사람들이 존재한다는 것을 잊어야 해요. 내가 어떤 시련들을, 어떤 끔찍한 순간들을 겪어왔는지 누가 알겠어요! 나는 그랬을 수밖에 없다는 걸 의심하지 않았고, 맞서 싸워야 한다고 믿지 않았어요. 당신이 내 여자가 된 뒤에야 내가 한 짓을 깨달았어요. 당신에게 입맞추면서야 내 입술이 얼마나 더럽혀졌는지를 느꼈어요. 하늘의 이름으로, 내가 살아갈 수 있도록 도와줘요! 신은 나를 그보다는 나은 존재로 만드셨으니."

브리지트는 내게 손을 내밀어 더없이 다정하게 안아주었다. 그녀는 그 슬픈 사건의 원인이 된 모든 것에 대해 이야기해달라고 청했다. 나는 라리브에게서 전해 들은 이야기만 했을 뿐, 메르캉송에게 물어보았다고 감히 고백하지는 못했다. 그녀는 내가 꼭 자신의 해명을 들어주었으면 했다. 달랑스 씨는 그녀를 사랑했다. 하지만 그는 가볍고, 너무 방탕하고 변덕스러운 사람이었다. 그녀는 재혼을 원치 않으니 사랑의 말은 그만하라고 간청할 수밖에 없음을 그에게 납득시켰다. 그는 악감정 없이 체념했다. 그때 이후로 그의 방문은 점점 뜸해졌고, 요즈음에는 더이상 찾아오지 않았다. 그녀는 편지 뭉치에서 최근 날짜의 편지한 통을 꺼내 보여주었다. 거기서 그녀가 방금 말한 내용을 확인하니내 얼굴이 달아오르지 않을 수 없었다. 그녀는 나를 용서한다고 안심시켜주었고, 내 잘못에 대한 벌로 앞으로는 자신에게 어떤 의심을 품게 되는 순간 알려주겠다는 약속을 해달라고 요구했다. 우리의 계약은 키스로 조인되었고, 날이 밝아 내가 떠날 때 우리는 둘 다 달랑스 씨가 존재했다는 사실조차 잊어버렸다.

2

쌉쌀한 쾌락이 스며든 일종의 무기력한 나태함은 탕아들에게는 일
상적인 것이다. 그것은 변덕스러운 삶에 이어지는 것인데, 그런 삶에
서는 모든 것이 육체적인 필요가 아니라 정신의 변덕에 의해 결정된
다. 그리고 언제나 육체는 정신을 따를 준비가 되어 있어야만 한다. 젊
음과 의지는 방탕에 저항할 수 있다. 하지만 본성은 소리 없이 복수하
고, 본성이 자신의 힘을 되찾겠다고 결심하는 날, 의지는 또다시 본성
에 저항하게 될 때를 숨죽여 기다린다.

그때 주위에서 전날 자신을 유혹했던 온갖 물건들을 발견했지만 더
이상 붙잡을 힘이 없는 사람은 자신을 둘러싼 것들에 혐오의 미소밖에
돌려줄 수 없다. 어제 그의 욕망을 자극했던 그 물건들조차 결코 침착
하게 대할 수 없다는 걸 덧붙여야겠다. 탕아는 사랑하는 모든 것을 난

폭하게 탈취한다. 그의 삶은 열병이다. 그의 신체기관은 쾌락을 구하기 위해 포도주, 창녀, 불면의 밤과 동류가 되어야 한다. 권태와 나태의 나날 속에 그는 자신의 무기력과 욕망 사이에서 다른 사람이 느끼는 것보다 훨씬 더 큰 거리감을 느낀다. 그리고 욕망에 저항하기 위해서는 자존심의 도움을 받아 그 자신이 욕망을 경멸한다는 사실을 믿게 해야 한다. 그가 끊임없이 모든 삶의 향연에 침을 뱉는 것은 이와 같은 이유에서이고, 불타는 갈증과 극도의 포만감 사이에서 조용한 자만심이 그를 죽음으로 이끈다.

나는 더이상 탕아가 아니었음에도 갑작스레 내 육체가 그 사실을 기억하는 일이 발생했다. 그때까지 내가 그걸 깨닫지 못한 것은 아주 단순한 이유에서였다. 아버지의 죽음으로 인한 내 고통 앞에서 우선 모든 것이 입을 다물었다. 그리고 격렬한 사랑이 다가왔다. 내가 고독 속에 머물러 있는 한 권태에 맞설 필요가 없었다. 시간은 흐르거늘, 슬프건 기쁘건 홀로인 자가 무슨 상관이겠는가?

푸른빛을 띤 광맥에서 캐낸, 반만 금속인 아연을 순수한 구리에 마찰시키면 아연에서 태양빛이 솟아나오듯, 브리지트의 키스는 내 가슴 속에 묻혀 있던 것을 조금씩 일깨웠다. 그녀와 마주하면 곧 내가 어떤 사람이었는지 깨닫게 되었다.

아침부터 너무 이상해서 뭐라 규정지을 수 없는 정신 상태임을 느끼는 날들이 있었다. 그 전날 만찬 자리에서 폭음으로 녹초가 된 사람처럼 나는 이유 없이 잠에서 깼다. 외부로부터의 모든 감각이 참을 수 없는 피로의 원인이 되었고, 익숙하고 일상적인 모든 물건들이 역겹고 지겨웠다. 그런 날은 내가 말을 꺼내봤자 다른 사람들의 말이나 나 자신의 생각을 웃음거리로 만들 뿐이었다. 그런 때면 나는 소파에 드러누워, 마치 움직일 수 없는 것처럼, 일부러 그 전날 같이 계획한 산책을 모두 엉망으로 만들었고, 내가 상냥하게 굴었던 시간 동안 더 기분좋았고 내 연인에게 진심으로 더 다정했다고 할 수 있었던 일들을 생각해내고는 냉소적인 빈정거림으로 행복한 날들의 추억을 해치고 망가뜨려야 직성이 풀렸다. "추억은 내가 간직하면 안 될까요?" 브리지트가 슬프게 물었다. "당신 안에 너무 다른 두 존재가 있다면, 악한 쪽이 깨어날 때 선한 쪽을 잊을 수는 없나요?"

하지만 이런 혼란에 대해 브리지트가 보여준 인내심은 내 위험한 쾌활함을 부채질할 뿐이었다. 고통받는 사람이 사랑하는 여인에게 고통을 주려 하다니, 기이한 일이다! 자제력을 갖지 못하는 것, 그것이야말로 최악의 병이 아닐까? 자신의 품에 안겼던 남자가 이유 없는 기이함으로, 행복한 밤들이 지닌 가장 신성하고 신비로운 것을 조롱하는 걸보는 것보다 한 여인에게 더 잔인한 일이 있을까? 하지만 그녀는 나를 피하지 않았다. 그녀가 장식 융단 위로 몸을 굽힌 채 내 옆에 머물러있는 동안 나는 흉포한 기분에 휩싸여 이렇게 사랑을 모욕하고 그녀의 키스로 촉촉해진 입술로 내 광기가 으르렁거리도록 방치했다.

그런 날이면 평소와 반대로, 파리에 대해 이야기하며 내 타락한 삶을 세상에서 가장 훌륭한 것으로 묘사하고 있는 나 자신을 느꼈다. "당신은 독실한 신자에 지나지 않아." 나는 웃으며 브리지트에게 말했다. "당신은 그게 뭔지 몰라. 낙천적으로, 사랑을 믿지도 않으면서 육체적인 사랑을 나누는 사람들보다 더 나은 것도 없지."

그것은 내가 사랑을 믿지 않았다는 것을 의미하지 않았던가?

"좋아요!" 브리지트가 대답했다. "어떻게 해야 당신을 기쁘게 할 수 있는지 계속 내게 가르쳐줘요. 아마 내가 당신이 아쉬워하는 연인들만큼 예쁘긴 할 거예요. 그녀들이 자기들 방식대로 당신을 즐겁게 해준 것과 같은 재치가 내게 없다면 나로서는 배우고 싶을 뿐이에요. 나를 사랑하지 않는 것처럼 굴어봐요. 아무 말 없이 당신을 사랑하도록 나는 내버려두고요. 내가 교회에서 독실한 신자라면, 사랑에서도 그래요. 당신이 그걸 믿게 하려면 어떻게 해야 할까요?"

그녀는 이제 거울 앞에 있었다. 대낮에 무도회나 축제에 가는 것처럼 옷을 입고, 그녀 자신을 고통스럽게 했을 수도 있을 교태를 가장하고, 나와 같은 투로 말하려 애쓰고, 소리 내어 웃고 방안을 뛰어다니기도 했다. "내가 당신 취향이긴 해요?" 그녀는 말했다. "당신 여자들 중 내가 누구와 닮은 것 같아요? 아직도 사랑을 믿을 수 있다는 사실을 당신이 잊게 만들 만큼 내가 충분히 아름다운가요? 내가 낙천가로 보여요?" 그러다가도 한창 이런 쾌활함을 꾸며내는 와중에 내게서 등을 돌리면, 그녀의 머리 위에 꽂힌 슬픈 꽃들이 무의식적으로 전율했다. 그러면 나는 그녀의 발치에 몸을 던졌다. "그만해요." 내가 말했다. "당신은 당신이 흉내내고 싶어하는, 비열하기 짝이 없는 내 입술이 감히 당신 앞에 상기시키는 존재와 너무도 비슷하군요. 이 꽃들을 떼어내고, 이 옷을 벗어요. 진지한 눈물로 이 거짓 쾌활함을 씻어버려요. 내가 탕아에 지나지 않는다는 걸 기억나게 하지 마요. 내가 아는 거라곤 온통 과거뿐이니."

하지만 이런 뉘우침 자체가 잔인했다. 그것은 내가 가슴속에 간직하고 있던 환영의 충만한 현실성을 증명했다. 혐오감의 몸짓에 굴복하면서 내가 그녀에게 분명히 말한 것은, 그녀의 체념이나 나를 기쁘게 하려는 그녀의 욕망은 내게 순수하지 못한 이미지만 보여준다는 것이었다.

그리고 그것은 사실이었다. 나는 그녀의 품에서 내 고통과 지난 삶을 잊으리라 다짐하면서 기쁨에 들떠 브리지트의 집에 이르곤 했다. 나는 그녀에 대한 존경을 맹세하면서 무릎을 꿇고 침대 발치까지 갔다. 마치 성소에 들어가듯 그녀의 방에 들어갔다. 나는 눈물 흘리며 그녀에게 두 팔을 내밀었다. 그러면 그녀는 어떤 몸짓을 하고 어떤 방식으로 드레스를 벗고 내게 다가오며 어떤 말을 했다. 그러면 나는 어느 날 밤 드레스를 벗고 내 침대로 다가오면서 그런 말을 했던 한 매춘부를 갑자기 떠올렸다.

가련하고 충성스러운 영혼이여! 그때 당신 앞에서 창백해지는 나를 보며 얼마나 괴로워했나요! 그때 당신을 안을 준비가 되어 있던 내 두 팔이 마치 생명을 잃은 것처럼 부드럽고 싱그러운 당신의 어깨 위로 떨어지곤 했지요. 그때 키스는 내 입술 위에서 닫혀버리고, 충만한 사랑의 눈길, 빛의 신에게서 나오는 그 순수한 광선은 바람에 빗나간 화살처럼 내 두 눈에서 사라졌지요! 아! 브리지트, 당신 눈꺼풀 위로 어떤 다이아몬드가 흘렀던가요! 어떤 숭고한 자비의 보물들 속에서 당신 손이 끈기 있게 연민 가득한 당신의 슬픈 사랑을 길었던가요!

오랫동안 좋은 날과 나쁜 날이 거의 규칙적으로 이어졌다. 나는 냉혹하고 빈정거리고, 다정하고 충실하고, 무뚝뚝하고 오만하고, 뉘우치고 유순한 태도를 번갈아 취했다. 마치 내가 어떤 행동을 하게 될지에 관해 경고하기 위해서였던 양 내게 처음으로 나타났던 데주네의 얼굴이 내내 내 머릿속에 있었다. 내가 의심하고 냉담하게 군 나날 동안에는 말하자면 그와 대화를 했다. 불과 조금 전, 잔인한 몇 마디 빈정거림으로 브리지트를 모욕한 순간조차 나는 자주 생각했다. '만일 그가나였다면, 나와는 딴판으로 행동했을 거야!'

또 가끔은 브리지트의 집에 가기 위해 모자를 쓰면서 거울에 비친 내 모습을 보고 생각했다. '뭐가 큰 잘못이야? 결국 내겐 아름다운 연인이 있잖아. 그녀는 탕아에게 몸을 맡겼고, 있는 그대로의 내 모습을 받아들이는데.' 나는 입가에 미소를 띤 채 도착해서는 느긋하고 결연한 태도로 안락의자에 몸을 던지곤 했다. 그러면 부드럽지만 근심이 어린 커다란 두 눈의 브리지트가 다가왔다. 나는 두 손 안에 그녀의 작고 흰 손을 쥐고 끝없는 꿈에 잠기곤 했다.

이름 없는 것에 어떻게 이름을 붙이겠는가? 내가 선했던가 아니면 악했던가? 의심이 많았던가 아니면 제정신이 아니었던가? 그것에 대해선 깊이 생각하지 말고 앞으로 나아가야겠다. 사정은 이랬다.

우리 옆집에는 다니엘 부인이라 불리는 젊은 여자가 살았다. 그녀는 빠지는 미모가 아니었고 애교는 더욱 그랬다. 그녀는 가난했지만 부자로 보이고 싶어했다. 저녁식사 후에는 우리를 방문해서, 잃으면 형편이 곤란해지는데도 언제나 큰돈을 걸고 우리와 카드놀이를 했다. 그녀는 노래를 불렀는데, 노래할 만한 목소리가 전혀 아니었다. 불행한 운명으로 인해 어쩔 수 없이 은둔하게 된 두메 마을 깊은 곳에서 그녀는 쾌락에 대해 상상을 초월하는 갈증을 느꼈다. 그녀는 파리 이야기만 했는데, 일 년에 두세 번 그곳에 갔다. 그녀는 유행을 좇고 싶어했다. 사랑스러운 브리지트는 연민 어린 미소를 환하게 지으며 최선을 다해 그녀가 그렇게 하도록 도왔다. 다니엘 부인의 남편은 등기소 직원이었다. 그는 축제일이 되면 그녀를 도청 소재지로 데려갔고, 우스꽝스럽게 온몸을 치장한 작달막한 그녀는 그곳에 주둔하는 군인들과 도청 로비에서 기꺼이 춤을 췄다. 그녀는 몸은 녹초가 되었어도 두 눈은 빛을 내며 그곳에서 돌아왔다. 그러고는 우리집에 와서 자신의 위업과 자신이 원인이 된 작은 슬픔들에 대해 이야기했다. 나머지 시간 동안은 영 내키지 않는 집안일은 거들떠보지도 않고 소설책만 읽었다.

나는 그녀를 만날 때마다 조롱했다. 그녀가 생각하는 그녀 자신의 삶보다 더 우스꽝스러운 삶은 결코 찾아볼 수 없었기 때문이다. 나는 그녀의 축제 이야기를 중단시키고 남편과 시아버지에 대해 묻곤 했다. 그녀는 그들을 다른 누구보다 싫어했는데, 남편은 그녀의 남편이기 때문이고 시아버지는 한낱 농부에 지나지 않았기 때문이다. 요컨대 우리가 어떤 주제를 논할라치면 어김없이 말다툼이 벌어졌다.

심술궂어질 때면 나는 단지 브리지트를 괴롭힐 요량으로 치근댈 생각을 했다. "봐요," 나는 말했다. "다니엘 부인이 얼마나 완벽하게 삶을 이해하고 있는지! 성격도 쾌활하니, 그보다 더 매력적인 연인을 기대할 수 있겠어요?" 그러고는 그녀를 칭찬하기 시작했다. 그녀의 무의미한 수다는 통찰력 충만한 활달함으로 바뀌고, 과장된 허세는 호감을 사고 싶은 자연스러운 욕구가 되었다. 그녀가 가난한 것이 그녀의 잘못인가? 적어도 그녀는 쾌락만을 생각했고 그것을 솔직하게 고백하지 않던가. 지루한 훈계를 하지 않고 다른 사람의 훈계도 듣지 않으니. 나는 브리지트에게 그녀를 역할 모델로 삼아야 할 것이며, 내가 완전히 좋아하는 유형의 여성이라는 말까지 하려 했다.

가련한 다니엘 부인은 브리지트의 눈에서 우울한 기색을 읽었다. 그녀는 화려한 옷과 장신구들에 몰두해 있을 때 멍청해지는 것만큼이나 그것들을 벗어도 멍청해지는 선량하면서도 솔직한, 이상한 여자였다. 그럴 때면 자기만큼이나 선량하면서도 어리석은 행동을 했다. 어느 화창한 날, 그녀가 산책길에 브리지트와 단둘이 있을 때 그녀의 곁으로 바짝 다가가, 내가 자신에게 치근대기 시작했음을 눈치챘으며 의도가 뻔한 말을 던진다고 말한 것이다. 하지만 그녀는 내가 다른 여인의 연인임을 알기에 자신은 무슨 일이 일어나건 친구의 행복을 파괴하느니 오히려 죽음을 택할 것이라고 했다. 브리지트는 그녀에게 고마워했고, 양심에 거리낄 것이 없어진 다니엘 부인은 최선을 다해 나를 난처하게 만들려고 추파를 던져댔다.

그날 저녁 그녀가 떠난 뒤 브리지트는 숲에서 있었던 일에 대해 심각한 투로 말했다. 그녀는 앞으로는 그런 모욕을 당하지 않게 해달라고 간청했다. 그녀가 말했다. "그런 데 신경을 써서도, 그런 농담을 믿어서도 아니에요. 하지만 당신이 나를 조금이라도 사랑한다면, 언제나 날 사랑하는 건 아니라는 걸 제삼자에게 알려줄 필요는 없다고 생각해요."

"그게 뭐 그리 중요해요?" 나는 웃으며 대답했다. "당신도 알다시피 이건 농담이고, 시간이나 때우자는 건데요."

"오! 그대여, 그대여." 브리지트가 말했다. "시간을 때워야 한다는 건 불행이에요."

며칠 후 나는 우리도 도청에 가서 다니엘 부인이 춤추는 걸 보자고 브리지트에게 제안했다. 그녀는 마지못해 동의했다. 그녀가 몸치장을 마치는 동안 나는 그녀가 예전의 쾌활함을 잃었다고 몇 마디 나무랐다. "대체 무슨 일이에요?" 내가 물었다(그녀만큼이나 나도 그 이유를 잘 알고 있었다). "뭐죠? 요즈음 당신을 떠나지 않는 이 침울한 기운은 무엇 때문인가요? 사실 당신 때문에 우리 둘이 있을 때 좀 우울하잖아요. 예전에 당신은 더 쾌활하고 자유롭고 더 열려 있는 성격이었어요. 나로 인해 당신 성격이 바뀐 걸 보려니 기분이 썩 좋지 않군요. 하지만 당신 정신은 금욕적이에요. 당신은 수도원에서 살기 위해 태어났나봐요."

일요일이었다. 우리가 산책로를 지나고 있을 때 브리지트가 마차를 세우고는 보리수 숲에 춤을 추러 가는 몇몇 친한 친구들, 선량하고 생기발랄한 시골 소녀들에게 저녁 인사를 했다. 그녀들이 떠나고 난 후 그녀는 오랫동안 마차의 커튼에 머리를 기대고 있었다. 작은 무도회라도 그녀에게는 소중했던 것이다. 그녀는 손수건을 눈가로 가져갔다.

우리는 도청에서 흥겨움에 흠뻑 취해 있는 다니엘 부인을 발견했다. 나는 그녀에게 꽤 자주 춤을 청했는데 그것은 사람들의 주의를 끌기 위해서였다. 나는 그녀를 수없이 칭찬했고, 그녀는 최선을 다해 거기에 답했다.

브리지트는 우리 맞은편에 있었다. 그녀의 시선이 우리를 떠나지 않았다. 내가 느낀 것을 말하기는 어렵지만, 그것은 쾌락이자 고통이었다. 나는 질투에 사로잡혀 있는 그녀를 똑똑히 보았다. 하지만 감동받는 대신 나는 그녀를 더 불안하게 만들기 위해 필요한 모든 것을 했다.

돌아오는 길에 나는 그녀의 비난을 예상하고 있었다. 그런데 그녀는 비난을 하지 않았을 뿐만 아니라 다음날도 그다음날도 우울하고 말이 없었다. 내가 그녀의 집에 가면 그녀는 내게로 와서 키스했다. 그러고 나서 우리는 마주앉은 채 둘 다 생각에 잠겨 무의미한 몇 마디 말만 겨우 주고받았다. 셋째 날, 그녀는 말을 하다가 신랄한 비난을 쏟아내며,

내 행동을 이해할 수 없다고, 내가 더이상 자신을 사랑하는 게 아니라면 달리 어떻게 생각해야 할지 모르겠지만 이런 삶은 참을 수가 없으며, 내 이상한 행동과 냉담함을 참아내느니 모든 각오가 되어 있다고 말했다. 그녀의 두 눈에 눈물이 가득 고여 있었고, 나는 그녀에게 용서를 구할 준비가 되어 있었다. 그때 그녀의 입에서 갑자기 너무도 신랄한 몇 마디 말이 새어나왔고, 내 자존심은 분노했다. 내가 같은 투로 응수하면서 우리의 언쟁은 거칠어졌다. 나는 가장 일상적인 행동을 하는데도 나를 믿고 따를 만큼 연인에게 충분한 신뢰감을 줄 수 없었다는 것은 우스꽝스러운 일이라고, 다니엘 부인은 핑계에 지나지 않으며 내가 그 여자를 진지하게 생각하지 않는다는 사실을 그녀도 잘 알고 있다고 말했다. 그녀의 가장된 질투는 명백한 횡포일 뿐이며 이런 삶이 힘들다면 이걸 끝내는 것은 오직 그녀에게 달려 있다고 말했다.

"좋아요." 그녀가 대꾸했다. "사실 내가 당신 여자가 된 뒤로는 더이상 당신을 알아볼 수가 없어요. 아마 당신이 나를 사랑한다고 설득하기 위해 연극을 한 거겠죠. 그러느라 지쳐버렸고, 이제 당신에겐 나한테 되돌려줄 고통밖에 없는 거예요. 당신은 다른 사람이 툭 내뱉은 첫마디에 내가 당신을 배신했다고 의심하는데, 나는 당신이 내게 준 모욕에 고통을 느낄 권리도 없군요. 당신은 더이상 내가 사랑한 사람이 아니에요."

"알아요." 나는 말했다. "당신 고통이 어떤 건지. 내가 한 걸음 내디딜 때마다 당신 고통이 되풀이될 뿐이라면 그 이유는 뭐죠? 이러다간 곧 당신 말고 다른 사람에게는 말을 건네는 것도 허락받지 못하겠군. 당신은 당신 자신을 모욕하고 싶어 학대받는 척하고 있어요. 나를 노예로 만들기 위해 내 횡포를 비난하는 거라고. 내가 당신의 평온을 깨뜨린다니, 그럼 어디 평화롭게 살아봐요. 더는 날 만나지 못할 겁니다."

우리는 화가 나 헤어졌고, 나는 그녀를 만나지 않고 하루를 보냈다. 다음날 자정 무렵에 나는 견딜 수 없는 극심한 슬픔을 느꼈다. 눈물이 비 오듯 흘렀다. 나는 내가 받아 마땅한 욕설을 스스로에게 퍼부었다. 나 자신이 가장 고결하고 훌륭한 여인에게 고통을 주는 미치광이, 악랄한 부류의 미치광이에 불과하다고 여겨졌다. 나는 그녀의 발치에 꿇어 엎드리기 위해 그녀의 집으로 달려갔다.

정원에 들어갔다가 그녀의 방에 불이 밝혀진 것을 보자 의심이 들었다. '그녀가 이 시간에 나를 기다리는 것은 아닐 테고.' 나는 생각했다. '그녀가 뭘 하는지 누가 알겠어? 어제 나는 그녀를 눈물짓게 했어. 아마 노래 부르고 있는, 내가 존재하지 않는다 해도 개의치 않는 그녀를 발견하게 되겠지. 아마 다른 여자처럼 화장을 하고 있을 거야. 슬그머니 들어가면 어떤 상황인지 알 수 있겠지.'

나는 까치발로 걸었는데, 뜻밖에도 문이 반쯤 열려 있어 눈에 띄지 않고도 브리지트를 볼 수 있었다.

그녀는 탁자 앞에 앉아 책에 글을 쓰고 있었다. 그녀를 처음으로 의심하게 만들었던 그 책이었다. 그녀의 왼손에는 작은 흰색 나무상자가 들려 있었는데, 그녀는 초조하고 떨리는 시선으로 이따금 그 상자를 바라보았다. 방안을 지배하는 평온한 외관에는 내가 알지 못하는 불길함이 있었다. 책상 서랍이 열려 있고, 여러 개의 서류 뭉치가 마치 방금 전에 정돈한 것처럼 그 안에 정리되어 있었다.

나는 문을 밀어 소리를 냈다. 그녀가 일어나 책상으로 가서 서랍을 닫더니 미소 지으며 내게 왔다. "옥타브," 그녀가 말했다. "우리는 둘 다 어린애예요. 그대여. 우리 다툼은 상식적이지 않아요. 만일 오늘밤 당신이 오지 않았다면, 이 밤에 내가 당신한테 갔을 거예요. 용서해줘요, 내 잘못이에요. 내일 다니엘 부인이 저녁식사를 하러 올 거예요. 원한다면, 당신이 나의 횡포라고 부른 일에 대해 사과할게요. 당신이 나를 사랑하기만 한다면, 나는 행복해요. 지난 일은 잊고, 우리의 행복을 망치지 말도록 해요."

3

 우리의 다툼은 말하자면 우리의 화해만큼 서글프지는 않았다. 브리지트가 보인 수수께끼 같은 태도는 처음에는 나를 두렵게 하더니 내 영혼에 지속적인 불안감을 남겼다.

 내가 노력하면 할수록 과거가 남긴 불행의 두 가지 요소가 내 안에서 자라났다. 어떤 때는 비난과 욕설 가득한 거센 질투가, 어떤 때는 잔인한 쾌활함과 짐짓 꾸민 경솔함이 내가 가진 가장 소중한 것을 빈정거리며 모욕했다. 이렇게 가혹한 기억이 쉼 없이 나를 뒤쫓았다. 이렇게 브리지트는 번갈아가며 부정한 여자 혹은 정부 취급을 받는 자신을 보면서 조금씩 우리의 삶 전체를 황폐하게 하는 슬픔에 빠져들었다. 최악은 그 슬픔 자체가, 비록 내가 그 원인이었고 죄의식을 느끼고 있었음에도 불구하고, 내 책임은 아니었다는 것이다. 나는 젊었고, 쾌락을 사랑했다. 나보다 나이 많고, 고통받고 번민하며, 표정이 점점 더 심각해져가는 여인과 언제나 단둘이 마주하고 있는 것, 그 모든 것이 내 젊음을 분노하게 했고 예전의 내 자유를 향한 쓸쓸한 회한을 불러 일으켰다.

아름다운 달빛 아래 천천히 숲을 가로지를 때면 우리 둘은 깊은 우울에 사로잡히는 것을 느꼈다. 브리지트는 연민 어린 시선으로 나를 바라보았다. 우리는 쓸쓸한 협곡이 내려다보이는 바위 위에 가서 앉았다. 우리는 그 자리에 몇 시간씩 머물러 있었다. 그녀의 반쯤 감긴 두 눈이 내 두 눈을 지나 심장에 잠기더니 자연으로, 하늘로, 계곡으로 향했다. "아! 어린아이 같은 이여." 그녀가 말했다. "얼마나 당신이 가여운지! 당신은 나를 사랑하지 않아요."

그 바위까지 가려면 숲속 길로 이십 리를 걸어야 했다. 돌아오는 길도 그만큼 걸어야 했으니 꼬박 사십 리 길이었다. 브리지트는 피곤함도 밤도 두려워하지 않았다. 우리는 밤 열한시에 출발하곤 했으므로 어떤 때는 아침이 되어서야 집에 도착했다. 이 원거리 산책을 할 때면 그녀는 평소에 입는 옷은 가시덤불에 거치적거린다고 유쾌하게 말하면서 푸른색 작업복과 남자옷을 입었다. 그녀는 단호하면서도 여성적인 섬세함과 어린아이 같은 경솔함이 뒤섞인 매혹적인 걸음걸이로 앞장서서 모래밭을 걸었기 때문에 나는 매 순간 그녀를 바라보기 위해 멈춰 섰다. 일단 발을 내디디면, 그녀는 어렵지만 신성한 임무를 완수해야 하는 것처럼 보였다. 그녀는 두 팔을 흔들고 목청껏 노래 부르며 군인처럼 앞서갔다. 그러다가 갑자기 뒤를 돌아보고는 내게로 와서 키스했다. 그것은 갈 때였고, 돌아올 때면 그녀는 내 팔에 기댔다. 그때는 더이상 노래를 부르지 않았다. 속내 이야기, 사방 이십 리 너머까지 우리 단둘뿐이었음에도 작은 소리로 나누는 다정한 이야기들이 있었다. 돌아오는 길에 나눴던 이야기들 중 한 단어도 기억나지 않는다. 그것은 사랑도 우정도 아니었다.

어느 날 밤 우리는 우리가 개척한 길을 따라 그 바위까지 갔다. 다시 말해 이미 나 있는 길을 따라 가지 않고 숲을 가로지른 것이다. 브리지트는 기꺼운 마음으로 길을 갔고, 풍성한 금발머리에 벨벳으로 만든 작은 챙모자를 써 대담한 개구쟁이처럼 보였기 때문에, 지나기 어려운 곳에 맞닥뜨렸을 때는 그녀가 여자라는 사실을 내가 잊어버리곤 했다. 그 때문에 그녀는 바위를 기어오르는 것을 도와달라고 몇 번이나 나를 부를 수밖에 없었다. 그사이 나는 그녀는 안중에도 없이 벌써 더 높은 곳으로 내닫고 있었던 것이다. 맑게 갠 멋진 그날 밤, 숲 한가운데서, 유쾌하면서도 한편으로는 구슬픈, 금작화와 나무줄기에 걸려 더이상 앞으로 나아가지 못하는, 학생처럼 작은 몸에서 나오는 여인의 목소리가 그때 어떤 효과를 가져왔는지 말할 수가 없다. 나는 그녀를 양팔로 안았다. "자, 부인," 나는 웃으며 말했다. "당신은 용감하고 민첩하며, 작고 예쁜 산골 사람이에요. 그런데 당신의 하얀 손에 상처가 났군요, 징을 박은 투박한 신발을 신고 지팡이를 들고 군인 같은 걸음걸이로 걷지만 당신을 안고 가야겠군요."

우리가 도착했을 때는 숨이 턱까지 찼다. 나는 몸에 끈을 둘러 버들가지로 엮은 병에 마실 것을 담아 가지고 온 터였다. 우리가 바위에 있을 때 사랑하는 브리지트가 내게 마실 것을 달라고 했다. 그런데 병도 우리가 다른 용도로 쓰던 부싯돌도 사라지고 없었다. 부싯돌은 길을 잃었을 때 기둥에 쓰인 도로 이름을 읽기 위한 것이어서 그 때문에 계속 길을 잃고 헤매게 되었다. 길을 잃을 때면 나는 기둥에 기어올라갔다. 반쯤 지워진 글씨를 읽어내기 위해 적절한 순간에 부싯돌로 불을 밝히는 것이 문제였다. 마치 철없는 두 아이처럼 우리는 그 모든 일에 미친듯이 열중했다. 갈림길에서는 적절한 것이 발견될 때까지 하나가 아니라 대여섯 개의 기둥을 해독해야만 할 때도 있었다. 그런데 그날 저녁 우리의 모든 짐은 풀밭에 있었다. "자," 브리지트가 말했다. "이 곳에서 밤을 보내요. 나도 지쳤고요. 이 바위는 침대로 쓰기에는 좀 딱 딱하군요. 마른 나뭇잎을 깔면 좀 나을 거예요. 앉아요, 이 얘기는 더 이상 하지 말기로 해요."

그날밤은 아주 멋졌다. 우리 뒤로 달이 떠올랐다. 브리지트는 숲이 울창한 언덕이 지평선에 그려내는 검은 톱니 모양에서 달이 천천히 솟 아오르는 것을 오랫동안 바라보았다. 무성한 잡목에서 달빛이 빠져나 와 하늘에 퍼짐에 따라 브리지트의 노래는 더 느려지고 우울해졌다. 곧 그녀가 몸을 굽히더니 내게 덥석 안기며 내 목을 안았다. 그녀가 말 했다. "내가 당신 마음을 이해하지 못한다고, 당신 때문에 받은 고통으 로 당신을 비난한다고 생각하지 마요. 그대여, 지난 삶을 잊어버리기 에 충분한 힘을 갖지 못한 것이 당신 잘못은 아니잖아요. 당신이 나를 사랑한 것은 진심이었고, 당신의 사랑으로 인해 죽게 된다 하더라도 당신에게 몸을 맡긴 날을 결코 후회하진 않을 거예요. 당신은 삶을 되 찾았다고, 당신을 타락시킨 여자들에 대한 기억을 내 품에서 잊게 될 거라고 믿었죠. 슬프군요! 옥타브, 예전에 나는 당신이 얻었다고 말한 조숙한 경험에 미소 지었어요. 당신이 아무것도 모르는 어린아이들처럼 자기 자랑을 한다고 이해했어요. 내가 원하기만 하면 된다고, 내 첫 키스에 당신 가슴속에 존재했던 모든 선량한 것들이 당신 입술로 향할 것이라 믿었어요. 당신도 그렇게 믿었지요. 우리 둘 다 틀린 거예요. 오 어린아이여! 당신은 가슴에 치유하고 싶지 않은 상처를 지니고 있어요. 당신을 배신한 그 여자를 당신은 아주 많이 사랑한 게 분명해요! 그래요, 나보다 더, 훨씬 더요. 아! 가여운 내 모든 사랑으로도 그녀의 이미지를 지울 수가 없으니. 그녀는 당신을 잔인하게 배신했던 게 틀림없어요. 내가 당신에게 충실한 것이 헛되니 말이에요! 다른 여인들, 가련한 존재들이 당신의 젊음을 타락시키기 위해 대체 무슨 짓을 한 거죠? 그러니까 그녀들이 당신에게 판 쾌락은 아주 강렬하고 엄청난 것이었나봐요. 당신이 내게 그녀들과 비슷해지라고 요구하니 말이에요! 당신은 내 곁에서 그녀들을 기억해요! 아! 어린아이 같은 이여, 그게 제일 잔인해요! 격노한 당신이 부당하게도 상상의 죄로 나를 비난하고, 당신의 첫 연인이 당신에게 저지른 잘못을 내게 복수하는 걸 보는 게 더 나아요. 당신 얼굴에서 그 끔찍한 쾌활함, 당신 입술과 내 입술 사이에 갑자기 석고 마스크처럼 와서 놓이는 그 빈정거리는 탕아의 표정을 발견하는 것보다는 말이죠. 말해줘요, 옥타브, 왜 그런 표정을 짓는 거죠? 당신이 사랑에 대해 경멸적으로 말하는, 가장 감미로운 우리의 속내 이야기까지 너무도 서글프게 조롱하는 그런 날들이 왜 있는 거죠? 당신이 보낸 끔찍한 삶이 당신의 과민한 신경에 대체 어떤 영향을 미쳤기에, 본심은 그렇지 않은데도 아직 당신 입술에 그런 모욕적인 말이 맴도는 거죠? 맞아요, 당신 본심은 그렇지 않은데도 말이죠. 당신의 가슴은 고귀하니까요. 당신이 한 행동을 당신 자신도 부끄럽게 여기고 있어요. 당신 자신의 행동으로 고통받지 않기에는 나를 너무 사랑하는 거죠. 내가 그것 때문에 힘들어하는 걸 아니까요. 아! 이제 나는 당신을 알아요. 당신이 그러는 걸 처음 보았을 때는 당신은 결코 상상할 수 없을 공포에 사로잡혔어요. 나는 당신이 탕아에 지나지 않는다고, 느끼지도 않은 사랑의 겉모습으로 계획적으로 나를 속였다고, 진정한 당신의 모습 그대로를 보았다고 생각했어요. 오 그대여! 나는 죽음을 생각했어요. 내가 어떤 밤들을 보냈는지! 당신은 내 생활을 몰라요. 당신은, 당신에게 말하고 있는 내가, 당신이 겪은 것보다 더 달콤한 세상을 경험한 건 아니라는 사실은 모르죠. 아! 삶은 달콤하지만, 그건 삶을 알지 못하는 사람들에게나 그런 거죠.

친애하는 옥타브, 당신이 내 첫사랑은 아니에요. 내 가슴 깊은 곳에는 당신한테 들려주고 싶은 우울한 이야기가 있어요. 아버지는 내가 아직 어렸을 때 오랜 친구의 외아들을 내 짝으로 점찍어두셨어요. 두 분은 시골 이웃이었고, 가치가 비슷한 작은 영지를 소유하고 있었어요. 두 가족은 매일 만났고, 말하자면 함께 살다시피 했어요. 그러다가 아버지가 돌아가셨어요. 어머니가 돌아가신 지는 한참 전이었고요. 당신도 아는 숙모님이 저를 보살펴주셨죠. 얼마 후 숙모님은 여행을 떠나야만 될 형편이라 내 시아버지 되실 분에게 나를 맡길 수밖에 없었어요. 그분은 날 당신 딸이라 부르셨고, 그 마을에서는 내가 그분 아들과 결혼하게 될 거라는 사실을 모르는 사람이 없었기 때문에 우리 둘은 아주 자유스럽게 같이 있곤 했어요.

그 젊은 남자는 나를 한결같이 사랑하는 것처럼 보였어요. 그 이름은 당신에게 말할 필요도 없겠죠. 어린 시절부터 쌓아온 수년간의 우정이 시간과 함께 사랑이 되었던 거죠. 단둘이 있게 되면 그는 우리가 맞게 될 행복에 대해 이야기하기 시작했어요. 그는 자신의 조바심을 표현했어요. 나는 그보다 겨우 한 살 어렸죠. 그런데 그가 방탕하게 사는 이웃을 알게 되었어요. 그 이웃 사람은 일종의 사기꾼이었는데, 그가 그자의 충고를 따르곤 했지요. 내가 어린아이와 같은 믿음으로 그의 애무에 몸을 맡기는 동안 그는 아버지를 배신하기로, 우리의 모든 약속을 저버리기로, 나를 욕보인 다음 버리기로 결심했어요.

어느 날 아침 그의 아버지가 우리를 당신 방으로 불렀고, 그곳에 모든 가족들을 모아놓고 우리의 결혼 날짜가 정해졌다고 알렸어요. 바로 그날 저녁 정원에서 나와 마주친 그는 전에 없이 단호하게 자신의 사랑을 이야기했어요. 그리고 날짜가 정해졌으니 자신은 내 남편이나 다름없으며 신에게 맹세코 태어나면서부터 그렇다고 말했어요. 나는 내 젊음, 내 무지, 내가 가졌던 신뢰 말고는 내세울 변명거리가 없었죠. 나는 결혼 전에 몸을 허락했고, 일주일 후 그는 아버지의 집을 떠났어요. 새로운 친구가 소개해준 여자와 함께 도망친 거였죠. 그는 독일로 떠난다는 편지를 남겼고, 그뒤로 그 사람을 다시는 보지 못했어요.

한마디로 이게 내 삶의 이야기예요. 지금 당신이 내 삶을 알게 되었듯 내 남편도 내 삶을 알았죠. 나는 자존심이 아주 강한 사람이에요, 어린아이 같은 사람이여. 그래서 어떤 남자 때문에라도 결코 그때 받은 고통을 두 번 다시 겪지는 않을 거라 고독 속에 맹세했어요. 그러다 당신을 만났고, 그 맹세를 잊었어요. 하지만 고통을 잊은 건 아니랍니다. 나를 부드럽게 대해줘야 해요. 당신이 아픈가요, 나도 그래요. 우리는 서로를 보살펴야 해요. 옥타브, 당신도 알다시피 나도 과거의 기억이 어떤 건지 알아요. 그건 내게도 당신 곁에서 잔인한 공포의 순간들을 상기시키죠. 당신보다는 내가 더 용기가 있을 거예요. 아마 내가 더 고통받았기 때문이겠죠. 내가 시작해야 해요. 내 심장은 자기 확신이 거의 없고, 나는 아직 너무 약해요. 당신이 이곳에 오기 전, 이 마을에서의 내 삶은 너무도 평온했어요! 그런 삶을 절대 변화시키지 않겠다고 그렇게 결심했는데! 그 모든 것이 나를 원하는 게 많은 사람으로 만들었어요. 아! 아무래도 상관없어요, 나는 당신 거니까. 다정했던 순간 내게 말했잖아요, 신께서 어머니처럼 당신을 돌보는 임무를 내게 맡겼다고. 그건 사실이에요, 그대여, 내가 날마다 당신의 연인은 아니에요. 당신 어머니가 되고 싶은 날들도 많아요. 그래요, 당신으로 인해 고통받을 때는 더이상 당신에게서 내 연인이 보이지 않아요. 당신은 아프고, 의심하거나 반항하는 아이에 불과하니, 내가 사랑하고 계속 사랑하고픈 사람을 되찾기 위해 돌보고 치유해주고 싶어요. 신께서 내게 그런 힘을 주시길!" 그녀는 하늘을 바라보면서 덧붙였다. "우리를 보고 내 말을 듣고 계신 신이시여, 어머니들과 연인들의 신께서 내가 그런 임무를 완수하도록 허락하시길! 내가 거기에 굴복하거나, 자존심이 분노하고, 내 의사와 상관없이 가엾은 심장이 부서질 때, 내 전생애가……"

그녀는 말을 마치지 못했다. 눈물이 흘러 말을 이을 수 없었다. 오신이시여! 나는 무릎을 꿇고, 두 손을 모으고, 바위 위로 몸을 숙이고 있는 그녀를 보았다. 바람이 불어 우리를 둘러싼 히스처럼 그녀가 내 앞에서 비틀거렸다. 가냘프고 숭고한 피조물이여! 그녀는 그녀의 사랑을 위해 기원했다. 나는 양팔로 그녀를 안아올렸다. "오 내 유일한 연

인이여!" 나는 외쳤다. "오 나의 연인이여, 어머니여, 누이여! 날 위해
서도 당신이 마땅히 받아야 할 사랑을 할 수 있도록 기원해줘요. 내가
살아갈 수 있도록 기원해줘요. 내 심장이 당신 눈물에 씻기기를. 내 심
장이 오점 없는 제물이 되고, 우리가 신 앞에서 그것을 함께 나눌 수
있기를!"

우리는 바위 위로 쓰러졌다. 우리 주위의 모든 것이 침묵했다. 우리
머리 위로 별이 반짝이는 하늘이 펼쳐졌다. "당신 기억나요?" 나는 브
리지트에게 말했다. "첫날이 기억나요?"

다행히도 그날 저녁 이후로 우리는 결코 그 바위에 다시 가지 않았
다. 그것은 순수하게 남아 있는 제단이다. 그것은 내 눈앞을 지날 때
여전히 흰옷 차림인 내 삶의 환영 중 하나다.

4

어느 날 저녁 광장을 가로지를 때 두 남자가 서 있는 것을 보았는데, 그중 하나가 꽤 큰 목소리로 말했다. "그가 그녀를 함부로 하는 것 같아." 다른 남자가 대꾸했다. "그야 그 여자 잘못이지, 왜 그런 남자를 선택한 거야? 창녀들만 상대하는 자를. 그녀는 그의 미친 짓으로 고통받고 있어."

나는 이렇게 말하는 사람들이 누군지 알아보고 얘기를 더 엿들으려고 어둠 속으로 다가갔다. 그런데 그들이 나를 보더니 멀어졌다.

브리지트가 걱정에 싸여 있는 것 같았다. 숙모의 병이 위중했던 것이다. 그녀는 내게 몇 마디 할 시간밖에 없었다. 한 주 내내 그녀를 만날 수 없었다. 나는 그녀가 파리의 의사를 부른 것을 알게 되었다. 그러던 어느 날 그녀가 마침내 나를 부르러 사람을 보냈다.

"숙모님이 돌아가셨어요." 그녀가 내게 말했다. "지상에서 내게 유일하게 남아 있는 존재를 잃었죠. 그래서 이 마을을 떠나려고 해요."

"진정 난 당신에게 아무 의미가 없단 말인가요?"

"의미가 있죠, 그대여. 내가 당신을 사랑한다는 걸 당신도 알고, 나도 당신이 나를 사랑한다고 종종 생각하긴 해요. 하지만 어떻게 당신을 의지하겠어요? 아, 당신은 내 연인이 아닌데도 나는 당신의 연인이죠! 셰익스피어가 이 슬픈 구절을 이야기한 것은 당신을 위해서예요. '햇빛이 비치면 여러 색으로 빛나는 타프타로 옷을 지으시오, 당신의 심장은 수천 가지 색깔을 가진 오팔과 닮았으니.' 그리고 나는요 옥타브," 그녀는 자신의 상복을 보여주며 덧붙였다. "나는 오랫동안 한 가지 색의 옷만 입어야 해요. 더이상 다른 색깔의 옷은 입지 않겠어요."

"정 그러고 싶다면 마을을 떠나요. 나는 스스로 목숨을 끊든지, 아니면 당신을 따라갈 테니까. 아! 브리지트," 나는 그녀 앞에 무릎을 꿇고 이야기를 계속했다. "당신은 숙모님이 돌아가시는 것을 보고 자신이 혼자라 생각했군요! 그거야말로 당신이 내게 내릴 수 있는 가장 잔인한 벌이에요. 당신을 향한 내 사랑의 고통이 이번만큼 괴로웠던 적이 없군요. 그런 끔찍한 생각일랑 거둬요. 나는 그래도 마땅한 놈이지만, 그런 생각은 나를 절망케 해요. 오 신이시여! 정녕 나는 당신 삶에서 아무 의미가 없고, 당신에게 한 잘못만 의미 있는 건가요?"

"잘 모르겠지만, 누군가 우리 일에 관심을 보이나봐요." 그녀가 말했다. "얼마 전부터 이 마을과 인근 마을에 이상한 이야기가 퍼졌어요. 어떤 사람들은 내가 신세를 망쳤다고 이야기해요. 내가 경솔한 짓, 미친 짓을 했다고 비난해요. 또다른 사람들은 당신이 잔인하고 위험한 사람인 것처럼 말하고요. 어쩌다 그렇게 됐는지는 모르겠지만 사람들은 우리의 가장 비밀스러운 생각까지 파헤치려 해요. 나만 안다고 생각한 것, 당신의 일관성 없는 행동과 거기서 비롯된 슬픈 사건들, 그 모든 것이 널리 알려졌어요. 가엾은 숙모님이 내게 그 이야기를 해주셨죠. 숙모님이 아신 지는 오래됐나봐요. 그러고도 오랫동안 그 이야기를 묻어두신 거죠. 그 모든 일 때문에 숙모님이 더 빨리 더 잔인하게 무덤에 묻히게 되신 건 아닌지 누가 알겠어요? 산책길에서 오랜 친구들과 마주치면, 친구들은 냉정하게 다가오거나, 내가 다가가면 멀어져요. 내 소중한 농가의 부인들, 그토록 나를 사랑했던 선량한 소녀들은 일요일에 그들의 작은 무도회 오케스트라 아래 내 자리가 비어 있는 것을 보고 어깨를 으쓱해요. 왜, 어쩌다 이런 일이 일어나게 된 걸까요? 난 모르겠어요, 아마 당신도 그럴 테죠. 떠나야겠어요. 참을 수가 없어요. 그리고 숙모님의 죽음, 급작스럽고 고약한 병, 무엇보다도 이 고독! 이 텅 빈 방! 난 용기가 없어요. 그대여, 그대여, 날 버리지 마요!"

그녀는 눈물을 흘렸다. 나는 옆방에서 뒤죽박죽이 된 옷가지들, 바닥에 놓인 여행가방과 떠날 준비임을 알리는 모든 것을 발견했다. 숙모님이 돌아가신 무렵 브리지트는 혼자 떠나려고 했지만 그럴 힘이 없었던 게 분명했다. 사실 그녀는 너무 쇠약해져서 말도 간신히 했다. 그녀의 상황은 너무 참담했고, 그런 상황을 만든 것은 바로 나였다. 그녀는 불행했을 뿐만 아니라 사람들도 그녀를 공공연히 모욕했다. 그리고 지지자이자 위안자여야 했을 사람이 그녀에게는 더한 걱정과 고통의 원천일 뿐이었다.

내 잘못을 너무도 절실히 느꼈기에 나 자신이 수치스러웠다. 그토록

많은 약속, 그토록 많은 헛된 설렘, 그토록 많은 계획과 희망을 품고
난 뒤로 석 달 동안 결국 내가 한 짓이 바로 이것이었다! 내 심장 속에
보물을 간직하고 있다고 믿었건만, 거기서 나온 것은 가시 돋친 신랄
한 말들, 꿈의 어두운 그림자, 그리고 열렬히 사랑하는 여인의 불행뿐
이었다. 처음으로 나는 진정으로 나 자신과 마주했다. 브리지트는 내
게 아무런 비난도 하지 않았다. 그녀는 떠나고 싶어했지만 그럴 수가
없었다. 그녀는 더 고통받을 준비가 되어 있었다. 나는 문득 그녀를 떠
나야 하는 건 내가 아닌지, 그녀를 멀리해 재앙에서 해방시켜주어야
하는 건 내가 아닌지 자문했다.

나는 일어나 옆방으로 가서 브리지트의 여행가방 위에 앉았다. 손으
로 얼굴을 받친 채 절망에 빠진 것처럼 앉아 있었다. 주위의 반쯤 꾸려
진 온갖 짐, 가구 위에 늘어놓은 옷가지들을 바라보았다. 아! 하나같이
내가 아는 물건들이었다. 그녀를 상처 입힌 모든 것 뒤에는 내 심장의
일부가 있었다. 나는 내가 화근이 된 모든 불행을 헤아리기 시작했다.
사랑하는 브리지트가 보리수 가로숫길 아래로 지나가고, 그녀의 흰 염
소가 그녀에게로 뛰어가는 것이 다시 보였다.

"오 인간이여!" 나는 외쳤다. "무슨 권리로? 이곳으로 와 저 여인에
게 손을 댈 만큼 너를 그토록 대담하게 만든 것이 무엇이지? 그녀가 너
때문에 고통받는 것을 누가 허락했나? 거울 앞에서 머리 손질을 하고
서 잘난 체하는 행운아인 너는 비탄에 빠진 연인의 집으로 가는구나.
방금 전 네 연인이 너와 그녀 자신을 위해 기도했던 쿠션 위로 몸을 던
지고는 거리낌없이 부드럽게, 여전히 떨고 있는 가냘픈 두 손을 두드
리네. 넌 가엾은 사람을 흥분시키는 데 꽤 능숙하고, 충혈된 눈으로 불

쾌한 재판정에서 나오는 패배한 변호사처럼 사랑의 흥분 속에 꽤 열렬히 거드름 피우며 말하지. 넌 탕아가 되어, 고통을 희롱해. 언짢은 말로 규방의 살인을 거침없이 완수하는 거야. 네 일을 다 마쳤을 때 신께 무슨 말을 할 텐가? 너를 사랑하는 네 여자는 어디로 가는 거지? 그녀가 네게 기대어 있는데 넌 어디로 슬그머니 떠나고, 어디에 쓰러지는 거야? 어느 날 넌 어떤 표정으로 너의 창백하고 가련한 연인을 땅에 묻을 테냐? 그녀가 얼마 전 그녀를 보호해주던 마지막 존재를 땅에 묻은 것처럼. 그래그래, 분명 넌 그녀를 땅에 묻게 될 거야. 너의 사랑이 그녀를 죽게 하고 그녀를 소진시켜버리니. 넌 네 미친 듯한 분노에 그녀를 맡겼는데, 네 분노를 진정시킨 것은 바로 그녀로구나. 만일 네가 그 여인을 따른다면, 그녀는 너로 인해 죽게 될 거야. 조심해! 그녀의 수호천사가 주저하니. 천사가 와서 치명적이고 수치스러운 열정을 이 집에서 내몰기 위해 이 집에 승부수를 띄우는구나. 그 천사가 브리지트에게 떠나겠다는 생각을 불러일으킨 거야. 아마 이제 그녀의 귀에 마지막 경고를 하겠지. 오 살인자여! 오 박해자여! 조심해! 삶과 죽음의 문제로구나."

나는 이렇게 나 자신에게 말했다. 그러다가 소파 한구석에서 여행가방에 담으려고 벌써 개어놓은 작은 드레스를 보았다. 갱강산産 줄무늬 천으로 만든 그 드레스는 우리의 행복했던 날들의 증거 중 하나였다. 나는 그것을 집어 올렸다.

"내가 너를 떠나다니!" 나는 그것에 대고 말했다. "내가 너를 잃다니! 오 작은 드레스여! 너는 나 없이 떠나고 싶으냐?

아니, 나는 브리지트를 포기할 수 없어. 이 순간 그건 비겁한 일이야. 그녀는 얼마 전 숙모를 잃고 혼자가 됐어. 누군지 모를 적이 그녀를 화제 삼아 수군거리고 있어. 그 적은 메르캉송이 분명해. 아마 그는 달랑스에 대해 나와 나눈 이야기를 했을 것이고, 언젠가 질투심에 사로잡힌 나를 보고는 나머지를 어림짐작해버렸을 거야. 틀림없이 그자는 꽃과 같은 내 연인에 대해 험담을 늘어놓은 뱀 같은 자야. 우선 그를 벌하고, 다음에는 내가 브리지트에게 저지른 잘못을 사죄해야 해. 내가 얼마나 정신 나간 놈인지! 그녀에게 내 삶을 바치고, 내 잘못을 속죄하고, 행복과 정성과 사랑으로 그녀의 두 눈이 흘리게 한 눈물을 갚아줘야 하는데도 그녀를 떠날 생각을 하다니! 내가 세상에서 그녀의 유일한 버팀목이고, 유일한 친구이고, 유일한 무기인데도! 우주 끝까지 그녀를 따라가 내 육신으로 안식처를 만들어주고, 나를 사랑하고 내게 자신을 바친 것을 위로해줘야 하는데도!"

"브리지트!" 나는 그녀가 있던 방으로 들어가며 외쳤다. "한 시간만 기다려줘요, 돌아올 테니."

"어디 가는데요?" 그녀가 물었다.

"기다려줘요." 나는 말했다. "혼자 떠나지 마요. 룻이 한 말 기억해요?* '어머니께서 가시는 곳에 저도 가고 어머니께서 머무시는 곳에 저도 머물겠나이다. 어머니의 백성이 제 백성이 되고 어머니의 하느님이 제 하느님이 되시리니 어머니께서 돌아가시는 곳에서 저도 죽어 거기 장사될 것이라.'"

나는 황급히 그녀를 떠나 메르캉송의 집으로 뛰어갔다. 그가 외출

---

* 「룻기」 1장 16절. 룻은 과부가 된 시어머니 나오미에게 효도를 다하다가 재혼한 모압의 여인이다.

중이어서, 나는 집안으로 들어가 그를 기다렸다.

나는 검고 더러운 탁자 앞에 놓인 사제의 가죽 의자 한 귀퉁이에 앉아 있었다. 시간이 더디게 가는 듯 느껴지기 시작했고, 문득 내 첫 연인과 관련된 결투가 떠올랐다.

'그 결투에서 총 한 발을 제대로 맞고,' 나는 생각했다. '우스꽝스러운 미치광이가 되었지. 여긴 뭘 하러 온 거지? 이 사제는 싸우지 않을 거야. 내가 싸움을 걸면 그는 사제복을 입었으니 내 말을 듣지 않아도 된다고 대답하겠지. 그러고는 내가 떠나고 나면 그 얘기를 더 떠들어 댈 거야. 사람들이 관심을 갖는 그 이야기들이란 게 대체 뭐지? 브리지트는 뭘 두려워하는 거야? 사람들은 그녀가 평판을 잃었고, 내가 학대하는데도 그녀가 참는 건 잘못이라고들 해. 얼마나 어리석은지! 그건 아무와도 관계없는 일이야. 수군거리게 내버려두는 게 상책이야. 이 경우에 그런 역겨운 사람들에게 관심을 갖는 건 그들에게 힘을 실어주는 거나 다름없지. 시골 사람들이 이웃에게 관심 갖는 걸 막을 수 있나? 정숙한 체하는 여자들이 연인을 둔 여자를 헐뜯는 걸 막을 수 있나? 공공연한 소문을 멈출 어떤 방법을 찾을 수 있겠나? 내가 그녀를 학대한다고들 하면 그 반대임을 증명해야 하는 것은 바로 나야. 폭력이 아니라 그녀를 대하는 내 행동으로 말이지. 메르캉송에게 싸움을 거는 건 사람들의 수군거림 때문에 마을을 떠나는 것만큼이나 우스꽝스러운 일일 거야. 아니야, 마을을 떠나서는 안 돼. 그건 섣부른 짓이야. 그건 우리를 험담한 것이 옳았다고 모든 사람이 떠들게 하는 것과 같아. 험담꾼들의 편을 들어주는 거라고. 떠나서도, 소문을 염려해서도 안 돼.'

나는 브리지트의 집으로 되돌아갔다. 겨우 삼십 분쯤 흘렀지만 내 생각은 세 번이나 바뀌었다. 나는 계획을 단념하도록 그녀를 설득했다. 그녀에게 방금 전 내가 무엇을 했고 왜 포기했는지 말했다. 그녀는 순순히 내 말을 들었다. 하지만 그녀는 떠나고 싶어했다. 숙모가 떠나간 그 집이 그녀에게는 지긋지긋했던 것이다. 그녀가 남는 데 동의하게 하느라 나는 있는 힘껏 설득했다. 그리고 마침내 성공했다. 우리는 세상 사람들이 하는 말은 무시하기로 했고, 그들에게 아무것도 굴복해서는 안 되며 일상의 삶에서 아무것도 바꿔서는 안 된다고 되풀이해 말했다. 나는 내 사랑이 모든 근심으로부터 그녀를 위로해줄 거라고 맹세했고, 그녀는 그러기를 기대하는 척했다. 나는 그런 상황을 통해 내 잘못을 너무도 명확하게 깨달았고 행동으로 내 후회를 증명해 보일 것이라고 말했다. 가슴속에 남아 있던 모든 악의 근원을 귀신을 내쫓듯 쫓아내고 싶다고, 이제부터 그녀는 내 오만함도 내 변덕도 참지 않아도 된다고 말했다. 그리고 그녀는 그렇게, 슬픈 기색으로 참을성 있게 여전히 내 목에 매달려, 나 스스로 정신을 차린 것이라 생각한 단순한 변덕에 따라주었다.

5

 하루는 집으로 돌아오다가 그녀가 자신의 기도실이라 부르던 작은 방의 문이 열려 있는 것을 보았다. 정말 가구라고는 기도대, 십자가와 꽃병 몇 개가 놓인 작은 제단밖에 없었다. 뿐만 아니라 벽이며 커튼이며 모든 것이 눈처럼 하였다. 이따금 그녀는 그곳에 틀어박혔지만 내가 그녀의 집에서 살게 된 뒤로는 그러는 일이 드물었다.

 문 쪽으로 몸을 기울이니, 브리지트가 자신이 방금 전에 던진 꽃 가운데 앉아 있는 것이 보였다. 그녀는 마른 풀잎으로 만든 듯한 작은 관을 들더니 두 손으로 으스러뜨렸다.

 "대체 뭘 하는 거죠?" 내가 물었다. 그녀는 몸을 떨며 일어섰다. "아무것도 아니에요." 그녀가 말했다. "아이 장난감이죠. 이 기도실에서 시들어버린 오래된 장미관이에요. 오래전에 이걸 여기에 두었어요. 꽃을 갈러 왔어요."

그녀는 떨리는 목소리로 말했고 금방이라도 기절할 것처럼 보였다. 나는 '장미관 브리지트'라는 이름을 떠올렸다. 그녀를 그렇게 부르는 것을 들은 적이 있었다. 나는 혹시 그녀가 그렇게 으스러뜨려버린 것이 장미관이 아니냐고 물었다.

"아니에요." 그녀가 얼굴이 창백해지며 대답했다.

"맞아요." 나는 외쳤다. "맞아, 목숨을 걸죠! 그 조각들을 내게 줘요."

나는 그것들을 그러모아 제단 위에 놓았다. 그러고는 남은 조각들에 눈을 고정한 채 말없이 있었다.

"만일 그게 내 관이라면 너무 오랫동안 걸려 있던 벽에서 떼어내는 게 당연하지 않아요?" 그녀가 말했다. "이 시들어버린 관이 무슨 소용이죠? '장미관 브리지트'는 더이상 이 세상에 없어요. 그런 이름을 가져다준 장미들처럼 말이에요."

그녀는 방을 나갔다. 흐느끼는 소리가 들렸고 문이 닫혔다. 나는 성석聖石에 무릎을 꿇고서 비통하게 울었다.

그녀의 집으로 다시 갔을 때, 그녀는 식탁에 앉아 있었다. 저녁식사가 차려져 있고, 그녀가 나를 기다리고 있었다. 나는 말없이 내 자리에 앉았다. 우리가 마음에 품고 있는 것 따위는 문제가 되지 않았다.

6

달랑스에 대해 나와 나눈 대화와 본의 아니게 그에게 분명히 들킨 내 의심을 마을과 주변의 성들에 떠벌린 것은 실제로 메르캉송이었다. 시골에서 험담이 어떻게 반복되고 입에서 입으로 전해져 과장되는지는 알 것이다. 그때 일어난 일이 바로 그것이다.

브리지트와 나, 우리는 새로운 상황 속에서 얼굴을 마주하고 있었다. 떠나려던 시도에 어떤 유약함이 있었다 할지라도 그녀는 시도를 하긴 했다. 그녀가 남기로 한 것은 내 간청 때문이었다. 거기에는 어떤 의무가 따랐다. 질투로도, 경솔함으로도 그녀의 평안을 방해하지 않기로 약속한 것이다. 내가 내뱉는 거칠거나 빈정거리는 한마디 한마디 말이 잘못이었고, 그녀가 던지는 매번의 슬픈 눈길이 내가 받아 마땅한 생생한 비난이었다.

천성이 선량하고 순박한 그녀는 처음에는 자신의 고독에서 더 많은 매력을 발견했다. 그녀는 늘 나를 볼 수 있었고, 전혀 신중하게 굴지 않아도 되었다. 아마 평판보다 사랑을 선택했음을 내게 증명하고자 그런 편안함에 몸을 맡긴 것 같았다. 그녀는 험담꾼들의 말에 예민하게 반응한 것을 후회하는 듯 보였다. 하여튼 우리는 우리 자신을 보호하고 호기심으로부터 지키느니 그 어느 때보다 더 자유롭고 쾌활하게 생활했다.

나는 점심때면 그녀의 집에 갔다. 낮 동안에는 할 일이 아무것도 없었기에 그녀와 단둘이 외출했다. 그녀는 저녁을 먹고 가라고 나를 붙잡았고, 그렇게 해서 저녁 자리가 이어졌다. 곧 돌아갈 시간이 되면 우리는 수많은 핑곗거리를 지어내고 수많은 가공의 대비책을 꾸며냈는데, 그것은 조금도 사실이 아니었다. 결국 나는 말하자면 그녀의 집에서 살게 되었고, 우리는 눈치챈 사람이 아무도 없다고 믿는 척했다.

나는 얼마간 약속을 지켰고, 우리 둘만의 생활에는 한 점의 암운도 드리우지 않았다. 행복한 나날이었다. 하지만 지금 이야기해야 하는 것은 그런 나날에 대해서가 아니다.

브리지트가 파리에서 온 탕아와 공공연히 같이 산다고, 탕아가 그녀를 학대하며, 그들이 헤어졌다 만나기를 반복하지만 그 모든 결말은 불행하리라고 마을 전체가 수군거렸다. 브리지트의 과거 행실을 칭찬한 만큼 사람들은 이제 그녀를 비난했다. 행동 자체는 아무 상관이 없었다. 예전에는 온갖 찬사를 쏟아부었을 행동도 이제는 악의적으로만 해석하려고 했다. 다른 사람들을 도와주기 위한 목적이었고 결코 아무런 의심도 낳지 않았던, 홀로 산속을 산책하는 습관이 야유와 조롱의 원인으로 돌변했다. 사람들의 모든 존경심을 잃어버린, 불가피하고 끔찍한 불행을 야기하는 게 분명한 여자에 대해 말하듯 그녀에 대해 떠들어댔다.

내 의견은 수군거리도록 내버려두자는 것이며 그런 이야기에 신경쓰는 것처럼 보이고 싶지 않다고 나는 브리지트에게 말했다. 하지만 진실을 말하자면 나는 그런 이야기를 참을 수 없게 되었다. 가끔은 일부러 외출해, 모욕이라고 여길 수도 있었을 확실한 말 한마디를 듣고 그 이유를 묻기 위해 이웃 사람들을 방문했다. 내가 머물게 되는 살롱에서 사람들이 작은 소리로 소곤거리는 온갖 이야기를 주의깊게 들었다. 하지만 아무것도 알아들을 수 없었다. 마음대로 나를 헐뜯기 위해 사람들은 내가 자리를 떠나기를 기다렸다. 그러면 나는 집으로 돌아와, 그 모든 이야기는 무의미할 뿐이고 미치지 않고야 거기에 관심을 둘 수는 없다고 브리지트에게 말했다. 그들은 원하는 만큼 실컷 우리에 대해 떠들어댈 테고, 나는 거기에 대해 아무것도 알고 싶지 않다고 말했다.

말로 표현하는 것을 넘어서, 내 잘못은 전혀 없었던 것일까? 만일 브리지트가 신중하지 못했다면, 내가 신중히 생각해 그녀에게 위험을 알렸어야 하지 않을까? 하지만 나는 정반대로, 말하자면 그녀를 비난하는 세상 사람들의 편을 들었다.

나는 무관심한 태도를 보이는 것부터 시작했다. 그러다 곧 고약한 태도를 보이기에 이르렀다. 나는 브리지트에게 말했다. "정말로 사람들이 당신의 밤 산책을 두고 흉을 보던데. 사람들이 틀렸다고 정말 확신해요? 그 낭만적인 숲의 산책로와 동굴에서는 아무 일도 없었던 거예요? 황혼 무렵 집에 돌아올 때, 나와 팔짱을 꼈던 것처럼 낯선 사람과 팔짱을 낀 일이 결단코 없었나요? 당신이 그토록 용감하게 가로지르곤 했던 그 아름다운 초록 신전에서 신성함을 위해 한 일이 단지 자선뿐이었나요?"

내가 이런 투로 말하기 시작했을 때의 브리지트의 첫 눈빛은 결코 내 기억에서 사라지지 않을 것이다. 나 자신이 그 눈길에 전율했으니. '하지만 설마!' 나는 생각했다. '만일 내가 그녀의 편을 든다면 그녀는 내 첫사랑 연인처럼 굴 거야. 그녀는 우스꽝스러운 멍청이라고 나를 손가락질할 거고, 나는 사람들 눈앞에서 갖은 대가를 치르게 되겠지.'

의심하는 사람과 부인하는 사람은 별반 다르지 않다. 모든 철학자는 무신론자와 사촌지간이다. 지난 행실이 의심스럽다고 브리지트에게 말한 다음부터 나는 진짜로 의심하게 되었다. 그리고 의심하면서부터 그녀의 행동을 믿지 않았다.

나는 브리지트가 나를 배신했다고 생각하기에 이르렀다. 하루에 단한 시간도 나와 떨어져 있지 않은 그녀가 말이다. 나는 가끔 일부러 꽤 오랫동안 집을 비우면서, 그녀를 시험해보기 위해서라고 나 자신과 합의를 보았다. 하지만 사실 그것은 마치 나도 모르게 그러는 것인 양 의심하고 조롱할 구실을 찾기 위해서일 뿐이었다. 그리하여 내가 여전히 질투심에 불타기는커녕 예전에 내 머리를 스쳤던 터무니없는 불안에도 더이상 개의치 않는다고 그녀가 깨닫게 했을 때 나는 만족스러웠다. 물론 그것은 질투를 할 만큼 내가 충분히 그녀를 존중하지 않는다는 의미였다.

우선은 내가 눈여겨본 것들을 나를 위해 간직해두었다. 그러다 곧 그걸 브리지트 앞에서 큰 소리로 떠들어대는 데서 기쁨을 발견했다. 함께 산책을 나가서는 그녀에게 이렇게 말했다. "드레스가 예쁘군. 내 기억에는 내 여자친구 한 명한테도 비슷한 옷이 있었던 것 같은데." 식탁에 있을 때는 이렇게 말했다. "그래요, 브리지트, 나의 옛 연인은 후식을 먹을 때 노래를 부르곤 했어요. 당신도 그녀처럼 해줬으면 좋겠는데." 그녀가 피아노 앞에 앉아 있으면 이렇게 말했다. "아! 제발, 그러니까 작년 겨울에 유행했던 왈츠를 연주해줘요. 그걸 들으면 좋았던 시절이 떠오르니까."

독자여, 이것이 여섯 달이나 지속되었다. 여섯 달 내내 중상모략을 당하고 세상의 모욕에 노출된 브리지트는 화가 나 제정신이 아닌 잔인한 탕아가 돈을 주고 산 창녀에게 퍼붓는 것과 같은 온갖 경멸과 모욕을 나한테 당해야만 했다.

그런 끔찍한 장면이 끝나면 내 정신은 참을 수 없는 고통으로 기진맥진하고, 가슴이 미어지고, 비난하다 비웃기를 반복했지만 여전히 고통받기를, 과거로 돌아가기를 갈구했다. 그러고 나면 나는 기이한 사랑에, 지나칠 정도로 고조된 열광에 빠져 연인을 숭배의 대상으로, 여신으로 대우했다. 그녀를 모욕해놓고 십오 분 후면 무릎을 꿇고 있었던 것이다. 비난을 그치자마자 용서를 빌었다. 조소를 그치자마자 눈물을 흘렸다. 그때는 상상을 초월하는 광란이, 행복의 열병이 나를 사로잡았다. 나는 기쁨으로 애통해하는 듯 보였고, 격렬한 열정으로 이성을 잃다시피 했다. 내가 저지른 악행을 보상하기 위해 무슨 말을 해야 할지, 무엇을 해야 할지, 무슨 생각을 해야 할지 몰랐다. 나는 브리지트를 품에 안고서 그녀가 나를 사랑하며 용서한다고 수백 번 수천 번 되풀이하게 했다. 나는 내 잘못의 대가를 치르겠다고, 만일 다시 그녀에게 가혹하게 군다면 내 머리를 불태워버리겠다고 말했다. 이런 가슴의 열정은 며칠 밤씩 지속되었고, 그러는 내내 나는 이야기하고, 눈물 흘리고, 브리지트의 발치에서 뒹굴고, 마음을 뒤흔드는 한없고 무분별한 사랑에 취했다. 그러다 새벽이 되어 날이 밝는 듯하면 힘없이 쓰러져 잠들었고, 모든 것을 조롱하고 아무것도 믿지 않으면서 입가에 미소를 띤 채 잠에서 깼다.

그런 끔찍한 관능의 밤들 동안 브리지트는 자신의 눈앞에 있는 사람과는 다른 사람이 내 안에 있다는 것을 기억하지 못하는 듯 보였다. 그녀에게 용서를 구하면 그녀는 마치 이렇게 말하는 것처럼 어깨를 으쓱했다. "당신을 용서한다는 걸 몰라요?" 그녀는 자신에게 내 열병이 전염된 것을 느꼈다. 얼마나 숱하게 보았던가, 쾌락과 사랑에 창백해진 채 그렇게 나를 원하고, 그런 폭풍우가 자신의 삶이라고 말하는 그녀를. 그녀가 참고 견딘 고통이 그렇게 보상받았으니 자신에게는 소중한 것이며, 내 심장에 우리 사랑의 불씨가 남아 있는 한 결코 불평하지 않겠노라 말하는 그녀를. 자신이 그 사랑으로 죽게 되리라는 걸 알지만, 나도 그 사랑으로 죽게 되기를 바란다고 말하는 그녀를. 요컨대 내게서 나오는 모든 것, 눈물처럼 모욕도 좋고 감미롭다고, 그런 환희가 자신의 무덤이라고 말하는 그녀를.

그동안에도 시간은 흘러갔고 내 악행은 계속 악화되었다. 악의와 빈정거림이 폭발하면 내 성격은 우울하고 까다로워졌다. 광기에 휩싸여 있을 때는 벼락처럼 내게 내리치는 진정한 열병의 발작을 경험했다. 나는 사지를 떨면서 온몸에 식은땀이 범벅인 채로 잠에서 깨곤 했다.

어떤 당혹스러운 움직임, 예기치 못한 느낌이 나를 전율케 해서 나를 보고 있는 사람들을 오싹하게 할 정도였다. 브리지트의 얼굴에는 그녀가 불평하지 않았음에도 불구하고 깊은 변화의 흔적이 패어 있었다. 내가 못살게 굴기 시작하면 그녀는 한마디 말도 없이 나가 틀어박혔다. 다행히도 그녀에게 손을 댄 일은 한 번도 없었다. 아무리 격렬하게 폭발했을 때라도 그녀를 건드리느니 죽음을 택했을 것이다.

어느 날 저녁, 빗줄기가 창문을 내리치고 있었다. 우리 단둘이었고, 커튼이 드리워 있었다. "즐거운 기분이지만," 내가 말했다. "이 지긋지긋한 날씨 때문에 나도 모르게 울적해져요. 이대로 가만히 있으면 안 되겠는데 당신도 나와 같은 생각이라면, 폭풍우가 치고 있긴 하지만 우리 기분 전환을 해봐요."

나는 일어나서 촛대에 꽂힌 양초에 모두 불을 붙였다. 그러자 아주 작은 방이 등을 켠 것처럼 갑자기 환해졌다. 동시에 타오르는 불길이 (겨울이었다) 방안에 숨막힐 것 같은 열기를 내뿜었다. "자," 내가 말했다. "저녁을 기다리면서 우리 뭘 할까요?"

나는 그때 파리를 떠올렸다. 사육제 기간이었다. 대로에서 서로 마주쳐 지나가는, 가면 쓴 사람들의 마차가 내 앞에 보이는 것 같았다. 기쁨에 넘치는 군중들이 극장 입구에서 귀를 먹먹하게 하는 수많은 이야기를 주고받는 소리가 들려왔다. 관능적인 춤과 얼룩덜룩한 의상과 포도주와 광기가 보였다. 내 모든 젊음이 심장을 뛰게 했다. "우리 가장假裝을 해요." 나는 말했다. "우리 둘이서만 하는 거예요. 무슨 상관이에요? 의상은 없어도 우리에겐 가장할 만한 것들이 있잖아요. 더 즐겁게 시간을 보낼 수 있을 거예요."

우리는 장롱에서 드레스, 숄, 외투, 스카프, 조화들을 꺼냈다. 브리지트는 여느 때처럼 참을성 있는 쾌활함을 보여주었다. 우리 둘 다 가장을 했다. 그녀는 손수 내 머리를 손질해주고 싶어했다. 우리는 립스틱을 바르고 분을 칠했다. 가장하는 데 필요한 모든 것은 그녀의 숙모가 남겨준 듯한 오래된 함 속에 있었다. 한 시간 후, 마침내 우리는 더 이상 서로를 알아볼 수 없게 되었다. 노래를 하고, 어처구니없는 행동을 수없이 생각해내며 저녁나절을 보냈다. 새벽 한시경, 밤참을 먹을 시간이었다.

우리는 옷장들을 모두 뒤졌다. 내 옆에 반쯤 열린 옷장이 하나 있었다. 나는 식탁에 앉으려다가 옷장의 어느 칸 위에서 브리지트가 자주 글을 쓰는, 내가 이미 이야기한 바 있는 책을 발견했다.

"당신의 명상집 아닌가요?" 나는 팔을 뻗어 그것을 집으며 물었다. "실례가 안 된다면 잠깐 봐도 될까요?"

브리지트가 제지하려는 몸짓을 했음에도 나는 책을 펼쳤다. 첫 페이지에서 다음과 같은 글귀를 보았다. "이것은 내 유언이다!"

모든 것이 평온한 필치로 쓰여 있었다. 나는 맨 먼저 거기서, 브리지트가 내 연인이 된 뒤로 나로 인해 받은 모든 고통에 대한 신랄함도 분노도 섞이지 않은 사실 그대로의 이야기를 발견했다. 그녀는 내가 자신을 사랑하는 한 모든 것을 견디고, 내가 그녀를 떠나면 목숨을 끊겠다는 단호한 결심을 분명하게 표명했다. 그녀 자신의 태도를 정해놓은 것이다. 그녀는 희생당하는 자신의 삶에 대해 매일같이 적어두고 있었다. 그녀가 잃어버린 것, 그녀가 원한 것, 내 품에 안겨 있을 때도 느끼던 끔찍한 고독감, 점점 높아지는 우리 사이에 가로놓인 벽, 그녀의 사랑과 체념의 대가로 겪어내는 내 잔인함, 그 모든 것이 불만 없이 적혀 있었다. 그런데도 오히려 그녀는 나를 변호하려고 애썼다. 마지막으로 그녀는 개인사의 세부적인 부분에 이르러 유산 문제를 조정해놓았다. 그녀는 독으로 생을 마감할 거라고 적었다. 자기 자신의 의지로 죽을 것이었고, 결코 자신의 기억이 내게 해가 되는 어떤 과정의 구실이 되지 않도록 단호하게 막았다. "그를 위해 기도해주세요!" 이것이 그녀의 마지막 말이었다.

나는 장롱 속의 같은 선반에서 내가 이미 본 적이 있는, 소금같이 곱고 푸르스름한 가루가 가득 든 작은 상자를 발견했다.

"이게 뭐지?" 나는 상자를 내 입술로 가져가며 브리지트에게 물었다. 그녀는 무시무시한 고함을 지르며 내게 달려들었다.

"브리지트," 나는 말했다. "내게 작별인사를 해줘요. 이 상자는 내가 가져가겠어요. 내가 살인자가 되지 않기를 바라거든, 나를 잊고 살아가요. 바로 오늘밤 떠날 거고, 용서를 구할 생각은 조금도 없어요. 신께서 그걸 원치 않으시리라는 데 당신도 동의할 겁니다. 마지막으로 키스해줘요."

나는 몸을 굽혀 그녀의 이마에 키스했다. "아직은 안 돼요!" 그녀가 괴로워하며 외쳤다. 하지만 나는 그녀를 소파 위로 밀쳐내고 방밖으로 뛰어나갔다.

세 시간 후 나는 떠날 준비를 마쳤고, 역마차가 도착했다. 비가 계속 내리고 있었고, 나는 어둠을 더듬어 마차에 올라탔다. 곧바로 마부가 출발했다. 나는 내 몸을 껴안는 두 팔과 내 입술 가까이 다가오는 흐느낌을 느꼈다.

브리지트였다. 나는 그녀가 남도록 결심하게끔 모든 것을 했다. 나는 멈추라고 외쳤다. 마차에서 내리도록 그녀를 설득하기 위해 지어낼 수 있는 모든 이야기를 했다. 나는 시간과 여행이 내가 그녀에게 저지른 악행의 기억을 지워주었을 때, 어느 날 그녀에게 다시 돌아오겠노라고 약속하려고까지 했다. 과거에 일어난 일은 미래에도 또 일어날 수 있다고 그녀에게 증명하려고 했다. 나는 그녀를 불행하게 할 뿐이며 내게 애착을 갖는 것은 나를 살인자로 만드는 일이라고 거듭 이야기했다. 나는 간청과 맹세와 위협까지 동원했다. 그녀는 한마디 말로 대답했을 뿐이다. "당신은 떠나요, 날 데려가요. 마을을 떠나고, 과거를 떠나요. 우리는 더이상 여기서 살 수 없으니, 당신이 원하는 다른 곳으로 가요. 우리, 대지의 한구석에서 죽어요. 우리는 행복해야 해요. 나는 당신으로 인해, 당신은 나로 인해."

얼마나 정열적으로 그녀를 포옹했는지 내 심장이 부서질 것 같았다. "자, 떠납시다!" 나는 마부에게 외쳤다. 우리는 서로의 품에 몸을 맡겼고, 말들은 빠른 속도로 달렸다.

제5부

1

우리는 긴 여행을 떠나기로 결심하고 파리로 왔다. 필요한 것들을 준비하고 일을 처리하는 데 시간이 필요했다. 그래서 가구 딸린 호텔에 한 달간 머물 방을 잡아야 했다.

프랑스를 떠나겠다는 결심의 양상은 완전히 달라졌다. 기쁨, 희망, 신뢰, 모든 것이 한꺼번에 돌아왔다. 머지않아 떠난다는 생각 앞에 더 이상의 고통도 다툼도 없었다. 이제는 행복의 꿈과 영원한 사랑의 맹세만이 문제될 뿐이었다. 그제야 나는 사랑하는 내 연인이 그동안 받았던 모든 고통을 잊게 해주고 싶었다. 내가 어떻게 그토록 다정한 수많은 애정의 증거와 그토록 용기 있는 인종忍從에 저항할 수 있었겠는가? 브리지트는 나를 용서했을 뿐만 아니라 나를 위해 더 큰 희생을 감수하고 나를 따르기 위해 모든 것을 떠날 준비를 했다. 그런 만큼 나는 그녀가 내게 보여주는 헌신을 받을 자격이 없다고 느꼈고, 그런 만큼 앞으로는 내 사랑이 그녀에게 보상을 해주기를 바랐다. 마침내 선한 천사가 승리했고, 내 가슴속에서는 감탄과 사랑이 우세해졌다.

브리지트는 내게 기대앉아, 우리가 가서 은둔할 곳을 지도에서 찾았다. 우리는 목적지를 아직 결정하지 못한 터였다. 그런 불확실함에서 매우 강렬하고도 새로운 설렘을 느꼈기에 우리는 말하자면 짐짓 아무것도 결정할 수 없는 척했다. 목적지를 물색하는 동안 우리의 얼굴이 서로 스치고, 내 팔은 그녀의 허리를 감싸고 있었다. "어디로 갈까요? 뭘 하죠? 새로운 삶을 어디서 시작할까요?" 그토록 많은 희망 한가운데서 이따금 고개를 들었을 때의 내 느낌을 어떻게 표현할 것인가? 미래를 향해 미소 짓지만 과거의 고통으로 여전히 창백한 그 아름답고 평온한 얼굴을 보고 내가 어떤 회한에 잠겼던가! 내가 그녀를 그렇게 안고 그녀의 손가락이 지도 위를 이리저리 옮겨다닐 때, 그녀가 나직한 목소리로 자신이 처리한 일들과 자신의 바람, 장차 있을 우리의 은거에 대해 이야기하는 동안, 나는 그녀에게 내 피라도 주었을 것이다. 행복의 계획, 아마 너는 이 세상에 유일하게 존재하는 진정한 행복이리라!

장을 보고 물건을 사느라 여드레쯤 지났을 때 한 젊은 남자가 우리가 지내는 곳에 나타났다. 그가 브리지트에게 편지들을 가져다주었다. 나는 그와 이야기를 나눈 뒤로 슬픔에 잠기고 낙심해 있는 그녀를 발견했다. 하지만 나는 그 편지들이 ×××로부터 온 것이라는 사실 말고는 아무것도 알 수 없었다. ×××은 내가 처음으로 사랑을 고백했던 도시이자, 브리지트의 몇 안 남은 친척들이 여전히 살고 있는 도시였다.

그러는 동안에도 우리의 준비는 빨리 진행되었고, 내 가슴속에는 출발의 조바심 말고는 다른 것이 들어설 자리가 없었다. 그와 동시에 내가 느낀 기쁨으로 인해 거의 휴식을 취할 수 없었다. 아침에 일어났을 때 태양이 창문을 비추면 강한 흥분을 느끼다못해 도취되는 것 같았다. 그러면 나는 까치발로 브리지트가 자고 있는 방으로 들어가곤 했다. 그녀의 침대 발치에 무릎을 꿇고서 그녀가 잠든 모습을 바라보다 참지 못하고 눈물을 흘리는 걸 막 잠이 깬 그녀에게 들킨 일도 여러 번이었다. 나는 내 뉘우침이 진실하다는 것을 그녀에게 어떤 식으로 납득시켜야 할지 알지 못했다. 예전에 첫 연인을 향한 내 사랑 때문에 미친 짓을 했다면, 이제 나는 미친 짓을 백배나 더 했다. 극단으로 치달은 열정이 불러일으킬 수 있는 기이하고 격한 모든 것, 나는 그것을 맹렬히 찾았다. 육 개월 전부터 그녀의 연인이었음에도 불구하고 내가 브리지트에게 품은 것은 숭배였고, 그녀에게 다가갈 때는 난생처음 만나는 것처럼 느껴졌다. 나는 내가 그토록 오랫동안 가혹하게 대해온 여인의 드레스 밑단에 용기를 내어 가까스로 입을 맞추곤 했다. 마치 그녀의 목소리를 처음 듣는 것처럼 대수롭지 않은 그녀의 말에도 소스라쳤다. 때로는 흐느껴 울면서 그녀의 품에 몸을 던졌고, 또 때로는 이유 없이 웃음을 터뜨렸다. 내 지난 행동에 대해 이야기할 때는 증오와 혐오감을 느낄 수밖에 없었다. 나는 세례로 내 몸을 씻겨주고 이후로는 그 무엇도 내게서 벗겨낼 수 없을 옷으로 나를 감싸줄 사랑의 신전이 어딘가에 존재하기를 바랐다.

나는 예수님의 상처에 손가락을 대보는 성 토마스를 그린 티치아노의 작품*을 본 적이 있고 자주 그를 생각했다. 한 인간이 신에게 품은 신앙에 감히 사랑을 비유하자면, 나는 그와 닮았다고 말할 수 있을 것이다. 여전히 신의 존재를 거의 믿지 않으면서도 이미 신을 숭배하고 있는, 불안에 빠진 인간이 표현하는 감정에 어떤 이름을 붙일 것인가? 그가 상처에 손가락을 댄다. 깜짝 놀란 신성모독의 말이 그의 벌어진 입술 위에서 멈추고, 그 입술에 기도가 가만히 머무른다. 그는 사도일까? 불신자일까? 신을 모독했던 것만큼 회개할까? 그도, 화가도, 그것을 보는 당신도 알 길이 없다. 예수님은 미소 짓고, 모든 것은 빛 속의 이슬방울처럼 무한한 은혜 속에 흡수된다.

브리지트 앞에서 내가 말없이 내내 놀란 것 같았던 것은 그런 이유에서였다. 나는 그녀가 두려움을 품지 않았고 내 안에서 일어난 수많은 변화를 보고도 의심하지 않는 것에 전율했다. 그런데 보름 후, 그녀가 내 마음을 분명히 읽었다. 그녀는 자신의 진실성을 보고 이번에는 내가 진실해졌음을 깨달았고, 마치 내 사랑이 그녀의 용기에서 생겨난 것처럼 그녀는 더이상 사랑도 용기도 의심하지 않았다.

우리 방은 어질러진 옷가지, 사진첩, 연필, 책, 짐보따리로 가득차 있었고, 그 모든 것들 위에는 우리가 그토록 애지중지하던 지도가 내내 펼쳐져 있었다. 우리는 왔다갔다했다. 그러다가도 나는 끊임없이 멈춰 서서 브리지트의 무릎에 몸을 던졌고, 브리지트는 나를 게으름뱅이 취급하며 자신이 모든 걸 해야 하고 나는 아무데도 쓸모가 없다고 웃으면서 말했다. 짐을 꾸리면서 계획은 생각한 대로 흘러갔다. 그 먼

---

* 〈성 토마스의 불신〉(1528년 작).

시칠리아까지 간다는 것은 당치도 않은 일이었다. 하지만 그곳의 겨울은 날씨가 무척 좋다! 더없이 쾌적한 기후다. 채색된 집들과 과수원의 푸른 정원들이 있는 제노바는 무척 아름답고 그 뒤로는 아펜니노산맥이 있다! 하지만 얼마나 소란스러운지! 얼마나 사람들이 많은지! 길을 지나는 세 명 중 한 명은 수도승이고 한 명은 군인이다. 피렌체는 음울하다. 그곳은 우리들 사이에 여전히 살아 있는 중세다. 그 창살 친 창문들과 집들을 온통 뒤덮은 그 끔찍한 갈색을 어떻게 견딜 것인가? 로마에 가서는 뭘 할까? 우리는 경탄하기 위해 여행하는 것이 아니었고, 무언가를 배우기 위해 여행하는 것은 더더욱 아니었다. 만일 우리가 라인 강가로 간다면? 하지만 그곳은 계절이 지났을 것이고, 우리가 사람들을 찾는 것은 아니지만 더이상 아무도 없는 곳에 가는 것은 언제나 서글프다. 그러면 스페인은? 수많은 곤경이 우리를 가로막을 것이다. 그곳에서는 전쟁을 치르듯 전진해야 하고 휴식이 아닌 모든 것을 예상할 수 있다. 스위스로 가자! 그렇게 많은 사람들이 그곳을 여행한다면, 멍청이들은 코웃음치게 내버려두자! 신의 가장 소중한 세 가지 빛깔인 하늘의 쪽빛, 평원의 초록빛, 빙하 꼭대기에 쌓인 눈의 흰빛이 모든 장엄함 속에 드러나는 것이 그곳이다. "떠나요, 떠나요." 브리지트가 말했다. "두 마리 새처럼 우리 날아가요. 사랑하는 옥타브, 우리가 서로 알게 된 것이 어제부터라고 상상해요. 당신은 무도회에서 나를 만났고, 내가 당신 마음에 들었고, 나는 당신을 사랑해요. 당신은 이곳에서 얼마간 떨어진 곳, 내가 잘 모르는 작은 도시에서 피에르송부인이라는 여인을 사랑했다고 내게 이야기하죠. 난 당신과 그녀 사이에 일어난 일은 알고 싶지도 않아요. 하지만 나 때문에 헤어진 다른 여인과의 사랑에 관한 진실한 속내를 당신이 내게 들려주지 않을까요? 그러면 이번에는 내가 그리 오래지 않은 때 나를 불행하게 만든 나쁜 사람을 사랑했다고 아주 나직이 말할 거예요. 당신은 내가 측은해서 침묵하게 하겠죠. 그러고는 다시는 그런 이야기는 나누지 않겠다고 약속할 거예요."

브리지트가 이렇게 말했을 때 내가 느낀 감정은 탐욕과 흡사했다. 나는 떨리는 두 팔로 그녀를 껴안았다. "오 신이시여!" 나는 외쳤다. "내 전율이 기쁨 때문인지 두려움 때문인지 모르겠어요. 내 보물이여, 나는 당신을 데려갈 거예요. 이 드넓은 지평선 앞에, 당신은 내 거예요! 우리는 떠날 거예요. 내 청춘도, 추억도, 근심과 후회도 사라져라! 오 훌륭하고 선량한 내 연인이여! 당신은 어린아이를 어른으로 만들었어요! 이제 당신을 잃는다면, 난 다시는 사랑을 할 수 없을 거예요. 아마도 당신을 알기 전이었다면 다른 여인이 날 치유할 수도 있었겠죠. 하지만 지금은 세상에서 오직 당신만이 나를 죽이거나 구할 수 있어요. 내 심장에는 내가 당신에게 저지른 모든 잘못의 상처가 남아 있기 때문이죠. 나는 배은망덕하고, 맹목적이고, 잔인했어요. 다행히도! 당신은 여전히 나를 사랑해줘요. 언젠가 보리수 아래서 내가 당신을 처음 만났던 마을로 되돌아가거든 그 텅 빈 집을 한번 봐요. 그 집에는 유령이 있는 게 분명한데, 당신과 함께 그곳을 나온 사람은 그곳으로 들어간 사람과 같은 사람이 아니니까."

"그게 정말이에요?" 브리지트가 말했다. 그녀는 하늘을 향해 사랑으로 눈부시게 빛나는 아름다운 얼굴을 들었다. "내가 당신 여자라는 게 사실인가요? 그래요, 당신을 일찍 늙어버리게 만든 이 지긋지긋한 세상에서 멀어지면, 그래요, 아이 같은 사람이여, 당신은 사랑을 하게 될 거예요. 나는 있는 그대로의 당신을 갖게 되겠죠. 그리고 세상 어느 구석에서 우리가 살게 되건, 더이상 나를 사랑하지 않게 되는 날이 오면 당신은 양심의 가책 없이 나를 잊을 수 있을 거예요. 내 할 일은 그것으로 끝이고, 천국에서도 감사드릴 수 있도록 내게는 늘 신이 남아 계실 거예요."

이 말들이 가슴을 에는 듯한 끔찍한 기억으로 나를 다시 가득 채웠다! 우리는 우선 제네바로 가서 알프스 산기슭에서 봄을 보낼 만한 조용한 장소를 골라보기로 마침내 결정했다. 브리지트는 벌써부터 아름다운 호수에 대해 이야기했다. 벌써부터 나는 가슴을 동요시키는 바람의 숨결과 푸른 계곡의 생명력 강한 향기를 가슴으로 들이마셨다. 벌써부터 로잔, 브베, 오벌란트, 몽로즈 정상을 지나 롬바르디아의 드넓은 평원이, 벌써부터 망각, 휴식, 탈출, 행복한 고독의 모든 정신이 우리를 부르고 초대했다. 저녁이 되어 손을 마주잡고 서로를 말없이 바라볼 때면 긴 여행 직전에 마음을 사로잡는 기이한 숭고함으로 충만한 감정이, 유배의 두려움과 순례에 대한 희망을 동시에 품은 비밀스럽고 설명할 수 없는 도취감이 우리 안에서 벌써부터 생겨나는 것을 느꼈다. 오 신이시여! 그때 우리를 부르고, 당신에게 가게 되리라고 인간에게 알려주는 것은 당신의 목소리입니다. 인간의 생각 안에는 전율하는 날개와 팽팽해져 울리는 금선琴線이 없나요? 내가 당신께 무슨 말을 할까요? "모든 준비가 끝났어요. 우리 떠날까요?" 이 한마디 속에 세상이 있지 않나요?

갑자기 브리지트가 괴로워했다. 그녀는 고개를 숙이고 침묵을 지켰다. 내가 아프냐고 물었을 때 그녀는 작은 소리로 아니라고 대답했다. 출발 날짜를 말했을 때, 그녀는 일어나 체념한 듯 냉담한 태도로 계속 채비를 했다. 그녀는 행복해질 것이고 그녀에게 내 삶을 바치겠노라 맹세했을 때, 그녀는 틀어박혀 울었다. 그녀를 포옹했을 때, 그녀는 창백해져서는 입술을 내민 채 눈길을 돌렸다. 아직 아무것도 하지 않았으니 우리 계획을 포기할 수도 있다고 말했을 때, 그녀는 딱딱하게 굳은 완강한 표정으로 눈썹을 찌푸렸다. 내게 마음을 열어달라고 애원했을 때, 언젠가 그녀에게 후회를 안겨준다면 그로 인해 내가 죽을 것이 분명하니 그러느니 내 행복을 희생하겠노라 거듭 말했을 때, 그녀는 내 목을 껴안았다가 멈추더니 무심결에 그러는 양 나를 밀어냈다. 마침내 어느 날, 나는 우리의 좌석이 표시된 브장송행 역마차 표를 손에 들고 그녀의 방에 갔다. 나는 다가가 그녀의 무릎에 표를 올려놓았다. 그녀는 팔을 뻗고 소리를 지르더니, 의식을 잃고 내 발치에 쓰러졌다.

2

예기치 못한 태도 변화의 이유를 짐작하기 위한 모든 노력은 내가 할 수 있었던 질문만큼이나 성과가 없었다. 브리지트는 아팠고 완강하게 침묵을 지켰다. 나는 어떤 때는 이유를 설명해달라고 애원했고, 또 어떤 때는 억측을 하느라 진이 빠져 하루를 다 보낸 후 어디로 가야 할지도 모르는 채 외출했다. 오페라 극장 근처를 지나는데 중개상 한 명이 내게 표를 주었고, 나는 습관처럼 무의식적으로 그곳에 들어갔다.

무대 위에서 일어나는 일에도, 객석에서 일어나는 일에도 집중할 수 없었다. 그런 고통에 가슴이 아프면서도 몹시 놀란 탓에, 말하자면 나는 내 안에서만 살았고, 외부의 대상들은 더이상 내 감각을 사로잡지 못하는 듯했다. 내 모든 집중된 힘은 하나의 생각으로 향했고, 머릿속으로 그 생각을 하면 할수록 더욱더 종잡을 수가 없었다. 갑자기 나타난 어떤 끔찍한 장애물이 출발 전날 그토록 많은 계획과 희망을 이렇게 뒤죽박죽으로 만들어버린 것일까? 설령 일상적인 일 혹은 금전 사고나 친구의 죽음 같은 진짜 불행이 문제가 되었다손 쳐도 이 끈질긴 침묵은 무엇 때문일까? 그 모든 행동을 해놓고는 가장 소중한 우리 꿈이 막 실현되려는 듯하던 순간에 우리의 행복을 파괴한, 그녀가 내게 털어놓기를 거부한 비밀의 본질은 무엇일까? 뭐라고! 그녀가 내게 숨기는 것이 있다고? 그녀의 괴로움이 뭘까, 그녀의 골칫거리가 뭘까, 미래에 대한 불안인지, 슬픔인지, 불확실함인지, 분노인지, 내가 잘 모르는 이유가 그녀를 얼마 동안 이곳에 붙잡아둘까, 아니면 그녀로 하여금 그토록 기다리던 이 여행을 영원히 포기하게 할까, 어떤 이유로 내게 마음을 열지 않는 걸까? 나는 당시 내 마음 상태에는 비난받을 만한 것이 전혀 없다고 생각했다. 의심의 징후만이 나를 분노케 하고 두렵게 했다. 내가 아는 바로 그 여인이 단순히 변심하거나 변덕을 부렸다고 달리 어떻게 믿겠는가? 나는 심연에서 길을 잃었고, 가장 희미한 빛조차, 의지할 만한 가장 작은 점조차 보이지 않았다.

내 앞의 객석에 얼굴이 눈에 익은 젊은 남자가 있었다. 어떤 일에 정신이 쏠려 있을 때 흔히 그러듯 나는 깨닫지 못한 채 그를 바라보았고, 그의 얼굴에서 이름을 떠올리려 했다. 그러다 문득 그를 기억해냈다. 앞서 말한 것처럼 ×××에서 보내온 편지들을 브리지트에게 가져다준 것이 바로 그였다. 내가 무슨 행동을 하는 건지 생각해보지도 않고 그에게 가서 말을 걸기 위해 나는 황급히 일어섰다. 많은 관객들을 방해하지 않고는 다가갈 수 없는 자리에 그가 앉아 있던 탓에 막간을 기다려야만 했다.

제일 먼저 든 생각은 나를 불안하게 하는 유일한 근심거리를 해명해 줄 누군가가 있다면 그것은 다른 누구도 아닌 그 젊은이라는 사실이었다. 며칠 전부터 그는 피에르송 부인과 여러 차례 이야기를 나누었고, 그가 떠나고 나면 그녀가 줄곧 우울해했던 기억이 났다. 첫날뿐 아니라 그가 올 때마다 매번 말이다. 그녀가 병이 난 그 전날도, 바로 그날 아침에도 그는 그녀를 만났다. 브리지트는 그가 가져온 편지들을 한 번도 내게 보여주지 않았다. 우리의 출발을 지연시키는 진짜 이유를 그가 알고 있을지도 몰랐다. 아마도 그녀가 그에게 깊은 속내를 털어놓지는 않았을 수도 있었다. 하지만 적어도 그 편지들의 내용이 어떤 것이었는지에 대해 내게 알려줄 수는 있었다. 나는 그가 우리 문제의 진상에 대해 충분히 알고 있다고 가정해야 했다. 망설임 없이 그에게 묻기 위해서였다. 그를 발견한 것이 몹시 기뻤던 나는 막이 내려가자마자 그를 만나기 위해 복도로 뛰어갔다. 내가 쫓아오는 것을 보았는지는 모르겠지만, 그가 멀어지더니 칸막이 좌석으로 들어갔다. 나는 그가 나오기를 기다리기로 마음먹고 칸막이 좌석 문을 계속 바라보며 십오 분가량 이리저리 서성였다.

마침내 문이 열리고 그가 나왔다. 나는 그를 만나러 다가가며 멀리서 곧장 그에게 인사했다. 그는 주저하는 표정으로 몇 걸음 떼었다. 그러더니 갑자기 돌아서서 계단을 내려가 사라져버렸다.

그에게 다가가려는 내 의도가 그토록 명백한 마당에 나를 피하려는 단호한 의사가 없었다면 그렇게 내게서 멀어질 수는 없었다. 그가 내 얼굴을 알고 있는 게 분명했다. 얼굴을 모른다 해도 다른 사람이 다가오는 걸 보면 적어도 기다려야 하는 법이다. 내가 그를 향해 다가갈 때

복도에는 우리뿐이었다. 따라서 그가 나와 말하고 싶지 않았다는 것은 의심의 여지가 없었다. 나는 그가 무례해서라고는 생각하지 않았다. 내가 머무는 방에 매일같이 찾아왔고, 마주치면 내가 언제나 환대해주었고, 겸손하고 신중한 태도를 보이던 사람이 나를 모욕하려 했다고 어떻게 생각할 수 있겠는가? 그는 단지 나를 피해 달아나 난감한 대화에서 벗어나고 싶었던 것이다. 왜? 이 두번째 수수께끼는 첫번째 수수께끼만큼이나 나를 혼란에 빠뜨렸다. 이 생각에서 벗어나기 위해 무엇을 하든, 이 젊은이의 사라짐은 내 머릿속에서 브리지트의 끈질긴 침묵과 불가피하게 연결되었다.

불확실함이야말로 가장 견디기 어려운 고통이다. 살면서 여러 상황에서 참을성 있게 기다려본 적이 없었기에 나는 커다란 불행에 직면했다. 거처로 되돌아갔을 때 마침 브리지트가 ×××에서 온 파멸을 초래할 편지들을 읽고 있는 것을 발견했다. 나는 내가 처한 정신 상태 속에 더 오랫동안 머무르는 것은 불가능하며 무슨 일이 있어도 거기서 벗어날 거라고 그녀에게 말했다. 무엇이 되었건 그녀에게 일어난 갑작스러운 태도 변화의 이유를 알고 싶고, 그녀가 대답하기를 거절한다면 나는 그녀의 침묵을 나와 함께 떠나기를 거부하는 것으로, 심지어 영원히 그녀에게서 떠나라는 명령으로 간주하겠다고 말했다.

그녀는 들고 있던 편지들 중 하나를 마지못해 보여주었다. 그녀의 친척들은 그녀의 출발이 영원히 그녀에게 수치를 안겨주었고, 그 이유를 모르는 사람은 아무도 없으며, 그 결과에 대해 자신들이 미리 그녀에게 의사 표명을 할 수밖에 없다고 썼다. 또한 그녀는 공공연하게 내 애인으로 살고 있는데, 물론 그녀가 자유로운 몸이고 미망인이지만 아직 그녀가 지닌 이름에 답해야 한다고 썼다. 그녀가 끝내 뜻을 굽히지 않는다면 그들도, 그녀의 옛친구들 중 누구도 그녀를 다시는 만나지 않을 거라고 썼다. 끝으로, 온갖 종류의 위협과 조언을 동원하며 그녀를 마을로 돌아오라고 썼다.

그 편지의 어투에 나는 분노했고, 제일 먼저 느낀 것은 모욕감이었다. "이 훈계의 편지들을 가져온 그 젊은 남자가 떠맡은 일이라는 게 아마 생생한 목소리로 당신을 타이르는 것이겠죠?" 나는 소리쳤다. "그리고 그 일을 게을리하지 않았을 테고요, 아닌가요?"

브리지트의 깊은 슬픔에 나는 반성하며 분노를 가라앉혔다. "당신은 원하는 대로 하겠죠." 그녀가 말했다. "그러면 완전히 나를 잃게 될 거예요. 내 운명도 당신 두 손 안에 있어요. 오래전부터 당신은 내 운명의 주인이었지요. 오래전 내가 존중했던 이성을, 이 세상을, 내가 잃어버린 명예를 상기시키기 위해 내 오랜 친구들이 기울인 마지막 노력에 마음껏 복수하세요. 나는 아무런 할 말이 없어요. 내게 대답을 강요한다면 당신이 원하는 대답을 할게요."

"당신의 의향을 아는 것밖에는 아무것도 바라지 않아요." 내가 대답했다. "당신 의사에 따라야 하는 건 오히려 나예요. 맹세컨대 난 준비가 됐어요. 당신이 머물 건지, 떠날 건지, 나 혼자 떠나야 할지 이야기해줘요."

"왜 그런 질문을 하는 거죠?" 브리지트가 물었다. "내 생각이 바뀌었다고 이야기한 적 있나요? 나는 아프고 이렇게는 떠날 수 없어요. 그렇지만 회복되는 대로, 혹은 일어설 수 있는 상태만 되어도 결정된 대로 우리는 제네바로 갈 거예요."

이렇게 말하고 우리는 헤어졌는데, 그녀가 이 말을 할 때의 극도의 차가움은 거절의 말보다 나를 더 슬프게 했다. 이런 유의 의견으로 사람들이 우리 관계를 끊으려 한 것이 이번이 처음은 아니었다. 하지만 지금껏 비슷한 편지들에 다소 영향을 받았다 해도 그녀는 가슴 깊이 담아두지는 않았다. 덜 행복했던 시간 동안에는 아무 영향력도 행사할 수 없었던 반대의 말들이 이제 와서 그녀에게 그렇게 강력한 힘을 갖는다는 것을 어떻게 믿을 수 있겠는가? 나는 우리가 파리에 온 뒤로 내가 나무랄 만한 행동을 하지는 않았는지 돌아보려 애썼다. '단지 생각 없이 행동하고 싶어하고, 실행의 순간 자기 자신의 의지 앞에서 물러서는 여인의 유약함일까?' 나는 생각했다. '탕아들이 마지막 조신함이라고 부를 만한 바로 그것인가? 하지만 일주일 전에 하루종일 브리지트가 보였던 그 쾌활함, 끊임없이 단념했다가 다시 시작한 너무도 달콤한 계획, 약속, 맹세, 그 모든 것은 솔직했고, 구체적이었고, 절대 강요된 것이 아니었어. 그녀는 내 의사에 반해 떠나고자 했어. 아니, 바로 거기에 어떤 수수께끼가 있는 거야. 내 질문에 그녀가 진실일 수 없는 이유로 맞서는 지금, 어떻게 그것을 알겠어? 그녀의 말이 거짓이라고 할 수도 없고, 다른 대답을 강요할 수도 없는데. 그녀는 계속 떠나고 싶다고 말해. 하지만 그녀가 이런 투로 그 말을 한다면 단호하게 거부해야 하지 않을까? 하나의 임무처럼, 선고된 형刑처럼 행하는 그런 희생을 받아들일 수 있겠어? 사랑으로 내게 주어졌다고 믿은 것을, 말하자면 그녀가 한 말을 지키라고 요구하기에 이른 것일까? 오 신이시여! 그러니까 내가 품에 안아 데려갈 여인이 이 창백하고 쇠약한 피조물이란 말인가요? 고향에서 그렇게 멀리, 그렇게 오랫동안, 아마도 영원히 체념할 희생자를 데려갈 뿐인 건가요? 그녀는 말하지, 당신 좋을 대로 하겠어요. 아니, 물론 인내심에 무언가를 요구하고 싶은 마음은 전혀 들지 않아. 고통받는 그 얼굴을 일주일 더 보느니, 그녀가 침묵한다면 나 혼자 떠나겠어.'

내가 얼마나 정신 나간 놈이었던지! 혼자 떠날 힘이 내게 있었나? 보름 전부터 너무 행복했기에 나는 감히 진정으로 과거를 되돌아보지 않았고, 스스로 그런 용기를 느끼기는커녕 브리지트를 데려갈 방법만 생각했다. 나는 뜬눈으로 밤을 지새우고는 다음날 이른 아침부터, 만일을 생각해 오페라 극장에서 본 젊은이의 집을 찾아가기로 결심했다. 그렇게 하도록 나를 충동한 게 분노였는지 혹은 호기심이었는지, 내가 그에게서 원한 게 결국 뭐였는지 모르겠다. 하지만 나는 이런 식으로는 적어도 그가 나를 피할 수 없을 거라는 생각만 했다. 그리고 그게 내가 원한 전부였다.

그의 주소를 몰랐기 때문에 브리지트에게 물어보기 위해 그녀의 방에 갔다. 그가 우리를 여러 번 방문해주었으니 예의상 내가 그의 집을 방문해야겠다는 것이 핑계였다. 극장에서 그와 마주친 일에 대해서는 한마디도 하지 않았다. 브리지트는 침대에 있었는데, 그녀의 충혈된 눈을 보니 눈물을 흘렸음을 알 수 있었다. 내가 들어가자 그녀가 한 손을 뻗더니 말했다. "내게 뭘 원해요?" 그녀의 목소리는 슬펐지만 부드러웠다. 우리는 다정하게 몇 마디 말을 나눴고, 방을 나올 때는 가슴이 덜 아팠다.

내가 만나러 갈 젊은이의 이름은 스미스였다. 그가 사는 곳은 멀지 않았다. 그의 집 문을 두드리는데 뭔지 모를 불안감이 나를 사로잡았다. 나는 천천히 걸음을 뗐고, 예기치 못한 깨달음에 갑자기 한 대 얻어 맞은 것 같았다. 그의 첫번째 몸짓에 내 피가 얼어붙었다. 그는 누워 있었는데, 방금 전 브리지트와 똑같은 투로, 똑같이 창백하고 수척한 얼굴로, 나를 보고는 한 손을 내밀며 같은 말을 했다. "내게 뭘 원해요?"

좋을 대로 생각하기를. 삶에는 인간의 이성으로 설명되지 않는 그런 우연이 존재한다. 나는 대답하지 못한 채 앉았고, 마치 꿈에서 깨어난 것처럼 그가 내게 한 질문을 되뇌었다. 정말이지 그의 집에 뭘 하러 온 거지? 뭐가 나를 이리로 이끌었는지 그에게 어떻게 말하지? 그에게 물어보는 편이 내게 쓸모가 있다고 치면, 그가 말하고 싶은지 어떤지는 어떻게 알지? 편지들을 가져온 것도, 편지를 쓴 사람들을 아는 것도 그이지만 브리지트가 나에게 그 편지들을 보여준 지금 나는 그만큼 잘 알고 있지 않을까? 그에게 질문하는 것은 고통스러운 일이었고, 그가 내 가슴속에서 일어나는 일을 눈치챌까 두려웠다. 우리가 처음 나눈 말들은 정중했지만 무의미했다. 나는 피에르송 부인 가족의 전갈을 전해준 데 대해 그에게 감사했다. 그리고 프랑스를 떠나면서 우리도 몇 가지 도움을 부탁할 수 있겠느냐고 말했다. 그후 우리는 서로 얼굴을 마주 대하고 있다는 데 놀라며 침묵을 지켰다.

나는 어색한 사람들처럼 주위를 둘러보았다. 이 젊은 남자가 살고 있는 방은 오층이었다. 그곳의 모든 것이 정직하고 근면한 가난함을 보여주었다. 몇 권의 책, 악기들, 흰색 나무로 만든 액자들, 융단 덮인 탁자 위의 가지런한 종이들, 오래된 안락의자와 의자 몇 개, 그게 전부였다. 하지만 모든 것이 청결함과 전체적으로 쾌적해 보이게 하는 세심한 정성의 분위기를 자아냈다. 그로 말하자면, 우선 총명하고 생기 있는 모습에 호감이 갔다. 나는 벽난로에서 나이든 여인의 초상화를 발견했다. 내가 몽상에 잠긴 채 초상화로 다가가자, 그는 자기 어머니라고 말했다.

그때 브리지트가 그에 관해 내게 자주 들려준 이야기가 생각났다. 그리고 내가 잊고 있었던 수많은 세세한 부분이 떠올랐다. 브리지트는 어린 시절부터 그와 알고 지냈다. 내가 그 고장에 가기 전에 그녀는 가끔 그를 ×××에서 보았다. 하지만 내가 그곳에 간 뒤로는 그녀는 ×××에 단 한 번 갔을 뿐이다. 그리고 그때 그는 ×××에 없었다. 그러니까 내가 그에 대해 몇 가지 특별한 사항을 알게 된 것은 단지 우연이었다. 그가 가진 재산이라고는 보잘것없는 수입이 전부였는데 그마저도 어머니와 누이를 부양하는 데 들어갔다. 이 두 여자를 향한 그의 행동은 더없이 큰 찬사를 받을 만했다. 그는 그녀들을 위해 모든 걸 포기했다. 많은 돈을 벌게 해줄 음악가의 귀한 재능을 지녔음에도 더할 나위 없는 성실함과 신중함으로, 언제나 자신에게 제시되는 성공의 기회보다 안정을 선호했다. 한마디로 그는 조용히 살면서 자신의 가치를 알아보지 못하는 다른 이들에게 감사하는 소수자에 속했다.

사람들이 그에 관해 내게 예로 들어준 몇몇 행동은 한 남자를 묘사하는 데 충분했다. 그는 이웃에 사는 아름다운 처녀를 깊이 사랑했다. 그리고 일 년 넘게 구애한 끝에 처녀의 부모에게서 허락을 받아냈다. 그녀 역시 그만큼이나 가난했다. 결혼 계약서에 서명할 참이었고, 결혼식을 위한 모든 것이 준비되었다. 그때 그의 어머니가 말했다. "네 누이는 누가 결혼시키지?" 이 한마디 말에 그는 아내가 생기면 자기가 일해서 버는 소득은 모두 자신의 가정을 위해 쓰게 되어 결국 누이는

지참금이 한푼도 없을 거라는 사실을 깨달았다. 그는 벌여놓은 모든 일을 곧바로 취소했고, 용기 있게 자신의 사랑과 결혼을 포기했다. 그가 파리로 와서 지금의 자리를 얻은 것도 그때였다.

나는 그 고장 사람들이 하는 얘기를 들을 때마다 이야기의 주인공이 궁금했다. 잘 알려지지 않은 이 조용한 헌신이 전쟁터에서의 그 어떤 영광보다 더 감탄할 만하다고 여겨졌다. 그의 어머니의 초상화를 보다 보니 곧 그 기억이 났고, 그에게 시선을 돌렸다가 그가 그렇게 젊은 데 놀랐다. 나는 그에게 나이를 묻지 않을 수 없었다. 듣고 보니 나와 동갑이었다. 여덟시가 되자 그가 일어섰다.

첫걸음을 내디디다가 그가 비틀거리는 것을 보았다. 그는 머리를 흔들었다. "무슨 일이에요?" 내가 물었다. 그는 사무실에 갈 시간인데 걸을 힘이 없는 것 같다고 대답했다.

"몸이 아파요?"

"열이 있는데, 너무 고통스럽군요."

"어제저녁에는 건강해 보이던데요. 오페라 극장에서 본 것 같아서요."

"알아보지 못해 죄송합니다. 그 극장의 입장권이 몇 장 있는데, 그곳에서 다시 보게 되길 바랍니다."

이 젊은이, 이 방, 이 집을 살펴볼수록 방문의 진짜 목적에 다가갈 힘이 줄어드는 것을 느꼈다. 전날 내가 가졌던 생각, 그가 브리지트의 마음속에 내게 해가 될 만한 생각을 불어넣었을 수도 있었겠다는 생각이 본의 아니게 사라졌다. 그에게서 솔직하면서도 엄격한 태도를 발견한 것이다. 그 태도가 나를 가로막고 구속했다. 내 생각은 조금씩 다른 방향으로 나아갔다. 나는 그를 주의깊게 바라보았다. 그리고 상대방 쪽에서도 호기심을 가지고 나를 관찰하는 것 같았다.

우리 둘 다 스물한 살인데도 서로 얼마나 다른가! 그는 괘종시계의 규칙적인 소리가 움직임을 결정하는 삶에 익숙했고, 삶에서 아는 것이라고는 외진 방에서 정부 청사의 숨겨진 사무실에 이르는 길밖에 없었다. 그는 저축한 돈을, 노동하는 손이 그렇게 검약해서 쥐게 되는, 인간의 기쁨인 돈을 어머니에게 보냈다. 힘든 하루 노동의 대가를 그렇게 보내고 나면 하룻밤 내내 고통으로 신음했다. 다른 사람의 행복을 배려하려는 단 하나의 생각, 단 하나의 행복밖에 없었다. 그리고 그것은 어린 시절부터, 그에게 양팔이 있을 때부터였다! 그런데 나는, 빠르게 흐른 소중하고 준엄한 그 시간 동안, 땀을 요구하는 그 시간 동안 난 뭘 했나? 내가 남자였나? 우리 둘 중 제대로 삶을 산 것은 누구였나?

내가 앞서 한 페이지에 걸쳐 말한 것은 곧바로 이해할 만한 것이었다. 우리는 눈이 마주치자 서로에게서 눈을 떼지 않았다. 그는 내 여행과 우리가 방문할 고장에 관해 이야기했다.

"언제 떠나세요?" 그가 물었다.

"모르겠어요. 피에르송 부인이 사흘 전부터 몸져누웠어요."

"사흘 전부터라고!" 그가 무의식적인 몸짓을 해 보이며 되뇌었다.

"그래요. 왜 놀라죠?"

그는 일어나 양팔을 뻗고 두 눈을 고정한 채 나를 향해 몸을 던졌다. 그가 지독한 전율로 몸을 떨었다.

"어디 아파요?" 나는 그의 손을 잡으며 물었다. 그런데 그가 동시에 내 손을 그의 얼굴로 가져가더니, 눈물을 참지 못하고 천천히 침대로 몸을 끌고 갔다.

나는 놀라서 그를 바라보았다. 발열에 따른 격렬한 흥분으로 갑작스럽게 그는 녹초가 되었다. 그 상태로 내버려둬도 될지 망설여져 다시 그에게 다가갔다. 마치 기이한 공포를 느낀 것처럼 그가 세게 나를 밀어내다가 그제야 정신을 차렸다.

"죄송합니다." 그가 약한 목소리로 말했다. "당신을 맞을 상태가 아니군요. 혼자 있고 싶어요. 방문해주신 데 대한 감사의 뜻으로, 기력을 회복하는 대로 찾아뵙겠습니다."

3

브리지트의 몸이 나아졌다. 내게 말한 것처럼 그녀는 몸이 회복되는 대로 곧 떠나려 했다. 하지만 나는 반대했고, 그녀가 여행을 견딜 만한 상태가 되기까지 우리는 보름가량을 더 기다려야 했다.

그녀는 여전히 우울하고 말이 없었지만 친절했다. 그녀가 마음먹고 흉금을 털어놓게 하려고 내가 무엇을 하든 간에, 그녀는 내게 보여주었던 편지가 우울함의 유일한 이유라고 말했다. 그리고 그것은 더이상 문제삼지 말아달라고 간청했다. 그렇게 해서 나 자신도 그녀처럼 침묵의 상태에 놓여, 그녀의 마음속에서 무슨 일이 일어나고 있는지 알아맞히려 애썼지만 헛일이었다. 둘만의 대화는 우리 둘 모두를 짓눌렀고 우리는 매일 저녁 극장에 갔다. 그곳의 칸막이 좌석 안쪽에서 우리는 나란히 옆자리에 앉아 이따금 손을 꼭 쥐었다. 가끔은 아름다운 음악한 소절에, 우리를 사로잡은 한 단어에 우리는 다정한 시선을 교환했다. 가는 길에서처럼 되돌아오는 길에도 우리는 침묵한 채 생각에 잠겨 있었다. 하루에도 스무 번씩 나는 그녀의 발치에 몸을 던져 내게 죽음의 일격을 가하거나, 어렴풋이 느꼈던 행복을 내게 되돌려주도록 자비를 구할 준비가 되어 있는 나 자신을 느꼈다. 스무 번, 그렇게 몸을 던지려는 순간, 나는 그녀의 표정이 변하는 것을 보았다. 그녀는 일어나서 나를 떠나거나, 혹은 차가운 말로 입술에 맺힌 내 마음을 가로막았다.

스미스는 거의 매일같이 찾아왔다. 집안에 있는 그의 존재가 모든 불행의 원인이었고 그의 집을 방문한 뒤로 내 머릿속에 미심쩍은 의심이 남았음에도 불구하고 우리의 여행에 대해 말하는 그의 태도, 그의 선의, 그의 솔직함에 나는 안심했다. 나는 그가 가져왔던 편지들에 대해 그에게 이야기했다. 그는 그렇게 기분이 상한 것 같지 않았지만 나보다 더 슬퍼 보였다. 그는 편지의 내용을 알지 못했고, 브리지트에게 가졌던 오랜 우정으로 그 편지들을 심하게 비난했다. 편지에 어떤 내용이 담겨 있는지 알았더라면 그런 일을 맡지 않았을 거라고 말했다. 피에르송 부인이 그와 유지하는 조심스러운 말투로 미루어, 그녀가 그와 흉금을 털어놓는 사이라고는 생각할 수 없었다. 그래서 나는 우리 사이에 여전히 일종의 거북함과 지나치게 깍듯한 태도가 존재했음에도 불구하고 기꺼이 그를 만났다. 그는 우리가 떠나고 난 뒤에 브리지트와 그녀의 가족을 중재하고 명백한 불화를 막겠다고 자청했다. 그 고장에서의 그의 평판이 이런 협상에서 중요성을 지니는 게 확실했고, 나는 그런 그에게 감사하지 않을 수 없었다. 그는 가장 고결한 성품의 소유자였다. 우리 셋이 같이 있을 때 나는 그가 어떤 냉담함이나 거북함을 감지하면 우리 사이에 유쾌함을 되돌려놓기 위해 온갖 노력을 다하는 것을 보았다. 일어나고 있는 일에 대한 걱정을 표현하는 것도 언제나 무례함 없이, 우리가 행복하길 원한다는 것을 이해시키는 방식을 통해서였다. 우리 관계에 대해 이야기할 때는 말하자면 정중히, 사랑은 신 앞에서의 신성한 결합을 의미한다고 믿는 남자로서 이야기했다. 요컨대 그는 일종의 친구였고, 내게 완전한 신뢰감을 불어넣었다.

하지만 어쨌든 모든 노력에도 불구하고 그는 우울했고, 나는 나를 사로잡는 이상한 생각을 떨쳐버릴 수 없었다. 내가 본 그 젊은이의 눈물, 내 연인과 정확히 동시에 앓게 된 그의 병, 그들 사이에서 내가 발견한 것만 같은 내가 모르는 어떤 우울한 친근감이 나를 혼란스럽게 하고 불안하게 했다. 한 달 전이었다면 더 작은 의혹에도 내 질투가 폭발했을 것이다. 하지만 지금이야 브리지트의 무엇을 의심한단 말인가? 그녀가 내게 감추고 있던 비밀이 무엇이건 간에 그녀는 나와 함께 떠날 게 아니었나? 설사 스미스가 내가 알지 못하는 비밀을 알 수 있었다 손 쳐도 그 비밀의 본질이 무엇이었을까? 그들의 슬픔과 우정에 비난받을 만한 뭔가가 있을 수 있었을까? 그녀는 어린 시절부터 그를 알았다. 오랜 시간이 흘러 프랑스를 떠나려는 순간, 그를 다시 만났다. 그녀는 불행한 상황에 처해 있었고, 우연히 그가 그 사실을 알게 되었다. 그리고 우연히 그가 그녀의 불운에 일종의 도구가 되어주기까지 했다. 그들이 약간의 슬픈 시선을 주고받는 것이야, 이 젊은이를 보는 것이 브리지트에게 과거, 약간의 추억, 약간의 후회를 되살리는 것이야 자연스러운 일 아니었나? 그로서도 그녀가 떠나는 것을 보면서 여행이 길어지지 않을까 걱정하고, 앞으로 추방되다시피 버려져 유랑하는 삶을 살게 될 위험을 겪지나 않을까 하는 염려를 무의식적으로 떠올린 게 아닐까? 아마 그 이유가 분명했고, 그 생각을 할 때면 나는 일어나 그 둘 사이에 자리잡고서 그들을 안심시켜 날 믿게 하고, 그녀에게는 기대고자 하는 한 내 팔이 그녀를 지탱해줄 거라 말하고, 그에게는 우리한테 보여준 우정과 우리에게 줄 도움에 감사한다고 말해야겠다고 느꼈다. 마음으로는 그렇게 느꼈지만 행동으로 옮길 수는 없었다. 극도의 오한이 내 심장을 죄어 계속 안락의자에 머물러 있었다.

스미스는 저녁이면 떠났고, 우리는 침묵하거나 그에 대해 이야기했다. 나도 모르는 묘한 끌림으로 매일 그에 대한 새로운 것들을 세세히 브리지트에게 물었다. 하지만 그녀는 그에 대해 내가 독자에게 말한 것만 말했을 뿐이다. 그의 삶은 가난하고 세상에 드러나지 않았으며 정직했던 과거의 삶과 결코 다르지 않았다. 그의 삶 전체를 말하는 데는 몇 마디 단어로 충분했다. 하지만 나는 왜 흥미를 느끼는지 알지 못한 채 그 이야기를 반복했다.

그것에 대해 생각을 거듭하다보면, 고백하지 못하는 비밀스러운 고통이 내 가슴속 깊은 곳에 자리했다. 우리가 즐거웠던 순간에 이 젊은 남자가 다가왔다면, 그가 브리지트에게 의미 없는 편지 한 통을 가져왔다면, 마차에 올라타며 그녀의 손을 꼭 쥐었다면, 내가 그걸 조금이라도 눈여겨봤을까? 그가 오페라 극장에서 나를 알아봤건 아니건, 그가 내 앞에서 이유 모를 눈물을 흘렸건 말건, 나와 무슨 상관이었을까, 내가 행복했다면? 하지만 브리지트가 슬픔에 잠긴 이유를 짐작할 수 없었기에 나는 그녀가 무슨 말을 하건, 과거의 내 행동이 이제 그녀의 슬픔과 무관하지 않다는 걸 잘 알았다. 우리가 같이 산 육 개월 동안 내가 마땅히 그래야 하는 바로 그런 사람이었다면 이 세상 그 무엇도 우리의 행복을 깨뜨리지 못했으리라는 것을 나는 알았다. 스미스는 보통 사람에 불과했지만 선량하고 충실했다. 그의 순박하고 겸손한 품성은 어렵지 않게 첫눈에 포착되는 고귀하고 순수한 혈통을 닮았다. 그를 알고 나서 십오 분이면 신뢰 아니면 감탄을 불러일으키는 사람이었다. 그가 브리지트의 연인이었다면 그녀가 그와 함께 기쁘게 떠났을 것이라고 생각할 수밖에 없었다.

내 뜻대로 우리의 출발을 지연시켰으면서도 나는 벌써 후회하고 있었다. 브리지트도 이따금 나를 재촉했다. "우리를 붙잡는 게 뭐죠?" 그녀가 말했다. "난 회복되었고, 모든 준비가 다 되었어요." 진정 나를 붙잡은 게 무엇이었나? 모르겠다.

나는 벽난로 가에 앉아 스미스와 내 연인을 번갈아가며 뚫어져라 바라보았다. 둘 다 창백하고, 진지하고, 말이 없었다. 그들이 왜 그런지는 몰랐지만 나도 모르게 아마도 분명 같은 이유일 것이며 알아야 할 비밀이 한 가지일 거라고 되뇌었다. 그런데 그것은 예전에 나를 괴롭혔던 불분명하고 병적인 의심이 아니라 저항할 수 없는 운명적인 직관이었다. 우리는 얼마나 이상한 존재들인가! 나는 불가에 그들을 단둘이 두고 강기슭으로 가 몽상을 하고, 난간에 몸을 기대고서 거리의 게으른 산책자처럼 물을 바라보기를 즐겼다.

그들이 ×××에서 살던 시절에 대해 말할 때, 브리지트가 거의 명랑한, 조금은 엄마 같은 투로 같이 지내던 날들을 그에게 환기시킬 때, 나는 고통스러우면서도 기쁨을 느꼈다. 나는 그들에게 질문했다. 나는

스미스에게 그의 어머니, 그의 직업, 그의 계획에 대해 물었다. 그 자
신을 호의적으로 드러내 보일 기회를 주었고, 겸손함을 누르고 자기
장점을 말하도록 강요했다. "당신은 누이를 무척 사랑하는군요, 아닌
가요?" 내가 물었다. "언제 누이를 결혼시킬 생각이죠?" 그러자 그는
가정을 꾸리는 데는 돈이 많이 들고, 건강이 허락해 특별수당을 받을
과외의 일들을 좀더 하게 된다면 이 년 전후가 될 거라고 얼굴을 붉히
며 말했다. 그의 말로는 그 고장에 꽤 풍족한 집안이 있는데 그 집 장
남이 그의 친구였다. 누이와 친구 두 사람이 거의 결혼에 합의했으니
언젠가는 행복이 휴식처럼 생각지 않게 다가올 수 있을 거라고 했다.
그는 누이를 위해 아버지가 남긴 제 몫의 많지 않은 유산을 포기했다
고, 어머니가 반대했지만 그는 어머니의 뜻을 받아들이지 않았다고 했
다. 젊은 남자는 두 손으로 벌어먹을 수 있지만 젊은 처녀의 삶은 결혼
하는 날 결정되는 법이라고. 이렇게 그는 조금씩 자신의 지나온 삶과
영혼을 우리에게 펼쳐 보여주었고, 나는 그의 이야기를 듣는 브리지트
를 보았다. 그러고 나서 그가 일어나 떠나려고 하면 나는 문까지 그를
배웅했고, 그의 발소리가 계단에서 사라질 때까지 생각에 잠긴 채 꼼
짝 않고 그곳에 머물렀다.

그때 나는 방에 들어갔다가 막 옷을 벗으려는 브리지트를 발견했다.
나는 수없이 소유했던 그 매력적인 육체, 그 아름다움의 보물을 탐욕스
럽게 바라보았다. 그녀가 긴 머리카락을 빗질하고, 머릿수건을 묶고,
드레스를 바닥에 미끄러뜨리고 목욕물에 들어가는 디아나 여신처럼 얼
굴을 옆으로 돌리는 것을 바라보았다. 그녀가 잠자리에 들면 나는 내
잠자리로 뛰어갔다. 내 머릿속에는 브리지트가 나를 속인다는 생각도,

스미스가 그녀를 사랑한다는 생각도 전혀 떠오르지 않았다. 그들을 지켜볼 생각도, 기습할 생각도 하지 않았다. 나는 아무것도 이해하지 못했다. 나는 생각했다. '그녀는 너무 아름다워. 그리고 가엾은 스미스는 정직한 사람이야. 그들 둘 다 커다란 걱정이 있고, 나 역시 그래.' 이런 생각은 내 심장을 산산조각내는 동시에 나를 위로해주었다.

우리가 여행가방을 다시 열어보니 아직 몇 가지 사소한 물건이 빠져 있었다. 스미스가 맡아서 준비해준 것들이었다. 그에겐 지치지 않는 활력이 있었는데, 그가 말하기를 사람들이 어떤 일을 맡기면 저절로 그 일에 온 힘을 쏟게 된다고 했다. 하루는 내가 집에 돌아왔는데 그가 바닥에서 여행가방을 닫고 있는 것을 발견했다. 브리지트는 우리의 파리 체류를 위해 주 단위로 빌린 피아노 앞에 있었다. 그녀는 오래된 가곡 한 곡을 연주했는데, 풍부한 감성이 실린 그녀의 연주는 내게 무척 소중한 것이었다. 나는 열려 있는 문 옆의 대기실에서 멈춰 섰다. 음표 하나하나가 내 영혼 속으로 들어왔다. 그녀가 그렇게 슬프고도 경건하게 노래한 적은 한 번도 없었다.

스미스는 환희에 가득차서 듣고 있었다. 여행가방의 쇠고리를 쥐고 무릎을 꿇은 채였다. 그가 그것을 우그러뜨려 떨어뜨렸고, 자신이 방금 구긴 옷들을 바라보더니 흰 무명천으로 덮었다. 연주가 끝났는데도 그는 그렇게 있었다. 브리지트는 피아노 건반에 손을 올려놓은 채 멀리 지평선을 바라보았다. 나는 젊은 남자의 눈에서 눈물이 흘러내리는 것을 두번째로 보았다. 나 역시 금방이라도 눈물을 쏟을 참이었다. 내 안에서 무슨 일이 일어나는지 알지 못한 채 대기실로 들어가 그에게 손을 내밀었다.

"거기 있었어요?" 브리지트가 물었다. 그녀가 소스라치는 것이 놀란 것처럼 보였다.

"그래요, 여기 있었어요." 나는 대답했다. "노래해줘요, 내 사랑, 제발. 내가 당신 목소리를 더 들을 수 있다니!"

그녀는 대답하지 않고 다시 연주를 시작했다. 그것은 그녀에게도 역시 추억이었다. 그녀는 감동하는 나와 스미스를 보았다. 그녀의 목소리가 변했다. 간신히 발음한 마지막 음들이 하늘로 사라지는 것 같았다. 스미스는 여전히 내 손을 잡고 있었다. 그가 발작적으로 내 손을 꽉 조이는 것이 느껴졌다. 그는 죽음처럼 창백했다.

또 하루는 내가 스위스의 여러 풍경이 담긴 석판화집을 가져왔다. 우리 셋이서 같이 그것을 보았는데, 이따금 브리지트가 마음에 드는 장소를 발견하면 책장 넘기던 것을 멈추고 자세히 들여다보았다. 다른 어떤 곳보다 훨씬 멋져 보이는 장소가 있었다. 보 주州에 있는 풍경이었는데 브리그 도로에서 좀 떨어진 곳이었다. 사과나무들이 심긴 푸른 계곡에서 가축들이 그늘을 지나는 그림이었다. 멀리 초원에 어지러이 흩어져 있기도 하고 주위 언덕에 층을 이루어 들어서기도 한 열두 채 정도의 나무집들로 이뤄진 마을이 있었다. 전경에는 챙 넓은 밀짚모자를 쓴 소녀가 나무 밑동에 앉아 있었다. 농가의 소년이 소녀 앞에 쇠붙이를 씌운 지팡이를 들고 서서 소녀에게 자신이 지나온 길을 보여주는 것 같았다. 소년은 산속으로 사라지는 구불구불한 오솔길을 가리켰다. 그들 위로 알프스산맥이 보였다. 그림 위쪽은 석양빛으로 물든, 눈 덮인 세 개의 산봉우리가 차지했다. 그보다 더 소박하면서도 아름다운 경치는 없었다. 계곡이 초록빛 호수 같아서, 계곡 둘레를 따르는 시선에는 더없이 완전한 평온함이 깃들었다.

"이곳에 갈까요?" 브리지트가 내게 말했다. 나는 연필을 들어 판화에다 몇 개의 선을 그렸다.

"뭐해요?" 그녀가 물었다.

"궁리중이에요." 나는 말했다. "조금 솜씨를 부려서, 이 인물들을 우리하고 비슷하게 만들어볼까 하고요. 내 생각에 이 소녀의 귀여운 모자가 당신에게 놀랍도록 잘 어울릴 것 같은데요. 성공한다면, 이 순박한 산골 소년은 나와 조금 닮게 해볼 수 있지 않을까요?"

이 기발한 생각이 마음에 들었는지, 그녀는 곧 글자를 지우는 칼을 들고서 판화에서 소년과 소녀의 얼굴을 지웠다. 나는 소녀의 얼굴을 그렸고, 그녀는 내 얼굴을 그리려고 했다. 소년과 소녀의 형상이 아주 작아서 어렵지 않았다. 얼굴 묘사가 인상적이어서 실제로 거기서 우리의 특징을 충분히 발견할 수 있겠다는 데 의견이 모였다. 우리가 이 일로 한참 웃고 났을 때 화집은 펼쳐져 있었고, 하인이 어떤 용무로 부르기에 나는 조금 후에 나갔다.

내가 되돌아왔을 때 스미스는 탁자에 몸을 기대고 주의깊게 판화를 보느라 내가 되돌아온 것을 알아차리지 못했다. 그는 깊은 몽상에 빠져 있었다. 내가 불가의 자리를 다시 차지하고 브리지트에게 몇 마디 건네고 나서야 그가 머리를 들었다. 그는 한동안 우리를 바라보았다. 그러더니 서둘러 우리에게 작별인사를 했다. 나는 그가 식당을 지날 때 자신의 이마를 치는 것을 보았다.

그 고통의 징후를 간파한 나는 일어나서 뛰어가 방에 틀어박혔다. "아니! 대체 그게 뭐지? 대체 그게 뭐지?" 나는 되뇌었다. 그리고 간청하기 위해 손을 모아 쥐었다······ 누구에게? 모르겠다. 아마도 내 착한 천사, 아마도 내 악운에게.

4

내 심장은 내게 떠나라고 외쳤다. 하지만 나는 계속 미루었다. 비밀
스럽고 쓰라린 관능이 저녁이면 내 자리에 나를 못박아놓는 듯했다.
스미스가 오기로 했을 때는 그의 초인종 소리를 듣지 못할까봐 전혀
휴식을 취할 수가 없었다. 내가 알지 못하는, 불행을 사랑하는 어떤 것
이 우리 내부에 이렇게 존재하다니 어쩌된 일인가?

날마다 어떤 말 한 마디, 스치는 눈빛, 시선이 나를 전율케 했다. 날
마다 또다른 말, 또다른 시선이 상반되는 느낌으로 나를 불안에 던져
넣었다. 어떤 설명할 수 없는 비밀로 인해 그 두 사람은 그렇게 슬펐던
걸까? 다른 어떤 비밀로 인해 나는 그들을 보면서 조각상처럼 굳었던
걸까? 다른 때 같았으면 내 분노가 폭발할 지경에 이르렀을 텐데? 동
양에서 볼 법한, 거의 광포한 사랑의 질투를 느낀 나는 움직일 힘이 없

었다. 나는 기다리면서 하루하루를 보냈지만 내가 기다리는 것이 무엇인지는 말할 수 없었을 것이다. 저녁이면 내 침대에 앉아 혼잣말을 했다. "자, 이걸 생각해보자." 그러다 두 손으로 머리를 감싸고 소리쳤다. "불가능해!" 그러고 나서 다음날이면 다시 시작했다.

스미스 앞에서는 브리지트가 나와 단둘이 있을 때보다 더 내게 다정하게 굴었다. 어느 날 저녁 우리가 상당히 심한 말을 막 주고받은 후 그가 도착했다. 대기실에서 그의 목소리가 들리자 그녀가 다가와 내 무릎 위에 앉았다. 그로 말하자면 여전히 평온하고 우울했는데 지속적으로 노력하고 있는 것 같았다. 그는 가장 사소한 몸짓도 신중했다. 거의 말수가 없었고 천천히 이야기했다. 하지만 그가 보이는 갑작스러운 행동들은 그의 습관적인 침착성과 대조되어 더 강한 인상을 남길 뿐이었다.

내가 처한 상황에서 나를 소진시켜버린 초조함을 호기심이라 부를 수 있을까? "당신에겐 뭐가 중요하죠? 당신은 너무 호기심이 많아요." 누군가 내게 와서 이렇게 말했다면 나는 어떻게 답했을까? 하지만 아마도 초조함과 호기심이 별개는 아니었을 것이다.

어느 날인가 루아얄 다리에서 한 사람이 익사하는 장면을 본 것이 기억난다. 나는 친구들과 함께 수영 교실에서 잠영이라는 것을 하고 있었다. 우리 뒤의 보트에 두 명의 수영 교사가 매달려 있었다. 한여름이었다. 우리 보트가 도중에 다른 보트와 만난 결과, 다리의 큰 아치 밑에 모인 우리 수만 해도 서른 명이 넘었다. 갑자기 우리 가운데 한 청년이 뇌출혈을 일으켰다. 나는 비명을 듣고 뒤를 돌아보았다. 수면에서 흔들리는 두 손이 보였다. 그후 모든 것이 사라졌다. 우리는 곧 잠수를 했다. 하지만 그것은 헛일이었고, 한 시간 만에 우리는 어느 뗏목 밑에 낀 시신을 빼내는 데 성공했다.

강에서 잠수하는 동안 내가 느낀 인상은 결코 기억에서 지워지지 않을 것이다. 나는 어렴풋한 찰랑거림으로 나를 감싼 어둡고 깊은 물속에서 사방을 살펴보고 있었다. 숨을 참을 수 있는 동안 계속해서 깊이 물속으로 들어갔다. 그뒤 수면으로 되올라와 나만큼이나 불안에 싸여 잠수한 후 돌아온 사람과 질문을 주고받았다. 그러고는 그 인간 낚시로 되돌아갔다. 나는 공포와 희망으로 가득차 있었다. 어쩌면 경련하는 두 팔이 나를 잡을 수도 있을 거란 생각이 내게 말로 표현할 수 없는 기쁨과 공포를 불러일으켰다. 나는 탈진한 뒤에야 배에 올라갔다.

방탕이 인간을 바보로 만들지 않는다면, 방탕의 필연적인 여파 중 하나는 기이한 호기심이다. 나는 앞서 데주네의 집을 처음 방문했을 때 느낀 것을 이야기한 바 있다. 내 생각을 더 분명히 밝히겠다.

겉모습의 뼈대인 진실은 모든 사람이, 그가 누구이건 간에, 정해진 때가 됐을 때 필연적으로 어떤 일시적인 상처 깊숙이 존재하는 영원한 해골을 건드리기를 요구한다. 그것이 세상을 안다고 하는 것이고, 경험은 그 대가다.

그런데 이런 시련 앞에서 어떤 사람들은 공포에 사로잡혀 뒷걸음치고, 나약하고 겁먹은 또다른 사람들은 유령처럼 비틀거리며 남아 있다. 아마 가장 훌륭한 몇몇 사람들은 그로 인해 곧 목숨을 잃기도 한다. 대다수는 잊고, 그렇게 모두가 죽음 위를 부유한다.

하지만 틀림없이 불행한 어떤 사람들은 뒷걸음치지도, 비틀거리지도, 죽지도, 잊지도 않는다. 불행을, 달리 말해 진실을 접해야 할 차례가 되면 그들은 단호한 발걸음으로, 손을 내밀고 다가간다. 소름 끼치는 일이다! 그들은 물속 깊은 곳에서 감지한 창백한 익사체에게 사랑을 느낀다. 그들은 그것을 움켜쥐고, 만져보고, 포옹한다. 알고자 하는 욕망에 도취한다. 그들은 이제 꿰뚫어보기 위해서만 사물들을 볼 뿐이다. 사물들은 이제 의심하고 시도하게 할 따름이다. 그들은 신의 첩자처럼 세상을 수색한다. 그들의 생각은 화살처럼 날카로워지고, 그들의 심부深部에서는 스라소니가 태어난다.

탕아들은 다른 모든 사람들보다 이런 격한 감정에 더 노출되어 있다. 그 이유는 아주 단순하다. 보통의 삶을 평평하고 투명한 수면에 비유하자면, 탕아들은 물의 빠른 흐름을 타고 끊임없이 바다에 이른다. 예를 들어 그들은 무도회에서 나와 창녀촌으로 간다. 왈츠를 추며 처녀의 수줍은 손을 꼭 쥐고 나서, 아마도 그 손을 떨게 했을 그들은 그 자리를 떠난 뒤에 뛰어와서는 외투를 던지고 두 손을 비비며 식탁에 앉는다. 아름답고 정숙한 여인에게 그들이 방금 전에 던진 마지막 말이 아직도 그들의 입술에 남아 있는데. 그들은 웃음을 터뜨리면서 그 말을 되풀이한다. 내가 무슨 이야기를 하는 거지? 그들은 돈 몇 푼으로 그녀들의 정숙함인 저 옷을, 드레스를, 비밀로 가득한 저 베일을 들어올리지 않는가? 자신으로 인해 아름다워진 그 존재를, 손대지 않고 감싸줘야 할 것 같음에도. 대체 그들은 세상을 어떻게 생각하는 것일까? 그들은 무대 뒤의 배우들처럼 매 순간 그곳에 존재한다. 이런 사물들의 본질 탐구에, 그리고 이렇게 말할 수 있다면, 심오하고 불경한 이 탐색에 그들보다 더 익숙한 자가 있을까? 그들이 모든 것에 대해 어떻게 말하는지 보라. 언제나 가장 노골적이고, 거칠고, 비열한 말들이다.

그들에겐 그것만이 진실인 것 같다. 나머지 모두는 가식, 관습과 선입견에 불과하다. 그들은 일화를 이야기하고 그들의 경험을 전한다. 언제나 비열하고 성적인 단어, 언제나 편지, 언제나 죽음을! 그들은 말하지 않는다, "이 여인이 나를 사랑했어." 그들은 말한다, "난 이 여인을 가졌어." 그들은 말하지 않는다, "난 사랑해." 그들은 말한다, "한 번 하고 싶어." 그들은 결코 말하지 않는다, "부디 그렇게 되길!" 그들은 어디서나 말한다, "내가 원하면!" 그들이 스스로를 어떻게 생각하는지, 그들이 어떤 독백을 하는지 나는 알지 못한다.

그로부터 필연적으로 나태함이나 호기심이 나온다. 왜냐하면 그들이 이렇게 모든 것에 내재된 더 나쁜 것을 보는 연습을 하는 동안, 다른 사람들은 한결같이 선을 믿는다는 것을 그들이 모르지는 않기 때문이다. 그러므로 그들은 귀를 막을 정도로 무기력하든가, 세상 사람들의 소리에 소스라쳐 깨어나야 한다. 아버지는 아들이 많은 사람들이 가는 곳으로, 카토* 자신이 간 곳으로 가도록 내버려둔다. 아버지는 젊음이 지나간다고 말한다. 그런데 아들이 집에 돌아와 누이를 본다. 있는 그대로의 현실과 마주한 채 보낸 한 시간이 그에게서 무엇을 만들어냈는지 보라! 아들은 혼잣말을 한다. "내 누이는 방금 내가 떠나온 피조물과 전혀 닮지 않았구나." 그리고 그날부터 그는 불안하다.

악에 대한 호기심은 모든 추악한 것과의 접촉에서 생겨나는 병이다. 그것은 무덤의 돌을 들어올리는 유령들의 배회하는 본능이다. 그것은

---

* 대(大)카토(BC 234~BC 149)를 말한다.『플루타르코스 영웅전』에 다음과 같은 구절이 나온다. "홀아비가 된 카토가 젊은 매춘부를 하녀로 부렸고, 그녀는 그의 방에서 몰래 그와 만났다."

과오를 범한 자들을 벌하는 신의 불가해한 형벌이다. 그들은 모두가 과오를 범할 수 있다는 것을 믿으려 할 것이다. 그리고 아마도 그 사실이 유감스러울 것이다. 하지만 그들은 조사하고, 탐색하고, 논의한다. 직각자를 조정하는 건축가처럼 머리를 옆으로 기울이고, 이렇게 자신들이 욕망하는 것을 보기 위해 노력한다. 악이 증명되면 그들은 미소 짓는다. 악이 의심되면 그들은 단언한다. 선에 관한 한 그들은 뒷면을 보려 한다. "누가 알겠는가?" 하늘이 닫히는 것을 보았을 때 사탄이 내뱉은 위대한 경구, 최초의 말이 바로 그것이다. 슬프다! 얼마나 많은 불행한 자들이 이 말 한마디만을 했던가? 얼마나 많은 재앙, 죽음, 싹을 틔우려 하는 수확물에 얼마나 숱하게 끔찍한 낫질을 했던가! 이 말이 입 밖에 나온 후 얼마나 많은 심장들에, 얼마나 많은 가족들에게 폐허만이 남았던가? 누가 알겠는가? 누가 알겠는가? 혐오스러운 말이다. 그 말을 소리 내어 말하느니 차라리 도살장이 어디 있는지 모르는 채 풀을 뜯어먹으며 도살장을 향해 가는 양들처럼 행동하는 것이 낫다. 강한 정신의 소유자가 되어 라로슈푸코를 읽으니 차라리 그 편이 더 낫다.

지금 내가 이야기하는 것보다 더 적절한 실례가 있을까? 내 연인은 떠나고 싶어했고, 나는 한마디 말만 하면 되었다. 그녀가 우울해 보이는데 왜 내가 머무를 것인가? 내가 떠난다면 무슨 일이 일어날 것인가? 그때는 오직 불안만이 존재했다. 사흘만 여행하면 모든 것이 잊힐 터였다. 그녀 곁에는 나 하나뿐이었고, 그녀는 나만을 생각했다. 내 행복을 해치지 않는 비밀을 아는 것이 뭐가 중요했나? 그녀는 동의했고, 모든 것이 그것으로 끝났다. 입술 위의 키스 한 번으로 족했다. 그런데 그 대신 내가 한 일을 보라.

어느 날 저녁 스미스는 우리와 같이 저녁을 먹었고, 내가 일찍 자리를 뜬 까닭에 그들 둘이 같이 있게 되었다. 내 방문을 닫을 때 브리지트가 차를 부탁하는 소리가 들렸다. 다음날 그녀의 방에 들어갔다가 우연히 탁자에 다가갔는데, 찻주전자 옆에 찻잔이 하나밖에 보이지 않았다. 나보다 앞서 들어온 사람은 아무도 없었다. 전날 쓴 찻잔들 중 하인이 가져간 것은 없다는 얘기였다. 나는 다른 하나의 찻잔이 보이지 않을까 싶어 주위 가구들 위를 찾아보았고, 다른 찻잔은 없다고 확신했다.

"스미스가 늦게까지 있었나요?" 나는 브리지트에게 물었다.

"자정까지요."

"당신 혼자 잠자리에 들었어요? 아니면 잠자리를 봐줄 누군가를 불렀나요?"

"혼자 잠자리에 들었어요. 집안에 있는 사람들은 모두 잠들어 있었어요."

찻잔을 찾는 내내 내 양손이 떨렸다. 찻잔 하나까지 조사할 만큼 터무니없는 질투를 하는 바보가 나오는 우스꽝스러운 코미디가 또 어디 있을까? 무슨 까닭으로 스미스와 피에르송 부인이 같은 찻잔을 사용했겠는가? 이런 기막힌 생각이 떠오르다니!

그동안에도 나는 찻잔을 들고 방안을 왔다갔다했다. 웃음이 터져나오는 것을 억제할 수 없었다. 나는 찻잔을 바닥에 던졌다. 찻잔은 산산조각났고, 나는 발뒤꿈치로 찻잔 조각을 으스러뜨렸다.

브리지트는 한마디 말도 없이 나를 바라보았다. 그후로 이틀 동안 그녀는 경멸 섞인 차가운 태도로 나를 대했다. 스미스와 함께 있을 때는 짐짓 평소보다 말투가 더 허물없고 친절했다. 그녀는 그를 세례명인 앙리로 불렀고 스스럼없이 그에게 미소 지었다.

"바람을 쐬고 싶어요." 저녁식사 후에 그녀가 말했다. "오페라 극장에 갈래요, 옥타브? 걸어서 갔으면 하는데요."

"아니, 나는 집에 있을래요. 나는 빼고 가는 게 좋겠어요."

그녀는 스미스와 팔짱을 끼고 외출했다. 나는 저녁 내내 혼자였다. 내 앞에 종이가 놓여 있기에 생각을 정리할 겸 글을 쓰려고 했지만 끝마칠 수가 없었다.

혼자가 되자마자 사랑하는 여인의 편지를 품에서 꺼내 감미로운 몽상에 잠기는 연인처럼 나는 까닭 없이 깊은 고독감에 빠져들었고, 틀어박혀 의심을 품었다. 내 앞에는 방금 전 스미스와 브리지트가 앉았던 빈 의자 두 개가 있었다. 나는 마치 그 의자들이 내게 무언가를 가르쳐줄 수 있을 것처럼 갈구하는 눈빛으로 바라보았다. 내가 보고 들은 것을 수천 번이나 회상했다. 이따금 문 쪽으로 가서는 한 달 전부터 벽에 기대놓여 있던 우리의 여행가방에 눈길을 던졌다. 나는 가방을 가만히 조금 벌리고서, 섬세하고 작은 손으로 꼼꼼히 정리해둔 옷가지와 책들을 살펴보았다. 마차가 지나가는 소리가 들렸다. 그 소리에 내 가슴이 뛰었다. 나는 지난날 그토록 달콤했던 계획의 증거물인 유럽 지도를 탁자 위에 펼쳐놓았다. 그리고 그곳, 희망을 품고 희망이 곧 실현되려던 것을 본 그 방에서, 내 모든 희망을 바로 눈앞에 두고서 나는 끔찍한 예감에 사로잡혔다.

그것이 어떻게 가능했을까? 나는 분노도 질투도 아닌, 한없는 고통을 느꼈다. 그들이 그런 행동을 했으리라 생각하진 않았지만 그들을 믿지도 않았다. 인간의 마음은 너무도 요상해서 자신이 본 것 때문에 혹은 자신이 본 것에도 불구하고 고통의 이유를 수없이 만들어낸다. 사실 인간의 뇌는 높은 벽이 수많은 고문 도구로 뒤덮인 종교재판소의 지하 감옥과도 흡사하다. 그 고문 도구들은 용도도 형태도 이해할 수 없으며, 그것들을 보면서 고문 도구인지 장난감인지 의아하게 여기게 된다. 당신께 물으니 내게 말해주세요. 연인에게 '모든 여인이 부정을 저지르지요'라고 말하는 것과 '당신이 나를 배신했나요?'라고 말하는 것 사이에는 어떤 차이가 있나요?

하지만 내 머릿속에 떠오른 생각은 아마도 가장 교묘한 궤변만큼이나 미묘했다. 그것은 생각과 감정 사이의 일종의 대화였다. "만일 브리지트를 잃게 된다면?" 생각이 말했다. "그녀는 너와 함께 떠날 거야." 감정이 말했다. "만일 그녀가 나를 배신했다면?" "그녀가 어떻게 너를 배신하겠어? 너를 위해 기도해달라고 당부한 유서를 쓴 그녀가!" "만일 스미스가 그녀를 사랑한다면?" "미친놈, 무슨 상관이야, 그녀가 사랑하는 게 바로 너란 사실을 네가 아는데?" "만일 그녀가 나를 사랑한다면, 왜 슬퍼하는 거지?" "그건 그녀의 비밀이야, 존중해줘." "내가 그녀를 데려가면, 그녀가 행복할까?" "그녀를 사랑해줘, 그녀는 행복해질 거야." "그 남자가 쳐다볼 때 왜 그녀는 그와 눈이 마주치는 걸 두려워하는 것처럼 보일까?" "그야 그녀는 여자이고, 그는 젊기 때문이지." "그녀가 쳐다볼 때 왜 그는 갑자기 창백해지는 걸까?" "그야 그는 남자이고, 그녀는 아름답기 때문이지." "내가 그를 보았을 때 왜 그는 울면서 내 팔에 와락 안긴 걸까? 어느 날인가 왜 그가 자기 이마를

친 걸까?" "네가 알아서는 안 되는 것은 묻지 마." "왜 그런 것들을 알면 안 되는 거지?" "너는 약하고, 상처받기 쉽고, 모든 비밀은 신의 것이기 때문이지." "그렇지만 왜 나는 고통받는 거지? 왜 그 생각을 하면 내 영혼이 불안해지는 거야?" "네 아버지를 생각하고, 선을 행할 생각이나 해." "그렇지만 왜 나는 그렇게 할 수 없는 거지? 왜 나는 악에 이끌리는 걸까?" "무릎을 꿇고 죄를 고해해. 네가 악을 믿는다면 악을 행한 거야." "내가 악을 행했다면 그게 내 잘못이야? 선은 왜 나를 저버린 거지?" "네가 암흑 속에 있다고 해서 빛을 부인할 테야? 배신자들이 있다고 해서 왜 네가 그들 중 하나인 거지?" "속는 것이 두렵기 때문이야." "왜 너는 불면의 밤을 보내는 거지? 갓난아기들은 이 시간에 잠들어 있어. 왜 너는 지금 혼자인 거야?" "나는 생각하고, 의심하고, 두렵기 때문이야." "대체 언제 기도할 거지?" "내가 믿게 될 때. 왜 내게 거짓을 말한 걸까?" "왜 넌 거짓말을 하는 거야, 이 순간조차? 비겁한 놈! 견딜 수 없다면, 왜 죽지 않는 거지?"

내 안에서 너무도 상반된 두 목소리가 이렇게 말하고 신음했다. 그리고 세번째 목소리가 여전히 울부짖고 있었다.

"아아! 슬프다! 내 순수함이여! 아아! 슬프다! 지나간 나날이여!"

5

인간의 생각이란 얼마나 엄청난 힘이 있는가! 그것은 우리를 보호하는 방어물이자 호위병이며, 신이 우리에게 주신 가장 멋진 선물이다. 그것은 우리 것이고 우리에게 복종한다. 우리는 생각을 공간 속으로 분출할 수 있고, 일단 생각이 이 유약한 머리를 벗어나면 더이상 우리는 그것을 책임지지 않는다.

하루하루 계속 출발을 미루는 동안 나는 기운도 없어지고 잠도 잘 수 없었다. 알아채지 못한 사이 삶 전체가 조금씩 나를 버렸다. 식탁에 앉아 있을 때는 음식에 대한 견디기 힘든 거부감을 느꼈다. 밤이 되면 낮 동안 내내 지켜본 스미스와 브리지트의 창백한 두 얼굴이 섬뜩한 꿈속에서 나를 쫓아다녔다. 저녁에 그들이 공연을 보러 가려고 하면 나는 그들과 같이 가기를 거절했다. 그러고는 혼자 그곳에 가서 일층

입석 자리에 숨어 그들을 지켜보았다. 옆방에서 할 일이 있는 체하고는 그곳에서 한 시간이나 머물며 그들이 하는 이야기를 엿듣기도 했다. 때로는 스미스에게 싸움을 걸어 그와 치고받고 싸우고 싶은 생각에 강렬하게 사로잡혔다. 그가 내게 이야기하는 동안 나는 그를 등지고 있었다. 그러면 그가 놀란 모습으로 다가와 손을 내밀곤 했다. 이따금 집안사람들은 모두 잠들고 밤에 혼자 깨어 있을 때면 나는 브리지트의 책상에 가서 서류들을 가져오고 싶은 유혹을 느꼈다. 한번은 그 유혹을 물리치기 위해 외출을 하지 않으면 안 되었다. 내가 무슨 말을 할 수 있을까? 하루는 단도를 손에 쥐고 위협하며 그들이 왜 그렇게 슬퍼하는지 이유를 말하지 않는다면 죽이겠다고 했다. 또 하루는 분노를 나 자신에게 돌리기도 했다. 내가 얼마나 수치심에 싸여 이 글을 쓰는지! 그런 행동을 한 근본적인 이유를 묻는다면 뭐라 대답해야 할지 모르겠다.

보고, 알고, 의심하고, 샅샅이 캐고, 불안해하고, 스스로를 비참하게 만들고, 낮 동안 귀기울여 감시하고, 밤이 되면 눈물을 쏟고, 죽도록 고통스럽다고 되뇌고, 그럴 만한 충분한 이유가 있다고 믿고, 마음에서 희망을 앗아가는 유약함과 고립감을 느끼고, 어둠 속에서 열로 인한 맥박의 빠른 고동만이 들리는데도 몰래 감시한다고 상상하곤 했다. 도처에 퍼져 있는 평범한 문장을 끝없이 되뇌었다. "삶이란 꿈과 같다." "이 세상에 영원한 것이란 없다." 결국은 나의 고통과 변덕으로 인해 내 안에서 신을 저주하고 모독했다. 나는 그런 일들을 즐기고 몰두하느라 사랑과 하늘의 공기와 자유를 포기했다!

영원한 신, 자유! 그렇다, 다른 것이야 어찌됐든 그런 것에 대해 생각한 몇몇 순간이 있었다. 그 많은 미친 짓과 변덕스러움과 어리석음 가운데서도 갑자기 나 자신을 되찾는 가슴 뛰는 순간들이 있었다. 그 것은 오랫동안 칩거해 있던 방에서 나올 때 내 얼굴을 때리는 공기, 읽고 있던 책의 한 페이지였다. 하지만 그때 나는 풍자문 작가라 불리는 근대의 밀고자들이 쓴 책들 말고 다른 것들을 꺼내 들었다. 단순히 공중위생을 위한 조처로 그들이 이리저리 분석하고 사이비 철학을 하는 것은 금해야 할 것이다. 극히 드물었던 행복했던 순간에 대해 이야기하고 있으니 그 예를 하나 들겠다. 어느 날 저녁 나는 콩스탕의 회상록을 읽고 있었다. 거기서 다음의 열 줄을 발견했다.

"크리스티앙 대공을 수행했던 작센의 외과의사 잘스도르프는 바그람 전투에서 포탄을 맞아 한쪽 다리가 부러졌다. 그는 거의 의식을 잃고 잔해 위에 누워 있었다. 그에게서 열 걸음쯤 떨어져 있던 (누구의 부관인지는 잊었는데) 부관인 아메데 드 케르부르가 가슴에 포탄을 맞아 상처를 입고 쓰러져 피를 토하고 있었다. 잘스도르프는 그 젊은이가 구조받지 못하면 뇌출혈로 죽게 될 것이라는 사실을 알아차렸다. 그는 안간힘을 다해 기어가 고인 피를 뽑아내 그의 생명을 구했다. 전쟁터에서 벗어나 다리를 절단하고 난 나흘 뒤 잘스도르프는 빈에서 죽었다."

이 글을 읽고 나서 나는 책을 던져버리고는 눈물을 터뜨렸다. 그 눈물을 후회하지는 않는데, 그것은 내게 행복한 하루만큼의 가치가 있었다. 나는 다른 번민을 잊고 잘스도르프에 대해서만 들으려 했기 때문이다. 틀림없이 그날 나는 아무도 의심할 생각을 하지 않았다. 가련한 몽상가여! 그때 내가 선량했다는 것을 기억해야 했을까? 그게 내게 무슨 도움이 되었겠는가? 하늘을 향해 절망적으로 손을 뻗고, 세상에 왜 태어났느냐고 묻고, 또 영원히 나를 해방시켜줄 몇 발의 포탄이 떨어지지나 않을까 주변을 두리번거리던 것이. 아! 그것은 한순간 내 밤을 가로질러간 영원한 섬광에 지나지 않았다.

현기증 속에서 법열의 상태를 경험하는 기상천외한 이슬람 수도승들처럼 무용한 노동에 지친 생각이 제자리를 맴돌면서 점점 더 깊어지는데 완전히 기진맥진해버렸을 때, 생각은 겁에 질려 멈춰 선다. 그때의 인간은 텅 빈 것 같고, 자신의 내부로 침잠한 덕에 소용돌이의 최종 단계에 도달하는 것 같다. 그곳에선, 산꼭대기에서처럼, 탄광 가장 깊숙한 곳에서처럼, 공기는 희박해지고 신은 더 멀리 가는 것을 금한다. 그때 치명적인 냉기의 타격을 받은 심장은 망각에 상처 입은 듯, 다시 태어나기 위해 밖으로 돌진하려 한다. 심장은 자신을 둘러싼 것에 다시 생명을 요구하고 공기를 열렬히 갈망한다. 하지만 방금 전에 쇠한 힘으로 살아 움직이게 한 자기 자신의 몽상만을 주위에서 발견할 뿐이다. 그리고 자신이 창조한 몽상은 연민 없는 유령처럼 심장을 둘러싼다.

상황이 이런 식으로 오랫동안 계속될 수는 없었다. 불확실함에 지친 나는 진실을 밝히기 위해 시험을 해보기로 결심했다.

나는 장자크 루소 거리로 가서 밤 열시 역마차를 예약했다. 우리는 사륜마차를 한 대 빌려둔 터였고, 나는 정해진 시간에 모든 것이 준비되도록 지시했다. 동시에 나는 피에르송 부인에게 그와 관련된 어떤 말도 삼갔다. 스미스가 저녁식사를 하러 왔다. 식탁에 자리한 나는 여느 때보다 더 쾌활한 척했다. 그리고 내 계획은 알리지 않고 우리 여행만 화제에 올렸다. 브리지트가 여행이 썩 내키지 않는 듯하면 나는 여행을 포기하겠다고 그녀에게 말했다. 나는 파리에서 아주 잘 지내고 있으니, 그녀만 괜찮다면 파리에 머무르는 것도 내게는 과분한 일이라고 했다. 나는 이 도시에서만 찾을 수 있는 온갖 쾌락에 대해 찬사를 늘어놓았다. 무도회, 극장, 발걸음을 뗄 때마다 마주치는 수많은 기분 전환의 기회에 대해 이야기했다. 요컨대 우리는 행복한데 왜 다른 곳으로 옮겨가야 하는지 모르겠고 그렇게 빨리 떠날 생각은 아니라고 말했다.

나는 그녀가 제네바로 가기로 한 우리 계획을 고집해주기를 기대했고, 실제로 그녀는 어김없이 그렇게 했다. 하지만 전혀 완강하지 않았다. 그래도 그녀가 첫마디를 꺼내자마자 나는 그녀의 간청에 따르는 척했다. 그런 다음 화제를 돌리면서 마치 모든 것이 합의된 것처럼 별것 아닌 일들에 대해 이야기했다.

"스미스는," 내가 덧붙였다. "왜 우리와 함께 가지 않죠? 이곳에 그를 붙잡는 일거리가 있긴 하지만 휴가를 얻을 수 있는 것 아닌가요? 게다가 그의 능력이라면 어디서나 자유롭고 괜찮은 삶을 누릴 수 있잖아요? 사양 말고 같이 갔으면. 마차가 넓으니, 우리가 한 자리 내주면 되는데. 젊은이는 세상을 봐야 해요. 그의 나이에 정해진 틀에 갇혀 있는 것만큼 슬픈 일도 없을 거예요. 그렇잖아요?" 나는 브리지트에게 물었다. "자, 브리지트, 내가 말하면 거절하겠지만 당신에 대한 신뢰라면 그가 받아들일지도 몰라요. 그가 마음먹고 그의 시간 중 여섯 주를 우리에게 내주도록 설득해봐요. 함께 여행하면서 스위스를 한 바퀴 돌고 나면 더 즐거운 마음으로 사무실과 일로 돌아가게 될 테니까."

이 초대가 농담에 지나지 않는다는 것을 알면서도 브리지트는 나와 뜻을 같이했다. 스미스는 파리를 떠나려면 일자리를 잃을 위험을 감수해야 했다. 그는 그런 이유로 아쉽지만 우리 제안을 받아들일 수 없다고 답했다. 하지만 나는 훌륭한 포도주 한 병을 가지고 올라오게 하고는 농담 반 진담 반으로 계속 그를 괴롭혔고, 우리 셋 모두 흥분했다. 저녁식사 후에 나는 내 지시대로 따랐는지 확인하기 위해 십오 분가량 외출했다. 그리고 쾌활한 태도로 되돌아와서는 피아노 앞에 앉아 음악을 연주하겠다고 제안했다. "여기서 저녁 시간을 보내요." 나는 그들에게 말했다. "내 말을 믿는다면, 극장에는 가지 맙시다. 내가 당신들을 도울 수는 없지만, 당신들의 음악을 들어줄 수는 있답니다. 스미스 씨가 지루해하면, 스미스 씨에게 연주를 부탁하도록 하죠. 다른 곳에서보다 시간이 더 빨리 지나갈 겁니다."

브리지트는 청하지 않았는데도 기꺼이 노래를 했다. 스미스는 첼로로 반주를 했다. 펀치를 만들 것들이 나왔고, 곧 럼주의 뜨겁게 달아오른 열기로 우리는 쾌활해졌다. 우리는 피아노를 떠나 테이블로 갔다가 피아노로 되돌아왔다. 우리는 카드놀이를 했다. 모든 것이 내가 원한 대로 진행되었고, 즐기기만 하면 되었다.

나는 시계추에 두 눈을 고정한 채 시곗바늘이 열시를 가리키기를 초조하게 기다렸다. 초조함으로 고통스러웠지만 내게는 아무것도 들키지 않을 활력이 있었다. 마침내 정해진 시각이 되었다. 마부의 채찍질 소리가 들리더니 말이 안마당으로 들어왔다. 브리지트는 내 옆에 앉아 있었다. 나는 그녀의 손을 잡고 떠날 준비가 되었는지 물었다. 그녀는 아마도 내가 장난을 친다고 생각하는 듯 놀란 표정으로 나를 바라보았다. 나는 저녁식사 때 그녀의 결심이 매우 확고한 것처럼 보였기에 말을 부르는 데 주저할 필요가 없었고, 내가 외출한 것은 그것을 부탁하기 위해서였다고 그녀에게 말했다. 바로 그때 호텔 종업원이 들어와 짐을 마차에 실었으니 우리만 내려가면 된다고 알려주었다.

"진심이에요?" 브리지트가 물었다. "오늘밤 떠나고 싶어요?"

"물론이지." 나는 대답했다. "파리를 떠나기로 합의를 봤잖아요?"

"뭐라고요? 지금 당장요?"

"아마. 모든 게 준비된 지 한 달이나 됐잖아요? 여행가방을 마차에 묶기만 하면 된다는 건 당신도 알지요? 우리가 여기 머물지 않기로 결정된 순간부터, 최대한 빨리 떠나는 것이 최선 아니었나요? 나는 모든 걸 이렇게 처리해 아무것도 내일로 미루지 않을 생각이에요. 오늘 저녁 당신이 여행을 할 기분이니 이참에 서두르려고 해요. 왜 계속 기다리고 미루는 거죠? 나는 이런 생활을 견디지 못해요. 떠나고 싶은 것 아닌가요? 그럼 떠나자고요. 이제 오직 당신에게 달렸어요."

잠시 깊은 침묵이 흘렀다. 브리지트는 창가로 가 정말로 사람들이 말을 마차에 매는지 보았다. 게다가 내 어투가 너무도 확고했고, 그런 결심이 그녀에겐 분명 갑작스러워 보였더라도 그 생각을 처음 한 것은 그녀였다. 그녀는 자기가 한 말을 취소할 수도, 여행을 미룰 이유를 둘러댈 수도 없었다. 그녀는 곧 마음을 정했다. 그녀는 모든 것이 정리되었는지 확인하기 위해서인 듯 우선 몇 가지 질문을 했다. 빠뜨린 것이 아무것도 없음을 확인하고는 여기저기를 찾아보았다. 그녀는 숄과 모자를 집어들었다가 내려놓더니 다시 찾았다. "준비됐어요." 그녀가 말했다. "자, 나도요. 그럼 우리 떠나는 건가요? 떠날까요?" 그녀는 등불을 들고 내 방에 왔다가 다시 자기 방에 가더니 트렁크와 옷장을 열었다. 그녀는 잃어버린 책상 열쇠를 달라고 했다. 그 열쇠가 과연 어디 있었겠는가? 한 시간 전만 해도 그녀가 가지고 있던 열쇠인데. "가요! 가요! 준비됐어요." 그녀가 몹시 흥분해 되풀이했다. "떠나요, 옥타브, 내려가자고요." 이렇게 말하면서도 그녀는 계속 찾다가 마침내 우리 곁에 다시 앉았다.

나는 소파에 앉아 내 앞에 서 있는 스미스를 바라보았다. 그는 태도가 변하지 않았고 혼란스럽지도 놀라지도 않은 듯 보였다. 하지만 그의 관자놀이를 타고 땀 두 방울이 흘러내렸다. 그가 들고 있던 카드놀이용 상아색 칩이 손가락 사이에서 뚝 하고 부러지는 소리가 들리더니 그 조각들이 바닥에 떨어졌다. 그가 우리에게 양손을 동시에 내밀었다. "좋은 여행 되길 바라요, 친구들!" 그가 말했다.

또다시 침묵이었다. 나는 내내 그를 지켜보며 그가 한마디 덧붙이기를 기다렸다. '여기 비밀이 있다면,' 나는 생각했다. '지금이 아니라면 언제 그 비밀을 알게 될까?' 두 사람 모두 입술에 비밀을 간직하고 있음이 분명했다. '비밀이 드러나면 포착해내리라.'

"사랑하는 옥타브," 브리지트가 말했다. "어디서 멈출 생각이에요? 앙리, 우리에게 편지 쓸 거죠? 내 가족을 잊지 않고, 또 나를 위해 당신이 할 수 있는 건 해줄 거죠?"

그는 흔들리는 목소리였지만 눈에 띄게 침착한 태도로 성심성의껏 그녀를 돕도록 노력하겠다고 대답했다. "나로서는 확답은 할 수 없어요." 그가 말했다. "당신이 받은 편지들에 따르면 희망이 거의 없잖아요. 하지만 어쨌든 당신께 어떤 반가운 소식을 곧 전하지 못한다 해도 그게 내 잘못 때문은 아닐 겁니다. 날 믿어요. 당신께 충심을 다할

게요."

우리에게 몇 마디 배려의 말을 더 건넨 후 그가 막 나가려던 참이었다. 나는 일어나서 그를 지나쳐 나왔다. 마지막으로 두 사람에게 같이 있을 시간을 더 주고 싶었다. 내 등뒤로 문을 닫자마자 나는 어긋난 질투심의 맹위에 휩싸여 곧 열쇠 구멍에 이마를 바짝 붙였다.

"당신을 언제 다시 만나게 될까요?" 그가 물었다.

"영영 못 볼 거예요." 브리지트가 대답했다. "영원히 안녕, 앙리." 그녀는 그에게 손을 내밀었다. 그는 몸을 숙이고 그녀의 손을 자신의 입술에 댔다. 나는 가까스로 뒤쪽 어둠에 몸을 던졌다. 그는 나를 보지 못하고 나갔다.

브리지트와 단둘이 남았을 때 나는 가슴이 아팠다. 그녀는 팔에 외투를 들고 나를 기다리고 있었다. 그녀가 느끼는 감정이 너무 분명해서 도저히 오해할 수가 없었다. 그녀는 찾고 있던 열쇠를 발견한 터였고, 그녀의 책상은 열려 있었다. 나는 되돌아가 벽난로 옆에 앉았다.

"들어요." 감히 그녀를 쳐다보지 못한 채 내가 말했다. "당신에게 잘못한 것이 너무 많아서 나는 불평할 권리도 없이 기다리고 고통받아야 해요. 당신에게 일어난 변화로 나는 극심한 절망에 빠졌고, 그 이유를 묻지 않을 수 없었어요. 하지만 오늘 당신에게 더는 그 이유를 묻지 않겠어요. 떠나는 것이 당신에게는 고통인가요? 대답해줘요. 체념하고 받아들일게요."

"우리 떠나요, 떠나자고요!" 그녀가 대답했다.

"좋을 대로. 하지만 솔직해져요. 내가 어떤 충격을 받든, 그게 어디서 비롯된 것인지조차 난 물어서는 안 되죠. 군말 없이 따르겠어요. 그렇지만 영원히 당신을 잃어야 한다면 내게 희망을 갖게 하지 마요. 신은 아실 겁니다! 그러면 나는 살아가지 못해요."

그녀는 황급히 돌아보았다. "내게 말해줘요," 그녀가 말했다. "당신의 고통이 아니라 당신의 사랑에 대해서요."

"그렇다면! 나는 내 생명보다 당신을 더 사랑해요! 사랑 곁에서라면 고통은 꿈에 불과해요. 나와 함께 세상 끝까지 가요. 나는 죽거나, 당신으로 인해 살게 될 겁니다!"

이렇게 말하며 내가 그녀 쪽으로 한 걸음 다가갔는데, 그녀가 창백해지며 뒤로 물러서는 것이 보였다. 그녀는 굳은 입술로 미소 지으려 애썼지만 헛일이었다. 그러더니 책상으로 몸을 숙였다. "잠깐만요," 그녀가 말했다. "잠깐만 더요. 태워야 할 종이들이 좀더 있어요." 그녀는 ×××에서 온 편지들을 내게 보여주고는 찢어서 불에 던졌다. 다른 종이들은 집어 다시 읽더니 테이블 위에 펼쳐놓았다. 그것들은 그녀가 물건을 산 기록으로, 그중에는 아직 돈을 지불하지 않은 것도 있었다. 그것들을 살펴보면서 그녀는 말수가 많아지기 시작했고 열이 날 때처럼 볼이 발그스름해졌다. 그녀는 자신의 끈질긴 침묵과 우리가 도착한 이후부터의 행동에 대해 내게 용서를 구했다. 그녀는 내게 그 어느 때보다 상냥함과 신뢰를 보여주었다. 그녀는 웃으면서 손뼉을 쳤고, 가장 즐거운 여행을 기대했다. 요컨대 그녀는 사랑에 빠져 있었거나 아니면 적어도 사랑에 빠진 척했다. 이 부자연스러운 기쁨에 나는 말할 수 없이 고통스러웠다. 이렇게 자기 자신을 부인하는 고통 속에는 눈물보다 지독하고 비난보다 신랄한 슬픔이 있었다. 그녀가 자신의 감정을 억제하기 위해 그렇게 흥분하는 것보다는 차갑고 냉정한 편이

나왔을 것이다. 우리의 가장 행복했던 순간들의 패러디를 보는 것 같았다. 그때와 동일한 말, 동일한 여인, 동일한 애무였다. 보름 전이었다면 나를 사랑과 행복으로 도취시켰을 것들이 이렇게 되풀이되니 끔찍했다.

"브리지트," 내가 불쑥 말했다. "도대체 내게 무슨 비밀을 감추고 있는 건가요? 나를 사랑한다면, 내 앞에서 대체 왜 이런 끔찍한 연극을 하고 있는 거죠?"

"내가요?" 그녀가 거의 기분이 상해 말했다. "뭘 보고 내가 연극을 한다고 생각하는 거죠?"

"뭘 보고라뇨? 내게 말해줘요, 사랑하는 이여, 당신 영혼이 죽을 만큼 괴롭고 순교자와도 같은 고통을 겪고 있다는 것을요. 내 품은 당신을 받아들일 준비가 되어 있어요. 내 품에 얼굴을 묻고 울어요. 그러면 아마 내가 당신과 함께 갈 거예요. 하지만 진정 이렇게는 아니에요."

"떠나요, 떠나자고요!" 그녀가 다시 말했다.

"아니, 내 명예를 걸고! 아니, 지금은 아닙니다. 안 돼요, 우리 사이에 거짓이나 가면이 존재하는 한은. 이런 쾌활함보다는 불행이 더 나아요." 그녀는 자신의 노력에도 불구하고 내가 그녀의 말에 속지 않고 자신을 꿰뚫어보고 있는 것을 알고는 놀라 아무 말이 없었다.

"왜 우리를 속이는 거죠?" 나는 말을 이었다. "그렇다면 당신이 내 앞에서 속마음을 감출 정도로 나를 낮게 평가했다는 말인가요? 이 불행하고 서글픈 여행을 억지로라도 하지 않으면 안 된다고 생각하는 거예요? 내가 압제자인가요, 전제군주인가요? 당신을 처형장으로 억지로 끌고 가는 형리인가요? 대체 내 분노의 무엇이 두려워 이런 방법을 쓰게 되었죠? 무엇이 두려워 이렇게 거짓말을 하는 거냐고요?"

"당신이 틀렸어요." 그녀가 대답했다. "제발 더는 한마디도 하지 마요."

"대체 왜 이렇게 솔직하지 못해요? 내가 속내 이야기를 할 만한 사람은 못 되더라도 적어도 친구로 대해줄 수는 있잖아요? 당신 눈물의 이유를 알 수는 없다 하더라도, 적어도 흐르는 눈물을 볼 수는 있는 것 아닌가요? 내가 당신의 고통을 존중한다는 사실을 믿을 만큼의 신뢰조차 없다는 말인가요? 당신의 고통을 모르다니, 내가 무슨 짓을 한 걸까요? 고칠 방법은 없는 건가요?"

"아니요," 그녀가 말했다. "당신이 틀렸어요. 당신이 나를 더 압박한다면 당신과 나 모두 불행해질 거예요. 우리가 떠나는 것으로 충분하지 않은가요?"

"이 여행이 내키지 않아 마지못해 따르며 벌써 후회하고 있는 당신을 보는 것만으로도 충분한데, 어떻게 떠나기를 바랄 수 있겠어요? 대체 뭘까요, 신이시여! 그녀가 내게 뭘 감추고 있는 걸까요? 생각은 저기 있는 유리처럼 투명한데, 말장난을 하는 게 무슨 소용일까요? 너무도 애석한 마음으로 당신이 내게 주는 것을 군말 없이 이렇게 받아들인다면 나는 최악의 인간이 아닐까요? 하지만 내가 그걸 어떻게 거절하겠어요? 당신이 말하지 않는다면 내가 무엇을 할 수 있겠어요?"

"아니에요. 나는 마지못해 당신을 따르는 게 아니에요. 당신이 틀렸어요. 당신을 사랑해요, 옥타브. 날 그만 괴롭혀요."

그녀가 너무도 다정하게 이 말을 했기에 나는 그녀의 무릎으로 달려들었다. 그녀의 눈길과 신의 음성과도 같은 그녀의 목소리에 누군들 저항할 수 있었을까? "신이시여!" 나는 외쳤다. "나를 사랑한다고요, 브리지트? 사랑하는 연인이여, 나를 사랑한다고요?"

"네, 당신을 사랑해요. 네, 난 당신 거예요. 나를 당신이 원하는 대로 해요. 당신을 따르겠어요. 같이 떠나요. 자, 옥타브, 사람들이 기다리고 있어요."

그녀는 내 손을 꼭 쥐고 내 이마에 키스했다. "네, 그렇게 해야 해요." 그녀가 중얼거렸다. "네, 난 그걸 원해요, 생명이 다할 때까지."

"그렇게 해야 한다고?" 나는 혼잣말을 했다. 나는 일어났다. 테이블 위에는 브리지트가 대강 훑어본 종이 한 장뿐이었다. 그녀가 종이를 들어 뒤집어보더니 바닥에 떨어뜨렸다. "이게 다예요?" 내가 물었다.

"네, 다예요."

말들을 준비시킬 때만 해도 정말로 떠날 생각은 아니었다. 한번 시도해본 것뿐이었다. 그런데 상황의 힘 자체에 이끌려 현실이 되었다. 나는 문을 열었다.

"그렇게 해야 한다고!" 나는 혼자 중얼거렸다. "그렇게 해야 한다고!" 나는 큰 소리로 거듭 외쳤다. "이 말이 무슨 뜻이죠, 브리지트? 대체 여기서 내가 모르는 게 뭐죠? 해명해봐요, 그러지 않으면 떠나지 않겠어요. 왜 당신이 나를 사랑해야만 한다는 거죠?"

그녀는 소파 위에 쓰러져 고통으로 손을 비틀었다. "아! 불행한 사람! 불행한 사람!" 그녀가 말했다. "당신은 결코 사랑하는 법을 알지 못할 거예요!"

"그래요! 아마, 그럴 겁니다. 나도 그렇게 생각해요. 하지만 신 앞에 말하건대, 고통받는 법은 알아요. 당신은 분명 나를 사랑해야 해요, 안 그래요? 그래요! 그럼 내게 대답도 해야 해요. 영원히 당신을 잃게 된다 하더라도, 이 벽이 내 머리 위로 무너진다 할지라도, 한 달 전부터 나를 괴롭혀온 비밀이 무엇인지 알아내지 않고는 이 방에서 나가지 않겠어요. 말해요. 그러지 않으면 난 당신을 떠날 겁니다. 난 제멋대로 삶을 엉망진창으로 만드는, 정신 나간 난폭한 미치광이일지도 몰라요. 난 알고 싶지 않은 척해야만 하는 것을 당신에게 묻는 걸지도 몰라요. 당신의 해명으로 우리 행복이 파괴되고, 그때부터 내 앞에 뛰어넘을 수 없는 장벽이 가로놓이게 될지도 몰라요. 그래서 내가 그토록 원했던 이 출발 자체를 불가능하게 만들 수도 있어요. 당신과 내가 어떤 대가를 치르게 된다 해도 당신은 말을 하게 될 겁니다. 그게 아니라면 내가 모든 것을 포기하죠."

"아니! 아니요! 나는 말하지 않을 거예요!"

"당신은 말하게 될 겁니다. 내가 혹시 당신 거짓말에 속아넘어갈 거라 생각해요? 낮이 밤과 다른 것보다도 더 당신이 어느덧 당신의 본모습과 달라진 것을 보고도 내가 속을 거라 생각해요? 읽을 가치도 없는 어떤 편지를 이유로 대놓고, 내가 그렇게 아무렇게나 떠올린 변명으로 만족할 거라 생각해요? 그러면 당신이 다른 변명거리를 찾아내지 않아도 되니까? 당신 얼굴은 석고로 만들어져 당신 마음속에서 무슨 일이 일어나는지 알 수 없는 건가요? 나를 어떤 사람이라 생각해요? 나는 사람들이 생각하는 것만큼 판단력이 흐리지 않아요. 말이 아니더라도 당신의 침묵으로도 당신이 그토록 고집스럽게 감추고 있는 것을 알 수 있다는 사실을 알아둬요."

"내가 뭘 감추고 있기를 원하는데요?"

"내가 원하는 거? 당신이 내게 그걸 묻는 건가요? 내게 정면으로 맞서려고 이런 질문을 하는 거예요? 나를 한계로 몰아 내게서 벗어나려고? 그래요, 분명 당신 자존심은 모욕당했고, 모욕당한 자존심은 내가 폭발하기를 기다리고 있어요. 내 생각을 솔직히 말하자면, 당신이 여성 고유의 온갖 위선을 이용하려는 것 같아요. 당신 같은 여인은 자신의 무죄를 증명하기 위해 천박하게 굴지 않는다는 답변을 하려고 내가 당신을 비난하기만을 기다리고 있겠죠. 가장 죄 많은 자들과 가장 신의 없는 자들은 지니지 못한 얄보는 듯한 오만한 눈길로 말이에요! 당신의 가장 큰 무기는 침묵이에요. 내가 그 사실을 안 것은 어제오늘 일이 아니에요. 당신이 원하는 건 모욕받는 것뿐이고, 다른 사람이 체념할 때까지 침묵하지요. 자! 자! 내 심장에 맞서 싸워봐요. 당신 심장이 뛰는 곳에서 내 심장을 발견할 테니. 그렇지만 내 머리에 맞서지는 마요. 내 머린 쇠보다 단단하고, 당신만큼 아는 게 많으니까!"

"불쌍한 사람!" 브리지트가 중얼거렸다. "그러니까 당신은 떠나고 싶지 않은 거로군요?"

"아니! 난 연인하고만 떠날 겁니다. 그리고 당신은 지금 내 연인이 아니죠. 나는 충분히 맞서 싸웠고, 충분히 고통받았고, 충분히 내 가슴은 오랫동안 찢어졌죠. 날이 밝을 시간이에요. 지난밤 나는 충분히 인생을 경험했어요. 긍정이건 부정이건 간에 답을 할 건가요?"

"아니요."

"당신 좋을 대로. 기다릴게요."

나는 내가 알고 싶은 것을 알기 전에는 일어서지 않을 결심으로 방 저쪽 끝에 가서 앉았다. 그녀는 곰곰 생각하는 듯 보이더니 내 앞에서 천천히 걸었다.

내 눈길은 뚫어지게 그녀를 좇았고, 그녀가 지키고 있는 침묵에 내 분노가 서서히 끓어올랐다. 그녀에게는 그걸 들키고 싶지 않았다. 나는 어떤 결정을 내려야 할지 몰랐다. 창문을 열었다. "마차에서 말을 풀게나." 내가 소리쳤다. "그리고 마차 삯을 지불하도록 해. 오늘 저녁엔 떠나지 않을 거야."

"불쌍하고 불행한 사람!" 브리지트가 말했다. 나는 침착하게 창문을 도로 닫고 그 말을 듣지 못한 것처럼 다시 앉았다. 하지만 저항할 수 없는 극심한 분노를 느꼈다. 그 차가운 침묵, 그 거부의 힘이 내 감정을 극도로 격화시켰다. 내가 정말로 배신당했고 사랑하는 여인의 부정不貞을 확신했다 해도 그보다 더 심한 분노를 느끼지는 않았을 것이다. 파리에 더 남아 있어야겠다는 괴로운 결정을 내린 후부터 나는 무슨 대가를 치르더라도 브리지트가 말하게 만들어야 한다고 생각했다. 나는 머릿속으로 헛되이, 그녀가 말하게 만들 방법을 궁리했다. 그 순간에 그 방법을 알아낼 수만 있었다면 내가 가진 모든 것을 내놓았을 것이다. 어떻게 해야 할까? 무슨 말을 해야 할까? 그녀는 아무 말 없이 슬픈 눈으로 나를 바라보고 있었다. 마차에서 말들을 푸는 소리가 들렸다. 말들이 속보로 가버리면서 말방울 소리도 곧 길에서 사라졌다. 말들을 되돌아오게 하려면 내가 몸을 돌리기만 하면 되었지만 말들의 출발이 돌이킬 수 없는 일로 여겨졌다. 나는 문의 빗장을 질렀다. 무엇인가 내 귀에 속삭였다. '너는 네게 생명 아니면 죽음을 줄 존재와 홀로 마주하고 있는 거야.'

나를 진실로 이끌어줄 방법을 찾아내려고 골몰해 있을 때 디드로의 소설[*]이 떠올랐다. 그 소설에서는 연인에게 집착하는 한 여인이 의심의 진상을 해명하기 위해 상당히 특이한 방법을 생각해낸다. 그녀는 더이상 사랑하지 않는다고 말하고는 그를 떠나겠다고 알린다. 아르시스 후작(이것이 연인의 이름이다)은 함정에 빠져 자신도 사랑에 싫증이 났음을 고백한다. 어렸을 때 읽은 이 기이한 장면에 나온 교활한 술책은 내게 강한 인상을 남겼고, 내가 간직하고 있던 그 기억이 순간 내게 미소 지었다. '누가 알아?' 나는 생각했다. '만일 내가 그렇게 하면 브리지트가 속아서 자신의 비밀을 내게 알려줄지.'

나는 격렬한 분노에서 별안간 속임수와 술수에 대한 생각으로 넘어갔다. 한 여인에게 저도 모르게 속내를 털어놓게 만드는 것이 그렇게 어려운 일인가? 그 여인은 내 연인인데. 기어이 털어놓게 만들지 못한다면 나는 약해빠진 인간인 거다. 나는 자유롭고 무심한 태도로 소파에 몸을 젖히고 앉았다. "그래요! 사랑하는 이여." 나는 쾌활하게 말했다. "우리는 그러니까 속마음을 털어놓는 사이 아닌가요?"

그녀는 놀란 표정으로 나를 바라보았다.

"아, 세상에! 그래요." 나는 말을 이었다. "하지만 언젠가 우리는 진실에 도달해야만 해요. 자, 당신에게 본을 보이기 위해 내가 먼저 시작하죠. 그럼 당신도 신뢰감을 갖게 될 겁니다. 친구끼리 서로를 이해하는 데는 더할 나위 없지요."

아마 이 말을 하면서 내 얼굴에 속마음이 드러났을 것이다. 브리지트는 내 말을 듣고 있는 것 같지 않았다. 그녀는 계속 서성거렸다.

---

*『운명론자 자크와 그의 주인』.

"당신도 잘 알겠지만," 나는 말했다. "그러니까 우리가 함께한 시간이 반년이잖아요? 우리는 사람들이 조롱할 만한 것과는 전혀 다른 유의 삶을 살고 있어요. 당신은 젊고, 나 역시 그래요. 만일 우리 둘이 함께 지내는 것이 더이상 즐겁지 않다면, 내게 말해주지 않을래요? 실제로 내게 그런 일이 일어난다면 난 솔직히 당신에게 고백하겠어요. 왜 안 되겠어요? 사랑하는 것이 죄인가요? 덜 사랑하거나 더이상 사랑하지 않는 것은 죄가 될 수 없어요. 우리 나이에 변화가 필요하다고 한들 뭐가 놀랍겠어요?"

그녀는 멈춰 섰다. "우리 나이에요!" 그녀가 말했다. "내게 하는 말인가요? 당신 또 무슨 연극을 하는 거죠?"

내 얼굴로 피가 솟구쳤다. 나는 그녀의 손을 잡고 말했다.

"여기 앉아 내 말을 들어봐요." 나는 그녀에게 말했다.

"뭐하러요! 결국 내 말을 들으려는 거잖아요."

나는 나 자신의 속임수가 부끄러워 단념했다.

"내 말을 들어봐요!" 나는 힘주어 말했다. "제발 이리 와 내 곁에 앉으라고요. 침묵을 지키고 싶다면 적어도 내 말을 듣기는 해요."

"듣고 있어요. 내게 할 말이 뭐죠?"

"내게 누군가 오늘 '당신은 비겁한 자요!'라고 말한다면, 나는 스물두 살*이고 벌써 결투를 해본 일이 있다고 말할 겁니다. 내 삶 전체, 내 심장이 분노하겠죠. 내가 누구인지에 대한 의식이 내 안에 존재하지

---

* 293쪽에서 옥타브는 스미스와 동갑으로 스물한 살로 나와 있다. 그 시점에서 시간이 좀 흘렀기 때문에 옥타브의 생일이 지나 한 살 더 먹었다고 간주한 것인지, 작가의 부주의인지는 분명하지 않다.

않을까요? 그럼에도 불구하고 결투장으로 가야 할 테고, 누군가에게 맞서 내 목숨과 그의 목숨을 걸어야 할 겁니다. 왜? 비겁한 자가 아니라는 걸 증명하기 위해서요. 그러지 않으면 세상 사람들이 나를 비겁한 자로 생각할 테니까요. 이런 대답을 위해서는 이렇게 말해야만 해요. 매번 말할 때마다, 누구에게 말하더라도."

"그래요. 그래서 하고 싶은 말이 뭔데요?"

"여인들은 결투를 하지 않아요. 하지만 남자건 여자건 간에, 사회가 그렇게 만들어졌기에, 시계처럼 규칙적이고 무쇠처럼 굳센 사람이라 하더라도, 누구라도 삶의 어떤 순간에는 모든 것이 위태로워지는 것을 볼 수밖에 없죠. 곰곰 생각해봐요. 이 법칙에서 벗어나는 사람을 알고 있나요? 아마 몇몇은 그렇겠죠. 하지만 그들에게 무슨 일이 일어나는지 봐요. 남자라면 불명예를, 여인이라면 무엇일까요? 무관심을 떠안게 되죠. 진실한 삶을 살아가는 이들은 모두 바로 그 사실 자체로 자신의 삶을 증명해야 해요. 그렇기에 남자와 마찬가지로 여자도 비난받는 경우가 있어요. 용기 있는 여인이라면 일어나 자신의 존재를 나타내 보이고 다시 앉지요. 그녀는 검으로 자신을 증명할 수는 없어요. 그녀 자신을 지켜야 할 뿐만 아니라 자신의 무기를 만들어내야만 하죠. 누군가 그녀를 의심한다고 해봐요. 누굴까요? 무관한 사람? 그녀는 그를 경멸할 수 있고, 경멸해야 해요. 그게 그녀의 연인이라면, 그녀가 그를 사랑할까요? 만일 그를 사랑한다면, 그게 그녀의 삶이고, 그녀는 그를 경멸할 수 없어요."

"그녀가 할 수 있는 답변은 침묵뿐이에요."

"당신이 잘못 생각하는 겁니다. 그녀를 의심하는 연인은 그로써 그

녀의 삶 전체를 모욕하는 거예요, 나는 알아요. 그녀의 눈물, 과거의
행동, 그녀의 헌신과 인내심이 그녀를 보증하는 것들 아닌가요? 그녀
가 침묵한다면 무슨 일이 일어날까요? 그녀의 연인은 제 잘못으로 그
녀를 잃게 될 테고, 시간이 그녀의 무죄를 증명할 겁니다. 당신 생각이
이것 아닌가요?"

"아마도. 그래도 난 침묵할 거예요."

"'아마도'라고 했나요? 분명 당신이 답하지 않는다면 난 당신을 잃
게 될 겁니다. 나는 결심이 섰어요, 혼자 떠나겠어요."

"아니! 옥타브……"

"'아니!'" 나는 소리쳤다. "이제 시간이 당신의 무죄를 증명할까요?
말을 끝맺어봐요. 내 말에 적어도 동의나 부정으로라도."

"나도 그러고 싶어요."

"당신이 그러길 원한다고! 당신에게 진심으로 바라는 게 바로 그거
예요. 당신이 내 앞에서 그럴 기회를 갖는 게 이게 아마 마지막일 겁니
다. 당신은 나를 사랑한다 말하고, 나는 그 말을 믿어요. 하지만 난 당
신이 의심스러워요. 내가 떠나고 시간이 당신의 무죄를 증명해주는 것
이 당신이 바라는 바인가요?"

"내게서 뭘 의심하는 거죠?"

"말하고 싶지 않아요, 헛된 일이란 걸 아니까. 하지만 결국 불행에는
불행으로 답할게요, 당신 뜻대로. 난 차라리 불행을 선택하겠어요. 당
신은 나를 배신했어요. 당신은 다른 사람을 사랑해요. 바로 그것이 당
신과 나의 비밀이에요."

"대체 누구를요?" 그녀가 물었다.

"스미스."

그녀는 자신의 손을 내 입술에 대더니 돌아섰다. 나는 더이상 이야기할 수 없었다. 우리 둘은 시선을 바닥에 고정한 채 생각에 잠겼다.

"내 말 들어봐요." 그녀가 힘겹게 말했다. "나는 많은 고통을 받았고, 하늘을 증인 삼아 말하건대 당신을 위해 내 목숨을 바칠 수도 있어요. 더없이 희미한 희망의 빛이라도 남아 있는 한 더 고통받을 준비가 되어 있어요. 나는 여인이라고 말해 또다시 당신의 분노를 사게 된다 해도 나는 여인이에요, 그대여. 인간의 힘보다 너무 앞서가서도 더 멀리 가서도 안 돼요. 나는 거기에 대해서는 결코 대답하지 않겠어요. 지금 내가 할 수 있는 거라곤 마지막으로 무릎을 꿇고 다시 한번 당신에게 떠나자고 간청하는 것뿐이에요."

그녀는 이렇게 말하며 몸을 숙였다. 나는 일어섰다.

"완전히 미쳤어." 나는 신랄하게 말했다. "살면서 한 번이라도 여인에게서 진실을 알아내려 하다니 미쳤지! 그런 사람은 경멸밖에는 얻지 못할 거야, 사실 경멸받을 만하지! 진실이라고! 그는 진실을 알아. 하녀들을 타락시키는 그는, 그녀들이 꿈속에서 말하는 시간에 그녀들의 베갯머리로 슬그머니 미끄러지듯 기어들어가는 그는. 그는 진실을 알아, 여자를 제 것으로 만드는 진실을, 여인의 비천함이 어둠 속에 움직이는 모든 것에 대해 가르쳐주는 진실을! 하지만 여인에게 솔직하게 진실을 묻고, 그 끔찍한 적선을 받기 위해 정직한 손을 벌리는 남자는 결코 진실을 알지 못할 거야. 여인은 그와 함께 있을 때 경계하지. 대답 대신 어깨를 으쓱하고, 인내심이 한계에 부딪히면 순결한 처녀가 모욕당한 것처럼 정숙한 여인의 모습으로 일어서지. 그녀의 입술에서는 위대한 여성의 신탁이 내려질 거야. 의심이 사랑을 파괴했고, 대답할 수 없는 것은 용서하지 못할 거라는. 아! 정의로운 신이시여, 얼마나 지치는지요! 대체 이 모든 것이 언제 끝날까요?"

"당신이 원할 때요." 차가운 말투로 그녀가 말했다. "나도 당신만큼이나 지쳤어요."

"곧 영원히 당신을 떠나리다, 그러면 시간이 당신의 결백을 증명해주겠지! 시간! 시간! 오 냉정한 연인이여! 이 이별의 말을 기억해요. 시간! 당신의 아름다움, 당신의 사랑, 행복, 이것들은 어디로 간단 말인가? 그러니까 이렇게 나를 잃는 것에 미련이 없다는 말인가요? 아! 아마도, 질투심에 휩싸인 연인이 자신이 부당했음을 알게 되는 날, 증거를 보게 되는 날, 그는 자신이 어떤 영혼에게 상처를 입혔는지 알게 될 거야. 그렇지 않은가요? 그는 수치심에 눈물 흘릴 거고, 더이상 기쁨을 느낄 수도, 잠을 잘 수도 없을 거야. 예전에는 행복하게 살 수도 있었음을 기억하기 위해 살아갈 뿐이겠지. 하지만 그날, 그의 오만한 연인은 아마도 자신이 보복당한 것을 알고 창백해지겠지. 그녀는 생각할 거야. '조금 일찍 그렇게 했더라면!' 두고 봐요, 만일 그녀가 사랑했다면, 자존심으로도 위로받지 못할 테니."

침착하게 말하려 했지만 더이상 나 자신을 제어할 수 없었다. 이번에는 내가 불안하게 걸었다. 진짜 검을 휘두르는 것 같은 시선이 있다. 그런 시선은 쇠처럼 서로 부딪친다. 브리지트와 나, 그때 우리가 주고받은 것이 그런 눈빛이었다. 나는 죄수가 감옥 문을 바라보듯 그녀를 바라보았다. 그녀 입술의 봉인을 뜯고 그녀가 말하게 하기 위해서라면 나와 그녀의 목숨을 내던졌을 것이다.

"당신 어디로 가려고요?" 그녀가 물었다. "내게서 무슨 말을 듣길 원해요?"

"당신 마음속에 있는 것. 내가 이렇게 되풀이해 말하게 만들 만큼 당신은 잔인한가?"

"당신이, 당신이," 그녀가 외쳤다. "당신이 백배는 더 잔인하지 않나요? 아, 당신은 진실을 알고자 하는 사람을 미쳤다고 했지요! 이번에는 내가, 자신을 믿어주기를 바라는 여인은 미친 여자라고 말할 수 있겠군요! 당신은 내 비밀을 알고 싶어하는데, 내 비밀, 그건 당신을 사랑한다는 거예요. 내가 얼마나 정신 나간 여인인가요! 당신은 다른 비밀을 찾아내려 해요. 당신 때문에 얻은 이 창백함, 당신은 그걸 비난하고 의아해해요. 미친 여자죠! 나는 묵묵히 고통받고 당신에게 인종하려 했어요. 당신에게 눈물을 숨기려 했어요. 그런데 당신은 범죄의 증인처럼 그걸 몰래 감시했어요. 미친 여자죠! 나는 바다를 건너 당신과 함께 고국 프랑스를 떠나고, 나를 사랑한 모든 것으로부터 멀어져 나를 의심하는 이 가슴에 기대어 죽으려 했어요. 미친 여자죠! 진실에는 어떤 눈길과 어떤 어투가 있어 사람들이 간파하고 존중한다고 믿었어요! 아! 그걸 생각하면 눈물로 숨이 막힐 것 같아요. 이런 식일 거라면 왜 영원히 내 휴식을 깨뜨릴 행동 방식에 익숙해진 걸까요? 머리는 갈피를 잡지 못하겠고, 내가 왜 이 지경까지 이르렀는지 모르겠어요!"

그녀는 내게 기대 울면서 몸을 숙였다. "미친 여자인 거죠, 미친 여자!" 그녀는 애절한 목소리로 되풀이했다.

"도대체 뭐예요?" 그녀가 말을 이었다. "언제까지 당신은 집요하게 고집할 건가요? 끊임없이 되살아나고 악화되는 이 의심에 내가 뭘 할

수 있을까요? 당신은 내 무죄가 증명될 거라고 했지요! 무엇에 대해서
죠? 떠나는 것, 사랑하는 것, 죽는 것, 절망하는 것? 내가 어쩔 수 없이
쾌활함을 가장하면, 바로 그 쾌활함에 당신은 언짢아해요. 떠나기 위
해 나는 당신에게 모든 것을 희생하고 있어요. 당신은 조금만 가도 뒤
를 돌아볼 텐데 말이죠. 사방에, 언제나, 내가 뭘 하든 모욕과 분노뿐
이죠. 아! 사랑스러운 철부지여, 가슴에서 나오는 가장 솔직한 말이 의
심과 빈정거림으로 받아들여지는 걸 보는 게 얼마나 치명적인 전율이
며 얼마나 큰 고통인지 당신이 안다면! 당신은 세상에 존재하는 유일
한 행복을 포기했어요. 신뢰로써 사랑하는 것을요. 당신은 당신을 사
랑하는 사람들 가슴속의 모든 섬세하고 고결한 감정을 시들게 할 거예
요. 가장 상스러운 것밖에 믿지 않는 지경에 이르게 되겠죠. 눈에 보이
고 손가락으로 만져지는 사랑만 당신에게 남겨질 거예요. 당신은 젊어
요, 옥타브, 당신이 살아가야 할 인생도 아직 길고요. 당신에겐 다른
연인도 생길 거예요. 그래요, 당신이 말한 대로, 자존심은 아무것도 아
니에요. 자존심은 내게 위안이 되지 못할 거예요. 그렇지만 부디 당신
이 흘리는 한 방울의 눈물이 언젠가, 당신으로 인해 지금 내가 흘리는
눈물을 갚게 되기를!"

　그녀는 일어섰다. "그러니까 이 말을 해야 하나요? 당신이 이걸 알
아야 해요? 반년 전부터 매일 잠들 때마다 이 모든 것이 소용없고, 당
신은 결코 치유되지 않을 거라고 되뇌었다는 걸, 매일 아침 일어날 때
마다 더 노력해야겠다고 생각했다는 걸, 당신의 말 한마디 한마디는
떠나야만 한다고 느끼게 했고, 당신의 애무는 죽는 편이 나을 거라는
생각을 갖게 했다는 걸, 매일, 매 순간, 언제나 두려움과 희망 사이에

서 갈팡질팡했다는 걸, 수천 번이나 사랑이 아니면 고통을 억누르려 했다는 걸, 내가 당신 곁에서 가슴을 연 그때부터 당신이 던진 빈정거리는 눈빛이 내 가장 깊숙한 곳까지 와 닿았다는 걸. 그리고 내 가슴을 닫은 그때부터 내 가장 깊숙한 곳에 당신만이 사용할 수 있는 보물이 느껴지는 것 같았다는 것을요? 이 무력함과 비밀을 존중하지 않는 사람들에게는 유치해 보일 이 모든 비밀을 당신에게 이야기할까요? 당신이 화를 내며 나를 떠났을 때 방에 틀어박혀 당신이 처음 보낸 편지들을 읽었다는 걸, 당신이 다가왔으면 하는 너무도 강렬한 조바심에 결코 함부로 연주한 적 없는 소중한 왈츠가 있다는 것을요? 아! 불쌍한 여인! 알려지지 않은 이 모든 눈물, 약한 사람들에게는 너무도 감미로운 이 모든 격정이 당신에게 비싼 값을 치르게 할 거예요! 지금 눈물 흘려요. 이 고통도 이 괴로움도 아무런 도움이 되지 않을 테니."

나는 그녀의 말을 가로막으려 했다. "나를 내버려둬요, 내버려둬요." 그녀가 말했다. "언젠가는 당신에게도 해야 할 말이에요. 생각해봐요, 왜 나를 의심하는 거죠? 반년 전부터 내 사고와 육체와 영혼은 오직 당신 거예요. 그런 나에게서 뭘 의심하는 거죠? 스위스로 떠나고 싶어요? 보다시피 난 준비가 되었어요. 연적이 있다고 생각하는 거예요? 그에게 보내는 편지 한 통을 써줄 테니 당신이 우체국에 가서 부쳐요. 우리가 뭘 하는 거죠? 어디로 가는 거예요? 결정을 내려요. 우리는 언제나 함께하지 않았나요? 아! 왜 날 떠나려는 거죠? 당신 곁에 머무르는 동시에 당신에게서 멀리 떨어져 있을 수는 없어요. 연인을 자랑스러워할 수 있어야 한다고 당신이 말했죠, 그건 사실이에요. 사랑은 행복이거나 고통이에요. 사랑이 행복이라면 사랑을 믿어야 해요. 사랑이 고통이라면 거기서 치유되어야 하고요. 이 모든 것, 당신도 알다시피 이건 우리가 하는 도박이에요. 하지만 우리 심장과 우리 삶이 걸린 도박이고, 이건 끔찍한 일이에요! 죽고 싶은가요? 조금 더 일찍 그렇게 될 거예요. 대체 내가 누구이기에 당신이 날 의심하는 거죠?"

그녀는 거울 앞에 멈춰 섰다. "대체 내가 누구죠?" 그녀는 반복했다. "대체 난 누구인가요? 생각해봤어요? 그럼 지금 내 얼굴을 봐요."

"날 의심하다니!" 거울에 비친 자기 모습에 말을 걸며 그녀가 외쳤다. "가련하고 창백한 얼굴, 너를 의심하는구나! 가련하고 수척한 뺨, 가련하고 지친 눈, 너와 네 눈물을 의심하는구나! 자, 그만 고통을 멈춰. 너를 수척하게 만든 그 입맞춤으로 네 눈꺼풀이 닫히길! 더이상 널 지탱하지 못하는 비틀거리는 가련한 육체여, 이 축축한 땅으로 내려와! 땅에 눕게 되는 날, 그는 아마 너를 믿게 될 거야, 만일 의심이 죽음을 믿는다면. 오 슬픈 망령이여! 너는 대체 어느 강기슭에서 방황하고 신음하려 해? 순식간에 너를 태워 없애는 이 불은 뭐지? 한쪽 발을 무덤에 넣은 네가 여행을 계획했다고! 죽어! 신이 증인이야, 너는 사랑하길 원했어! 아! 네 심장 속에서 얼마나 풍부한 사랑과 얼마나 강력한 사랑의 힘이 눈을 떴는지! 아! 그는 너에게 어떤 꿈을 꾸게 했고, 어떤 독으로 널 죽였는지! 널 불태우는 이 뜨거운 열병에 걸리다니, 네가 무슨 잘못을 했기에? 대체 어떤 분노의 폭발로 인해 이 무분별한 인간이 입술로 네게 사랑을 속삭이는 동안 한쪽 발로 널 관 속에 밀어넣은 거지? 네가 더 산다면 대체 어떻게 될까? 시간이 되지 않았어? 진저리쳐지지 않아? 네 고통을 믿게 하기 위해 어떤 증거를 제시하려고, 살아 있는 가엾은 증거, 가엾은 증인인 바로 너를 믿지 않는데? 네가 아직 겪어보지 않은 어떤 가혹한 형벌을 받으려 해? 어떤 고통, 어떤 희생이 네 탐욕스럽고 만족할 줄 모르는 사랑을 누그러뜨리겠어? 너는 웃음거리에 불과해. 지나가는 사람들이 널 손가락질하지 않는 쓸쓸한 거리를 찾아도 소용없을 거야. 넌 수치심조차 느낄 수 없게 될 거고, 네게 너무도 소중했던, 무너지기 쉬운 정숙한 여인의 겉모습마저 잃어버리게 될 거야. 네 품위를 추락시킨 바로 그 남자가 품위가 추락했다는 이유로 제일 먼저 너를 벌할 거야. 그는 네가 그만을 위해 살고 그를 위해 세상과 맞섰다고 너를 비난할 거야. 그동안 네 친구들은 네 주위에서 수군거릴 테고, 그는 그들 시선에 너무도 많은 연민이 있지 않은지 알아내려 애쓸 거야. 손 하나가 계속 네 손을 잡고 있다면, 사막과 같은 네 삶에서, 큰 배려가 아니더라도 너를 불쌍히 여겨줄 누군가를 우연히 발견한다면, 그는 네가 자신을 배신했다고 비난할 거야. 오 신이시여! 바로 이 머리 위에 하얀 장미관이 놓였던 여름날을 기억하시나요? 관을 쓰고 있던 것이 이 얼굴이었나요? 아! 작은 예배당 벽에 그 관을 매달았던 이 손은 장미관처럼 시들어버리지 않았나요! 오 내가 살던 계곡이여! 지금은 편히 잠들어 계신 숙모님이여! 오 내 보리수여, 내 작은 흰 염소여, 나를 그렇게도 사랑했던 선량한 내 소작인들이여! 당신들은 행복하고, 자존심 강하고, 침착하고 존경받던 나를 본 것을 기억하나요? 대체 누가 그곳에서 나를 끌어내리려는 이 이방인을 내 인생길에 던져놓았나요? 대체 누가 내 마을의 오솔길을 지날 권리를 그에게 주었나요? 아! 불행한 여인아! 너는 왜 그가 너를 뒤따른 첫날 뒤를 돌아보았지? 너는 왜 그를 남동생처럼 맞아들였지? 너는 왜 문을 열고 그에게 손을 내밀었지? 옥타브, 옥타브, 당신은 왜 나를 사랑했나요,

모든 것이 이렇게 끝나야 한다면?"

그녀가 실신할 듯해, 나는 안락의자까지 그녀를 부축했다. 그녀는 안락의자에 앉아 내 어깨에 머리를 기댔다. 내게 그토록 신랄한 말을 퍼붓느라 그녀는 기진맥진했다. 갑자기 나는 그녀에게서 모욕당한 연인이 아니라 고통받는 애처로운 어린아이만을 발견할 수 있었다. 그녀의 두 눈이 감겼다. 나는 두 팔로 그녀를 감쌌고, 그녀는 움직이지 않았다.

정신이 들었을 때, 그녀는 극심한 무력감을 호소하며 잠자리에 들 수 있도록 자신을 놓아달라고 부드러운 목소리로 부탁했다. 그녀는 겨우 걸었다. 나는 침실까지 그녀를 부축해 가서 침대 위에 가만히 뉘었다. 그녀에게는 고통의 흔적이 전혀 없었다. 그녀는 마치 피로해서 휴식을 취하듯 고통에 지쳐 휴식을 취하고 있는 듯했고, 고통을 기억하지 못하는 듯 보였다. 약하고 섬세한 그녀의 천성은 맞붙어 싸우지 않고 양보했으며, 그녀 자신이 말한 것처럼 나는 그녀의 힘이 미치지 못하는 곳에 있었다. 그녀가 내 손을 잡고 있었다. 나는 그녀에게 입을 맞췄다. 아직 연인 사이인 우리의 입술은 우리도 모르게 포개졌다. 그렇게 잔인한 장면에서 벗어나자 그녀는 첫날처럼 미소 지으며 내 가슴에 기대 잠들었다.

6

브리지트는 잠들어 있었다. 말없이, 미동도 없이 나는 그녀의 머리
맡에 앉아 있었다. 폭풍우가 지나간 후 황폐해진 밭의 이삭을 세는 농
부처럼 나는 내 안으로 침잠해 내가 행한 악을 헤아리기 시작했다.

돌이킬 수 없는 일이 되리라고는 일찍이 생각하지 못했다. 어떤 고
통은 그 과도함 자체로 우리에게 그 끝을 알려준다. 수치심과 회한을
느낄수록, 그런 장면 이후에는 작별을 고할 일만 남았음을 더욱 절감
했다. 브리지트가 끌어낼 수 있었던 어떤 용기로 인해 그녀는 자신의
슬픈 사랑이라는 쓰라린 잔의 찌꺼기까지 마셔버렸다. 그녀가 죽는 것
을 보고 싶지 않다면 그녀를 쉬게 해야 했다. 그녀가 나를 신랄하게 비
난하는 일이 종종 있었는데, 아마 거기에는 이번보다 더한 분노가 깃
들어 있었다. 하지만 이번에 그녀가 내게 한 말은 더이상 상처받은 자

존심으로 부추겨진 빈말이 아니었다. 그것은 가슴 깊이 억눌려 있다가 가슴을 부수고 밖으로 튀어나온 진실이었다. 게다가 우리가 처해 있던 상황과 그녀와 함께 떠나는 것에 대한 나의 거부가 모든 희망을 불가능하게 만들었다. 그녀는 용서하려 했을 테지만 그럴 힘이 남아 있지 않았다. 더이상 고통받는 것이 불가능한 존재의 일시적인 죽음이라 할 바로 이 잠이 그 점을 충분히 증언했다. 갑자기 다가온 이 침묵, 그토록 슬프게 정신을 차리면서 그녀가 보였던 이 부드러움, 이 창백한 얼굴, 그리고 이 입맞춤까지, 모든 것이 내게 이제 끝이라 말하고 있었다. 우리를 결합시켰던 어떤 끈을 내가 영원히 끊어버렸다고. 지금 잠들어 있는 것처럼, 내게서 기인할 최초의 고통으로 그녀는 영원히 잠들 것이 분명했다. 괘종시계가 울렸고, 나는 시간이 흘러가면서 내 생명도 함께 실어가는 것을 느꼈다.

아무도 부르고 싶지 않아서 내가 브리지트의 등불을 켰고, 그 희미한 빛을 바라보고 있었다. 내 생각이 어둠 속에서 그 흐릿한 빛처럼 동요하는 것 같았다.

내가 무슨 말을 했고 무슨 행동을 했건 간에 브리지트를 잃게 될 거란 생각은 아직 내게 한 번도 떠오른 적이 없었다. 나는 수없이 그녀를 떠나려 했다. 하지만 이 세상에서 사랑을 해본 자라면 누구나 사랑하는 자의 마음에 있는 게 뭔지 알지 않는가? 그것은 절망이거나 분노의 움직임일 뿐이었다. 내가 그녀에게 사랑받는 것을 아는 한 내가 그녀를 사랑하는 것 역시 확실했다. 저항할 수 없는 불가피함이 처음으로 우리 둘 사이에 생겨났다. 나는 무력감 같은 것을 어렴풋이 느꼈는데, 아무것도 분명하게 분간되지 않았다. 나는 침대 옆에서 몸을 숙이고 있었다. 첫 순간부터 내 불행이 얼마만한 크기인지 알고 있었음에도 불구하고 고통을 느끼지는 않았다. 나약하고 겁에 질린 내 영혼은 정신이 이해하는 것을 하나도 보지 않기 위해 뒷걸음치는 것 같았다. '자,' 나는 생각했다. '이건 분명해. 나는 그걸 원했고 원한 대로 했어. 더이상 우리가 같이 살 수 없다는 건 조금도 의심의 여지가 없어. 이 여인을 죽게 하고 싶지 않으니 그녀를 떠날 수밖에. 이렇게 되어버렸고, 내일 떠날 거야.' 나는 이렇게 혼잣말하며 내 과오도, 과거도, 미래도 생각하지 않았다. 그 순간에는 스미스도 그 무엇도 생각나지 않았다. 내가 왜 이런 상황에 이르렀는지도, 한 시간 전부터 무엇을 했는지도 말할 수 없었을 것이다. 나는 방의 벽을 바라보고 있었다. 관심을 쏟을 일은 다음날 타고 떠날 마차를 구하는 것뿐이라고 생각했다.

나는 꽤 오랫동안 그런 기이한 평온함을 유지했다. 검에 찔린 사람이 당장은 쇠의 냉기밖에 느끼지 못하는 것처럼. 검에 찔린 자는 몇 걸음 더 떼다가 아연실색해, 정신 나간 눈으로, 자신에게 무슨 일이 일어난 것인지 자문한다. 차차 한 방울씩 피가 떨어지고, 상처가 벌어지고, 피가 흐른다. 대지는 검붉은빛으로 물들고, 죽음이 다가온다. 죽음이 다가오면 그는 공포로 전율하다 쓰러져 죽는다. 이처럼 겉으로는 평온한 모습을 하고, 나는 불행이 다가오는 소리를 들었다. 브리지트가 내게 했던 말을 작은 소리로 되풀이했다. 그리고 평소에 그녀가 밤을 위해 준비시키던 것들을 내가 아는 한 모두 그녀 주위에 정돈해두었다. 그녀를 바라보았다. 그리고는 창가로 가 어둡고 무겁고 넓은 하늘을 앞에 두고 유리창에 이마를 기댔다. 그러다 침대 옆으로 되돌아왔다. 내일 떠나겠다는 것, 그게 내 유일한 생각이었다. 그리고 차차 떠난다는 그 말이 내게 명료해졌다. "아 신이시여!" 나는 갑자기 소리쳤다. "가엾은 내 연인이여, 당신을 잃게 되었군요. 나는 당신을 사랑하는 방법을 몰랐습니다!"

이 말에 나는 소스라쳤다. 마치 이 말을 한 것이 내가 아닌 다른 사람인 것처럼. 마치 한줄기 바람이 팽팽히 당겨진 하프 줄을 끊어놓듯이 말이 내 온 존재 안에 울려퍼졌다. 이 년 동안의 고통이 순식간에 가슴을 스쳐지나갔고, 그다음에는 고통의 결과이며 그 마지막 표현인 것 같은 현재가 나를 사로잡았다. 이런 괴로움을 어떻게 표현할까? 사랑을 해본 사람들은 아마 한마디 말로 표현할 수 있을 것이다. 나는 브리지트의 손을 잡았고, 아마 꿈속인 듯 그녀는 내 이름을 불렀다.

나는 일어나 방안을 거닐었다. 내 눈에서 비 오듯 눈물이 흘렀다. 나는 마치 내게서 빠져나가는 이 모든 과거를 다시 붙잡기 위해서인 것처럼 팔을 뻗었다. "그게 가능한가?" 나는 되뇌었다. "뭐라고! 당신을 잃는다고? 나는 당신만 사랑할 수 있을 뿐인데. 당신이 떠난다고? 영원히 끝이라고? 뭐라고! 당신, 내 생명, 사랑하는 내 연인이 나를 떠나, 더는 당신을 보지 못한다고? 결코, 다시는!" 나는 소리 높여 말했다. 그리고 마치 내 말을 들을 수 있는 것처럼, 잠들어 있는 브리지트에게 말했다. "결코, 다시는 그런 생각은 하지 마요. 결코 내가 동의하는 일은 없을 테니! 대체 뭐죠? 왜 그토록 자존심을 내세운 거죠? 당신에게 무례하게 군 일을 바로잡을 아무런 방법도 더이상 없단 말인가요? 제발 같이 찾아봐요. 나를 수없이 용서해주지 않았나요? 당신은 나를 사랑하니 떠날 수 없을 거야. 당신은 그럴 용기가 없어. 이제 우리가 뭘 하면 좋겠어요?"

끔찍하고 소름 끼치는 광기가 급작스럽게 나를 사로잡았다. 나는 닥치는 대로 말하며, 가구 위에서 살인의 도구를 찾아 왔다갔다했다. 나는 마침내 무릎을 꿇고 침대에 머리를 짓찧었다. 브리지트가 움직였고, 나는 곧 움직임을 멈췄다.

'그녀를 깨우게 된다면!' 나는 소스라치며 생각했다. '대체 뭘 하는 거지, 불쌍한 미치광이야? 날이 밝을 때까지 그녀를 자게 해. 그녀를 볼 수 있는 하룻밤이 아직 네게 남아 있잖아?'

나는 내 자리로 돌아갔다. 브리지트가 깨면 어쩌나 하는 두려움이 너무 커서 숨쉬는 것조차 조심스러웠다. 눈물과 함께 내 심장도 멈춘 것 같았다. 전율케 하는 냉기로 내 몸은 얼어 있었다. 그리고 침묵을 강요하듯 혼잣말을 했다. "그녀를 봐, 그녀를 봐, 아직 그건 네게 허락되어 있으니."

마침내 나는 냉정을 되찾았고, 더 부드러운 눈물이 뺨 위로 천천히 흘러내리는 것을 느꼈다. 분노 뒤에는 연민을 느꼈다. 구슬픈 외침이 공기를 가르는 것 같았다. 나는 침대 머리맡에 몸을 숙이고 브리지트를 바라보기 시작했다. 마지막으로 내 수호천사가 사랑하는 그녀의 얼굴 생김새를 영혼에 새기라고 말한 것처럼.

그녀는 얼마나 창백한가! 푸르스름한 원으로 둘러싸인, 눈물에 젖어 촉촉한 그녀의 긴 속눈썹은 아직 빛나고 있었다. 예전에는 그토록 날렵했던 그녀의 몸매는 무거운 짐을 진 듯 굽어 있었다. 야위고 검푸른 뺨은 가냘프고 약한 팔을 베고서 가느다란 손 안에 놓여 쉬고 있었다. 그녀의 이마는 인종忍從으로 장식된 피 묻은 가시관의 흔적을 지닌 것 같았다. 초가집이 떠올랐다. 반년 전 그녀는 얼마나 활기 있었던가! 얼마나 쾌활하고, 자유롭고, 걱정이 없었던가! 그 모든 것을 내가 어떻게 한 거지? 낯선 목소리가 오래전부터 잊고 있던 오래된 연애시를 내게 되풀이해 들려주는 것 같았다.

예전에 나는 아름다웠고,
꽃처럼 희고 꽃처럼 장밋빛이었지.
하지만 지금은 아니라네. 이제 더이상 아름답지 않아,
사랑으로 초췌해진 나는.*

그것은 나의 첫 연인이 불렀던 옛 연애시인데, 이 우수 어린 언어가 분명하게 이해된 것은 처음이었다. 그때까지는 이해하지 못한 채 기억 속에 지니고만 있었던 것처럼 나는 그 시를 되뇌었다. 왜 내가 그 노래를 알고, 왜 그 노래를 기억하는가? 내 시든 꽃, 죽을 준비가 된, 사랑으로 소진된 그녀가 그곳에 있었다.

'그녀를 봐,' 나는 흐느껴 울며 생각했다. '그녀를 봐! 연인이 자신을 사랑하지 않는다고 한탄하는 사람들을 생각해. 네 연인은 널 사랑해, 그녀는 네게 몸과 마음을 바쳤어. 넌 그녀를 잃게 될 거야. 너는 사랑할 줄 몰랐던 거야.'

하지만 괴로움이 너무 컸다. 나는 일어나 다시 걸었다. '그래,' 나는 계속 생각했다. '그녀를 봐. 권태로 고통받고, 다른 사람과 조금도 함께 나눠 갖지 못한 괴로움을 질질 끌고 멀리 가버린 사람들을 생각해.

---

* 원문은 이탈리아어. 85쪽 참조.

네가 고통받는 불행은 사람들이 이미 겪은 거야. 너의 어떤 것도 고독하지 않아. 어머니도 친척도 애견도 친구도 없이 살아가는 사람들을 생각해. 구하지만 발견하지 못하는 사람들을, 눈물 흘리지만 그 눈물을 조롱당하는 사람들을, 사랑하지만 무시당하는 사람들을, 죽은 뒤 잊힌 사람들을 생각해. 네 앞에, 여기, 이 침대에 아마도 자연이 너를 위해 만들어냈을 존재가 누워 있어. 지성의 가장 높은 영역부터 물질과 형태의 가장 헤아리기 어려운 신비에 이르기까지 이 영혼과 육체는 네 형제야. 반년 전부터 네 입술이 말을 하고 네 심장이 뛸 때마다 그녀의 입술과 심장은 빠짐없이 응답했어. 풀잎에 이슬을 보내듯 신이 네게 보낸 이 여인은 네 심장에 미끄러지듯 스며들었을 뿐이야. 이 여인은 하늘을 마주하고, 네게 자신의 생명과 영혼을 주기 위해 두 팔을 벌리고 다가왔어. 그녀는 그림자처럼 흔적도 없이 사라져, 단지 모습의 잔해만 남게 될 거야. 네 입술이 그녀의 입술에 닿아 있는 동안, 네 두 팔이 그녀의 목을 감싸고 있는 동안, 영원한 사랑의 천사가 피와 관능의 사슬로 하나의 존재처럼 너희를 묶어주는 동안, 너희는 온 세상을 사이에 두고 대지의 양끝에 유배된 두 존재보다도 더 멀어졌어. 그녀를 봐. 특히 조용히 해. 네 흐느낌으로 그녀가 깨어나지 않는다면 네게는 아직 그녀를 볼 하룻밤이 남아 있으니.'

조금씩 내 머리는 흥분했고, 점점 더 우울한 생각이 나를 동요시키고 공포에 빠뜨렸다. 저항할 수 없는 힘에 의해 나는 나 자신 속으로 끌려들어갔다.

죄를 짓는 것! 신이 내게 부과한 역할이 그것이었단 말인가! 내가 죄를 지었다고! 심지어 분노가 폭발하는 와중에도 양심이 스스로에게 선하다고 말하는 내가! 냉혹한 운명으로 인해 끊임없이 심연 속으로 점점 더 깊이 끌려가고, 동시에 비밀스러운 공포가 내가 떨어진 심연의 깊이를 끊임없이 가리켜주는 바로 내가! 어디서든, 기어코, 죄를 지어 바로 이 손으로 피를 흐르게 했더라도 내 심장은 잘못을 저지르지 않았고, 내가 실수한 것이며, 이런 행동을 한 것은 내가 아니라 내 운명, 나쁜 정령이요, 나를 사로잡고 있지만 내 안에서 생겨난 것은 아닌 뭔지 모를 존재라고 여전히 되풀이해 말했을까! 내가! 죄를 지었다고! 반년 전부터 나는 이 임무를 이행해왔다. 이 부도덕한 과업에 매진하지 않은 날이 단 하루도 없었다. 그리고 바로 이 순간 눈앞에 그 증거가 있다. 브리지트를 사랑하고, 그녀에게 상처 입히고, 모욕하고, 버리고, 떠났다가 그녀에게 되돌아온 사람, 두려움으로 가득차고, 의심에 시달리고, 결국에는 그녀가 누워 있는 이 고통의 침대에 몸을 던지는 사람, 그것이 나였다. 나는 가슴을 쳤다. 그녀를 보면서도 믿을 수가 없었다. 브리지트에 대해 곰곰이 생각했다. 꿈이 아닌지 확인하기 위해서인 듯 그녀를 만져보았다. 거울에 비친 내 가엾은 얼굴이 놀라서 나를 바라보고 있었다. 내 이목구비를 하고 내게 모습을 드러내는 이 피조물은 대체 누구인가? 내 입을 가지고 모욕적인 말을 내뱉고, 내 손을 가지고 고통을 주는 이 무자비한 인간은 대체 누구인가? 내 어머니가 옥타브라 부른 자가 그인가? 예전에, 열다섯 살 때, 숲과 들판에서 맑은 샘물처럼 순수한 가슴을 안고 몸을 굽혀 청명한 샘에서 내가 본 것이 그인가?

나는 눈을 감고 어린 시절을 생각했다. 구름을 뚫고 지나가는 햇살처럼 수많은 추억이 가슴을 뚫고 지나갔다. '아니야,' 나는 생각했다.

'내가 한 일이 아니야. 이 방에서 나를 둘러싼 모든 것은 있을 수 없는 꿈일 뿐이야.' 나는 내가 모르는 시간을, 첫걸음을 떼었을 때 심장이 열리는 것을 느꼈던 시간을 회상했다. 어느 농장 문 앞 돌벤치에 앉아 있던 늙은 걸인을 회상했다. 부모님은 가끔 아침식사 후에 나를 시켜 그에게 남은 음식을 가져다주게 했다. 그는 주름지고 약하고 굽은 손을 내밀고 미소 지으며 나를 축복했다. 나는 아침 바람이 내 관자놀이를 스치는 것을 느꼈다. 무언지 모를 이슬처럼 상쾌한 것이 하늘에서 내 영혼으로 떨어졌다. 그러다 갑자기 나는 다시 눈을 떴고, 등불의 희미한 빛 속에서 내 앞에 있는 현실을 다시금 발견했다.

'너는 네가 죄인이라고 생각하지 않아?' 나는 혐오감에 휩싸여 자문했다. '오 어제의 타락한 애송이여! 눈물을 흘리니까 너 자신이 결백하다고 생각해? 네가 양심의 증거로 생각하는 것은 어쩌면 후회에 불과한 것 아닐까? 어떤 살인자라도 그런 느낌을 갖지 않겠어? 만일 너의 미덕이 제 고통을 너에게 외친다면 그건 죽어가고 있음을 느끼기 때문이 아니라고 누가 말하겠어? 오 불쌍한 사람! 네 심장 속에서 신음하는 이 아득한 소리, 너는 그것이 흐느낌이라 생각하지. 아마도 그것은 폭풍을 알리는 죽음의 새, 난파를 부르는 갈매기의 울음소리에 지나지 않아. 언젠가 누군가가 피투성이가 되어 죽어간 사람들의 어린 시절에 대해 네게 이야기하지 않았어? 그들도 한때는 선량했어. 그들도 이따금 회상하기 위해 손에 얼굴을 묻었지. 죄를 짓고 나서 넌 후회해? 어머니를 죽이고 나서 네로 황제도 그랬어. 눈물이 우리를 씻어준다고 대체 누가 네게 말했지?

네 영혼의 일부가 결코 악의 소유가 아니라는 게 사실이라 하더라도 악의 차지가 되어버린 다른 부분을 넌 어떻게 할까? 너는 네 오른손이 벌려놓은 상처를 왼손으로 만져볼 거야. 네 죄악을 땅에 묻기 위해 네 덕행으로 수의를 짓겠지. 너는 칼로 찌르고, 브루투스처럼 네 칼에 플라톤이 떠벌린 말을 새길 거야. 두 팔 벌려 너를 맞아주는 사람의 심장 깊숙이, 과장된 말이 새겨진, 벌써 뉘우치고 있는 그 무기를 찔러넣을 거야. 네 열정의 잔해를 묘지로 끌고 가 그 무덤 위에 연민이라는 메마른 꽃잎을 떨어뜨리고. 그러고는 너를 볼 사람들에게 말하겠지. "원하는 게 뭐죠? 난 사람을 죽이는 법을 배웠고, 내가 아직도 그걸 슬퍼하는 걸 보세요. 신이 나를 더 좋은 사람으로 창조하신 것을 보세요." 너는 네 청춘에 대해 이야기할 테고, 틀림없이 하늘은 널 용서할 테고, 네 불행은 고의가 아니라고 스스로 확신할 테고, 약간의 안정을 얻기 위해 네 불면의 밤에 대해 장광설을 늘어놓을 거야.

하지만 누가 알겠어? 너는 아직 젊어. 네가 네 심장을 자랑스럽게 생각할수록 네 자존심은 방황하게 될 거야. 오늘 너는 네 인생길에 남겨질 최초의 폐허 앞에 있어. 브리지트가 내일 죽으면, 너는 그녀의 관 위에서 눈물을 흘릴 거야. 그녀를 떠나 어디로 갈 거야? 아마 석 달 정도 떠나 이탈리아를 여행할 테지. 우울에 빠진 영국인처럼 외투로 몸을 감싸고서, 어느 아름다운 아침, 여인숙 안쪽에서 한잔 마신 뒤 회한은 진정되었으며 다시 살아가기 위해 잊어야 할 시간이라고 혼잣말을 할 거야. 너무 늦게 눈물을 흘리기 시작한 너, 언젠가 다시 눈물 흘리지 않도록 조심해. 누가 알겠어? 네가 느낀다고 생각하는 괴로움을 누군가는 비웃을지. 어느 날 무도회에서 네가 죽은 연인을 기억한다는 이야기를 듣고 아름다운 여인이 연민으로 미소 지을지. 너는 거기서 약간의 긍지를 이끌어내고, 오늘 너를 몹시 가슴 아프게 하는 것으로 갑자기 의기양양해질 수 있지 않을까? 너를 전율케 하고 네가 감히 정면으로 바라보지 못하는 현재가 과거, 오래된 이야기, 어렴풋한 추억이 되는 날에는 어느 저녁 우연히 탕아들의 저녁식사에서 의자에 몸을 젖히고 앉아 입술에는 미소를 띠고서, 두 눈 가득 눈물을 담은 채 보았던 것을 네가 이야기할 수 있지 않을까? 이렇게 사람들은 모든 수치심을 마셔버리고, 이렇게 사람들은 이 세상을 걸어가지. 네 시작은 선량했으나, 약해지고 있고, 악해질 거야.'

'가련한 그대여,' 나는 마음속으로 생각했다. '네게 충고할 게 하나 있어. 내 생각에 너는 죽어야 한다는 거야. 지금은 네가 선량하니, 더 이상 악해지지 않기 위해 너의 선량함을 이용해. 네가 사랑하는 여인이 여기 이 침대에서 죽어가는 동안, 너 스스로에 대한 혐오감을 느끼는 동안 그녀의 가슴 위로 손을 뻗어봐. 그녀는 아직 살아 있고, 그것으로 충분해. 눈을 감고, 다시 뜨지 마. 내일 네가 그것으로 위안받을까 걱정되니 그녀의 장례식에는 참석하지 마. 네 심장이 아직 그 심장을 창조한 신을 사랑하는 동안 너 자신에게 비수를 꽂아. 너를 가로막는 것이 네 청춘이야? 해치고 싶지 않은 것이 네 머리색이야? 오늘밤 네 머리색이 흰색이 아니라면, 절대 희어지도록 내버려두지 마.

결국 세상에서 네가 하고 싶은 일이 뭐지? 떠난다면, 어디로 가지? 남는다면, 뭘 기대해? 아! 이 여인을 바라보면서 심장에 여전히 온갖 보물을 간직하고 있는 것처럼 느껴지지 않았던가? 너는 과거에 존재한 것이라기보다 앞으로 존재할 수도 있는 걸 잃어버리는 게 아닐까? 그리고 이별의 말 중 최악은 모든 말을 다 하지 못했다고 느끼는 것 아닐까? 한 시간 전이었다면 무슨 말을 했을까? 이 시곗바늘이 그 자리에 있었을 때 너는 아직 행복할 수 있었어. 고통받는데 왜 영혼을 열지 않아? 사랑할 때 왜 영혼의 말을 하지 않았지? 보물을 땅에 묻고 그 위에서 굶어 죽어가는 사람과도 같은 네가 여기 있어. 너는 네 문을 닫았어, 탐욕스럽게. 그러고는 빗장 뒤에서 발버둥치지. 그럴 거면 빗장을 흔들어, 빗장은 견고하지. 빗장을 만들어낸 것은 바로 네 손이야. 오 미치광이여! 욕망했고, 네 욕망을 소유했던 너는 신을 생각하지 않았어. 어린아이가 딸랑이를 가지고 놀듯 너는 행복을 가지고 장난쳤어. 네가 손에 쥐고 있는 것이 얼마나 진귀하고 부서지기 쉬운 것인지 알아차리지 못했지. 너는 그걸 업신여겼고, 비웃었고, 그걸 즐기기를 미뤘어. 그 시간 동안 네 수호천사가 잠시 너를 어둠에서 보호하기 위해 올린 기도를 고려하지 않았던 거야. 아! 일찍이 하늘에서 너를 극진히 보살폈던 존재는 지금 어떻게 되었을까? 그는 파이프오르간 앞에 앉아 있어. 날개는 반쯤 펼쳐져 있고, 손은 흰건반 위에 놓여 있어. 그는 사랑과 영원한 망각에 대한 불멸의 찬가를 시작해. 하지만 그의 무릎은 비틀거리고, 날개는 늘어지고, 꺾인 갈대처럼 머리를 숙이고 있어. 죽음의 천사가 그의 어깨를 건드리면, 그는 무한 속으로 사라져버려.

그리고 너는, 스물두 살에 너는 지상에 홀로 남는 거야! 고귀하고 고결한 사랑이, 청춘의 힘이 아마도 너를 중요한 인물로 만들려고 하는 그때! 그토록 긴 권태, 쓰라린 고통, 그렇게 많은 망설임, 허비한 청춘이 지나간 뒤 네 위로 고요하고 순수한 태양이 뜨는 것을 볼 수 있었어. 사랑하는 존재에게 바친 네 삶이 새로운 활기로 가득찰 수 있었던 그때, 네 앞에서 모든 것이 무너지고 흔적도 없이 사라지는 것이 바로 그 순간이야! 네가 갖는 것은 더이상 막연한 욕망이 아니라 생생한 후회야. 더이상 공허한 가슴이 아니라 품은 이 하나 없는 텅 빈 가슴이야. 주저하는군! 뭘 기다려? 더이상 그녀가 네 삶을 원치 않으니 네 삶은 조금도 중요하지 않아! 그녀가 너를 떠나니 너 역시 떠나! 네 젊음을 사랑한 이들이 너를 위해 눈물을 흘리기를! 그들은 많지 않아. 브리지트 곁에서 침묵을 지켰던 사람들은 영원히 침묵을 지키기를! 그녀의 가슴을 스쳐지나간 사람은 적어도 그 순결한 흔적을 간직하기를! 아 신이시여! 아직 더 살고 싶다면, 그걸 지워야 하지 않을까? 네 비루한 목숨을 보호하기 위해선 그걸 완전히 타락시키는 것 말고 다른 해결책이 네게 남아 있을까? 그래, 지금의 네 삶이 그 대가야. 삶을 지탱하기 위해 너는 사랑을 잊어야 할 뿐만 아니라 사랑이 존재한다는 사실도 잊어야 할 거야. 네 안에 존재했던 좋은 것을 부인해야 할 뿐만 아니라 여전히 그럴 수 있는 것도 소멸시켜야 해. 그게 기억나면 어떻게 하지? 너는 지상에서 한 걸음도 떼지 못하고, 웃지도 못하고, 눈물도 흘리지 못하고, 가난한 사람에게 적선을 베풀지도 못하고, 심장으로 역류한 피가 브리지트를 행복하게 하려고 신이 너를 선량하게 만들었다고 네게 외치지 않고는 십 분도 선량해질 수 없을 거야. 너의 가장 사소한 행동들이 네 안에서 울려퍼지고, 네 안에서 불행이 메아리의 울림처럼 신음하게 할 거야. 네 영혼을 동요시키는 모든 것이 회한을 일깨울 거야. 하늘의 사자使者, 우리를 살게 하는 신성한 친구인 희망도 네겐 냉혹한 환영으로 변하고 과거와 쌍둥이 형제가 될 거야. 뭔가를 잡고자 하는 너의 모든 노력은 긴 뉘우침에 불과할 거야. 살인자는 어둠 속을 걸어갈 때 뭘 건드리게 되지 않을까, 벽이 비난하지 않을까 하는 두려움에 꼭 쥔 손을 가슴에 모으지. 너도 그렇게 해야 해. 영혼이나 육체 중 하나만 선택해. 둘 중 하나는 죽어야 해. 선에 대한 기억이 너를 악으로 내던지니, 너 자신의 유령이 되고 싶지 않다면 시체가 되어야 해. 오 어린아이여, 어린아이여! 정직하게 죽어! 네 무덤 위에서 눈물 흘릴 수 있도록!'

나는 절망으로 가득차 침대 발치에 몸을 던졌고, 그렇게 이성을 잃어 내가 어디 있는지도 무엇을 하는지도 몰랐다. 브리지트는 한숨을 내쉬더니, 성가신 중압감에 가슴이 답답한 듯 덮고 있던 침대 시트를 젖히면서 흰 가슴을 드러냈다.

이 광경에 내 모든 감각이 동요되었다. 고통이었나, 아니면 욕망이었나? 모르겠다. 끔찍한 생각에 갑자기 나는 전율했다. '뭐!' 나는 생각했다. '이 여인을 다른 사람에게 맡기다니! 죽어 땅속으로 내려가다니, 이 흰 가슴이 하늘의 공기를 들이마시고 있는데! 정의로운 신이시여! 이 섬세하고 투명한 살결 위에 내 손이 아닌 다른 사람의 손이라니! 이 입술 위에 다른 입술, 이 심장에 다른 사랑이라니! 여기, 이 침대 머리맡에 다른 남자라니! 브리지트는 행복하고 생기 있고 사랑받는데, 나는 묘지 한구석 구덩이 깊은 곳에 떨어져 가루가 된다니! 내일 더이상 내가 존재하지 않는다면, 브리지트가 나를 잊는 데 얼마의 시간이 걸릴까? 얼마나 많은 눈물을 흘릴까? 어쩌면 조금도 흘리지 않을지도! 모든 친구들, 그녀와 가까워진 모든 사람들이 내 죽음은 잘된 일이라 말하고, 서둘러 그녀를 위로하려 하고, 더이상 생각하지 말라고 그녀에게 간청하겠지! 그녀가 눈물 흘리면, 사람들은 그녀의 기분을 풀어주려 할 거야. 추억이 그녀를 덮치면, 사람들은 그 추억이 비켜나게 할 거야. 그녀의 사랑이 나를 그녀 안에 살아남게 하면, 사람들은 중독을 치료하듯 그녀의 사랑을 치료할 거야. 그리고 내가 죽고 난 첫날은 아마 나를 따르겠다고 말할 그녀 자신이 한 달 후에는 내 무덤에 심긴 수양버들을 멀리서도 보지 않기 위해 얼굴을 돌릴 거야.* 어떻게 달라질 수 있겠어? 이렇게 아름다운데, 누굴 그리워하겠어? 그녀는 괴로움으로 죽고 싶어하지만 이 아름다운 젖가슴은 살고 싶다고 그녀에게 이야기할 테고, 거울에 비친 모습에 그녀는 설득될 거야. 말라버린 눈물이 첫번째 미소로 바뀌는 날 누군들 고통에서 회복되고 있는 그녀를 축하하지 않을까? 그때, 팔 일간의 침묵 후에 그녀는 자기 앞에서 내 이름을 부르는 것을 견디기 시작할 거야. 그녀 자신이 기운 없이 바라보며 내 이름을 말할 테니까. 마치 나를 위로해주세요, 라고 말하기 위해서인 것처럼. 차차 그녀는 더이상 내 기억을 피하지 않고, 나에 관한 기억을 이야기하지 않게 될 거야. 그러다가 이슬이 내린 아름다운 봄날 아침 새들의 노랫소리에 창문을 열게 될 거야. 그때 그녀는 생각에 잠겨 말하겠지. "나는 사랑했어." 그녀 옆에는 누가 있게 될까? 계속 사랑해야 한다고 누가 감히 그녀에게 대답할까? 아! 그때 더이상 난 그곳에 없을 거야! 당신은 그 말을 들을 거야, 부정한 여인이여. 막 피어나려는 장미처럼 당신은 얼굴을 붉히며 몸을 숙일 거야. 아름다움과 젊음이 당신 얼굴에 피어날 거야. 가슴이 닫혀 있다고 말하면서도 당신은 싱그러운 광채를 발하고, 거기서 나오는 한줄기 빛은 키스를 부를 거

---

* 뮈세는 「뤼시」에서 "친구들이여, 내가 죽거든/ 무덤가에 버드나무 한 그루 심어주오"라고 노래한 바 있으며, 실제로 파리의 페르라셰즈 묘지에 있는 뮈세의 무덤가에는 버드나무가 심어져 있다.

야. 더이상 사랑하지 않는다고 말하는 여인들이 실은 얼마나 사랑받기를 원하는지! 무엇이 놀랍지? 당신은 여인인 것을. 이 육체, 이 순백의 젖가슴, 당신은 그것들이 가치가 있다는 사실을 알아. 사람들이 이야기해주었기 때문이지. 드레스 자락에 그것들을 숨길 때, 당신도 숫처녀들이 그렇게 생각하듯 모든 사람이 당신과 비슷하다고는 생각하지 않아. 당신은 당신의 다소곳함의 값어치를 알고 있어. 찬양받은 적이 있는 여인이 어떻게 더이상 그러지 않기로 결심할 수 있을까? 줄곧 그늘에 있게 된다면, 자신의 아름다움 주위에 침묵이 흐른다면, 자신이 살아 있다고 생각할까? 여인의 아름다움, 그건 바로 연인의 찬사와 눈길이야. 아니, 아니야, 의심의 여지가 없어. 사랑을 해본 사람은 사랑 없이는 살 수 없어. 죽음을 배운 사람은 삶에 매달리는 법이지. 브리지트는 날 사랑하고, 아마 내 죽음으로 인해 죽도록 괴로워할 거야. 난 스스로 목숨을 끊을 테고, 그러면 다른 남자가 그녀를 차지하게 되겠지.'

'다른 남자! 다른 남자라고!' 나는 몸을 숙이며 침대에 기대어 되뇌었다. 내 이마가 그녀의 어깨를 스쳤다. '그녀는 미망인 아닌가?' 나는 생각했다. '그녀는 이미 죽음을 보지 않았는가? 이 섬세하고 작은 손으로 돌보았고, 땅에 묻지 않았는가? 눈물이 얼마나 지속되는지 그녀의 눈물은 알아. 두번째 눈물은 더 오래 흐르지는 않을 거야. 아! 신이 나를 지켜주시길! 그녀가 잠든 사이 내가 그녀를 못 죽일 것도 없잖아? 지금 내가 그녀를 깨워, 마지막 시간이 다가왔고 우린 마지막 입맞춤과 함께 같이 죽게 될 거라 말한다면 그녀는 받아들일 거야. 내게 중요한 것이 뭐지? 대체 모든 게 거기서 끝나지 않는다는 게 확실한가?'

나는 테이블 위에서 단도를 발견하고 집어들었다.

"공포, 비겁함, 집착! 이 말을 하는 사람들은 그것에 대해 무엇을 알고 있는 걸까? 다른 삶에 대한 이야기는 군중과 무지한 사람들을 위한 거야. 누가 그걸 가슴 깊이 믿을까? 사자死者가 자기 무덤을 떠나 사제의 집 문을 두드리는 것을 본 묘지 관리인이 있나? 사람들이 유령을 본 건 옛일이야. 경찰이 우리의 문명화된 도시에서 유령을 금했고, 서둘러 묻힌 산 자들만이 땅속에서 외치지. 누가 죽음의 말문을 막았을까, 죽음이 이전에 말을 했다면? 더이상 장례 행렬이 거리를 혼잡하게 만들 권리가 없고 천사가 잊혔기 때문에? 죽음, 그것이 끝이고 목적지야. 신이 죽음을 정했고, 인간들은 그것에 대해 논하지. 하지만 각자의 이마에는 이렇게 쓰여 있어. '원하는 것을 해, 너는 죽게 될 테니.' 만일 내가 브리지트를 죽인다면 사람들이 뭐라 말할까? 그녀도 나도 아무 말도 듣지 못할 거야. 내일 신문에는 옥타브 ×××가 정부를 죽였다는 기사가 실릴 테지만, 모레에는 그 이야기를 하는 사람이 아무도 없을 거야. 장례 행렬에서 누가 우리를 따를까? 다들 집으로 되돌아가 평온하게 아침식사를 할 거야. 우리는 잠깐 동안 진흙의 심부深部에 나란히 누워 있고 사람들이 우리 위를 걸어갈 테지만 그 발소리가 우리를 깨우진 못할 거야. 우리는 그곳에서 편안하지 않을까, 사랑하는 이여, 그렇지 않을까? 대지는 부드러운 침대야. 거기서는 어떤 고통도 우리에게 미치지 않을 거야. 인근 무덤에서 신 앞에 맺어진 우리의 결합을 험담하는 소리가 들리진 않을 거야. 우리의 해골은 교만함 없이 평화롭게 포옹할 거야. 죽음은 위안을 주고, 죽음이 맺어준 것은 풀어지지 않아. 왜 무無를 두려워하지, 무가 약속된 가련한 육신이여? 매시간 너는 무로 이끌리고, 네가 발걸음을 옮길 때마다 방금 전 네가 디딘 사다리 가로대가 산산조각나버려. 너는 죽은 자들에게 몰두할 뿐이야. 하늘의 대기가 널 짓누르고 압도해. 네가 밟고 있는 대지는 네 발바닥을 끌어당기지. 내려가, 내려가! 왜 그렇게 격렬한 공포를 느끼지? 널 두렵게 하는 것이 한마디 말인가? 단지 이렇게 말해. '우리 이제 그만 세상을 떠납시다.' 살아가는 것이 너무도 피로하니 휴식이 감미롭지 않아? 조금 빠르거나 늦는다는 차이밖에 없는데, 왜 주저하는 거지? 물질은 영속해. 그리고 사람들이 말하길 물리학자들은 가장 미세한 먼지 입자도 한없이 동요시킨다고들 하지. 결코 그것을 파괴하지는 못한 채. 물질이 우연의 특성이라면 다른 고통을 택하는 게 무슨 잘못이야? 물질의 주인이 바뀔 수는 없는데. 내가 부여받은 형체가 신에게 뭐가 중요하며, 내 고통은 무슨 표시를 지닐까? 고통은 머릿속에 살아 있어. 고통은 내 것이니, 내가 고통을 소멸시키는 거야. 그렇지만 해골은 내 것이 아니니, 내게 빌려준 존재에게 되돌려줘야지. 부디 한 시인이 그걸 잔으로 삼아 새 포도주를 마시기를! 내게 어떤 비난을 할 수 있을까? 누가 비난할 수 있을까? 어떤 결연한 심판관이 와서 내가 그것을 남용했다고 말할까? 그가 그것에 대해 뭘 알아서? 그가 내 안에 있었나? 각각의 피조물에게는 완수해야 할 과업이 있다면, 그리고 그것을 벗어나는 것이 죄악이라면, 유모의 품에서 죽어가는 어린아이들은 대체 얼마나 엄청난 죄인이란 말인가? 그들은 왜 관대하게 용서받았지? 죽음 이후의 보고서가, 교훈이 누구에게 도움이 될까? 삶을 살았다는 이유로 인간이 처벌받기 위해서는 하늘이 텅 비어 있어야 할 거야. 살아야 했다는 것으로 충분하니까. 나는 볼테르를 제외하고는 그런 요구를 한 사람을 알지 못해. 임종의 침상에서 내뱉은, 절망에 빠진 늙은 무신론자의 존경할 만한 무력한 마지막 외침 말고는. 무슨 소용인가? 왜 그렇게 많은 투쟁을 하는가? 저 위에서 지켜보며 그토록 많은 고통을 즐기는 존재는 대체 누구인가? 끊임없이 태어나고 끊임없이 죽어가는 세상의 광경에 즐거워하는 무위無爲의 존재는 대체 누구인가? 건물 짓는 것을 보면 잡초가 돋아난다. 나무 심는 것을 보면 벼락이 떨어진다. 걸어가는 것을 보면 죽음이 '이봐!' 하고 소리친다. 눈물 흘리는 것을 보면 눈물이 마른다. 사랑하는 것을 보면 얼굴에 주름이 진다. 기도하고, 꿇어 엎드리고, 간청하고, 손을 내미는 것을 보면 수확물로는 밀의 움 하나 더 돋아나지 않는다! 그가 한 일이 아무것도 아니라는 사실을 혼자서만 아는 즐거움을 누리고자 그토록 많은 일을 한 존재는 대체 누구인가? 대지는 죽어가. 허셜*은 그것이 추위 때문이라고 하지. 소금 입자를 얻기 위해 소량의 바닷물을 앞에 둔 어부처럼, 응축된 증기 한 방울을 손에 들고서 그것이 말라가는 것을 바라보는 존재는 대체 누구란 말인가? 세상을 그것의 자리에 매어놓는 인력의 이 위대한 법칙은 끝없는 욕망 속에서 세상을 마멸시키고 갉아먹어. 각각의 행성은 자신의 축에서 신음하며 제 불행을 운반해. 행성들은 하늘의 끝에서 다른 끝까지 서로를 부르고, 부동不動에 대한 불안함으로, 제일 먼저 멈춰 설 행성을 찾지. 신은 그것을 받아들여. 행성들은 무의미하고 헛된 자신들의 일을 끈기 있게 영원히 완수해. 행성들은 돌고, 고통받고, 불타오르고, 불이 꺼졌다가 빛나고, 내려갔다 올라오고, 잇따라 가다가는 서로 피하고, 고리처럼 서로 감아 안지. 그것들의 표면에는 끊임

* 뮈세와 동시대인인 영국의 유명한 천문학자(1738~1822).

없이 새로워지는 수많은 존재들이 있어. 이 존재들은 분주히 움직이고, 마찬가지로 서로 마주쳐 지나가고, 한때 서로에게 바싹 다가섰다가 쓰러져. 그리고 다른 존재들이 일어서지. 생명이 약해진 곳에는 생명이 서둘러 달려와. 대기에 빈 곳이 느껴지면 대기의 흐름이 빨라지지. 혼란은 없어, 모든 것이 규칙적이고, 표시되어 있고, 황금의 선線과 불의 우의寓意로 쓰여 있어. 모든 것이 천상의 음악 소리에 맞춰 준엄한 오솔길을 영원히 걸어가지. 이 모든 것은 아무것도 아니야! 그리고 우리, 이름 없는 가련한 꿈들, 창백하고 고통스러운 모습의 미미한 하루살이인 우리, 죽음이 존재하게 하려고 잠깐의 신의 입김으로 생명력을 부여받은 우리는 맡은 역할이 있고, 뭔지 모를 것이 우리를 보고 있다는 걸 확인하느라 피로감으로 완전히 지쳐버리지. 우리는 우리 가슴에 작은 칼을 꽂는 걸, 한 번의 어깻짓으로 머리가 떨어져나가게 하는 걸 주저해. 우리가 자살을 한다면 카오스가 되돌아올 것 같아. 우리는 신의 법칙과 인간의 법칙을 쓰고 요약했어. 그리고 우리는 교리문답을 걱정하지. 우리는 불평 없이 삼십 년을 견뎠고, 우리가 맞서 싸운다고 생각해. 결국 고통이 가장 강하고, 우리는 지성知性의 성소聖所에 한줌의 먼지를 던져. 그리고 우리 무덤에는 꽃 한 송이가 돋아나지."

이 말을 마치고서, 나는 들고 있던 단도를 브리지트의 가슴에 가져갔다. 더이상 나 자신을 지배할 수 없었다. 내 광기 속에서 무슨 일이 일어날지 알 수 없었다. 내가 시트를 걷어 가슴을 드러내자, 흰 젖가슴 사이로 흑단으로 만든 작은 십자가가 얼핏 보였다.

나는 뒷걸음쳤다. 두려움이 엄습했다. 손에서 놓쳐 흉기가 떨어졌다. 브리지트의 숙모가 임종을 맞던 침상에서 이 작은 십자가를 브리지트에게 준 것이다. 하지만 그녀가 그 십자가를 걸고 있는 것을 본 기억이 없었다. 아마 떠날 때 그녀는 여행의 위험을 막아주는 소중한 기념물로 목에 걸었을 것이다. 나는 갑자기 손을 모았고 대지를 향해 몸이 숙여지는 것을 느꼈다. "주 예수여!" 나는 몸을 떨며 말했다. "주 예수여, 당신이 거기 계셨군요!"

예수님을 믿지 않는 사람들이 이 페이지를 읽기를. 나도 믿지 않았다. 어린 시절에도, 학생 때도, 성인이 되어서도 나는 교회를 드나들지 않았다. 내게 종교가 있었다면, 내 종교는 의식도 상징도 없었다. 나는 형상도, 예배도, 계시도 없는 신을 믿었을 뿐이다. 청년기부터 지난 세기의 모든 서적에 중독된 나는 일찍부터 불경不敬이라는 무익한 젖을 빨아 마셨다. 인간의 오만함, 이 이기주의자의 신은 기도하는 내 입을 막고, 한편으로 겁먹은 내 영혼은 무無의 희망 속으로 도피했다. 브리지트의 가슴에서 예수님을 보았을 때 나는 제정신을 잃고 미친 것 같았다. 비록 나 자신은 예수님을 믿지 않았지만 그녀가 믿는 것을 알고는 뒷걸음쳤다. 그 순간 내 손을 제지한 것은 근거 없는 공포가 아니었다. 누가 나를 보고 있었나? 밤에 나는 혼자였다. 세상의 편견이 문제였나? 무엇이 검은 나무로 만든 그 작은 조각에서 내 눈을 떼지 못하게 했나? 나는 그것을 재 속에 던져버릴 수도 있었다. 그러나 내가 던진 것은 들고 있던 흉기였다. 아! 내 영혼까지 그것을 느꼈으며, 아직도 계속 느낀다! 일찍이 한 존재를 구원할 수도 있는 것을 비웃은 인간들이란 얼마나 불쌍한가! 이름, 형상, 종교가 무엇이 중요한가? 선량한 모든 것이 신성하지 않은가? 감히 어떻게 신에게 이르겠는가?

태양의 눈길 한 번에 산에서 눈이 녹아내리듯, 하늘을 찌를 듯 위협하던 빙하가 계곡의 시냇물이 되듯, 내 가슴에서 샘이 흘러나왔다. 후회는 순수한 향이다. 그것은 내 모든 고통으로부터 발산되었다. 범죄를 저지르다시피 했음에도 불구하고, 손에서 흉기를 놓자마자 나는 가슴이 순수해지는 것을 느꼈다. 한순간 내게 평온과 힘과 이성이 되돌아왔다. 나는 다시 침대로 가 연인에게 몸을 숙이고 그녀가 목에 걸고 있는 십자가에 매달린 예수상에 입을 맞췄다.

"평화롭게 잠들어요." 나는 그녀에게 말했다. "신의 보살핌이 있기를! 꿈꾸며 미소 짓는 동안, 방금 당신은 당신 삶에서 겪은 가장 큰 위험에서 벗어났어요. 하지만 당신을 위협했던 손은 아무도 해치지 않을 겁니다. 당신이 믿는 예수님께 맹세해요. 나는 당신을 죽이지도, 스스로 목숨을 끊지도 않을 거예요! 난 바보, 미치광이, 자신이 남자인 줄 알았던 어린아이예요. 신을 찬양하기를! 당신은 젊고 활기 넘쳐요. 당신은 아름답고, 날 잊게 될 거예요. 내가 행한 악에서 당신은 치유될 거예요, 당신이 용서할 수만 있다면. 아침까지 평화롭게 잠들어요, 브리지트, 그리고 그때 우리 운명을 결정해요. 당신이 어떤 결정을 하더라도 불평 없이 따르겠어요. 그리고 당신, 그녀를 구한 예수여, 용서하소서. 그리고 그녀에게는 그 이야기를 하지 말아주소서. 나는 신앙심 없는 세기에 태어났고, 속죄할 것이 많습니다. 사람들에게 잊힌 가엾은 신의 아들이여, 나는 당신을 사랑하라는 가르침을 받지 못했습니다. 한 번도 교회에서 당신을 찾은 적이 없었습니다. 하지만 하늘의 은총으로 난 아직, 당신을 발견하고도 떨지 않는 법을 배우지는 못했습니다. 죽기 전에 적어도 한 번은 당신으로 충만한 가슴에 입맞춤을 했습니다. 숨쉬는 한 그 가슴을 지켜주소서. 신성한 보호자여, 거기 계시

옵소서. 십자가에 못박힌 당신을 보면서 감히 고통으로 죽지 못한 한 불행한 자를 기억해주소서. 당신은 믿음이 없는 그를 악에서 구해주셨습니다. 만일 그가 믿었다면 당신은 그를 위로했을 겁니다. 그가 신앙심을 갖지 못하게 한 이들을 용서해주소서. 당신이 그를 회개하게 만들었으니. 신을 모독하는 사람들 모두를 용서해주소서! 아마 절망에 빠졌을 때 그들은 결코 당신을 본 적이 없을 것입니다! 인간의 기쁨은 빈정대기를 좋아합니다. 인간의 기쁨은 동정심 없이 경멸합니다. 오 예수여! 이 세상의 행복한 사람들은 결코 당신이 필요하다고 생각하지 않습니다! 그들의 오만함이 당신을 모욕할 때, 언젠가 그들의 눈물이 그들의 죄를 씻어줄 때, 용서해주소서. 자신들이 폭풍우로부터 안전하다고 생각하는 그들을 불쌍히 여겨주소서. 당신께 다가가기 위해 불행이라는 준엄한 교훈이 필요한 그들을 불쌍히 여겨주소서. 우리의 지혜와 회의적인 태도는 우리 손안에 있는 커다란 어린아이의 장난감에 불과합니다. 스스로 신앙심이 없다는 터무니없는 생각을 하는 우리를 용서해주소서, 당신은 골고다 언덕에서 미소 짓고 계셨거늘. 한 시기에 우리가 겪은 불행 중 최악은 자만심으로 당신을 잊으려 했다는 것입니다. 그렇지만 당신도 보시다시피 그것은 당신의 눈길 한 번으로 소멸될 어둠에 불과합니다. 당신 자신도 인간이 아니었나요? 당신을 신으로 만든 것은 당신의 고통입니다. 당신이 하늘로 올라가는 데 사용된 것은, 두 팔을 벌린 채 영광스러운 당신 아버지의 품으로 가도록 인도한 것은 형벌의 도구입니다. 그리고 우리, 우리를 당신에게로 인도하는 것은 고통입니다. 고통이 당신을 아버지에게로 인도한 것처럼 말입니다. 가시관을 쓴 우리는 당신의 상 앞에 와서 경의를 표할 뿐입니다.

우리는 피투성이 손으로 피로 물든 당신의 발을 만질 뿐입니다. 고통받고 박해당한 당신은 불행한 자들의 사랑을 받습니다."

첫 여명이 밝아오기 시작했다. 모든 것이 조금씩 깨어났고, 대기는 멀리서 들려오는 어렴풋한 소음으로 가득찼다. 힘없고 피로에 지친 나는 브리지트를 떠나 약간의 휴식을 취하려 했다. 나가려고 하는데 안락의자 위에 던져놓은 드레스가 나와 가까운 바닥으로 미끄러졌고, 거기서 접혀 있는 종이가 떨어졌다. 나는 종이를 집었다. 그것은 편지였고, 브리지트가 쓴 것임을 알아볼 수 있었다. 봉투는 봉인되어 있지 않았다. 나는 편지를 펼쳐 다음의 글을 읽었다.

18…년 12월 25일

당신이 이 편지를 받았을 때쯤 난 당신에게서 멀리 떨어져 있을 거예요. 그리고 당신은 아마 다시는 편지를 받지 못할 거예요. 내 운명은 내 모든 것을 바친 남자의 운명에 묶여 있어요. 그는 나 없이는 살 수 없어요. 그리고 난 그를 위해 죽을 각오로 노력할 거예요. 당신을 사랑해요. 안녕, 우리를 불쌍히 여겨주세요.

나는 편지를 읽은 후 뒤집어보았다. 주소란에는 이렇게 쓰여 있었다. "×××에 있는 앙리 스미스 씨에게, 국유치우편으로."

7

　다음날 정오, 12월의 아름다운 태양빛 아래 팔짱을 낀 한 청년과 여인이 팔레루아얄 공원을 가로질렀다. 그들은 보석 가게로 들어가 비슷한 두 개의 반지를 골랐다. 그리고 미소 지으며 반지를 교환하고는 서로의 손에 끼워주었다. 잠시 산책을 하고 난 후 그들은 프레르프로방소*의 높은 층에 있는 한 작은 방에서 점심을 먹었다. 그곳에서는 세상에 존재하는 가장 아름다운 장소 중 한 곳을 한눈에 바라볼 수 있다. 그들은 그곳에 틀어박혀 얼굴을 마주하고 있었다. 종업원이 물러가자 그들은 창턱에 팔꿈치를 괴고 가만히 손을 잡았다. 청년은 여행복 차림이었다. 그의 얼굴에 떠오른 기쁨을 보면, 젊은 신부에게 파리에서의 삶

---

* 팔레루아얄에 실제로 있었던 유명한 레스토랑.

과 기쁨을 최초로 보여주는 새신랑처럼 보일 것이다. 행복의 즐거움이 언제나 그렇듯 그의 즐거움은 부드럽고 온화한 것이었다. 경험 많은 사람이라면 그에게서 남자가 된 소년을 발견했을 것이고, 더욱 자신에 찬 남자의 시선이 심장을 강하게 만들기 시작했음을 알아차렸을 것이다. 그의 시선은 이따금 하늘을 응시하다가 연인에게 되돌아왔다. 그의 눈에서는 눈물이 빛났다. 하지만 그는 눈물이 뺨에 흐르도록 내버려둔 채 미소 지었다. 여인은 창백했고 생각에 잠긴 듯했다. 그녀는 연인만을 보고 있었다. 그녀의 표정에는 깊은 고통 같은 것이 서려 있었다. 고통은 애써 숨으려 하지 않았고, 감히 그녀가 보이는 쾌활함에 저항하지도 않았다. 상대가 미소 지을 때 그녀 역시 미소 지었지만, 혼자서 미소를 짓지는 않았다. 그가 말할 때 그녀는 대답했다. 그리고 그가 권하는 음식을 먹었다. 하지만 그녀 안에는 가끔씩만 살아나는 듯한 침묵이 있었다. 그녀의 우수와 나른함에서는 서로 사랑하는 두 사람 사이에서의 영혼의 나약함, 더 약한 편의 무기력이 분명히 간파되었다. 사랑하는 사람들 사이에서 한 사람은 다른 한 사람 안에만 존재하고 반향으로 생동할 따름이다. 청년은 그것을 오해하지 않았고, 그 점에 대해 자랑스러워하고 감사하는 것으로 보였다. 하지만 바로 그런 그의 긍지로 보아 그가 느끼는 행복이 최근에 얻은 것임을 알 수 있었다. 여인이 갑자기 슬퍼하며 바닥으로 눈길을 떨구면, 그는 그녀를 안심시키기 위해 솔직하고 단호한 태도를 보이려고 애썼다. 하지만 계속 그런 모습을 보일 수는 없었고, 그 자신도 이따금 마음이 동요되었다. 활력과 무기력, 기쁨과 슬픔, 동요와 평온의 이러한 뒤섞임은 무관심한 구경꾼에게는 이해하기 어려웠을 것이다. 그들은 지상에서 가장 행복한 사람들로도, 가장 불행한 사람들로도 보일 수 있었다. 하지만 그들의 비밀이 무엇인지는 몰라도 그들이 같이 고통받고 있다는 게 느껴졌고, 그들의 수수께끼 같은 아픔이 무엇이었든 간에 그들의 고통을 사랑보다 강한 우정으로 봉인했다는 것을 알 수 있었다. 손을 잡고 있었음에도 그들의 시선은 순결했다. 그들뿐이었음에도 작은 소리로 이야기하고 있었다. 생각에 압도되어 그러는 것처럼 서로의 이마가 맞닿아 있었지만 입술은 닿지 않았다. 그들은 마치 선량해지고 싶은 약자들처럼 부드럽고도 엄숙한 표정으로 서로를 바라보았다. 괘종시계가 한시를 울렸을 때 여인은 깊은 한숨을 내쉬고는 반쯤 몸을 돌렸다.

"옥타브," 그녀가 말했다. "만일 당신이 잘못 생각했다면!"

"아니, 그대여," 청년이 대답했다. "믿어요, 잘못 생각하지 않았어요. 아마도 당신은 오랫동안 많은 고통을 받아야 할 겁니다. 내게는 영원한 고통이 기다리고 있을 거예요. 하지만 우리 둘 다 치유될 거예요. 당신은 시간과 함께, 나는 신과 함께."

"옥타브, 옥타브," 여인이 되풀이해 말했다. "잘못 생각하지 않았다고 확신해요?"

"사랑하는 브리지트, 우리가 서로를 잊을 수 있을 거라고는 생각하지 않아요. 하지만 지금 이 순간은 아직 우리가 서로를 용서할 수 없다고 생각해요. 용서는 무슨 대가를 치르더라도 꼭 필요한 겁니다. 결코 우리가 다시 만나지 못한다 하더라도 말이죠."

"왜 우리가 다시 만나지 못해요? 왜 언젠가?…… 당신은 이렇게 젊은데!"

그녀는 미소 지으며 덧붙였다. "당신이 다시 사랑을 시작하면, 우리는 걱정 없이 다시 만날 수 있을 거예요."

"아니, 그대여, 잘 알아둬요. 사랑 없이 당신을 다시 만나는 일은 결코 없을 거예요. 내가 당신을 내주고, 당신을 맡기고 떠나는 그 사람이 당신에게 걸맞은 사람이기를! 스미스는 선량하고, 친절하고, 성실한 사람이에요. 하지만 당신이 그에게 얼마간의 사랑을 품고 있다 해도 여전히 나를 사랑하고 있다는 걸 당신 자신도 잘 알죠. 왜냐하면 만약 내가 당신과 머무르길 원하거나 당신을 데려가길 원한다면 당신은 동의할 테니까요."

"그래요." 여인이 대답했다.

"그래요? 그렇다고?" 청년은 온 마음으로 그녀를 바라보며 되풀이했다. "그렇다고요? 만일 내가 원하면 나와 함께 갈 거예요?" 그러더니 부드럽게 말을 이었다. "우리가 절대 다시 만나서는 안 되는 이유가 바로 그거예요. 살면서 겪는 어떤 사랑은 머리와 지각과 정신과 마음을 뒤흔들어요. 그 모든 사랑 중에 동요 없이 스며드는 단 하나의 사랑이 존재해요. 그런 사랑은 그 사랑이 뿌리박힌 존재와 함께 소멸할 뿐이죠."

"그래도 내게 편지는 쓸 거죠?"

"그럼요, 우선 얼마간은. 내가 겪어야 할 고통이 너무도 혹독하기에 사랑의 모든 습관적인 형식을 갖추지 않는다면 내가 죽도록 괴로울 테니까요. 조금씩 신중하게, 불안한 마음으로, 다른 사람들이 알아채지 못하도록, 나는 가까이 다가가고, 더 허물없어지고, 마침내는…… 과거는 더이상 이야기하지 마요. 편지는 조금씩 뜸해지다 언젠가는 끊길 겁니다. 나는 일 년 전부터 오른 언덕을 이렇게 내려갈 거예요. 거기에는 커다란 슬픔도 있지만 아마 약간의 매력도 있을 거예요. 묘지에서 멈춰 사랑하는 두 사람의 이름이 새겨진 갓 만들어진 푸른 무덤 앞에 서면, 쓰라림이 섞이지 않은 눈물을 흘리게 만드는, 비밀로 가득찬 고통을 느끼지요. 이런 식으로 내가 살아 있었다는 사실을 이따금 기억하고 싶은 거예요."

이 마지막 말에 여인은 소파에 몸을 던지고는 흐느껴 울었다. 청년은 눈물을 터뜨렸다. 하지만 미동도 하지 않는 것이 스스로의 고통을 깨닫고 싶지 않은 것 같았다. 눈물이 잦아들자 그는 연인에게 다가가 그녀의 손을 잡고 손에 입을 맞췄다.

"날 믿어요." 그가 말했다. "당신에게 사랑받는 것, 당신 가슴에서 차지하는 자리의 이름이 무엇이든, 그것은 힘과 용기를 줘요. 결코 그 점은 의심하지 마요, 나의 브리지트, 나보다 당신을 더 잘 이해하는 사람은 없을 겁니다. 다른 사람이 당신에게 더 합당한 사랑을 줄 테지만 아무도 당신을 더 깊이 사랑하지는 않을 거예요. 다른 사람이 내가 상처 입힌 당신의 품성을 소중히 하고, 그의 사랑으로 당신을 에워쌀 거예요. 당신은 더 훌륭한 연인을 갖게 될 테지만 더 훌륭한 친구를 갖지는 못할 겁니다. 내게 손을 내밀고, 세상 사람들이 이해하지 못하는 '우리 친구로 남아요, 그리고 영원히 안녕', 이 숭고한 말을 비웃도록 내버려둬요. 우리가 처음 서로를 품에 안았을 때, 오래전부터 벌써 우리 안의 무엇인가는 우리가 맺어지리라는 것을 알고 있었어요. 신 앞에서 결합한 우리 영혼이 지상에서 우리가 서로 헤어진다는 사실을 알지 못하기를. 한 시간의 불행한 다툼이 우리의 영원한 행복을 사라지게 하지 않기를!"

그는 여인의 손을 잡았다. 아직 눈물에 젖은 채로 그녀가 일어섰다. 그러고는 야릇한 미소를 지으며 거울 앞으로 나아갔다. 그녀는 가위를 꺼내 땋아 늘인 자신의 긴 머리채를 잘랐다. 그리고 잠시 그렇게 흉해져버린, 가장 아름다운 몸치장 중 일부를 잃은 자신을 바라보다가 그것을 연인에게 주었다.

다시 괘종시계가 울렸다. 내려갈 시간이었다. 회랑 밑을 다시 지날 때, 그들은 그곳에 도착했을 때만큼 즐거워 보였다.

"아름다운 태양이로군." 청년이 말했다.

"아름다운 날이에요." 브리지트가 말했다. "거기서 아무것도 지워지지 않기를!"

그녀는 자신의 가슴을 힘껏 쳤다. 그들은 걸음을 재촉해 군중 속으로 사라졌다. 한 시간 후 역마차 한 대가 퐁텐블로 성의 울타리 뒤편의 작은 언덕을 지났다. 청년은 거기 혼자 있었다. 그는 마지막으로 멀리 고향을 바라보았고, 자신의 잘못으로 고통받은 세 사람 중 한 명만 불행한 자가 되도록 허락한 신께 감사했다.

『세기아의 고백』, 낭만주의가 꿈꾸었던
격정적 사랑의 신화

뮈세의 삶과 『세기아의 고백』

알프레드 드 뮈세는 빅토르 위고, 알퐁스 드 라마르틴, 알프레드 드 비니와 함께 프랑스 낭만주의 4대 시인의 한 사람으로, 「밤의 시편들」을 비롯한 주옥같은 시를 남긴 시인으로 잘 알려져 있다. 하지만 그는 시인인 동시에 모든 장르에 걸쳐 두각을 나타낸 작가이기도 하다. 희곡 「로렌차초」는 1896년 12월 3일 르네상스 극장에서 초연된 후 프랑스 낭만주의 희곡의 최고봉으로서 지금까지도 코메디프랑세즈 극장에서 꾸준히 공연되고 있다. 뿐만 아니라 「마리안의 변덕」 「사랑으로 농담 마오」 「판타지오」 등의 작품은 뮈세의 이름을 걸출한 극작가의 반열에 올려놓았다. 그런데 시인, 극작가뿐만 아니라 소설가로서의 그의 역량까지 드러내준 작품이 있다. 바로 『세기아의 고백』이다.

　뮈세는 일생 동안 세 편의 소설 집필을 시도한다. 1828년 그는 토머스 드퀸시의 『어느 영국인 아편 중독자의 고백』을 번역한 『영국인 아편 중독자』로 처음 소설과 인연을 맺게 된다. 이 소설은 드퀸시의 소설에 새로운 일화를 보태고 이야기를 변형하는 등 뮈세 자신이 자유롭게 고쳐 쓴 것이지만, '번역'이라는 커다란 틀 안에서 이루어진 작업이었다. 1833년에 처음으로 「서간소설」을 시도했다가 완성하지 못하고, 두 번째로 시도한 작품이 바로 『세기아의 고백』이다. 마지막으로 시도한 작품은 1839년에 시작했으나 역시 미완으로 그친 「타락한 시인」이다. 따라서 『세기아의 고백』은 뮈세가 남긴 소설들 중 유일하게 완성된 작품이다.

　뮈세는 프랑스 낭만주의의 조숙한 천재였다. 그는 후대의 랭보나 베를렌처럼 19세기 시인을 한마디로 특징짓는 '타고난 시인', 즉 천재의 신화를 실현한 최초의 인물이다. 뮈세가 샤를 노디에의 살롱에 출입하고 이어 빅토르 위고의 '세나클'에 참여한 것은 그의 나이 18세 때의 일이다. 뮈세는 1830년 「달에게 보내는 발라드」 등이 수록된 『스페인과 이탈리아 이야기』로 화려하게 데뷔하는데, 이 시집으로 그는 일약 문단의 총아가 된다. 이어 1832년에 발표한 시집 『안락의자에서 보는 연극』에는 「잔과 입술」 「소녀들은 무엇을 꿈꾸는가」 「나무나」 등이 수록되어 있다. 낭만주의라는 새로운 유파의 이념에 매혹된 젊은 뮈세는 이 두 시집에서 이국정서와 운율, 어휘, 리듬을 대담하게 사용해 새로움을 표현한다.

　1833년경부터 낭만주의 기교에 환멸을 느끼고, 사회적이고 정치

참여적인 시를 비난했던 뮈세는 점차 위고의 세나클과 거리를 둔다. 그러던 1833년 6월, 막연했던 낭만적 사랑의 이상을 구체화할 수 있는 기회가 다가온다. 조르주 상드와의 만남이 그것인데, 그녀와 나눈 사랑은 낭만주의가 꿈꾸었던 사랑을 온몸으로 체현하는 것이었다. 1835년부터 1841년 사이에 뮈세가 쓴 시, 소설, 희곡 작품들의 유일한 주제는 뮈세와 "형제처럼 닮은"* 한 젊은이의 배신당한 사랑이라 할 수 있는데, 사랑은 뮈세 작품의 매우 중요한 주제일 뿐만 아니라 거의 유일한 주제이기도 하다. 그리고 그 근원에는 뮈세가 작가가 되기로 결심한 이후 그토록 기다려왔던, 조르주 상드와의 사랑이라는 존재를 뒤흔든 '감동'의 흔적이 존재한다. 정열과 배신, 광기와 불행으로 요약되는 이 사랑은 뮈세의 삶과 작품에 확실한 흔적을 남기게 되는데 이후 재기발랄했던 뮈세의 문학세계는 진지해지고, 삶의 가장 열정적인 순간에 포착된 심장의 울림이라 할 수 있는 이 시기의 작품에서는 그의 모든 문학적 성찰과 명상이 펼쳐진다. 이처럼 뮈세의 삶에 결정적 영향을 미쳤던 1833년부터 1835년에 걸친 현실에서의 '문학적인 삶'은 여러 작품에 녹아들어 있다. 1836년 2월 『세기아의 고백』이 출간되었을 때는 이미 뮈세의 걸작 대부분이 세상에 나온 후였다. 유명한 '베네치아의 연인들'의 첫번째 버전이라 할 수 있는 이 작품은 뮈세가 유일하게 완성한 소설이자 그의 삶과 작품세계를 결산하는 마지막 걸작으로 평가된다. 이 작품과 함께 뮈세는 문학 인생의 황금기에 마침표를 찍는다. 따라서 이 작품은 뮈세의 작품세계를 포괄하는 정점에 위치한다

---

* 「12월의 밤」에 나오는 구절이다.

고 해도 과언이 아니다.

그러나 『세기아의 고백』이 여성 문인 조르주 상드와의 사랑 이야기를 담은 뮈세의 자전적 소설인 까닭에 이 작품은 프랑스에서조차 '베네치아의 연인들'에 대한 전기적 사실의 진위를 가리는 데 필요한 '참고문헌'으로서의 중요성만 강조되었을 뿐, 1990년대에 이르러 소설가로서의 뮈세가 재조명받기까지 그 문학적 중요성이 간과되어온 것이 사실이다. 이는 프랑스 낭만주의 4대 시인의 한 사람으로서의 뮈세, 낭만주의 희곡에서 첫손에 꼽히는 「로렌차초」를 쓴 극작가 뮈세의 이면에 존재하는 소설가 뮈세에 대한 이해의 부족에서 일부분 기인한다고 할 수 있다. 그러나 분명 『세기아의 고백』은 뮈세의 삶과 작품의 총결산이라고 할 수 있다. 저명한 평론가 방 티겜Van Tieghem이 통찰력 있게 평가한 것처럼 "정열적이지만 낙심한 한 심장의 영원한 고뇌에 관한 가장 매혹적이고 가장 정확한 묘사의 하나"인 『세기아의 고백』은 "그의 작품의 핵심이다. 이전의 작품들은 모두 이 작품에 도달하며, 이 작품에서 우리는 앞으로 쓰일 작품들의 근원을 발견"하게 되기 때문이다.

상드와 헤어진 직후인 1835년 3월에는 뮈세가 대모라 불렀던 조베르 부인과의 짧은 관계가 이어지고, 이들 사이에는 "이름 붙일 수 없는 감정"이 자리잡게 된다. 1837년 3월부터는 조베르 부인의 조카인 에메 달통과의 편지 교류가 시작된다. 뮈세의 작품세계에 명백히 드러나지는 않지만 그의 삶에 커다란 영향을 미친 또 한 명의 여인이 등장한 것이다. 1838년 3월경 뮈세는 에메 달통의 거듭된 청혼을 거절하는데, 훗날 뮈세는 에메 달통을 자신에게 행복한 사랑과 삶을 가져다줄 수 있었던 가장 이상적인 여인으로 언급했다. 그의 청혼 거절을 두고 비평가들은 그가 평온하고 안락한 일상적 삶에 일종의 불편함을 느낀 것으로 평가하기도 한다. 이후 이들의 사랑은 서서히 시들고, 뮈세의 문학적 전성기도 막을 내린다. 이후 뮈세가 남긴 것은 재기가 반짝이는 몇몇 소품뿐이다.

1844년경부터 뮈세는 건강에 문제를 보인다. 이후 마지막 순간까지 뮈세의 병세는 느리지만 계속해서 악화된다. 1847년 11월 알랑데프레오 부인이 코메디프랑세즈 극장 무대에 올린 「변덕」이 대성공을 거둔다. 1830년 이래로 외면당해온 뮈세의 희곡은 이때부터 계속 무대에 오르게 되고 오늘날까지 프랑스 연극의 중심 레퍼토리 중 하나로 자리잡게 된다. 1852년 2월 뮈세는 꿈에 그리던 아카데미프랑세즈 회원이 된다. 삶에서 그가 누린 마지막 영광의 순간이었다. 1857년 5월 2일 뮈세는 죽음을 맞는데, 5월 4일 파리의 페르라셰즈 묘지에서 치러진 장례식에는 삼십여 명의 지인만이 참석해 그가 마지막으로 떠나가는 길을 지켰다고 한다. 1861년 3월 에메 달통은 뮈세의 형이자 그의 열렬한 지지자였던 폴 드 뮈세와 결혼한다.

베네치아의 연인들

뮈세는 청년 시절의 사진이나 그림이 보여주는 것처럼 하나로 묶은 금발머리가 목에서 찰랑거리는 유약하고 여성적인 이미지로, 세련되고 우아한 차림의 댄디의 모습으로 우리에게 기억된다. 또한 그는 낭만주의가 꿈꾸었던 격정적 사랑을 온몸으로 체현한 '세기아世紀兒, enfant du siècle'이기도 하다. 여섯 살 연상의 '여걸' 문인 조르주 상드와 나누었던 사랑은 '베네치아의 연인들'에 관한 수많은 해석과 추측과 비평과 작품을 낳게 하는데, 19세기를 통틀어 그토록 숱하게 인구에 회자되고 문단의 관심과 논란의 대상이 된 사랑 이야기는 전무후무하다. 그 결과, 뮈세는 여러 뛰어난 작품을 썼음에도 불구하고 격정적 삶으로 먼저 우리에게 기억되는 것이 사실이다.

1833년 여름, 뮈세는 『양세계 평론』지의 주간이었던 프랑수아 뷜로즈가 베푼 만찬에서 조르주 상드와 처음 만난다. 이 만남은 뮈세가 기다리던 낭만적 사랑의 이상을 실현할 최적의 기회가 된다. 만난 지 채 한 달도 지나지 않아 두 사람은 연인이 되고, 같은 해 12월 뮈세와 상드는 자신들을 끊임없이 매혹하던 이탈리아로 떠난다. 당시 저명했던 두 프랑스 작가의 떠들썩한 사랑담은 세간의 관심과 이목을 끌기에 충분했다. 모든 면에서 너무도 판이했던 두 사람은 세상 사람들 눈에 잘 어울리는 한 쌍은 아니었다. 하지만 둘은 지인들의 우려와 뮈세 어머니의 격한 반대에도 불구하고 만난 지 얼마 되지 않아 베네치아로의 여행을 감행한다. 하지만 그들의 간절한 바람과 달리 두 연인은 19세기를 뜨겁게 달군 이 말썽 많은 이탈리아 여행 동안 대부분의 시간을 병마에 시달린다. 1834년 1월 베네치아에 도착한 상드는 긴 여행에 지쳐 두 주 동안이나 몸져눕게 된다. 상드는 베네치아의 젊은 의사 파젤로의 간호를 받고, 그동안 철없는 연인 뮈세는 상드를 병석에 홀로 남겨둔 채 베네치아의 볼거리를 찾아다닌다. 하지만 1월 말, 이번에는 여독과 베네치아에서의 피로가 누적된 뮈세가 병이 나고, 상드는 파젤로와 함께 뮈세를 돌본다. 뮈세가 어렵사리 기력을 되찾은 것은 2월 중순이 되어서였고, 그가 여전히 병석에 누워 있던 2월 말 상드는 파젤로의 연인이 된다. 그럼에도 불구하고 상드는 "어머니와 같은 사랑으로" 뮈세를 극진히 간호한다. 4월에 뮈세는 상드를 베네치아에 남겨둔 채 홀로 파리로 돌아온다. 여기까지가 『세기아의 고백』에서 그려지는 내용이며, 그들 사랑의 1막이었다.

뮈세와 상드의 사랑 이야기의 2막이 펼쳐진 것은 파리에서였다. 1834년 8월 상드는 파젤로와 함께 파리에 도착한다. 그러나 섬세한 감수성을 가진 파리의 문인들 틈에서 이탈리아 의사의 매력은 빛을 잃는다. 상드가 파리로 되돌아온 직후부터 뮈세와 상드의 관계는 다시 시작되고, 파젤로는 상드에게 홀대를 받는다. 여름 내내 파리에 홀로 남겨졌던 파젤로는 10월, 베네치아로 되돌아가기 전에 뮈세의 절친한 친구인 타테의 방문을 받고 감격해 눈물로 자신의 처지를 한탄하고, 그자신과 상드의 관계는 뮈세가 파리로 떠난 뒤부터가 아니라 뮈세가 병석에 누워 있을 때부터 이미 시작되었다고 고백한다. 이후 뮈세와 상드는 몇 번의 만남과 이별을 반복한다. 두 연인에게 그해 겨울은 베네치아에서보다 더 격정적이고 더 비극적이었다. 상드의 '비밀'은 타테를 통해 뮈세에게 전해지고, 상드는 머리카락을 잘라 연인에게 보내 눈물로 사랑을 호소한다. 1835년 1월 상드는 타테에게 "알프레드가 다시 나의 연인이 되었어요!"라고 알리는 의기양양한 편지를 보낸다. 결국 두 사람 관계의 마지막 결단을 내리는 것은 상드인데, 3월 뮈세는 상드의 두 아이가 보는 앞에서 상드에게 칼을 겨누고, 이후 상드는 고향인 노앙으로 떠난다. 그것이 그들 사랑의 마지막이었다.

조르주 상드와의 유명한 연애 사건이 있고 얼마 지나지 않아 발표된 일인칭 소설 『세기아의 고백』은 자연스럽게 그녀와의 사랑의 추억담으로 받아들여졌다. 사실 등장인물들의 이름과 몇몇 상황만 바뀌었을 뿐인 이 소설은 뮈세 자신이 경험한 사랑 이야기가 기둥 줄거리가 된 것으로 보는 것이 일반적이다. 이는 뮈세가 상드에게 보낸 편지에서 여러 차례 공언한 것이기도 하다. 1834년 8월 18일에 프랑수아 뷜로즈에게 보낸 편지에서 뮈세는 소설이 곧 완성될 것임을 알린다. 하지만 소설은 그가 생각한 것처럼 빠른 속도로 진전되지는 않았다. 『세기아의 고백』이 실제로 출판된 것은 그가 소설을 쓰겠다는 의도를 최초로 표명한 지 이 년이 지난 후인 1836년이었다. 그동안 뮈세는 두 편의 희곡과 다섯 편의 시를 발표했다.

뮈세가 베네치아에서 돌아온 직후 '자신의 이야기'를 바탕으로 구상한 소설은 우여곡절 끝에 완성되어 발표되었다. 뮈세의 생각과 달리 그들의 이야기는 이미 끝난 것이 아니라 여전히 진행중이었기 때문이다. 그 당시 그가 겪은 감정적 혼란이 소설의 완성을 늦춘 것으로 보인다. 특히 타테에 의해 베네치아에서의 '진실'이 밝혀진 후 1834년 여름부터 1835년 초에 이르는 기간 동안 뮈세와 상드는 몇 번의 이별과 재결합을 반복하게 된다. 그러나 뮈세는 '베네치아의 연인들'의 2막이라 할 수 있는 '파리에서의 이야기'는 소설에서는 다루지 않고, 처음 계획했던 대로 여주인공을 이상화하는 것으로 소설을 마무리한다. 헤어진 연인이 자신을 어떻게 묘사했을까 걱정하던 상드도 소설을 읽고는 안심한 것으로 전해진다.

'베네치아의 연인들'의 두번째 버전은 오랜 시간이 흐른 후 상드에 의해 발표되었다. 상드는 뮈세가 죽은 지 일 년 후인 1858년 『그녀와 그』를 발표한다. 이 자전적 소설에서 상드는 베네치아에서의 남자 주인공의 비정상적인 정신 상태를 강조하고, 그로 인해 고통받는 순결한 여주인공을 묘사한다. 뮈세나 상드의 생전이나 사후, 두 작가의 지인들과 지지자들 사이에서 격렬하게 벌어졌던 '베네치아의 연인들'에 관한 논쟁의 쟁점은 상드와 파젤로가 언제 연인이 되었느냐 하는 점이다. 병석에 누워 있는 연인의 바로 옆방에서 다른 남자를 받아들였다는 것은 한 여인에 관한 세간의 평판을 치명적으로 만들 수 있는 사건이었기 때문이다. 상드는 이 사실을 숨기기 위해 평생 필사적인 노력을 기울인다. 『그녀와 그』에서 젊은 시절의 뮈세를 연상시키는 주인공 로랑은 병석에 있는 동안 계속 순결한 연인 테레즈를 의심하고, 이러한 의심은 정신병에 기인한 근거 없는 것으로 결론이 난다. 상드에 따르면 뮈세는 자신을 끝까지 돌봐준 헌신적인 연인을 모함한 파렴치한이 되는 셈인데, 반면 뮈세 자신, 폴 드 뮈세, 루이즈 콜레 등은 이 사실을 부인한다. 그 결과, 거의 한 세기에 걸쳐 뮈세와 상드의 지지자들 간에 논쟁이 이어진다. 앞서 언급한 것처럼 오늘날 밝혀진 여러 자료에 따르면, 1834년 2월 말 뮈세가 여전히 병석에 누워 있는 상태에서 상드와 파젤로는 연인이 된다. 뮈세의 의심은 근거 없는 것이 아니었던 셈이다.

상드의 소설은 뮈세의 형이자 작가이기도 한 폴 드 뮈세를 격분시켰고, 1859년 4월 폴은 『그와 그녀』라는 제목으로 이 '이야기'의 세번째 버전을 발표한다. 이 소설에서 공격받는 것은 물론 '부정한' 여주인공이다. 마지막을 장식하는 것은 루이즈 콜레인데 플로베르의 오랜 연인이자 뮈세의 말년의 연인이었으며 작가이기도 했던 그녀는 1859년 9월 『그』라는 제목으로 뮈세와 상드의 사랑 이야기에 대한 네번째 버전 격인 소설을 발표하고 상드를 비난한다. 이로써 뮈세와 상드의 사랑 이야기를 큰 줄거리로 다룬 네 편의 소설이 출간되는데, 그것이 다는 아니어서 '베네치아의 연인들'의 진실을 밝히려는 여러 시도는 19세기 프랑스 문단을 뜨겁게 달구게 된다.

'문학'을 살다—현실과 허구 사이의 긴장

뮈세는 낭만주의가 지배적이었던 시기에 문단 활동을 했던 작가다. 뮈세의 동시대인들에게 뮈세와 상드의 관계는 사랑의 낭만주의적 이상을 실현하는 것으로 비쳤다. 그들 사랑의 열정은 극단으로까지 치닫는 것이었고, 이러한 열정은 유일한 존재 이유를 사랑에서 찾던 낭만주의자들이 생각했던 격렬한 사랑을 그대로 증언하는 것이었기 때문이다. 앙토냉 아당Antonin Adam의 평을 인용하자면, 『세기아의 고백』 주인공들의 "사랑이 그들의 시대를 특징짓는 것으로 간주될 수 있다면, 그들의 시대를 실현한 것으로 간주될 수 있다면, 낭만주의자들이 품고 있던 사랑에 대한 이론을 최고로 실현한 것으로 간주될 수 있다면, 그것은 그들이 무분별하게도 둘이 아니라 셋이서 고전적인 분별력이 닿지 않는 관계를 맺고자 했기 때문이다".

뮈세와 같은 낭만주의자들에게 여인을 향한 사랑은 존재의 불안을 막아줄 유일한 수단이었고, 숨막힐 것 같은 가혹한 세상에서 구원에 이르는 유일한 길이었다. 그들은 필사적으로 사랑에 몸을 던졌다. 그들에게 사랑은 개인적인 사건이 아니라 세상의 원칙이었다. 사랑은 이상과 무한을 지니고 있기에 종교와도 같이 여겨졌다. 설사 사랑이 종교의 역할을 하지는 못한다 해도 적어도 그들에게 사랑은 종교에 견줄 만한 위용을 지닌 것이었다. 낭만주의자들은 사랑의 열정을 지고의 가치로 삼았고, 개인이 느끼는 사랑의 감정을 특별한 것으로 간주했다. 사랑에 대한 낭만주의자들의 이러한 이상은 뮈세에게도 낯선 것이 아니었다. 그는 사랑을 노래하는 것을 시인의 가장 중요한 임무라고 생각했다. 「8월의 밤」의 다음과 같은 시구는 사랑을 지고한 가치로 삼았던 사랑의 시인으로서의 뮈세를 잘 보여준다.

오 뮤즈여! 죽음이건 삶이건 내게 무엇이 중요한가?
나는 사랑하고, 창백해지고 싶소. 사랑하고, 고통받기를 원하오.
나는 사랑하고, 한 번의 입맞춤에 내 재능을 내어준다오.
나는 사랑하고, 내 야윈 뺨 위로
마르지 않는 샘이 흐르기를 원한다오.

나는 사랑하고, 기쁨과 나태와
터무니없는 경험과 한때의 근심을 노래하기를 원한다오.
그리고 나는 연인 없이 살기로 굳게 결심한 후에,
사랑에 죽고 사랑에 살고자 맹세했노라고
끊임없이 이야기하고 되풀이해 말하기를 원한다오.

모든 이들 앞에서 당신을 괴롭히는 오만을,

쓰라림으로 가득하고, 닫혀 있다고 스스로 생각하는 심장을 벗어버리시오.

사랑하시오, 당신은 다시 태어나리니, 꽃을 피우기 위해 꽃이 되시오.

고통을 당한 후에, 더 고통받고,

사랑한 후에 끊임없이 사랑해야 한다오.

뮈세는 자신의 개인적 경험을 문학으로 옮겨놓았을 뿐 아니라 삶을 문학과도 같이 살아낸 작가이기도 하다. 조르주 상드와의 사랑과 배신의 현장인 유명한 '베네치아의 모험'에서도 문학이 상당한 역할을 한 것은 널리 알려진 사실이기도 하다. 1834년 4월 상드에게 보낸 편지에서 뮈세는 소설을 쓰기 위해서는 사랑의 상처에서 피가 흘러야 한다고 이야기한다. "나는 이 소설을 써야만 해요… 조르주, 당신도 알다시피, 혈관이 열리고 피가 흘러야 해요. 당신을 사랑함에 있어 나는 너무도 서툴렀어요! 내 심장에 품은 것을 당신께 이야기해야 해요."

사실 상드와의 관계는 뮈세에게, 그 자신이 17세 때부터 품어왔던 사랑에 대한 관념을 실행에 옮길 최적의 기회였다. 정열과 광기와 배신과 불행으로 요약될 수 있는 이 사랑은 뮈세가 오랜 세월 기다려왔던 것이었기 때문이다. 1827년 그의 나이 17세에 친구 폴 푸셰에게 보낸 편지에서 뮈세는 시를 쓰는 데 있어서의 "감동의 필요성"을 역설하면서 자신에게 "시는 사랑과는 자매" 간이며, "하나가 다른 하나를 낳게 하고 그 둘은 항상 같이 온다"고 말한다. "셰익스피어나 실러" 같은 위대한 시인이 되고자 하는 야망을 품은 문학청년 뮈세는 "강한 정열을 가진 한 인간에게 닥쳐올 수 있는 가장 커다란 불행"을 기다렸다. 말하자면 시인이 사랑에 대해 품고 있었던 관념이 선행되는 것이지 현실에서의 사랑과 그 실패가 이러한 생각을 잉태한 것은 아니었던 셈이다. 어떻게 보면 걸작을 잉태하기 위해 뮈세에게는 사랑, 여인의 거짓, 불행, 절망이 필요했다. 이처럼 뮈세는 문학을 삶보다 우선시했고, 문학을 위해 삶을 희생할 준비가 되어 있었다. 뮈세 자신도 자신의 사랑 이야기의 '소설적인' 성격을 의식하고 있었다. 뮈세는 소설의 여주인공 브리지트로 하여금 다음과 같이 말하게 한다.

이 모든 것, 당신도 알다시피 이건 우리가 하는 도박이에요. 하지만 우리 심장과 우리 삶이 걸린 도박이고, 이건 끔찍한 일이에요!

문학과 삶을 명확하게 구분짓지 못하고, 자신들의 사랑을 이상화하고자 하는 욕망을 품은 것은 사실 뮈세뿐만 아니라 상드 역시 마찬가지였다. 저명한 평론가인 방 티겜은 이렇게 언급한다. "그들 둘은 모두 문학이라는 인공의 세계에서 살았고 이야기할 멋진 모험, 창조해내야 할 멋진 장면, 웅대한 소설적 에피소드를 삶과 삶의 가능성과 잘 구분하지 못했다."

뮈세는 여인에게 배신당하기를 원했고, 배신의 고통으로 작품을 잉태하고자 했다. 이는 그의 유명한 고통주의dolorisme 시론과도 연결되는데, 이 시론에 따르면 시인의 '심장'의 표현인 시는 시인이 강렬한 감동을 느낄 때 가장 강한 설득력을 가진다. 그런데 뮈세는 '심장의 고동'을 사랑의 고통 속에서 느낀다. 고통, 특히 사랑의 고통에 직면하고야 뮈세는 진정으로 살아 있음을 느끼게 되는데, 걸작은 이러한 진실하고 강력한 감동을 통해 탄생한다. 「조르주 상드에게」에서 뮈세는 사랑의 고통을 예찬한다.

내 심장에 손을 대어보시오. 그 상처는 깊다오.
상처를 벌리시오, 아름다운 천사여, 그것이 부서져버리도록!

시인은 새끼들에게 먹일 식량으로 자신의 몸을 바치고는 "쾌감과 다정함과 공포에 도취되어" 죽어가는 「5월의 밤」의 유명한 펠리컨과도 같다.

뮈세에게 사랑은 실패한 사랑이며, 사랑하는 존재와의 관계는 언제나 고통의 근원이 된다. 고통을 겪지 않는 사랑은 뮈세에게는 의미가 없다. '가벼운' 사랑은 시인의 영감을 고갈시킬 뿐이다. 이처럼 뮈세는 한마디로 사랑의 시인이며, 배신당한 슬픈 사랑의 시인이다. 여인의 배신은 그의 삶과 작품을 결정짓는데, 폴 베니슈Paul Bénichou는 위대한 프랑스 낭만주의 시인들 중 "뮈세를 제외하고는 불행한 사랑은 없다"고 단언한다. 그의 선배 시인들은 '행복한 사랑'을 노래했다. 연인에게 사랑받았음을 확신하는 라마르틴에게 엘비르의 죽음은 불행이 아니었다. 그는 하늘에서까지 그들의 사랑이 계속되리라는 것을 믿어 의심치 않는다. 비니는 적어도 작품 속에서는 영감을 주는 여인과 창조하는 시인이라는 남녀의 조화로운 정신적 합일을 묘사한다. 작품 속에서 비니는 에바와 하나가 된다. 위고의 경우, 청년기에 시작된 사랑의 편지들은 그 대상이 바뀜에도 상관없이 동일한 어조로 지속된다. 사랑에 관한 낭만주의의 신화가 펼쳐지는 것은 뮈세에게서다. 뮈세는 스스로 거부하면서도 삶과 작품에서 낭만주의의 이념을 온몸으로 구현했던 작가이며, 1830년 7월혁명 이후의 젊은이들을 상징하는 반항과 절망과 이상과 정열의 영원한 '세기아'로 우리에게 남아 있다.

상드와 브리지트—사랑의 이상화와 낭만적 사랑의 신화

'베네치아의 연인들'에 관한 '진실'이 무엇인가보다 중요한 것은 물론 문학적 상상력에 의해 변형된 사랑의 기억이 뮈세의 작품세계에서 어떻게 형상화되었는가 하는 점일 것이다. 1834년 8월 상드에게 보낸 편지에서 뮈세는 그들의 사랑 이야기를 쓰려는 결심을 표명한다. "세상이 내 이야기를 알게 될 거요. 내 이야기를 쓸 작정이니까. 아마도 그건 아무에게도 쓸모가 없을 거요. 그렇지만 나와 같은 길을 따르는 사람들은 그 길이 어디로 이르는지 알게 될 테지요. 심연의 가장자리를 걷는 사람들은 아마 내가 떨어지는 소리에 창백해질 거요." 이 문장은 다음과 같이 시작하는 『세기아의 고백』의 첫머리를 환기시킨다.

젊음이 꽃필 무렵 고약한 마음의 병에 걸렸던 나는 그 삼 년 동안 내게 일어난 일을 이야기하고자 한다. 상처 입은 것이 나 혼자뿐이라면 굳이 이야기하지 않을 것이다. 하지만 같은 병으로 고통받는 사람들이 많으니, 그들을 위해 쓰련다.

뮈세는 편지와 소설에서 동시에 자신의 이야기를 씀으로써 목적과 이상을 잃은 젊은이들에게 길을 제시하고자 하는 야심을 밝힌다. 이러한 문학적 야심에서 쓰인 『세기아의 고백』은 특히 여주인공을 이상화하게 된다. 소설의 여주인공은 더할 나위 없이 순수하고 순결한 여인 브리지트다. 브리지트는 덕망 있고 순결한 처녀에게 주는 장미관을 받은 바 있는 여인으로, 숙모와 함께 카드놀이를 하거나 불쌍한 사람들에게 자선을 베풀면서 시골에서 소박하고 경건한 삶을 살아간다. 브리지트를 묘사하는 소박한 차림새, 순결함을 상징하는 베일, 매력적인 몸매와 걸음걸이, 흰 새끼 염소와 초원은 그간 옥타브가 보냈던 파리에서의 방탕한 삶과 극명하게 대비된다. 이런 순결한 여인과의 사랑은 옥타브의 삶을 평온함으로 충만하게 하고 행복으로 가득 채운다. 그러나 이미 파리에서 보낸 탕아로서의 삶은 옥타브의 뇌리에 '의심'이라는 치명적인 병을 각인해놓는다. 옥타브는 뮈세나 동시대의 젊은이들처럼 의심에 사로잡혀 있다. 첫 연인의 배신 이후로 그는 모든 것을 의심하게 된다. 첫 연인의 배신은 그때까지 세상의 그 어떤 악도 접해보지 못했던 열아홉 살의 옥타브에게는 치명적인 것이었다.

한마디로 옥타브의 세기병은 믿고 사랑했던 여인의 거짓과 배신에 뿌리를 두고 있었다. 부정의 상대는 옥타브와 어린 시절부터 우정을 나누어온 절친한 친구였다. 사랑하는 연인의 배신에 옥타브는 온 세상이 무너지는 것 같은 충격에 휩싸인다. 친구와의 결투에서 부상을 입은 옥타브는 며칠 동안 고열에 시달리며 앓게 된다. 하지만 병석에서 일어난 옥타브가 마주한 것은 여인의 더욱 엄청난 이중성과 배신이었다.

첫사랑 연인의 집으로 찾아간 옥타브에게 연인은 눈물로 용서를 구하지만 잠시 후 되돌아간 옥타브를 기다리는 것은 불과 십오 분 전, 바로 그 자리에서 자신 앞에 몸을 던지며 잘못을 뉘우치는 듯 보였던 여인이 다른 연인을 기다리며 화려하게 몸단장을 하는 모습이었다. 이 여인은 동시에 두 명이 아니라 세 명의 연인이 있었던 것으로 밝혀지며, 옥타브를 경악하게 하는 파렴치함을 보인다. 이후 파리의 사교계에서 만난 많은 여성들은 여인에 관한 옥타브의 굳어진 인식을 강화하게 된다. 그 결과, 한없이 순결하게만 보였던 브리지트가 언뜻 흘린 작은 거짓은 두 사람의 행복 전체를 위협할 만큼의 가공할 위력을 갖게 된다. 첫사랑 연인처럼 브리지트도 거짓을 말할 수 있는 것이다! 여인의 거짓과 배신, 그로 인한 의심이라는 병은 브리지트와의 행복을 위협하는 가장 큰 요인이 된다. 의심은 브리지트의 농담 같은 작은 거짓말로부터 시작된다. 어느 저녁 브리지트는 옥타브의 반응을 보려고 피아노로 스트라델라의 곡을 연주해주고는 기실 그 곡이 자신이 작곡한 곡이라고 밝힌다. 이에 대한 옥타브의 반응은 격렬하기 그지없으며 이후 브리지트를 향한 의심은 꼬리에 꼬리를 물고 이어진다. 옥타브는 그녀의 과거와 현재까지도 의심하기 시작한다. 아주 사소한 거짓말로 인해 그들의 사랑을 파국으로 치닫게 하는 옥타브의 집착과 질투가 시작되는 것이다.

브리지트의 과거를 의심하는 데서 더 나아가 옥타브의 의심은 친척들의 편지를 가져오곤 하는 그녀의 고향 친구 스미스와의 관계와 결부되어 절정에 이른다. 그 둘이 부정을 저질렀다는 명백한 증거가 없음에도 불구하고 옥타브는 브리지트와 스미스 사이를 점점 더 의심한다.

소설에서 브리지트가 순결하고 희생적인 여인으로 묘사되는 것만큼이나 스미스는 더할 나위 없이 성실한 사람이다. 작품에서는 뮈세와 상드의 베네치아 여행에서 논란이 되었던 '하나의 찻잔' 일화와 유사한 에피소드가 전개된다. 브리지트와 스미스가 밤늦게까지 함께 머물렀던 방에 아침에 들어간 옥타브는 탁자 위에 찻잔이 하나밖에 놓여 있지 않은 것을 우연히 발견하고 그들 사이를 의심한다. 뮈세가 병석에 누워 있는 동안 상드와 파젤로가 연인이 되었음이 밝혀지면서, 사실일 가능성이 높은 이 일화는 소설에서는 순결한 여인 브리지트에게 상처를 입히지 않는 방향으로 정리된다. 그 사건 이후로 소설은 그들 사이를 의심하며 몸과 마음이 점점 피폐해지는 옥타브에게 초점을 맞추기 때문이다. 그럼에도 불구하고 브리지트는 옥타브와 함께 파리를 떠나 제네바로 가기로 한 둘의 약속을 미루며 출발을 계속 지연시킨다. 결국 그녀의 비밀은 그녀가 사랑하는 것은 옥타브가 아닌 스미스라는 사실이었다. 그녀는 옥타브를 위해 자신을 희생하려 한 것이다. 마지막 순간 옥타브는 스미스에게 보내는 브리지트의 사랑의 편지를 발견한다. 브리지트의 희생을 깨달은 옥타브는 그녀를 스미스에게 양보하고 떠나기로 결심한다. 마침내 그들 세 사람의 관계가 정리되는 것은 옥타브의 의연한 결정에 따른 것이었다.

『세기아의 고백』은 남자 주인공 옥타브의 관점에서 쓰인 일인칭 소설이다. 따라서 소설에 등장하는 여인들은 옥타브의 시선으로 관찰된다. 여주인공을 이상화하려는 소설의 의도에 걸맞게 브리지트는 순결하고 희생적이며 고통받는 인물이다. 뮈세와 상드의 사랑 이야기가 중심축이면서도 여주인공 브리지트의 순결함에 상처를 입힐 수 있는 현실에서의 일화는 소설에서 의도적으로 배제된다. 앞에서도 언급했듯이 두 연인이 파리에 돌아온 이후 벌어진 격정적인 사건들은 소설에서 다루어지지 않았다. 베네치아에서의 일화 중에서도 유명한 극적 장면인 '편지의 밤' 등의 일화는 생략되어 있다. 지난날의 연인 상드와 여주인공 브리지트를 이상화하려는 목표를 분명히 보여주는 이 소설은 동시에 남자 주인공 옥타브를 당대의 젊은이를 대표하는 전형으로 부각시키고자 하는 야심을 드러낸다. 옥타브는 동시대 젊은이들이 안고 있는 모든 문제를 구현하는 인물이다. 그는 옥타브라는 이름을 가진 개인일 뿐만 아니라 '세기아'다. 7월 왕정기의 불안하고 혼란스러운 시대에 청년기를 보내며, 소설의 1부 2장에서 그려진 절망과 고뇌를 경험한 많은 동시대 젊은이를 대표하는 것이 바로 옥타브인 것이다. 당시 젊은이들이 사랑에 몸을 던지고 자신의 모든 존재 이유를 사랑에서 찾게 된 것은 7월 왕정기의 젊은이들을 사로잡고 있었던 절망과 무력감에 기인한 것이었다. 그러나 옥타브가 경험한 파리 사교계에서의 사랑 역시 배신과 거짓으로 얼룩져 있었다. 그런 옥타브를 거짓과 '의심'이라는 병에서 치유시키는 것이 바로 여주인공 브리지트다. 이를 위해 작품에 등장하는 여인들은 부정하고, 위선적이고, 파렴치한 여인 아니면 고통받고, 순결하며, 희생적인 여인이라는 양극단에 위치해야만 했다. 이것은 에메 달통과의 '평범한' 사랑 이야기가 뮈세의 작품세계에서 자리를 차지하지 못하는 것과 맥락을 같이한다.

언뜻 보아 소설에 등장하는 두 여인, 다시 말해 옥타브의 첫사랑 연인과 브리지트는 부정한 여인과 고결한 여인이라는 대척점에 존재하는 것으로 보인다. 그러나 좀더 깊이 들어가보면 브리지트의 고통은 옥타브의 의심과 잘못에 기인한다기보다는 자기 내부의 분열된 사랑 때문이라고 볼 수 있다. 특히 5부에서 브리지트는 옥타브를 향한 사랑과 스미스를 향한 새로운 사랑 사이에서 분열되어 고통받는다. 그러나 브리지트는 고결하고 희생적인 여인답게, 그 사실을 솔직하게 옥타브에게 털어놓지 않고 침묵으로 일관함으로써 옥타브의 의심을 부추기게 된다. 그리고 그녀의 결정은 현재 그녀 자신의 마음을 사로잡고 있는 사랑을 감추고 '자신 없이는 살아갈 수 없을 것으로 여겨지는' 옥타브를 따르는 것이었다.

이에 따라 뮈세가 피력한 의도와 달리 『세기아의 고백』에서 브리지트의 이상화는 피상적인 수준에 그치고 만다. 옥타브는 이상의 여인 브리지트에 의해 구원되는 것이 아니라 그 스스로 구원을 찾기 때문이다. 마지막에 가서 자신을 희생하는 것은 결국 브리지트가 아니라 옥타브다. 그는 여인의 사랑으로 구원되는 것이 아니었다. 사랑의 상실이야말로 구원의 필요조건이었기 때문이다. 이런 측면에서 뮈세에게 여성은 위선적일 수밖에 없으며 남자에게 고통을 주고 남자를 배신해야만 하는 존재다. 이것은 순결하고 이상화된 브리지트도 예외가 아니며, 바로 작가에게 영감을 주는 뮤즈로서의 여성이 갖는 역할이자 한계일 것이다. 상드는 자신의 사랑에서 적극적이었고 자신 있게 스스로 사랑을 선택했지만, 고결하고 이상적인 브리지트는 옥타브의 결정에 따라 자신의 사랑을 선택하게 되는 수동적이고 연약한 여인이었다.

김미성

1810년	12월 11일 지금의 파리 생제르맹 거리에서, 아버지 빅토르 도나시앵 드 뮈세 파테와 어머니 에드메 클로데트 귀요데제르비에 사이에서 알프레드 루이 샤를 드 뮈세 출생. 여섯 살 터울의 형 폴 드 뮈세Paul Edmée de Musset는 훗날 동생의 열렬한 지지자가 되어 동생의 사후에 그의 전기를 쓰기도 함.
1819년	10월 앙리4세 중학교 입학.
1824년	뮈세의 시편들 중 가장 오래된 것으로 알려진 「어머니에게 *A ma mère*」 집필.
1827년	9월 23일 동창이자 친구인 폴 푸셰Paul Foucher에게 보낸 편지에서 셰익스피어나 실러같이 되고자 하는 문학적 야심을 피력함. 가을에 법학대학과 의과대학에 등록했지만 차례로 포기함. 당시 댄디들의 모임인 '자키 클럽'이 있었던 강 Gand 대로에 출입하며 '멋진 부잣집 도련님'으로 살아감.
1828년	미술로 관심을 돌려 루브르에서 걸작들의 복제화를 그리고, 화가들의 아틀리에에 출입함. 겨울부터는 드 라 카르트 후작 부인과 관계를 맺기 시작. 『세기아의 고백』을 비롯한 뮈세의 작품들에서 "최초의 부정한 여인"으로 묘사되는 이 여인과의 관계는 1829년 사육제 즈음에 끝남. 8월 31일 디종에서 발간되는 『르 프로뱅시알』지에 「꿈 *Un rêve*」이 실림. A. D. M.이 서명된 이 시는 폴 푸셰의 알선으로 신문에 실린 뮈세의 첫 작품임. 10월 4일 토머스 드퀸시Thomas De

Quincey의 『어느 영국인 아편 중독자의 고백Confessions of an English Opium-Eater』을 『영국인 아편 중독자L'Anglais mangeur d'opium』라는 제목으로 발간함. 이 작품은 번역이라기보다는 창의적 각색에 가까움. 폴 푸셰의 소개로 빅토르 위고의 '세나클'에 출입하기 시작함. 이곳에서 비니 Vigny, 생트뵈브Sainte-Beuve, 윌릭 귀탱게Ulric Guttinguer, 데샹Deschamps 형제 등을 알게 됨.

1829년   12월 24일 그르넬 거리에 있던 자신의 집에서 「동 파에즈 Don Paez」「포르시아Portia」「마르도슈Mardoche」를 낭독함. 메리메Mérimée, 비니, 데샹 형제, 루이 불랑제Louis Boulanger, 빅토르 파비Victor Pavie, 드 라 로지에르De La Rosière와 귀탱게 등이 그 자리에 함께함. 12월 말 위르뱅카넬 출판사에서 『스페인과 이탈리아 이야기Contes d'Espagne et d'Italie』 출간. 간행 연도는 1830년.

1830년   희곡 「악마의 영수증La Quittance du Diable」이 누보테 극장에 받아들여지지만 공연되지는 못함(7월혁명 때문이었을 것으로 짐작됨). 이 작품의 최초 출간 연도는 1896년. 7월 1일 「프랑스 귀족 라파엘의 비밀스러운 생각들Les Secrètes Pensées de Rafaël, gentilhomme français」이 『르뷔 드 파리Revue de Paris』에 게재됨. 7월혁명 기간 동안 일종의 '바리케이드의 방관자'로서 혁명을 지켜봄. 12월 1일 「베네치아의 밤La Nuit vénitienne」이 오데옹 극장 무대에 오르지만 흥행 부진으로 2회 공연으로 막을 내리고, 이때부터 무대 공연을 위한 희곡 쓰기를 단념함. 이후 뮈세의 희곡들은 '읽히기 위해' 쓴 것들임.

1831년   4월에는 「옥타브Octave」가, 10월에는 「쉬종Suzon」이 『르뷔 드 파리』에 실림.

1832년	아버지 뮈세 파테가 당시 파리에 창궐한 콜레라에 감염되어 사망. 이후 뮈세는 글을 써서 번 수입으로 살아갈 결심을 하고, 여의치 않을 땐 기병대에 들어가기로 작정함. 12월 말 시집 『안락의자에서 보는 연극*Un spectacle dans un fauteuil*』 출간(이 시집에는 「잔과 입술*La Coupe et les lèvres*」 「소녀들은 무엇을 꿈꾸는가*À quoi rêvent les jeunes filles*」 「나무나*Namouna*」 등이 실림).
1833년	4월 『양세계 평론*La Revue des deux mondes*』에 「앙드레 델 사르토*André del Sarto*」가 발표되고, 잡지 편집자 프랑수아 뷜로즈François Buloz와 이후 발표하는 모든 작품을 이 잡지에 싣기로 계약함. 5월 15일 『양세계 평론』에 희곡 「마리안의 변덕*Les Caprices de Marianne*」 발표. 6월 17일 뷜로즈가 베푼 만찬에서 조르주 상드와 처음으로 조우함. 6월 24일 시 「『앵디아나』를 읽고 나서*Après la lecture d'『Indiana』*」를 상드에게 보내고, 상드는 집필중이던 『렐리아*Lélia*』의 상당 부분을 뮈세에게 보여줌. 뮈세는 작품에 대한 찬사를 표함. 7월 25일 "친애하는 나의 조르주, 당신께 어리석고 우스꽝스러운 말을 하려 합니다…"라는 편지로 사랑을 고백함. 8월 15일 『양세계 평론』에 「롤라*Rolla*」 발표. 8월 27일 귀스타브 플랑슈Gustave Planche가 『렐리아』에 대한 모욕적인 비평을 게재한 신문기자 카포 드 푀이드Capo de Feuillide와 결투를 벌임. 8월부터 12월까지 희곡 「판타지오*Fantasio*」와 「로렌차초*Lorenzaccio*」 집필. 12월 12일 밤 상드와 함께 이탈리아로 떠남. 여행 전날 밤, 상드는 길에 멈춰 선 마차 안에서 둘의 연인 관계를 반대하던 뮈세의 어머니에게 여행 허락을 받아냄.
1834년	1월 「판타지오」가 『양세계 평론』에 실림. 뮈세는 이탈리아

여행중에 병을 얻어 몸져누운 연인 상드를 방치한 채 베네치아 여행을 즐기고, 베네치아의 젊은 의사 피에트로 파젤로Pietro Pagello가 상드를 돌봄. 2월 초 뮈세도 와병함. 2월 말 조르주 상드가 파젤로의 연인이 됨. 3월 초 절친한 친구 타테Alfred Tattet가 베네치아에서 와병중인 뮈세에게 정기적으로 문병을 옴. 타테는『세기아의 고백』의 등장인물 데주네의 모델이 됨. 3월 29일 뮈세 혼자 베네치아를 떠나 4월 12일 파리에 돌아옴. 5월 희곡「사랑으로 농담 마오On ne badine pas avec l'amour」를 완성하고, 상드에 관한 소설(『세기아의 고백』)의 구상을 밝힘. 7월 10일 '소설'을 시작했음을 상드에게 알림. 8월 14일 상드가 파젤로와 함께 파리에 옴. 8월 17일 상드와 다시 만나고, 23일 작별함. 그후로도 둘은 만남과 이별을 반복함.

1835년   2월 22일 뮈세가 상드의 두 아이 모리스Maurice와 솔랑주 Solange 앞에서 상드에게 칼을 겨누는 난폭한 장면을 보이고, 3월 6일 상드가 뮈세 몰래 파리를 떠나 노앙으로 가면서 두 연인이 결정적으로 결별함. 3월 19일 조베르 부인Mme Caroline Jaubert에게 첫번째 편지를 쓴 뒤 짧은 연인 관계에 "이름 붙일 수 없는 감정"이 자리잡기 시작함. 6월 15일「5월의 밤La Nuit de mai」이『양세계 평론』에 실림. 9월 15일 발표될『세기아의 고백』의 일부인 1부 2장이『양세계 평론』에 게재됨. 12월 1일「12월의 밤La Nuit de décembre」이『양세계 평론』에 실림.

1836년   2월 1일『세기아의 고백』이 2권으로 발간됨. 3월 1일에는 「라마르틴 선생님께 보내는 편지Lettre à M. de Lamartine」가, 7월 1일에는「아무것도 장담 마오Il ne faut jurer de rien」가『양세계 평론』에 실림. 8월부터 12월까지 연극배우

루이즈 르브룅Louise Lebrun과 짧은 연인 관계를 맺음. 8월 15일 「8월의 밤*La Nuit d'août*」이 『양세계 평론』에 실림.

1837년 3월 조베르 부인의 조카 에메 달통Aimée d'Alton과 편지를 주고받기 시작함. 6월 15일에는 「변덕*Un caprice*」이, 10월 15일에는 「10월의 밤*La Nuit d'octobre*」이 『양세계 평론』에 실림.

1838년 3월 15일경 에메 달통이 여러 차례 청혼하지만, 뮈세는 그녀가 일상의 행복을 가져다줄 최상의 여인이라 평가하면서도 청혼을 받아들이지 않음.

1840년 2월 폐렴으로 건강이 악화됨. 6월 소네트 「슬픔*Tristesse*」 집필.

1841년 2월 15일 이탈리아 극장 복도에서 상드와 짧게 마주친 후 「추억*Souvenir*」을 집필함.

1843년 12월 4일 「변덕」이 레리 부인Mme de Léry 역을 맡은 루이즈 알랑데프레오Louise Allan-Despréaux의 공으로, 상트페테르부르크에서 프랑스어로 공연되어 큰 성공을 거둠.

1847년 11월 27일 「변덕」의 프랑스 초연인 코메디프랑세즈에서의 공연도 대성공을 거둠. 이후 뮈세의 희곡 작품은 프랑스에서도 주목받고, 다른 작품들도 계속 연극 무대에 오르기 시작함.

1852년 2월 12일 아카데미프랑세즈 회원으로 선출됨. 7월 루이즈 콜레Louise Colet와 연인이 됨.

1854년 가을~ 상드가 『내 인생의 이야기*Histoire de ma vie*』(전2권)를 발
1855년 여름 표함. 이 작품에서 베네치아에서의 뮈세의 와병과 간호를 짧게 암시한 것 외에는 뮈세를 거의 언급하지 않음.

1856년 11월 3일 뮈세의 하나뿐인 진정한 친구 타테 사망.

1857년 5월 2일 새벽 3시 15분, 47세의 나이로 뮈세 사망. 임종을

지키지 못했음에도 폴 드 뮈세는 동생이 "잠든다!… 마침내 잠들 것이다"라는 임종의 말을 남겼다고 전함. 5월 4일 페르 라셰즈 묘지에서 쓸쓸한 장례식이 치러짐. 비테Vitet가 아카데미프랑세즈의 이름으로 장례식에서 연설함.

1859년   1월 15일~3월 1일, 뮈세와의 사랑 이야기가 중심축인 상드의 소설 『그녀와 그*Elle et Lui*』가 『양세계 평론』에 발표되고 아셰트 출판사에서 곧이어 출간됨. 상드의 소설에 분격한 폴 드 뮈세가 4월 10일과 17일에 『그와 그녀*Lui et Elle*』를 『르 마가쟁 드 리브레리*Le Magasin de Librairie*』에 발표하며 동생을 옹호하고, 이 소설은 1860년 샤르팡티에 출판사에서 간행됨. 8~9월 뮈세 만년의 연인이던 루이즈 콜레가 뮈세와 상드의 사랑 이야기가 중심 줄거리인 네번째이자 마지막 버전인 『그*Lui*』를 『르 메사제 드 파리*Le Messager de Paris*』에 발표하고, 이 소설 역시 1860년 출간됨.

1876년   노앙에서 조르주 상드 사망.

1877년   폴 드 뮈세가 샤르팡티에 출판사에서 『뮈세 전기*Biographie d'Alfred de Musset*』 출간.

문학동네 세계문학전집 발간에 부쳐

세계문학은 국민문학 혹은 지역문학을 떠나 존재하는 문학이 아니지만 그것들의 총합도 아니다. 세계문학이라는 용어에는 그 나름의 언어와 전통을 갖고 있는 국민문학이나 지역문학의 존재를 인정하면서 그것을 넘어서는 문학의 보편적 질서에 대한 관념이 새겨져 있다. 그 용어를 처음 고안한 19세기 유럽인들은 유럽 문학을 중심으로 그 질서를 구축했지만 풍부한 국민문학의 전통을 가지고 있는 현대의 문학 강국들은 나름의 방식으로 세계문학을 이해하면서 정전(正典)의 목록을 작성하고 또 수정한다.

한국에서도 세계문학 관념은 우리 사회와 문화의 변화 속에서 거듭 수정돼왔다. 어느 시기에는 제국 일본의 교양주의를 반영한 세계문학 관념이, 어느 시기에는 제3세계 민족주의에 동조한 세계문학 관념이 출현했고, 그러한 관념을 실천한 전집물이 출판됐다. 21세기 한국에 새로운 세계문학전집이 필요하다는 것은 명백하다. 우리의 지성과 감성의 기준에 부합하는 세계문학을 다시 구상할 때가 되었다.

문학동네 세계문학전집은 범세계적으로 통용되는 고전에 대한 상식을 존중하면서도 지난 반세기 동안 해외 주요 언어권에서 창작과 연구의 진전에 따라 일어난 정전의 변동을 고려하여 편성되었다. 그래서 불멸의 명작은 물론 동시대 세계의 중요한 정치·문화적 실천에 영감을 준 새로운 작품들을 두루 포함시켰다.

창립 이후 지금까지 한국문학 및 번역문학 출판에서 가장 전문적이고 생산적인 그룹을 대표해온 문학동네가 그간 축적한 문학 출판 경험을 바탕으로 새로운 세계문학전집을 펴낸다. 인류가 무지와 몽매의 어둠 속을 방황하면서도 끝내 길을 잃지 않은 것은 세계문학사의 하늘에 떠 있는 빛나는 별들이 길잡이가 되어주었기 때문이다. 우리가 자부심과 사명감 속에서 그리게 될 이 새로운 별자리가 독자들의 관심과 애정에 힘입어 우리 모두의 뿌듯한 자산이 되기를 소망한다.

문학동네 세계문학전집 편집위원
민은경, 박유하, 변현태, 송병선, 이재룡, 홍길표, 남진우, 황종연

지은이 **알프레드 드 뮈세**
1810년 파리에서 태어났다. 1830년 첫 시집 『스페인과 이탈리아 이야기』를 발표해 낭만주의 문학의 총아로 떠올랐다. 1833년 낭만주의 희곡의 최고봉으로 평가되는 『로렌차초』를, 1836년 작가 조르주 상드와의 사랑과 실연을 다룬 자전적 소설 『세기아의 고백』을 출간했다. 1845년에는 문학적 공훈을 인정받아 레지옹도뇌르 훈장을 받았고, 1852년 아카데미프랑세즈 회원으로 선출되었다. 건강이 악화되어 1857년 사망했다.

옮긴이 **김미성**
연세대학교와 동 대학원에서 불어불문학을 공부했고, 프랑스 파리8대학에서 뮈세 연구로 박사학위를 받았다. 현재 연세대학교 인문학연구원 HK연구교수로 재직중이다. 뮈세와 관련한 논문으로 『『밤의 시편들』을 통해서 본 뮈세 시론 연구」 「시인의 소설: 뮈세의 『세기아의 고백』」 「뮈세와 음악」이 있으며, 옮긴 책으로 뮈세의 시선집 『오월의 밤』을 비롯해 『백색의 시학』 『어린 왕자』 등이 있다.

세계문학전집 139
세기아의 고백

양장본 초판 인쇄 2016년 6월 10일 | 양장본 초판 발행 2016년 6월 20일

지은이 알프레드 드 뮈세 | 옮긴이 김미성 | 펴낸이 염현숙

책임편집 문서연 | 편집 신선영 황도옥 오동규 | 독자모니터 장선아 | 모니터링 이희연
디자인 이효진 최미영 | 저작권 한문숙 박혜연 김지영
마케팅 정민호 이미진 정진아 | 홍보 김희숙 김상만 이천희
제작 강신은 김동욱 임현식 | 제작처 영신사

펴낸곳 (주)문학동네
출판등록 1993년 10월 22일 제406-2003-000045호
주소 10881 경기도 파주시 회동길 210
전자우편 editor@munhak.com | 대표전화 031)955-8888 | 팩스 031)955-8855
문의전화 031)955-1927(마케팅), 031)955-2677(편집)
문학동네카페 http://cafe.naver.com/mhdn
문학동네트위터 http://twitter.com/munhakdongne

ISBN 978-89-546-4140-1 04860
        978-89-546-1020-9 (세트)

www.munhak.com

● 문학동네 세계문학전집은 계속 출간됩니다